漫娱图书
SINCE

不服

消失绿缇 著

『我帮你架枪，信我，你不会死。』
『我当然信你。』
NEVER SAY DIE

电竞的旧时代永不消亡，但新时代终将到来。

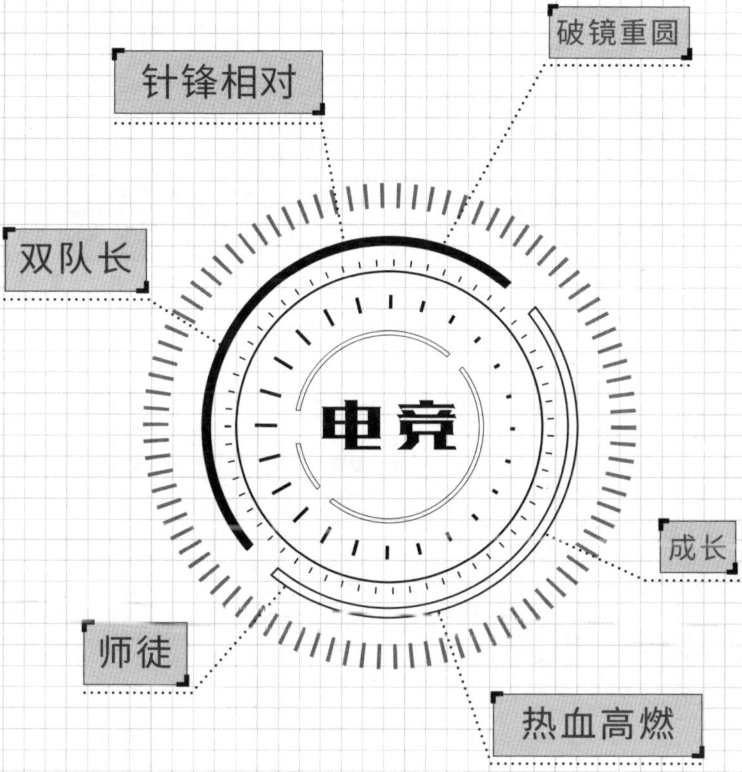

“为了，把神拽下凡。”

CONTENTS

目录

RECALCITRAN

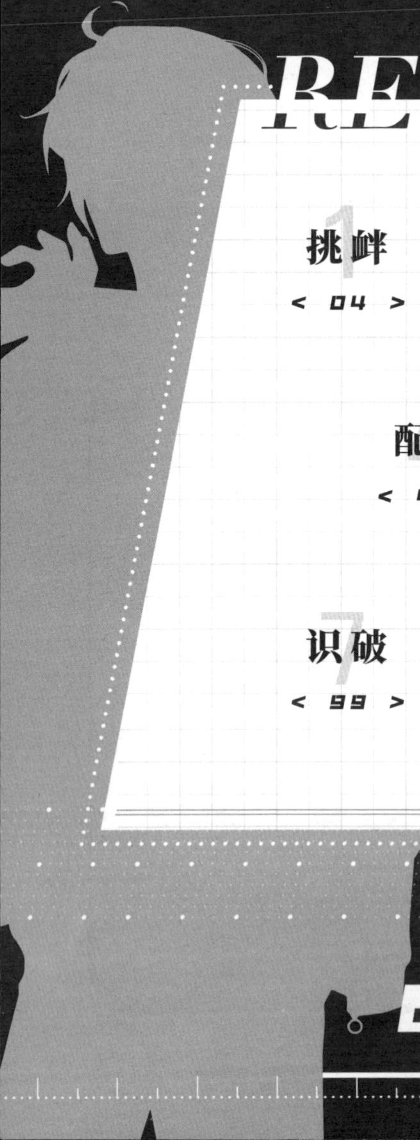

NEVER SAY DIE

TIAOXIN

挑衅

CHAPTER 1

雨季，空气中带着潮湿沉闷的燥。Zero 俱乐部直播间里，每日照例刷屏。

“冰神上线吗？冰神上线吗？冰神上线吗？再不上线去你们俱乐部砸玻璃了。”

“再等等，地球不爆炸冰神不上线。”

“我零食都准备好了，还不开播合适吗？”

“天天让我们看的这些菜鸟是战队预备役？就这半吊子的水平还跟 CNG、AXE、Prince 杠，冰神是准备拖飞机拖到三十岁？再厉害的选手也经不起这么拖吧！”

言易冰，国内顶级豪门 Zero 战队队长，职业联盟首席名誉顾问，常年蝉联 C-PUBG 积分榜第一，十八岁入行打职业，自此统治国内 PUBG 职业圈七年之久，且没有严重伤病，没有状态下滑，被誉为“PUBG 永恒之光”。

言易冰哪儿都好，可惜自理能力极差，这么多年了，连个女朋友都找不到。

粉丝们吵了一会儿，见俱乐部房管又戳不动，就也消停了。然而半个小时后，直播间又炸了。一条评论在刷屏。

“我天！ C-PUBG 积分榜刷新了！冰神被超了！”

近五年 C-PUBG 积分榜，都是被言易冰一个人统治的。没别的原因，一是他实力确实顶尖，二是他在役时间最长。

参加所有被联盟认可的赛事均可拿到积分，前几年职业选手们热衷于拼这个榜，恨不得一天就把言易冰挤下榜一。但近些年，国际赛事越来越多，职业选手分身乏术，没那个工夫参加所有比赛，积分累积得越来越慢，言易冰就始终占着那个位置。

榜一当然是有好处的，比如每年作为联盟的代言人拿到一笔奖金、比如各大电竞媒体全年的宣传位、比如直播提成高 10%、比如无数对电竞一知半解的女粉的追捧。

有媒体戏称，言易冰攒了七年积分，接下来一场比赛都不打，光拿福利都能拿到退役。

言易冰本人也是这么认为的。

直到今天。

魔都 Zero 电竞俱乐部。

午休时间，外卖刚到。副队宋棠点了韩式炸鸡，今天给所有二队和青训营的孩子们改善伙食。一帮小伙子麻溜地接了炸鸡，但脸色都不太自然。

宋棠一挑眉，等着他们说话。

二队的程斌吐了吐舌头，强笑道："哥，冰神刚让我们绕着江边慢跑五公里锻炼身体，炸鸡先不吃了。"

宋棠皱了皱眉："你们体能不过关？"

程斌摇头："因为我们毛孔粗大，皮肤需要呼吸新鲜空气。"

宋棠：……

程斌小声道："C-PUBG 积分榜刷新了，咱们冰神七年的积分被寒陌用两年给超了，冰神正郁闷呢。"

宋棠心里咯噔一下。这榜现在没那么重要，言易冰也没有死守的心。但被谁超了都行，就是不能被 Prince 战队队长寒陌超，这两人当初撕破脸的样子可够难看的。

宋棠郑重地拍了拍程斌的肩膀，语重心长道："你自求多福吧，这两天躲着点队长。"

程斌一扯宋棠的袖子，犹豫半天，脸都憋红了，还是忍不住问道：“寒陌之前不是在咱们冰神手下训练过半年吗，怎么现在两人这么大的仇？我看网上小道消息说……”

程斌深吸一口气，闭了闭眼，一鼓作气道：“寒陌把咱队长的女朋友撬了！”

宋棠的嘴角抽了抽，抬起手照着程斌的脑袋拍了一巴掌：“没事儿少看小道消息，队长要能找到女朋友，他妈妈马上来战队门口放鞭炮。”

程斌吐吐舌头：“我就瞎琢磨，主要是冰神从来不说，大家心里都犯嘀咕，弄得咱们跟 Prince 的关系也不尴不尬的，逛街见到了都不好打招呼。”

宋棠沉默片刻，叹息道：“该打招呼还是要打招呼，这是队长和寒陌之间的事，跟两个俱乐部没关系。不过……算了，以后再说。”

招呼完所有队员，宋棠才硬着头皮，拎着最后一份炸鸡走进一队训练室。刚进去，就见言易冰靠着电竞椅，戴着单边耳机，正开着小号练手。

在电竞选手里，言易冰绝对算帅哥。他是地道的南方人，杏核眼，眼皮轻薄，头发长到耳垂，发丝柔软又细。常年生活在温润潮湿的气候里，让他的皮肤又白又透，很容易看清浅层埋藏的黛青色血管。逆光望过去，隐约有点拍电竞剧的味道。

宋棠凑过去对着屏幕，发现毒圈（一个不断扩大的危险区域）马上要缩了，言易冰跳的这点不友好，要进圈得过桥，桥上必然有人等着接手他们身上的物资。

宋棠下意识屏住呼吸，不打扰言易冰听声辨位，但随机匹配的队友实在是过于聒噪。

两队友都是菜鸟，也看出来言易冰是真有水平的，他们不敢先过桥，就等着言易冰给他们开路。毒圈逼近，他们趴在草丛里一边吃药补血一边闲聊。

“你们看论坛没有？”

“好几天没上，都是骂战有什么可看的。”

“你还不知道呢，言易冰让寒陌给超了！”

言易冰拎着把 UZI 冲锋枪，闻言手一抖，一枪打在了桥头，给木制桥墩打出个黑窟窿。

队友吓了一跳："三号稳一稳别激动，你打空枪不是暴露位置了吗？"

言易冰薄薄的眼皮一掀，眉目清冷："你来？"

队友嘿嘿一笑："我不来我不来，我出去肯定没了。"队友说完，又愉快地聊起来。

"言易冰和寒陌的故事你没听说过？"

"没有啊。"

"啧。两年前吧，寒陌在言易冰手下参加青训，那时候寒陌还没成神，特别冲动，特别嫩，傲得跟什么似的，跟别人吐半个字都嫌多，但在言易冰面前嘴快得能报菜名。"

"关系这么好怎么闹成现在这样的？"

"你听我说啊，言易冰喜欢一女的，但那女的喜欢寒陌，他们之间就有一些情感纠葛。反正言易冰硬生生让一正直少年狠了心。就去年表演赛，寒陌占地形优势击倒了言易冰，不但没让他立刻输掉，反而走过去，让言易冰倒在自己面前，慢慢耗光他的血量，还说了句，'冰神退役吧'，多狠，多绝！"

"没良心啊，冰神多少也算他师父。"

突然，一阵杂乱的对枪声。乱枪过去，言易冰残留一丝血屹立不倒，对面出现了三个"盒子"。

"三号兄弟厉害！"

"三号不止一千分的水平吧，我看你能打职业了！"

"三号加好友呗，下局继续啊？"

两个队友急匆匆从草丛出来，跑到言易冰身边。

"三号怎么不走了，没药补血了？"

言易冰没动。他眼眸微凛，漂亮的瞳仁蕴起冷冽的光，他把手榴弹摸出来，拉开拉环，柔声道："你们这个水平，玩什么 PUBG，玩打天下吧。"

队友：？

随着一声悦耳的爆炸声，他带着这两个队友一起上天了。

宋棠：“……好狠的男人。”

言易冰扯掉耳机，懒洋洋地往电竞椅上一靠，白皙的手臂搭在桌面，手指轻轻敲着。他看向宋棠：“有事？”

宋棠上前，勾住言易冰的肩膀：“那什么，晚上陪你喝点？”

他知道言易冰心情肯定不好。没有哪个站在巅峰的大神能轻易接受自己被后浪超越，尤其那个后浪还是寒陌。

言易冰扫了他一眼，轻嗤一声：“我会在乎一个过时的破榜？”

宋棠干巴巴笑了两声：“怎么可能，咱都不稀罕参加那些小比赛了，就寒陌当回事儿，你的目光都放在世界赛上，也就那些网友觉得你在乎。”

言易冰收回目光，顿了片刻，绷紧的脊背一软，整个人软软地窝在椅子里，突然不甘不愿道：“我在乎。”

“……什么？”哪怕对方是队长，宋棠还是忍不住问了一句。

言易冰蹙眉：“也不是为了奖金和名声，就是以前说话不过脑子。”他把手机往宋棠面前一推。手机界面上是条语音短信，是一个没有备注过的陌生号码发过来的。

宋棠偷偷看了眼言易冰，然后伸手把语音按开。

首先传来的是言易冰的声音，音调比较飘，一听就是喝了不少。言易冰兴致高涨，声音却软乎乎的，带着醉意：“别看我平时总骂你们，但你们这批青训生是我带过最好的一届，将来谁能在积分榜上超过我，要什么我给什么。”

紧接着是遥远的，乱七八糟笑闹的声音。夹在这些声音中，有个刚过了变声期，嗓音低沉磁性的少年音。

“超过你有什么好处？”

言易冰气息凌乱，却还认真叨咕：“会有很多粉丝哦。”

少年沉笑，语气中带了些气音，喃喃自语：“能有多少粉丝？”

言易冰醉意迷离，顺着他的话道：“你要是能超过我，我给你当粉丝。”

“好。”少年郑重地嘱咐了一遍，“队长可别忘了。”

语音短信到此为止，对方再没发别的过来。

宋棠脸色一黑，嘴角抽动。

收到寒陌的挑衅短信，言易冰气得多吃了一碗米粉。吃完饭，他照例去俱乐部理疗室给手做保养。

言易冰从小养尊处优，没受过什么苦，别的选手一到比赛季都跟打了鸡血似的几天几夜不睡觉，言易冰从来不。他该练习就练习，该操心就操心，但他绝对不拼命。

也因为这样，他是所有职业选手里少有的无任何病痛的，他的手腕、颈椎、腰椎、膝盖都好得很。

理疗师正给他涂芦荟膏，涂到腕骨，顿了顿："哥，伤口没事儿？"

言易冰手背接近腕骨的地方，有一道浅红色的划痕，划痕贴着白嫩的手腕，有种惹人怜惜的美感。虽然只是皮外伤，但伤在电竞选手身上还是比较严重。

"没事儿，树枝划的，没感觉了。"言易冰晃了晃手指，他手指细长，指腹圆润，骨节也长得漂亮。拿出去能当手模的手上，那道划痕显得格外突兀。

理疗师无奈道："不是我说，就你这种大大咧咧的性格，真应该给手买个高额保险，这可是掌握着 Zero 命运的手啊！"

言易冰笑道："这样，你开个慈善公司，专门给电竞选手办高额保险。"

理疗师："……不了吧。"

言易冰一边按摩着手，一边挺起身伸了个懒腰："给我搜下论坛，我看看网友又在说些什么玩意儿。"

理疗师："……知道不是什么玩意儿你还看。"不过他还是听话地给言易冰搜了电竞论坛，且投放到了液晶屏幕上。

论坛里果然被 C-PUBG 积分榜刷屏了。虽然是个不重要的榜单，但因为牵扯的人太劲爆，导致这个榜单的话题量飞升。

"电竞圈要改朝换代了，言易冰最后一个第一都保不住了！"

"寒陌算不算欺师灭祖啊，冰神曾经可是把他当继承人培养的。"

"二十五岁高龄的冰神竟然……新时代是寒神的，冰神都这么弱了，快退役吧。"

"众所周知，抱着年龄吹牛的唯有那家，毕竟除了年龄吹无可吹！"

"一个过时榜还刷屏了，PUBG 圈冰神永远是神望周知。"

“神？开玩笑呢？”

对家粉丝经常嘲他的操作越来越弱了，说昔日敢落地直接拿枪开打的大神已经死了，现在留下的是“绝世奶妈”。

言易冰不置可否。刚入行打电竞的时候，他也是个只顾自己玩得开心的“独狼”。之后临危受命，俱乐部让他当了队长。

他当队长的时候，Zero 的成绩一度下滑得厉害，不是他水平降了，而是 Zero 没有能跟上他的架枪位和自由人。他作为第一突击手，一旦玩得猛了，很容易被队友卖。言易冰这才发现，当初是前队长甘愿给他当辅助，才有他在场上秀操作的机会。

后来寒陌来了青训营。他的天赋极高，操作神秀，不开镜打 AK 都能把对面的玩家一枪爆头。从那时开始，言易冰收敛锋芒，磨合全队，逐渐担当自由人和指挥的职位。他准备推寒陌做第一突击手，接替自己的位置，引领属于 Zero 的新时代。

再后来……言易冰揉了揉眉心，浅浅的眼皮微折，杏核眼隐约泛红。

寒陌没能留在 Zero，是他亲手赶走的。场面挺难看，不堪回首，所以他也没再打听寒陌的消息。

结果半年后，联盟突然公布，寒陌去了 Prince，直接被提拔做了队长，成为各俱乐部历届以来最年轻的队长。

和现在的言易冰截然相反，做队长的寒陌也是地地道道的“独狼”。Prince 战队的打法全部以寒陌为核心，又硬气又冲动，谁跟他们撞上都是一场你死我活的厮杀。也因为这样，Prince 虽然声势越来越大，但成绩并不稳定。

人人都以为寒陌是自成一派，带着 Prince 打出了风格。没人知道，这套打法跟早期的言易冰几乎一脉相承。电竞圈唯一一个控得住寒陌打法，且能游刃有余掩护他的，是言易冰。

一转眼两年了，寒陌成了别家战队的顶梁柱，而他到现在都没找到能独当一面的继承人。

言易冰点了根烟，深深吸了一口，轻飘飘的烟雾挡住泛红的眼圈。

理疗师咳嗽一声，提醒道：“哥，俱乐部禁烟，你也注意身体，别抽了。”

言易冰无奈，伸手一掐，把烟灭了。

论坛再次刷新，最新一条讨论被顶上前排：“两年了，榜一的小金枪是不是要传给寒陌了，可惜，好可爱的小金枪。”

翡翠鲶鱼：“啊小金枪！我还买过周边呢。”

吃鸡王者：“联盟会再做一个吧，世袭的话也太抠了。”

一个不重要的人：“小金枪纯金的，联盟脑袋被门挤了也不会重做。”

言易冰想起来了。那小金枪在俱乐部荣誉墙里挂着，是联盟给C-PUBG积分榜一的奖励。本来领了奖挂两个月是要送回去的，但因为五年都是言易冰第一，他懒得还，联盟也懒得要，就一直挂在Zero了。

现在有点尴尬了。

刚想到这儿，宋棠一脸凝重地推开理疗室的门："队长，寒陌过来了，说来领那把破枪，程斌跟人吵起来了。"

言易冰皱了皱眉。他也没空管手上涂的芦荟胶，直接抽了张纸囫囵擦了一圈，就起身出门。两家战队起冲突可是大事，不光俱乐部经理要炸，搞不好联盟那边也得追究。

走到二楼楼梯就听见程斌在喊："寒陌！你会不会好好说话，冰神怎么也算是你师父，你属白眼狼的？"

言易冰没想到，Prince的队长会亲自来。

寒陌勾唇，眼底却不带丝毫善意："言易冰呢？"

程斌见寒陌根本没拿自己当回事，憋得满脸通红："我们队长忙，没空见你！"

言易冰听着脑仁疼。他最不想听人提起以前的事，尤其说他是寒陌的师父。他能教出这么糟心的徒弟，也算是遭了天谴了。

言易冰捏着那把小金枪，慢悠悠地从楼梯上走下去。纯金的枪杆握在掌心，光泽细腻，压得心口都沉甸甸的。言易冰站在台阶上，目光一垂，看见了寒陌。

少年人长得是快。才两年，已经比他高半个头了。十九岁，不知道还会不会再长，再长就要超一米九了，女朋友都不好找。言易冰胡思乱想。

不过寒陌话少，人也冷，眸色漆黑，眉眼带着野性，脸上稚气褪去，有种不易接近的凌厉的压迫感。这样的长相这样的性格，反倒很受现在的小姑娘喜欢，寒陌微博粉丝涨得都比他快了，让人略有些羡慕。

程斌小声喊道："冰神……"言易冰稳了稳心神，走过去拍了拍程斌的肩膀，轻声安抚道：“吵什么。”

寒陌的眼一挑，目光落在言易冰拿着小金枪的那只手上。看了两秒，寒陌轻嗤了一声。

“看来不管冰神多么道貌岸然，身边总有一群粉丝围着。”

宋棠额头青筋一跳，冷言冷语道：“寒神是忘了自己在队长面前，被赶出 Zero 的模样？”

言易冰拦住宋棠，翻旧账就没意思了。他抬起左手，指尖勾着那柄小金枪，递到寒陌身前。浅浅的眼皮一掀，言易冰淡漠地冲寒陌道：“给你，拿了走吧。”

寒陌顺着小金枪看到了言易冰左手那道划痕。伤口已经结痂，痂旁边是浅粉色的皮肉，静静地横亘在腕骨边。埋在轻描淡写的红痕之下的，不知是多深的伤口。

寒陌多看了几眼。言易冰挑眉，随即莞尔一笑：“等着第二次被我赶出去？”

寒陌敛起情绪，伸手把小金枪接了过来。枪杆表面光滑细腻，尚带着一丝温度。空气里飘着轻浅的芦荟气味，不腻，清新得很。

寒陌勾着扳机，将小金枪在食指上转了转，随即握在掌心，不露声色地收起来。

他上前一步，垂眸，居高临下地一扫，他把声音压低，戏谑道：“短信都收到了，师父不准备兑现诺言？”

基地大厅安静得很，周围人都听得到。言易冰凝固了。整个基地都凝固了。谁都不敢相信，那个一本正经冷淡得不行的寒神能说出这种玩笑话。

半晌，言易冰才咬牙切齿道：“滚。”

最后是宋棠送寒陌出去的。

两人当初一起来到 Zero 青训营，一起训练了半年多。后来宋棠留下，寒陌走了。虽然现在两家战队关系紧张，但出了战队，他们也算普通朋友。

走到门口，宋棠脸色还是很差。寒陌当众侮辱言易冰实在是过分了，而且当年的事，一个巴掌拍不响。

他忍不住道："寒陌，平心而论，你离开 Zero 过得很好吧，直接当队长，两年时间把队长七年的积分都超了，你有什么委屈的？队长已经够能忍耐你了，你别得寸进尺！"

寒陌停住脚步，扯唇冷笑，但他懒得解释，而是伸手从兜里抽出一百块钱，塞给宋棠。

宋棠冷哼一声，眼睛瞥了瞥衣兜，绷着脸："少来，一百块钱就想收买我？冰神是我队长，你算什么！"

寒陌扫他一眼，不客气道："去买一管祛疤膏给言易冰，有疤不好看。"

言易冰手上那道印子刚结痂，正好涂祛疤膏。体检抽管血都怕得不行的人，怎么能忍受身为选手最在意的双手有疤。那人绝对没有祛疤的常识。

宋棠嘴角一抽，忍不住暴躁道："你做什么？男人有点疤多正常，再说了，我们队长跟你没关系吧，你现在假模假式的有意思？"

寒陌微一眯眼，拇指摩擦着腕骨，片刻后，他开口，语气带着森森冷意："好歹我也是他的徒弟。"

宋棠忍不住"呸"了一声："我们队长让树枝给划的，你去倒拔垂杨柳吧。"

寒陌用一副看白痴的眼神看着他："也就你信。"

宋棠皱了皱眉："你什么意思？"

"没意思。"

Prince 俱乐部派的车在门口等着，司机见了寒陌，赶紧给他开了门。寒陌一弓腰，钻了进去。

宋棠站在俱乐部门口，手插进兜里，摸了摸那张一百块钱，崭新的，一捏就脆脆地响。

他想起言易冰给伤口贴六个创可贴被队医骂的模样，心里突然有点没底。不是树枝划的？队长有必要骗他们吗？寒陌都走了两年了，他知道什么！

寒陌坐在轿车后排，余光扫过熟悉的 Zero 基地大门，神情恍惚了片刻。他摊开掌心，细细抚摸着沉甸甸的小金枪，随后慢慢收拢手指。

“呼……”水盆里的水被拍得哗啦啦响。

言易冰用力揉了揉脸，水珠滴滴答答落到盆里，他的睫毛被打湿，卷在了一起。袖子挽得不够高，掌心的水顺着手腕滑下去，打湿了半截袖口。他皱眉，抖了抖袖子，抹了一把下巴上的水。

战队经理孙天娇拿着舆情报告，站在言易冰旁边，小心地抿了抿唇。

“你没事儿吧？”

孙天娇本名孙天骄，是个被寄予厚望的硬汉，但当初派出所把他名字登错了，一字之差，酿成二十年辛酸史。

言易冰摇了摇头，扯过纸巾擦了擦脸。他力气不小，鼻子都被他擦红了。

“找我？”言易冰抬起眼，勾起唇，恢复了懒懒散散的模样。

孙天娇用肩膀一撞言易冰的胳膊，手里的报告抖了抖：“本来不是个重要的榜，但是毕竟被人超了，粉丝们挺憋屈，你也好久没直播了，上去安慰安慰他们呗。”说完，孙天娇一眨右眼。

言易冰拧着眉：“少来，本人不吃这一套。”

孙天娇翻了个白眼，继续执着地缠着他：“还有那些弹幕教练，今天差点把俱乐部骂死，说咱们教练顾此失彼，耽误你刷积分，教练头都大了。”

“唉行，粉丝们还对我挺上心。”言易冰满意地舔了舔唇角。

孙天娇一推平光眼镜，补刀：“呵，你以为他们没骂你？论坛骂得可凶，你妈妈来了都不认识。”

言易冰出了盥洗室，往训练室走：“我妈不认识我挺好，她人生就一件糟心事儿，就是给我相亲。”

孙天娇好奇道：“咦，上次那个大学老师又失败了？”

“人家一听我是玩游戏的就不干了，我都没来得及说自己有几套房。”言易冰怅然道。

孙天娇啧嘴：“啧啧啧啧啧啧啧……惨。”

言易冰：“……呵。”

晚上，言易冰久违地登上 Zero 官方直播间。他没用自己的大小号，而是管孙天娇要了个积分不过千的账号。

粉丝来看直播不是来找不自在的，他们更喜欢看自己喜欢的选手轻松赢下游戏的样子。职业选手平时的训练强度很大，做商业直播一般不想那么费脑，所以都选中低分段位的新手局。

言易冰抓了抓头发，把微长的碎发往耳后一掖：“我来了，弹幕教练和亲爱的小姑娘们。”

直播间里偏好站在上帝视角指点江山的网友被戏称为弹幕教练。一般职业选手都挺烦弹幕教练，这帮人水平越差，说得越狠，你让他秀两下操作，他就举报你人格侮辱。

但言易冰不烦他们。多年在役经历告诉他，说得越狠，越真情实感。

摄像头一打开，言易冰抬了下眼，对着屏幕调整耳机，粉丝立刻感受到了颜值暴击。

“我不由得大吼一声，好脸！”

“呜呜呜没开美颜都这样，羡慕死我了。”

“这脸值得上个保险吧！”

“冰神下次尝试戴一下兔子耳朵呢！”

言易冰抿着唇，弯了弯眼睛，散漫道：“等等啊，我换个皮肤，帅点的，你们喜欢的。”

他是直播平台最喜欢的电竞选手，脾气好，温和，会营业（社交媒体上发表自己的动态），好像永远气定神闲不会爆炸，所以平台也宁愿让利 10% 跟他签合同。

言易冰换了一身女粉们喜欢的皮肤，拧开瓶盖抿了一口矿泉水。矿泉水的包装已经撕下去了，对方没给广告费。

粉丝刷屏的速度飞快，言易冰瞄了一眼弹幕助手，顺便回答粉丝的问题。

“哥，咱又不是颜值主播，积分榜被超了你就没点表示？”

言易冰扫了一眼，淡淡道：“怎么，不然我给大家当场跪一个？”

“被寒陌超了你是什么心情？什么时候超回来？”

言易冰拧好瓶盖：“心情没影响，不准备超过来，那个榜过时了。”

“你和寒神决裂是真的吗，他这波操作是故意的吧，你就准备忍下去？”

言易冰眼睑一颤，移开目光：“就海岛图吧，跳 R 城吗，等我看看航线。”

与此同时，Prince 俱乐部里。

指挥肖诺劝寒陌："队长，超话里粉丝都给你庆祝一天了，你怎么着也直播一次回馈粉丝吧。"

寒陌把玩着手里的小金枪，晃神片刻："表演赛马上开始了，没空。"

联盟每两年会举行一次 PUBG 表演赛，邀请国内各大战队参加，虽然打着"友谊第一比赛第二"的旗号，但各家战队两两互为对家，每年表演赛都是粉丝大型对线现场。粉丝们当真，选手们也不敢懈怠，这两天就已经加练上了。

肖诺："一把，就一把，好歹你成了积分榜第一，总得表示表示。"

寒陌虽然是 Prince 队长，但战队大大小小的事情都是肖诺操心的，肖诺做事比他周全很多。

寒陌皱了皱眉，把小金枪收起来，还是登录了游戏。他直播的时候不习惯跟粉丝交流，弹幕助手也不开。粉丝们刷屏恭喜，不停刷过的夸赞他一句都没看到。他直接上了自己公开过的小号——momotwo。

"玩一把海岛，最近忙，表演赛现场见。"

他没磨蹭，也懒得换皮肤，直接登录游戏快速匹配进去。低分段的对局对站在职业圈顶峰的大神来说实在太过小儿科，寒陌根本没当回事。

另一个直播间里，言易冰降落 R 城。

同时降落 R 城的至少十个人。他的房间刷新不友好，他摸了一圈只有一把汤姆逊冲锋枪，他刚准备换房，屋外就响起了脚步声。言易冰一顿。

对方进屋了，脚步声骤然消失，显然对方也发现这里有人，正在观察。

"唉，也没把好枪。"

言易冰看似懊恼，其实脸上一直挂着漫不经心的笑。他拎着枪从窗口跃出去，飞快摸到门边，从屁股后面打倒了那人。

"啧，S686 啊，吓死我了。"

"这人机（AI 玩家）？太弱了吧！"

"一千分以下的局，还不都是菜鸟，别跟他们玩了，冰神上大号玩高端局吧。"

“这就是传说中的牛刀杀鸡？”

“S686 被汤姆逊赢了，厉害厉害，跳房的脚步声都听不准还敢跳 R 城，怕不是个傻的。”

言易冰口中羡慕人家捡的枪伤害高，但他根本没去搜那人包里的东西。本来已经是虐菜鸟玩家的游戏，不给自己增加点难度太没意思了。他就拎着这把汤姆逊，在 R 城到处逛。这把唯一的好处就是弹夹容量高，在 R 城逛了半圈，解决掉四个人，言易冰喝了瓶饮料。

他这局是天谴圈（远离安全区的位置），跑圈距离不短，言易冰一边找车一边瞄弹幕。看了两眼，他微微一怔，眉头蹙了起来。

弹幕被一条劲爆消息刷屏了。

“各位兄弟姐妹们，我是不是看错了，你们觉不觉得冰神和寒陌在一局里啊！”

“寒陌也在直播？”

“真的是，缩圈一模一样，寒神在防空洞！”

“寒陌天命圈（安全区），冰神天谴圈，连地图都欺负我们！”

“太刺激了，我爱修罗场！”

言易冰脸上云淡风轻的笑渐渐收敛起来。幸亏他习惯看弹幕，不然这么吊儿郎当地混下去，真容易被寒陌收了人头。

直播间粉丝很快发现，言易冰的节奏变了。

“冰神把汤姆逊甩了，配 98K 八倍镜了！”

“枪托和消音器也装上了！”

“二级头三级衣，他肯定看弹幕了，这个男人他认真了！”

“我燃了！ 98K 加霰弹枪，这是打职业比赛的节奏啊！”

言易冰眼皮深折，红润的嘴唇用力绷着。十杀后，他再次跑圈。不远处，就是始终刷新在圈中心的防空洞。

言易冰喉结微微一滚，伏在山坡，慢条斯理地上了膛，开了倍镜。寒陌还在防空洞？也可能不在，防空洞比较空，没什么好装备，但他转念一想，他都懒得捡枪搜房，寒陌肯定也一样。一直是天命圈，寒陌玩得也挺没劲。

言易冰端着倍镜，仔细扫了一圈，还没等他看遍地图，下一秒——

砰！

一颗子弹打在他身上，血立刻下去了小半管。好在他有三级衣，损伤不太大。言易冰飞快反应过来，快速从坡上退下去，数发子弹爆在身后，没打到他。

他敏锐地察觉到远处灌木中闪动的人头。言易冰跳跃着向前，没开倍镜，他调整下枪位，直接移动枪靶打了过去。绿雾一现，对方闪到树后，似乎伤得不轻，准备打药。

言易冰眯了下眼，直接冲了过去。眼看着距离差不多，他换了霰弹枪，上去跟对方正面对打。霰弹枪不愧是霰弹枪，近战杀伤力无敌，言易冰将对方击倒时还剩下半血。

“qwertyuiop 使用 U686 霰弹枪杀死了 momotwo。”

言易冰的直播间里沸腾了！

“哈哈哈哈哈哈！你冰神永远是你冰神！”

“寒陌在哭吗？寒陌还狂吗？ Prince 粉继续庆祝啊。”

“啧啧，白天发通稿吹牛，晚上就被教做人，希望寒陌人没事。”

寒陌看见变暗的屏幕，微微挑了下眉。他侧脸对肖诺说：“这乱码谁？意识操作都不错，躲得开我的枪，让青训营那边联系一下。”现如今各家战队都青黄不接，急需人才，Prince 也不例外。

肖诺也愣了。他以为以寒陌的水平，赢这局是妥妥的，哄一把粉丝就完事儿了，没想到竟然输了。输了也正常，职业选手直播里也不可能把把赢。但输给个不到一千分的没姓名的乱码，有点说不过去了。

“等等队长，你看弹幕。”

寒陌这才把弹幕助手打开。Prince 粉丝急坏了。

“寒神！言易冰在这局里啊啊啊啊啊啊啊啊！”

“寒神你俩要撞上了！”

“寒神醒一醒！快换把好枪啊！对方 98K 加大喷！”

“开弹幕啊啊啊啊！”

“嘤，寒神输了。”

“Zero 粉又高兴了，这太伤了。”

“什么青训营啊，乱码是冰神啊，你当初都是人家教的。”

“我火速投稿社死小组。”

“言易冰。”寒陌看着弹幕，轻飘飘念了一声。

直播平台禁止吸烟，所以寒陌伸手，摸了块薄荷糖。他剥开糖纸，将糖块塞在嘴里。

他眸色深沉，舌尖抵着糖块，牙齿一用力，轻而易举地咬碎，将糖吞进腹中。

“我师父啊，赢我很正常。”

粉丝们惊悚地发现，寒陌第一次在直播里翘起了唇角。

赢了寒陌，言易冰上去拿他包里的物资。

果然和他想的一样，寒陌没捡到什么好装备，一把M16A4、二级头、一级衣，还有几瓶药，一百发子弹。他连捡都懒得捡。

在直播里被自己淘汰，对寒陌来说应该够丢脸的吧，现在指不定怎么在心里骂他呢。言易冰懒散地扯了扯唇，拎着霰弹枪往安全区跑。毒圈缩得越来越快，那些隐藏在房区的玩家不得不冒了头。对言易冰来说，赢他们就和刷牙洗脸一样简单。

五分钟后，屏幕上显示出——

“Winner winner，chicken dinner!”

他扫了一眼弹幕助手，Zero 的粉丝们正在狂欢。

“ICE666，这波没白玩。”

“终于硬气起来了我爱冰神！”

“来自寒陌直播间的线报，寒陌说，你是他师父，打死他正常。”

言易冰微微一眯眼。粉丝们以为寒陌只是谦虚，只有他知道，寒陌这是在嘲讽他冷血无情。他当初把寒陌赶出 Zero 俱乐部大门，也一样，没有一分留情。

言易冰合眼半晌，再次睁开，手指随意在鼠标上敲了两下。

“我还年轻呢，叫师父给我叫老了，以后谁再叫你们让他闭嘴。”

“哈哈哈哈哈谁让你出道早呢。”

“别看我们 ICE 年纪大，但我们状态好啊！”

“你不大，你才二十五，你永远是我们的小宝贝！”

“ICE，寒陌下了，你还开吗？”

言易冰怔了一下。他才打了一局，还开么？按理说好不容易直播一次，应该多玩一会儿的，但寒陌不玩了，他突然也没那个兴致了。

训练一天了，又遇到积分榜被超的糟心事儿，还没时间消化呢。

“刚在模拟器练了三个小时，有点累，聊聊天吧，照例，你们问我答。”

他把游戏界面放着，自己往电竞椅上一靠，还散漫地跷着腿。

“Zero 会参加联盟表演赛吧，到时候和谁双排啊？”

表演赛里有一个环节，是让选手们打乱战队，随机组排进行游戏。

言易冰：“不是随机的吗，我们不能选。”

“ICE 想和谁双排啊？”

言易冰：“谁都行，最好不是 CNG 的郁晏，AXE 的陈驰，天天跟他们打练习赛，玩腻了。”

“啊，那不就剩下 Prince 的寒陌了？原来冰神想和寒陌双排？”

言易冰一愣。因为他和寒陌的过节，Prince 从来不和 Zero 约练习赛，他把寒陌给忘了。

他皱眉：“联盟里战队多的是，我非得在四大豪门里挑？”

他刚想看下一个问题，宋棠就推门进来了。他们直播的时候没那么讲究，战队成员都能随便入镜。宋棠也习惯了，直接走到他身边，往屏幕上看了一眼。

“哟，各位上帝们好。”

“啊啊啊啊啊副队也来了！两位双排吧，我等着！”

“棠棠好久不见了！我们好想你！”

“不是，俩职业选手开直播不打游戏合适吗？ICE 再来个高端局吧。”

言易冰仰头，杏核眼漆黑明亮，下颚的轮廓流畅细腻，脖颈的皮肤在灯光下白得耀眼。

他淡声问宋棠：“怎么了？”

宋棠抿了抿唇，瞥了一眼弹幕，轻声道：“这给你，祛疤膏，我上网查了，现在抹正好。”

他指了指言易冰手背上的伤痕。言易冰一惊，抬起手看了看：“不是，这玩意儿还会留疤呢？”

宋棠：“……伤口深的话很有可能吧，你这也太不上心了。”

言易冰随手接过祛疤膏，仔细看了看：“抹了就管用？我以为痂掉了就完全好了。”

弹幕——

“真男人还祛疤？？？”

“闭嘴，祛疤怎么了！换我我也不想身上留疤呀！”

宋棠深吸了一口气，眉头微蹙：“队长，你这个伤口到底是怎么弄的？”

听了寒陌的话，宋棠回去仔细想了想。他想不出什么树枝能划出那样细又深的伤口，树枝又不是刀片，再说现在初春，枝叶嫩得很，哪儿有这么坚硬的枯枝。

琢磨了一下午，他还是去药店买了管祛疤膏。这一百块不值得送回 Prince，他也不能昧下，反正得用在队长身上。

“怎么，不是说了树枝划的？”言易冰莞尔一笑，反问宋棠，却不由自主地把左手缩了缩。

宋棠眼神一紧。言易冰这小动作就表示……寒陌说得对，这伤口不是树枝划的。他真是个傻子，居然还信了！宋棠心里憋气，电竞选手的手有多重要，言易冰不会不知道。但他竟然还瞒着队里，顺嘴胡诌。

碍于直播镜头还开着，宋棠不好发作。他从言易冰手里夺过祛疤膏：“用法告诉你你也得忘，我先给你涂一遍示范，你记好了。”

他拧开盖子，扎破包装膜，挤出了透明的膏状物。然后一把扯过言易冰的左手，将药膏涂在言易冰伤口上。药膏带着一股清淡的草药香味，冰凉凉的，很快染过发红的皮肉，一直延伸到圆润凸起的腕骨。

言易冰伸着手，懒洋洋地笑，对粉丝道：“我们副队长越来越能干了。”

宋棠没好气：“我谢谢你，你自己吹一吹，吹干。”

言易冰等他涂完，听话地鼓起嘴，冲着手腕吹风，一边吹一边道：“你再努力努力，就跟寒……”

言易冰话音一止，神情凛了凛，连吹风都暂时忘记了。大概是今晚和寒陌打了游戏，他竟然一时不慎提了他的名字。不过寒陌的确是他曾经带过的，最“贤惠”的队员。

那时候他是一队队长，寒陌还在青训营。他早就听说寒陌天赋极高，没入这行多长时间呢，韩服冲分都冲进前五了。这样的选手一般自命不凡，傲气得很。

言易冰听说经理打算签寒陌的时候，已经做好了给他一个下马威的准备。没想到寒陌不仅不自视甚高，反而对他特别地尊重。

当年言易冰也才二十三岁，谁不喜欢对自己崇拜、体贴、又懂眼色的队员呢？他很快就一头热地把寒陌当成继承人培养。

寒陌是真懂事。言易冰仗着年轻，吃饭不规律，饥一顿饱一顿，每次都是寒陌提醒他准点吃饭。尤其是吃早饭的时候，他起床气大，有时候有点暴躁，对寒陌劈头盖脸就是一顿骂。

寒陌也就是绷绷唇，青涩的眉眼一垂，从不反驳。

基地里人多，他抵抗力差，经常被人传染感冒，他发着烧往被窝里一钻，什么都懒得干，寒陌那时常照顾他，给他送药送吃的，护士都没他敬业。

还有赛季加训，全战队都熬夜打练习赛，经常一打就是七八个小时，一天下来后背都是僵的，寒陌会过来主动问一句："腰疼吗，我叫队里的按摩师过来给你揉揉？"他让言易冰按摩完腰再去休息，从来没忘过。

但这都是过去的事了。现在他们都成了队长，各自为战，势不两立。

"吹完了，药膏不错，谢啦。"言易冰拍拍宋棠的肩。

宋棠犹豫一秒，神情复杂："药是……"

在直播里，他不好提寒陌的名字，但又不能冒领寒陌的功劳。既然言易冰私下也不喊寒陌名字，那——

"药是非人类买的。"

言易冰：……

HUANQIAN

还钱

CHAPTER 2

言易冰捏着那管祛疤膏，又想到白天寒陌目中无人的那句——“师父不准备兑现诺言？”

他狠狠揉了揉脸，轻声嘟囔：“这都是什么事儿啊。”

他觉得自己大概是年龄大了，跟不上年轻人的思路了。寒陌在想什么，他真是不懂。他唯一确认的，是寒陌还恨他。但是……送祛疤膏也是报复？

他把祛疤膏随便往床头一甩，拽着卫衣下摆，快速把上衣换掉，然后钻进被窝，眼罩一扯，不管不顾地睡了过去。这层薄被盖着好像有点冷，但是备用厚被放在哪儿了呢？不记得了，那就算了。言易冰缩了缩腿，又把被子往脖子上扯了扯。

言易冰是个特别讨厌麻烦的人，他家里条件好，从小就是阿姨和父母帮他安排好一切，现在长大了，住在俱乐部基地里，没人像以前那么照顾他，他也什么都能将就。

第二天一大早，孙天娇死命敲言易冰的门。

“队长！冰神！今天联盟主席请吃饭啊，你别忘了！”

联盟表演赛开始之前，联盟主席都会约四大豪门战队的队长聚一聚。聚餐是次要的，主要是为了交流感情。四大豪门的关系和谐，联盟的工作也好做。表演赛每两年一次，上次去的人有言易冰，CNG的郁晏，AXE 的陈驰，Prince 的顾鸣。

今年……Prince 队长是寒陌啊！

言易冰一骨碌从床上坐起来，扯掉眼罩。他还来不及说话，鼻子一痒，便重重地打了个喷嚏。

他吸了吸鼻子，把被子裹紧，冲门外道：“我不去行不行？”

孙天娇异常冷漠：“不行哦，联盟主席的面子必须给，而且你不是好久没跟郁神聚了，CNG 又研究出什么新战术了，聊聊呗。”

言易冰惊：“我能做出从哥们儿手里套战术的事？”

孙天娇语气毫无波动：“你能，你还能做出把咱家战术说漏嘴的事。”

言易冰：……

他裹紧小被子，冲门口重重咳嗽几声：“我感冒了，不能去。”

孙天娇轻呵：“别装，你不去就显得我们 Zero 怕了寒陌了，我们一不欠他二没坑他，我们怕什么！”

言易冰病歪歪地往床上一倒，深深地叹了口气。虽然他在俱乐部里的地位足够高，但在正事上，还是要听经理的话。联盟主席的邀约，的确不是随便找个借口就能推的。但是他好像……真的感冒了。言易冰摸了一把发烫的额头。

电竞选手一般都是夜猫子，但联盟主席不是，老人家生活作息很健康，所以聚餐也约在中午。他们包了个小酒吧，格调是文艺清新的，光线还暗。

联盟主席抱着个茶杯就来了，到了室内，他拧开盖子，冲服务生道：“麻烦给我倒点热水。”言易冰他们见怪不怪，一人点了一杯鸡尾酒。

寒陌一进屋，话少人也冷，往座位上一坐，薄唇紧绷。言易冰皱皱眉，浑身不自在。还记得上一年聚餐的时候，气氛其乐融融，大家嗨得差点当场拜了把子。

他闷着没话说，只好喝酒。酒精溶解了杯壁的盐粒，和着冰块被灌入口腔。又冷又辣的液体刺激着喉管，一路漫进胃里，他忍不住咳嗦了一下。喉咙吞咽的时候发胀，好像肿了。

联盟主席左右看了看，挑眉道：“你们不用管我，聊天啊，让我听听你们的想法。”

郁晏和陈驰都知道言易冰和寒陌的过节。郁晏勾唇一笑：“哎呀，难得我们这里又有新鲜血液，这样吧，让冰神代表大家跟新人喝一杯。”

言易冰杏核眼一挑，似笑非笑：“不劳刚失恋的某人费心了，我手短，够不着。”

他的座位离寒陌有两米远，故意的。郁晏和言易冰的私交最好，两人开玩笑也没什么下限，经常戳对方的痛点。

郁晏打趣道：“碰下桌子就完了，又没让你喝拜把酒。”

寒陌闻言，手指微微一顿，眼眸凛了凛。

陈驰打圆场：“行了行了，你俩别闹了，怎么样，表演赛有什么想法没？”

言易冰懒散道：“友谊第一，比赛第二啊，大家和平一点，别你死我活的。”

郁晏接话：“对啊，什么R城，P城，机场，我们要跳就跳那种犄角旮旯的厕所，给其他小战队点机会。”

言易冰：“这也是为了联盟的发展做贡献，一直是四大豪门，其他战队怎么上位呢。”

郁晏：“我提议，咱们一人一把手枪，一套弩箭，谁换98K、M4谁请客吃饭。”

陈驰嘴角一抽：“你俩每次都坑我们！”

以前他们不是没畅想过温柔和平的表演赛，但台下说得好好的，一进游戏这俩货一个比一个玩得狠。

陈驰愤愤道：“你俩就是学生时代让大家都不写作业不学习结果自己偷偷学的典型！”

言易冰得意道：“我学生时代不偷着学也是第一。”

他学习的确好，中考还是全市第一，上了电视的。进电竞圈是个意外，当时他是被个朋友拉去Zero青训营的，结果就一直留到了现在。

联盟主席乐呵呵道：“行了，你们好好打，但也要管好粉丝，别再出什么比赛现场打群架的事，尤其是……Zero和Prince，我不说冤家宜解不宜结的场面话，但为了大局，我相信你们知道该怎么做。”

言易冰嘴唇翘着，眼睑微垂，浓密的睫毛微不可见地颤了一下。主席的话说得有点严肃了，他觉得不自在。

他和寒陌是有过节，但自己二十五岁的人了，不至于跟十九岁的小年轻动手。他刚想说点什么调节气氛，一直沉默的寒陌突然开口：“冰神能做到的，我都能做到。"

他神情冷厉，眼皮耷拉着，声音也轻。说完后，捏着酒杯，一抬手，直接把一杯鸡尾酒干了。

言易冰心口有点闷。回答就回答，非得扯他的名字，阴阳怪气的。他口中干涩，太阳穴直跳，酒精到胃里开始发热发胀，好像浑身都烧了起来。

“你们先喝，我去趟卫生间。”他撑着沙发扶手站起身，大衣被他甩在一边，里面只剩一件柔软轻薄的蚕丝衬衫，但他也不觉得冷，反而一阵阵地出汗。

言易冰走到吧台，弯起眼睛，伸手敲了敲台面：“妹妹，你这儿有感冒药吗？给我来两片呗。”他怀疑自己的感冒加重了，再这么下去，这酒就喝不下去了。

服务生一张脸纠结着，小声道：“有是有，但你喝酒了暂时不能吃药吧？”

言易冰微愣，茫然地眨了眨眼：“哎，喝酒不能吃药吗？我出来之前还吃了两片呢。”

他完全没有生活常识。因为觉得感冒不是大事，所以也没通知队医，就自己找了吃惯的药胡乱吃了两片。

“你吃药了啊，现在怎么样，要不要跟他们说一声？”服务生有点担心，但她也年轻，不懂得怎么照顾人。

言易冰摆摆手：“不用麻烦他们，我去洗把脸。”他觉得眼前有点飘，但稳了稳心神，还能站住。

寒陌远远地看了眼言易冰，见他身子一晃，顿时一皱眉。言易冰的脸色确实红得不正常。

寒陌放下酒杯，也跟着站起来：“我也去。”

言易冰到了卫生间，在洗手台前拧开水龙头，双手捧起凉水，毫不留情地泼在脸上。

瞬间的凉意刺激他的毛孔骤缩，肌肉绷紧，太阳穴发出尖锐的疼痛。水珠很快被他的体温温热，沿着下巴一路下滑，打湿了衬衫的领口。他深吸了一口气，努力眨了眨眼，身体却越来越飘忽。

他知道刚才喝的酒终于开始起作用了，但以前他的酒量没这么差，怎么一杯就开始晕了？言易冰用手掌压着太阳穴，还想捧水洗脸，迸溅的水花淋湿了袖口，衣服黏腻地贴在皮肤上。

他刚要把水拍在脸上，手腕却突然被人从后攥住，凉水顺着指缝流了下去。言易冰气急，出口想骂，却反倒重重地咳嗽了起来，咳得面色发红，眼泪都要出来了。

寒陌看着他狼狈的样子，下颚紧绷，额头青筋凸起。他站在言易冰对面，嗓音低沉，语气又冷又狠。

“我那么恨你，都还没做什么。你既然身为电竞选手，应该知道身体有多重要，你要是不知道珍惜自己，不如让我好好出个气！”

寒陌说罢，攥紧的手掌不由加大了力气。言易冰头晕目眩，双腿发软，虽然靠在墙上还多少有点支撑，但刚刚撞那一下，让他难受得不行。

言易冰疼到嘴唇都抖了抖，他迷蒙着双眼，急促地呼吸片刻，突然喃喃道：“……疼。”

下一秒，言易冰眼睛一阖，瘫软着身体栽倒在寒陌身上，神志不清。

寒陌站在急诊室外的楼道口。他深吸一口气，手指却还在抖。

言易冰是他一路背到医院的，那时候顾不了那么多，成年男性的体重大，背得他浑身肌肉紧绷，神经也绷着，都不知道给双手造成了这么大的负担。

他皱着眉，双手垂下，后脑抵着冰凉的墙面。言易冰倒下的过程太迅速，如果他晚到一秒，估计那人就磕在洗手台上了。他从来就没见过这样生活不能自理的人，好像除了打游戏和看书，什么都不懂。他在的时候还能提醒两句，他不在的时候呢？也这么把头孢和酒精混着吃？

医生说，幸好言易冰的乙醛中毒反应不算严重，只是虚软，眩晕，头痛，要是喝的剂量再大一点，说不定就休克了。

Zero 战队经理孙天娇在楼梯口找到他，一见面，差点直接给寒陌跪了。

“寒神！谢谢，真的谢谢，要不是你我今天真不知道该怎么办了！”

孙天娇记得言易冰早晨跟他说有点感冒，但他没当真，以为言易冰找借口不去聚餐。

要是言易冰有个好歹，Zero 俱乐部 PUBG 分部直接就垮了。一想到可能发生的事，孙天娇就一身一身出冷汗。

“没事，我顺便的。”寒陌顿了顿，默不作声地躲开他。

当年他在 Zero 青训的时候孙天娇就是经理了，孙天娇年纪比他还大，真这么低声下气，他还受不起。

孙天娇擦了擦潮湿的眼角，顶着起雾的眼镜片，弱弱道：“我们队长醒了，你要去看一下吗？”

寒陌当初怎么走的，孙天娇知道得一清二楚。站在言易冰的立场，他原来碰到寒陌都不见得打声招呼，他也没想到，自己还有真心实意感谢寒陌的时候。

“嗯。”沉默了一会儿，寒陌低声应道。忍不住，还是忍不住想看他一眼。

刚走到急诊病房门口，他就听见言易冰在里面虚弱地嚷嚷：“我衣服……我的衣服是谁换的！”

郁晏坐在他病床边，跷着腿，把玩着手机，闻言轻呵一声：“不是我，你放心吧。”

言易冰长出一口气：“幸好不是你，不然恶心死我。”

言易冰手上埋着针，身体一阵阵出虚汗，他艰难地翻了个身，换了个姿势，让自己舒服一点。

然而下一秒，他浑身微微一僵。不是郁晏，别是寒陌吧？

寒陌一进屋，就见言易冰拧成个虫子样，胳膊从被子里伸出半截，手臂内侧黛青色的血管清晰可见，他头发有些长了，发丝垂下来，快要把眼睛全部遮住。

寒陌想起了言易冰昏倒在厕所里，神志不清的样子，他当时也被吓得不行。

惊慌过去，就是愤怒。他大跨步走到言易冰床边，居高临下，眼中像燃着烈焰：“你年龄都长到哪里去了？二十五岁了连头孢和酒不能一起用都不知道？”

言易冰脖子一用力，撑起脑袋，他瞪圆眼睛：“寒陌我给你脸了是吧，你训谁呢？”他说话气势挺足，但声音虚得要命，喊出一句来，脑袋嗡嗡作响。

寒陌咬着牙：“你真是欠……”

“啊……疼疼疼。”言易冰动作一大，不小心扯到了输液针。

大概是输液速度快了，他手背上一阵尖锐的刺痛，于是语调立刻就低了下去。言易冰从小就怕疼，怕打针，怕见血。游戏里玩得多猛，他现实里就有多㞞。

寒陌话没说完，紧紧地闭上了唇。两年了，言易冰还是这样，他生气又能怎么样？

孙天娇跑到言易冰床边，紧张地尖叫道：“医生！护士！拜托过来一下，我家队长说他疼！“

小护士过来看了看言易冰的手背，特别自然地把针头往里推了推：“没事啊，让你队长别乱动了，刚才抵到血管壁了。”

“啊……轻点。”言易冰虚弱地哀叫。

郁晏看不过去，嫌弃道：“闭嘴，不知道的还以为你在做什么手术呢。”

言易冰抬起眼：“呵，我要做手术会打全麻，才不受这罪。”

寒陌见言易冰已经没事了，转身对孙天娇道：“我先走了。”

孙天娇怔了一下，赶紧道：“好好好，我送送你吧？”

寒陌意味深长地扫了言易冰一眼，淡声道：“不用，你供好你家队长吧。”

孙天娇：……

见寒陌走出病房了，并且没有回来的意思，孙天娇才叹气，对言易冰道：“这次多亏寒陌了，他把你一路背到医院，还给你垫了医药费，我说还给他他也没要。”

郁晏跟了一句：“嗯，我也愿意背你的，就是根本背不动。”

言易冰耷拉下眼皮，睫毛颤动了一下。他往被子里拱了拱，把半边脸都埋在被底，随后闷声闷气地说了声：“困了。”

休养了两天，言易冰总算满血复活。他直接把那盒头孢塞在了柜子底下，打算再也不吃了。病好了也不算完事，当天晚上，经理和教练召集一队队员开大会。

言易冰一如既往坐在主位，只不过不像以前那么吊儿郎当，云淡风轻。他耷拉着脑袋，手指漫无目的地摆弄着一支钢笔。

宋棠，许瑞，傅海峰对于此时的场面，都感到十分新奇，毕竟这是队长第一次挨训。

孙天娇冷着脸，清了清嗓子。他严肃起来，的确有管理一整个分部的气势。

“耽误大家训练的时间，开个总结大会。

“我要说什么大家应该知道，以后，要求升级，赛季前，每天的饮食都给我汇报上来，你们也看到了，一个人倒下了能造成多大的影响。

“冰神，虽然你生病挺惨的，但一码归一码，你和俱乐部是签了合同的，你把自己折腾倒了，代言和直播合约怎么办？人家要求赔偿怎么办？你也知道，现在 Zero 的商务大头都拴在你身上。”

这要是普通队员，孙天娇早就扯到全俱乐部面前批评了，检查都至少要写五千字的。言易冰毕竟特殊，虽然他经常不着调，但队长的威严还是得留着。孙天娇等着他表态。

静默了半晌，言易冰丧丧地垂着手，把下巴抵在桌面上。他眼皮浅，折痕漂亮，眼尾的睫毛微微卷着，显得特别无辜。

言易冰鼓了鼓两颊，吐了一口气，哼哼唧唧道：“好……我知道了，那欠 Prince 的钱怎么办？”他不说是欠寒陌的，非说欠 Prince 的。

孙天娇皱了皱眉，为难道：“我说要还，寒陌非不要，其实钱也不多，就几百块，他可能也不在乎吧。”

这帮顶级选手年薪可观，还不包括直播的打赏，几百块真就不放在眼里。不还不对，但硬追着还也显得矫情。

言易冰“嘁”了一声，小声嘟囔：“莫名其妙，我不想欠他，找个机会还吧。”

他直起身，双手插进兜里，仰了仰脖子，又淡淡道：“散会吧。”

“唉……散了吧散了吧。”孙天娇挥了挥手，让他们赶紧走。

还钱的机会有的是，言易冰心里有数。Prince 也跟直播平台签了约，寒陌按照合约，每月要直播固定时长。既然给钱他不要，那直播里的礼物总没法拒绝了吧。他就开着大号去一次，把该还的钱还完就走。

Prince 的直播平台和 Zero 不是一家，言易冰还特意下载软件，注册了个账号。担心寒陌不认识，他给自己起的昵称就叫——ICE 言易冰。ICE 也是他在 PUBG 游戏里的正式 ID，这个 ID 陪着他走过了七年的职业生涯。

他搜出来寒陌，设置了直播提醒。

十二点，言易冰在模拟器里练习压枪，软件提示跳了出来——

“叮！您喜爱的主播开始直播喽！快上线支持他吧！”

言易冰退了模拟器，打开呦呦直播软件。每家直播平台的界面不同，功能也有出入，言易冰对呦呦直播还不太熟，但好在软件提示里有房间的直通车，他一点就自动进入了房间。他刚进去，就见里面刷屏刷得飞快。

“啊啊啊啊啊寒神终于直播了！我开心死了！”

“寒神看我！寒神看我！我刚买了你代言的红轴键盘！”

“看我！看我！我也有寒神全套周边！”

“寒神太帅了，我爱死内双的男人了！”

言易冰看着屏幕上刷屏的花式表白心里隐约泛酸。

不知什么时候，市场开始流行少言寡语桀骜不驯的类型了。

寒陌越是冷淡，粉丝越爱他，还一个劲儿地给他刷彩虹屁，买同款，叫哥哥。

来了寒陌的直播间，他才知道什么叫被女性偏爱的男人。

“真是……”

言易冰动手剥了个橘子，刚咬一口，就酸得他一皱眉，他赶紧“呸”了几声，吐进垃圾桶。

寒陌在镜头前整理了一下耳机，随后眼皮一掀，对着镜头道：“我上大号，去韩服冲个分。”

“真的吗！今天要打高端局了！”

“寒神现在韩服第五吧，那打起来有点难了。”

“寒神稳着点吧，别太冲动，我看前几天 Zero 的冰神就差点反向冲分。”

言易冰嘴角一抽。他明明冲进了前三，差点反向冲分那几局是遇到了国外顶级职业选手，而且跳的点位置也不友好。

寒陌淡淡地“嗯”了一声，不置可否，飞快地选了维寒迪雪地图。

第一把，他直接跳了军港。

军港区域不大，但物资丰厚，极易爆出高级物资，是喜欢直接开打的选手最喜欢跳的位置，但落地就淘汰的概率也很大。

言易冰本想还完钱就走，但见寒陌跳的是军港，他不由得放下鼠标，准备看看他打得怎么样。

因为他和寒陌的私人过节，两家战队从来没约过练习赛。就连他也不清楚，寒陌现在到底有多强。

寒陌曾经的缺点，他一清二楚。也因为这样，好几次 Zero 都在比赛里压 Prince 一头，但大概对方教练也发现了这点，所以寒陌在有意识地洗掉言易冰对他的操作的影响。

言易冰眯了眯眼，轻吸了一口气。寒陌运气不好，刚落地，视线所及之处没有步枪和霰弹枪。他匆匆捡了把 vector 冲锋枪，捞了个快速弹夹，抬手打掉一个还没来得及摸装备的人。

与此同时，军港里枪声四起。寒陌绷了下唇，快速冲向码头战舰。职业选手们都知道，这里容易刷出好装备。谁想寒陌刚一露头，血光一闪，他立刻掉了半管血。他飞快躲到集装箱背后，给自己打了个绷带。

言易冰按住食指骨节，不由得紧张起来。有点惨。打他的那个人已经拿了狙击枪配消音器，刚刚镜头一晃儿的工夫，连言易冰都不确信那人躲在哪儿。寒陌现在非常危险，对方一旦绕出角度，下一枪就能送寒陌出局。

这局匹配的玩家很可能有职业选手和顶级主播，游戏水平都不是普通玩家能比的。寒陌开局没拿到好枪，打的又是个空盒，已经耽误了不少时间。

PUBG 这款游戏在一定程度上很依赖运气。运气好的跳了天命圈，可以一路顺顺利利收人家的物资，运气不好的，可以丢脸丢到全世界。

寒陌依旧很冷静，他打了个绷带，在原地一秒都没多待，侧身藏头，枪口直接打向远处坡地上的一点。

言易冰微微一惊。这个人，他刚才一点都没有发现，寒陌是怎么察觉到的？刚到码头的时候寒陌可还准备搜物资呢，难道就是被打的几秒钟，他就已经锁定了那人的位置？

vector 在冲锋枪里每秒输出的伤害最高，射速也快，虽然打远战有点吃亏，但寒陌枪准，硬是把对方给磨死了。他过去搜了对方的包，收获了一把 M24、一套被打坏了的三级衣还有二级头。

言易冰看完全程，伸手把剩下的那瓣橘子塞进嘴里。当年闷不吭声的小野狼始终在飞速进步着，不愧是他看好的人。言易冰勾了勾唇，喉结轻轻滚了一下。

拿到了 M24，寒陌终于开始顺风顺水。他打单发射击的狙击枪是出名的稳，轻轻松松点射掉两个国外职业战队的选手。他们曾经在赛场上碰到过，对方被淘汰后，还用英文跟寒陌打了个招呼。

言易冰看了眼弹幕，彩虹屁又是一套一套的。

“寒神厉害！今天冲榜一吧！”

“我天！ M24 太稳了吧，是人吗？”

“我都没看见人呢，结果人就死了，这波依旧强啊！”

“让这个男人碰到狙击枪就是错误的开始！”

“别冲榜一了，压力太大，把言易冰超了就行。”

言易冰牙根发痒，恨不得拎起键盘跟对方对线。什么意思？不带他不会说话？

不过想想自己这账号用的实名，他就忍住了。

这局寒陌状态很好，最后十五杀顺利吃鸡（拿第一名），拿了个 MVP。言易冰懒洋洋地捶了捶腰，觉得这发挥也在意料之中。寒陌正在巅峰期，他的目标是世界冠军。正胡乱琢磨着，言易冰突然瞥见系统给他发了条消息。

“叮！您的认证已成功，快点进主页看看吧！”

认证？言易冰不记得自己认证过什么，但注册账号的时候他因为输了自己的名字被要求绑定微博。

他从没跟呦呦直播合作过，虽然对方曾经发过几次邀请。职业选手入驻平台能给平台带来巨大的流量，平台对职业选手的名字一直严格把控，不允许任何仿号的存在。他用本名注册，对方一定核实了他的身份。然后说不定哪个工作人员热情，免费给他加了会员。

言易冰眼睁睁地看着自己的账号上多了个红 V，紧接着，在寒陌的直播间里，他的名字跃上了第一位。

“叮！房管已将您抱上沙发。”

言易冰：？

下一秒，直播间炸开了。

“ICE 言易冰？什么情况，来看我们寒神？”

“冰神，是真的冰神吗？”

“厉害啊，言易冰都来看我们寒神冲分了，Prince 雄起！”

“哈哈哈哈哈寒神快来看，你师父来直播间挺你了！”

“我听说两人关系不好？兄弟们我说的对吧？”

“寒神快看直播间！”

寒陌虽然不看弹幕助手，但 Prince 俱乐部有舆情关注人员，直播间里一旦发生不可控的大事，工作人员会紧急通知寒陌。

背景隐隐约约传来声响：“队长，那个谁来你直播了，你要不要看下？”

声音过后，寒陌始终没有开下一局游戏，他目光微垂，盯着屏幕。话筒的确是开着的，但没说话声，也没其他响动，整个直播就像卡住了一样。

言易冰别扭得浑身发酸。他只想来还个钱，根本不是对寒陌打游戏感兴趣。他咬着下唇，皱着脸，快速找到送礼物界面。一般情况下，排在最后的礼物是数额最大的，而且绝对超过一千。寒陌不在乎几百，他也不在乎几千。言易冰来不及多看，鼠标一动，一个长得像福包似的东西送了出去。

“叮！ ICE 言易冰送给主播寒陌一份‘情意绵绵’大礼包！那是粉丝对你满满的爱哦！”

下一秒，他看见寒陌的直播间里，飘了满屏的红色爱心。爱心的旁边还充斥着数不胜数的玫瑰花瓣。这份呦呦直播价值五千块的礼物，刷屏时间持续一分钟，给足了直播间牌面。

弹幕——

“？？？”

“什么情况……”

“好家伙，我直接一个好家伙！”

“兄弟们告诉我，是不是我眼花了？”

“这是本人发的吗，我有点跟不上。”

言易冰的表情开始出现裂痕。

寒陌听说言易冰在，就一直刻意冷着脸，但他也没心情继续打游戏，他想看看言易冰到底想干什么。

结果，言易冰给他送了直播平台最大额的礼物。

五千块的确不算少了，主播们为了感谢这些粉丝，会在整个直播的过程中不停提大佬的名字，给大佬道谢。主播们经常把“今晚 XXX 大佬就是本直播间的再生父母”挂在嘴边上。

当然这只是呦呦直播平台的规矩，言易冰并不知道。寒陌扯了下唇角，往电竞椅上一靠，似笑非笑：“你这是什么意思？”

“佩服你的意思！”

“寒神不能屈服，请你打游戏不止这个价钱！”

“我天，冰神今天是不是喝大了，还是进错地方了，这不是你家直播间！”

“我傻了，这到底什么情况？”

“今天这个画面将震撼我一年。”

直播间上飘的弹幕言易冰都能看见，职业选手眼睛更敏锐，比普通人捕捉的信息还多。

他绷着唇，耳根发烫，温度一点点蔓延到脖子上。言易冰皮肤白，染上点颜色看得很明显，耳根尚有发丝遮挡，锁骨以上却是袒露无疑。

言易冰一直觉得自己是个很厚脸皮的职业选手，但最近他却总在寒陌面前丢脸。幸好此刻训练室就他一个人，不然让一队那几个看到了，他威信就没了。

言易冰攥了下拳，手指落在键盘上，飞快打了几个字。

“别误会，医药费。”

因为他被房管“抱”到了沙发上，所以发言能浮现在弹幕中央。

寒陌眸色加深，半晌，冷冷应了一声：“噢。”

“什么情况，什么医药费？”

“展开讲讲呢？”

“别不是冰神带伤了吧，不要啊，虽然是对家，但冰神要保重身体多打几年啊。”

“言易冰二十五岁了，有伤病才正常吧，别的选手这个年龄都退役了。”

“弹幕别引战，和平交流，陌陌也能打到二十五岁。”

寒陌眼尾折痕加深，他淡声道：“冰神不解释一下？”

言易冰在屏幕前冷冷一笑，回了句：“颤抖吧，我二十五岁依然能打，走了。”说罢，他逃也似的退出了寒陌的直播间，把软件一删。

寒陌望着直播间里骤然消失的名字，难免失神了片刻。这还是言易冰第一次看他直播。不知道刚才……对他的操作还满意吗？不过即使满意，也听不到言易冰作为队长的夸奖了。

很快，寒陌就恢复了冷静。

“我师父不愿解释啊，你们别问了。”

他重新登游戏，关掉弹幕助手，一语不发地开始冲分。他打了将近七个小时，一直冲到韩服第三，直到把言易冰挤下去，这才退出游戏，放下鼠标，活动着手腕。

天色已经放亮，玻璃窗上晕着一层薄雾，隐约飘着寒气。神经一放松，倦意袭来，寒陌准备回去睡一会儿。

副队肖诺从外头进来，嘴里还叼着个肉松小面包。表演赛马上要开始了，他们战队开始调整作息，毕竟比赛都在白天，教练担心他们到比赛现场犯困。

肖诺看着寒陌疲惫的模样，吃惊道：“队长，你打了一夜啊？”

寒陌累得不想说话，只是简单“嗯”了一声。肖诺到饮水机边给寒陌接了杯温水，递给他，顺便问道：“那你知道冰神来你直播间刷礼物的事都在论坛刷屏了吗？”肖诺比较爱操心，每天早晨起床都会刷刷论坛，看看帖子。

寒陌闭着眼睛，仰了仰脖子：“闲的。”

肖诺：“冰神给你医疗费到底怎么回事儿啊，你俩别是打架了吧！”肖诺前几天请假回家，不知道联盟聚餐言易冰乙醛中毒的事。

寒陌睁开眼，眼底还泛着红血丝，他看向肖诺：“打架？”

肖诺摇了摇头，担忧道：“冰神那种身娇肉贵的大少爷，肯定打不过你啊，你俩可千万别起冲突，言易冰要是出了个好歹，孙经理能到这儿跟咱们同归于尽。”

寒陌皱了下眉，扶着桌面站起身。他长时间坐在电脑前，后背都是僵的，仗着年轻，身体恢复得快，他也没打算去按摩。

寒陌缓了缓，轻笑：“打他还不如让他输到无地自容。”

肖诺捏着小面包，睁大眼睛，难以置信地拔高音量：“什么？”

寒陌瞥了他一眼，脸色严肃起来：“耳朵这么不好，今天加练一小时双耳定位吧。”说罢，他抓起手机，绕过肖诺，推门出了训练室。

肖诺呆在原地，久久没有回神。他确信自己耳朵正常，队长刚才说的话他确实听清了，但也可能队长打一夜游戏把脑袋打蒙了，不是他想的那个意思。

不过要是真的……肖诺倒吸一口冷气：“这得多大仇多大怨啊，打都不解气，非要把人逼到退圈？”

言易冰在基地睡了一觉，第二天一早，打包了自己的脏衣服回家。他家就在魔都某高端地段的别墅区，从俱乐部开车三十多分钟能到。

他爸是开律师事务所的，在 CBD 区有整整两层写字楼，他妈妈是大学教授，博士生导师，主攻文学历史方向。他家里生活条件一直很好，早年投资的房产也不少，现在价钱都翻了倍。言易冰在电竞这行赚的钱，他爸妈还真看不上。

回了家，言易冰把一包衣服交给阿姨，然后就熟练地窝在客厅沙发上看电视。他偶尔会看看篮球。虽然自己打得不好，身高也不太够，但小时候也有过当篮球明星的梦想。

言父最近在国外出差，言母的工作时间比较灵活，今天上午没课，刚好在家。言母一出卧室，就见言易冰懒洋洋地靠在沙发上，眼珠不错地盯着电视机。她忍不住唠叨：“都二十五岁了，还是一回家就看电视，衣服也不自己洗，你准备什么时候长大成家？”

言易冰叹了口气，歪着脑袋，杏核眼一垂，敷衍地应道：“好，我知道了。”

言母：“你知道什么你知道，我问你，到底什么时候退役去读书？”

言家其实很开明，当初言易冰学习那么好，说要去打电竞，父母犹豫几天就同意了。

因为言母上网查过了，电竞选手一般二十二三岁就退役，耗费几年让儿子做想做的事，二十多岁再读书也来得及。可没想到，言易冰一打就是七年，现在二十五了，退役还是遥遥无期。

言易冰倦倦道：“不知道，Zero 没找到取代我的人呢，我暂时走不了。”

言母气道：“你现在这个职业，相亲市场都不吃香，人家一听说打游戏的，就觉得不务正业，根本都不愿了解你，你长得再帅，赚钱再多都没用。”

言易冰赶紧点头：“是是是，我的错，我一定把找女朋友提上日程。”

言母见他一副心不在焉的样子，就知道他根本没放在心上。

“算了，我问你，你还寒陌医药费是怎么回事？我看论坛上都在讨论。”

虽然他们这代人对游戏不感兴趣，但既然儿子在这行，言母就不得不关心。她经常上网看别人对言易冰的评价，好的坏的都看，就连电竞论坛那种乌烟瘴气的地方，她也没少去逛。

言易冰捏着遥控器的手指一僵，他眼神飘了飘，信口胡扯道：“植发。”他总不能说自己没常识，弄得差点休克。

言母嘴角一抽，顺手抄起花瓶里的树枝：“谁去？”

“不知道。”

言母抬手不轻不重地在言易冰腿上抽了一下：“好好说！”

言易冰倒吸一口冷气，抱着腿往沙发角缩了缩：“错了错了错了，我开玩笑的！”他小腿上浮起一道浅浅的红印子，其实一点也不疼。

他随了言母，身上几乎没什么汗毛，皮肤也白得很，特别容易留下痕迹，但他还是抱着小腿吹了吹，眼尾红红的，睫毛卷着，特别委屈。

言母知道自己没用力，瞪了一眼伪装的言易冰，转身把树枝放回去。

“寒陌是个挺好的孩子，他要是还留着，你就能顺利退役了。”

言易冰微微一顿，眼睑垂下来。他掩饰住神情上的落寞，轻飘飘笑道：“说这没用的干吗。”

言母神情复杂，揉了揉他的脑袋：“你们没必要闹成这样，当年你也有错，应该找机会跟他道个歉。”

言易冰缓缓闭上眼，齿尖咬了下腮肉，他舔了下微微刺痛的咬痕，淡声道：“过去都过去了，而且作为战队队长，我没错。”

PIANXIN

偏心

CHAPTER 3

表演赛前两天，言易冰跑到“联盟职业选手”内部微信群 @ 各位队长。

“哈喽同志们，名单定下来没有，快快发啊。”

虽然明面上，联盟说几场比赛是现场随机抽人，但为了比赛的观赏性，他们私下里早就把能给观众带来刺激的选手们分到了一起。这些名单，是各个战队协调定下的。

TZS- 明朗：“我们就先发了，你们看着调整。”

猎狐 - 方锐：“看下附件，我们的，提前说好，自定义对抗赛我们只出两个人，队员家有急事。”

魔方 - 许畅：“我家跟去年一样，基本没变。哦，自由狙击我上。”

AXE- 陈驰：“我们的也定了。”

CNG- 郁晏：“啧，你们先定，我们随你们来，毕竟 CNG 没有弱点，全员封神。”

Zero- 言易冰：“你好意思？ Zero 完克 CNG。”

Prince- 肖诺（队长寒陌专职发言人）：“哈哈哈哈各位队长好，我们队长前两天冲分累着了，你们先定，我们今晚肯定发。”

CNG- 郁晏：“啧，直接说寒陌不想跟言易冰一场比赛就完了，肖副队真是圆滑啊。”

Prince- 肖诺（队长寒陌专职发言人）：“郁神别逗，没有的事，我们寒队是真累了，而且跟冰神四排肯定能遇见啊哈哈。”

言易冰看着聊天记录轻哼一声。

他把手机放下，按了按眉心，抬眼对一屋子的一队二队队员道：“来，让宋总管把咱们的名单念一下，看大家有什么意见。”

宋棠无奈地睨了他一眼，这才转过头对所有人道：“四排赛一队所有成员上，双排赛我和队长，自定义对抗赛一二队各两人参加，暂定傅海峰和队长，战渠攻防赛二队全员，自由冲锋许瑞、傅海峰，自由狙击队长参加，没意见吧？”

宋棠念着的时候，言易冰手插着兜，低着头，一边晃着椅子一边竖起耳朵听。

他今天精神不错，把微长又卷的头发拢了拢，在脑后扎了个小揪揪，前额的碎发随着他低头的动作垂到眼前。夕阳的光漫进来，给他的头发镀上一层温柔的橘红色。

这份名单是经过深思熟虑后定下的。自由狙击是今年新增的比赛项目，而且是单兵作战，很能展现个人实力。狙击位一直是言易冰的秀场，虽说是表演赛，但 Zero 也想趁此机会吸引有潜力的选手来基地青训。

许瑞和傅海峰连连点头。两人都憨厚老实，不冒进不逞强，习惯了听言易冰安排。而且今年的重心是吸引人才，宋棠提前跟他们交代过。

一队的都没说话，二队的就更不敢说话了。别看言易冰平时懒懒散散嘻嘻哈哈，没什么架子，但真训起人来，特别有威慑力。在座的当青训生的时候，没有没被他骂哭过的。

程斌低声道：“那队长，我们就按这份名单下去练了。”

程斌特别崇拜言易冰，甚至有点只敢远观的崇拜。他进 Zero 就是为了言易冰，虽然一直待在二队，但从来没抱怨过。

言易冰抬起脖子，环视一圈，随和地笑道：“行，那宋棠发吧。”

宋棠“嗯”了一声，把名单发到群里。

Zero- 宋棠（副队）：“我们的名单也出来了，跟你们几家都没冲突。”

CNG- 郁晏：“言易冰参加四场比赛，Zero 真没人了？”

Zero- 宋棠（副队）：“谁让我们队长状态好呢，而且自由狙击就是我们队长的场子啊。”

CNG- 郁晏：“兄弟们看到了吗，这就是夕阳红战队的现状，惨不惨，痛不痛？”

Zero- 宋棠（副队）：“……”

Zero- 言易冰：“哪位粉丝又替我担心了？”

CNG- 郁晏：“我心疼你们队没落了。”

Zero- 言易冰：“我还没心疼你被美女甩。”

Prince 俱乐部。肖诺转头看向寒陌：“队长，他们名单基本都出了，咱到底发不发啊？”

寒陌垂眸，手机里打开宋棠发的那份名单，沉默不语。短短的几个名字，他反反复复看了很久。

肖诺自言自语地嘟囔：“没想到啊，冰神要打自由狙击，应该是想秀一波吧，冰神狙击位确实强。”

寒陌轻嗤，抬眼对肖诺道：“四排我不参加了，换自由狙击。”

肖诺一个激灵，猛地坐直身子：“你不参加谁跟我们排啊，要从二队找人？”

寒陌是突击位，就算要参加单兵作战也是去打自由冲锋，怎么都不该选自由狙击。

“你是指挥，你随便选。”

肖诺小声道：“就因为冰神？”

寒陌眼眸一凛，半晌，大大方方承认：“嗯。”

记忆里，他在 Zero 青训营时还很小，但极有天赋，是青训营里最出色的一个。

来 Zero 之前，也有不少小战队说要签他，把他夸得天花乱坠，好像签了合同马上就能拿世界冠军。但寒陌野心很大，他想要更专业的俱乐部，更优秀的队友。

当年 PUBG 圈最红的选手就是言易冰。言易冰技术高，人长得也帅，以一己之力稳固住了 Zero 豪门战队的位置。

那时候直播没有这么火，言易冰懒得下场，偶尔出现，也只在顶尖的电竞杂志和国际比赛现场。寒陌窝在小网吧的时候，身边五个男的有四个是言易冰粉丝。

他只想做言易冰的队员，但进了 Zero，却没有他想象的顺利。豪门战队选拔严格，所有新人都得在青训营磨三个月，因为寒陌年纪小，预计要待更久。

好的是，他终于可以经常见到言易冰了，因为言易冰每天要到青训营晃八遍。

本来应该是全基地最轻松自在的地方，因为言易冰的随时查岗，变得高度戒备，这帮年轻又躁的小伙子，连偷个懒都不敢。

寒陌更是刻苦，每天训练的时长都超十个小时，冲分最高的时候在韩服冲到了前五。这已经是标准职业选手的水平了。全战队都知道，寒陌当然也知道。

青训营里，所有人都默认寒陌能直接被提拔到一队，跟言易冰一起打比赛。但言易冰从来就没夸过他。

训得最狠的一次，还是在他冲到韩服前五的当天。

那天寒陌照例开了游戏加速器，连接服务器，进韩服匹配单排赛。他在艾伦格打劫坡跟人对打的时候，言易冰从外面进来，径直往他这边走。寒陌本能地后背一僵。不用多想，每次言易冰来，都会先看他。

他立刻绷紧唇，直起后背，紧紧盯着屏幕，他能感觉到言易冰在他背后站住了。言易冰也不走，就默默看着，身上飘着一股清淡干燥的洗衣液香气。寒陌难以抑制地被身后紧盯的目光分散了精力，脑子不由自主地开始紧张。

对面房区里的人微微露头，又很快闪了回去。寒陌回神，侧身开镜，举起狙击枪朝外射击，但接连五枪都打空了，二层小楼的玻璃被他打得稀碎。

对面趁着这个空隙，突然探身，两枪把他打没了血。屏幕上显示，他排在 32 名，成绩下滑了一大截。

也怪他倒霉，对方是韩国某战队的职业选手，操作很强，至少比他强。他遇到这人太早了，还没赢几个人就输掉了。

出局之前，对方还热情地用韩语问候了他一句：“你好。”

寒陌看不懂，刚想退出，椅子就被言易冰踹了一脚。不重，但绝对能让人精神一振，所以他的手没敢动，电脑一直停留在惨败的界面。

他回头，就见言易冰面若冰霜，浑身散发着寒气。

果然，下一秒，言易冰倾身，单手搭在他的椅背上，故作亲切地凑到他耳边，软声软语道："寒陌，别打电竞了吧，描边（照着身体边缘射击）这么厉害，不如去秀十字绣？"

寒陌垂下眼，低声道歉："队长，对不起，我没打好。"

言易冰的杏核眼眨了眨，轻笑："你不是没打好，你是飘得太委婉，想什么呢？那房子颜色不合你的意？你准备用狙击枪把墙拆了重堆一个？"

寒陌不说话了。他知道言易冰的嘲讽还没完。

言易冰敛起笑，脸色沉了下来："枪不喜欢就送给有需要的人，别委屈我们突击位的明日之光，狙击枪有什么用，冲得猛才是真的猛，反正将来有人掩护你，队友死了你也不用转变职位，一路硬气到底就可以了。"

寒陌咬着下唇，嘴里尝到了血腥味儿，柔软脆弱的表皮传来刺痛："我没这么想。"

言易冰站直身子，手插进兜里，轻飘飘道："听说你韩服冲进前五了，需要我夸你吗？"

寒陌喉结一滚，低声："不用……"

言易冰冷淡道："你最好不用。"

寒陌突然抬起眸，看向言易冰，眼神坚定。他沉声承诺："我会练好狙击枪，好到跟上任队长一样，可以好好掩护你。"

让你可以像曾经那样，随心所欲地做突击位。让你不用这么辛苦，硬生生转变职位，为了全战队付出。让你不用被人说打法越来越差，行动时胆子越来越小。

言易冰一笑，杏核眼弯起来，眼神明亮干净："想跟我打啊？"

"我是因为你来的这里。"寒陌也不紧张局促，丝毫不掩饰自己的想法。

言易冰微微一怔，随即莞尔，不清不楚地回一句："知道了。"

但寒陌没等到言易冰承认他的狙击水平。在即将转进一队的前一个星期，他离开了 Zero。

寒陌伸手，端起杯子，抿了口朋友从牙买加带回来的蓝山咖啡。咖啡里没加糖和奶，极其苦涩，苦味和醇厚的香气混合在一起，让人格外清醒。

“发群里吧。”他冲肖诺道。

肖诺撑了撑嘴角，只好手动改掉名单，然后将这份新的名单发到了群里。

Prince- 肖诺（队长寒陌专职发言人）：“久等了哈各位队长，我们队的名单也出来了。”

Zero 这边已经散会，言易冰回了自己在基地的宿舍。

他往床上一歪，拿着手机，在某购物平台下单了两盒燕窝。刚付完款，群里的信息就跳出来了，是肖诺发的。

他挑了挑眉，往靠枕上拱了拱，半坐起来，打开了附件。在看到最后一个名字时，言易冰目光一顿。

“自由狙击：寒陌”

言易冰扯了扯唇，懒散一笑，飞快地打了一行字：“寒队长是准备在狙击场虐我？”

Prince- 肖诺（队长寒陌专职发言人）：“哈哈哈冰神别拿我们开玩笑了，这也不是我们队长定的，是内部商量的结果。”

言易冰回了一个意味深长的“哦”。

他退出群，看了一眼购物平台，确认配送地址后，把手机甩在了床边。

他往下拱了拱，脑袋枕在熊猫抱枕上，衣服因为和床单摩擦，难免向上卷了卷，露出一截肚皮。

言易冰不爱健身，隐约有点腹肌，但要身上使劲儿才能感觉到。就这点腹肌还是因为他妈妈觉得女孩子喜欢，逼着他锻炼的。

他扯了扯衣服，把小腹遮住，望着天花板喃喃道：“真就这么恨我？”

房间的门响了两声，有人在外面问：“队长，我想找您说点事儿。”

言易冰一皱眉，从床上坐起来。他穿上拖鞋，拍了拍微皱的衣服，伸手拉开门。

门外是二队的队长，雷明。雷明今年二十，寸头，戴眼镜，稍微有点驼背，长得有点像《熊出没》里的熊二。言易冰记得自己已经好久没见着他了，虽然是在一个基地，但他现在已经懒得去青训营和二队闲逛了。

雷明是老人，在战队两年了，跟寒陌和宋棠是同一批青训生。当年一队空缺两个位置，青训营也就预留了一到两个位置，原本应该是寒陌和宋棠，但因为寒陌走了，雷明才被留下来。

即便留下来了，言易冰也没让他进一队。他的实力跟寒陌和宋棠差了一截，见识过寒陌那么厉害的，他总不可能让雷明顶替寒陌。他从二队提上了许瑞，让雷明填补二队的位置。

这两年，一队磨合得很稳定，也没有空缺，雷明就一直在二队待着。

曾经的几个二队队员见等不到上位的机会，已经转去了规模稍小的战队，因为是和平离开，所以现在跟言易冰也是朋友。但雷明一直没走。

言易冰靠着门边，环抱着双臂，轻声问："怎么了？"

雷明攥了攥拳，酝酿片刻，低声道："队长，我想打自由狙击。"

言易冰微微一怔，轻笑："啊，为什么？"

雷明深吸一口气，鼓起勇气道："我觉得我能行，我这两年也没歇着，狙击枪练得很不错了，教练都知道，您不怎么去二队看，可能没听说。"

言易冰眼神一瞟，顿了顿："你知道自由狙击都有谁吗？"

雷明："我知道，Prince 的寒陌。"

言易冰点点头："那你还……"

雷明抬起眼，执着道："队长，我觉得我能打赢寒陌，您让我去吧。"

言易冰拧了下眉。实力这方面不是谁觉得可以就可以。他都没有自信一定能打赢寒陌，雷明这是受什么刺激了？

"寒陌的水平可不是两年前了，你确定？"

雷明咬了咬牙，突然低下头，有些不服气道："队长，您不能总是向着寒陌，他现在是我们的对手。"

言易冰蒙了，心里还有点烦躁。他冷起脸："我怎么向着寒陌了？"

雷明喃喃道："这是全队都知道的吧，起码当年在的人都知道。"

言易冰心头一跳，眼睛眯了起来。

雷明道："您当年天天往青训营跑，虽然给我们所有人都指导过，但您看得最多的就是寒陌。每次来，您都是第一个去他那儿，有时候看他看得久了，都忘了看我们，转身就走了。您虽然总骂他，但还不是对他期望高？当初虽然没明说，但要不是寒陌犯了那件事，他肯定直升一队了。而且你还打算让他担突击位，亲自送他成神。”

言易冰不耐烦起来：“你到底想说什么？”

雷明这话说的，好像他培育了一窝小羊崽，呕心沥血，兢兢业业，结果一夜之间被狼啃了，前功尽弃。

言易冰特别不想承认自己在寒陌身上花的心思白费了。

雷明：“我就是想说，队长，哪怕是您，也会看错人的。当年在青训营里，总有……总有比寒陌更有潜力的人。”

言易冰掀起眼皮，目光沉静：“你在指自己？”

雷明梗着脖子：“我不觉得自己比寒陌差，要是当年您把对他用的心思分给我一点，我肯定能超过他。”

言易冰沉默了片刻，终于了然：“这么多年，你一直觉得我偏心？”

雷明咽了口唾沫：“如果这次我赢了寒陌，队长能把我调进一队吗？”

“一队不缺人。”

“我还年轻。”他今年二十岁，一队里，许瑞二十三岁，言易冰二十五岁，都是快要退役的年纪了。

言易冰懒散一笑：“好，自由狙击你来打，你要是赢了寒陌，就来一队做替补吧。”言易冰说罢，随手带上了门。

门外，低低的一声：“谢谢队长。”

言易冰站在地毯上，目光落在桌面那管祛疤膏上。他左手腕的痂掉了，还剩淡淡的痕迹。祛疤膏很好用，大概过几天痕迹就彻底消失了。他揉了揉手腕，闭了下眼。

刚才雷明来争取时，他心里只有一个念头——

你的实力怎么会比得上寒陌。

PEI HE

配合

CHAPTER 4

表演赛时，职业选手们都要出镜，孙天娇早晨九点把他们扯起来化妆。

化妆师是化妆学院的老师，上个月刚从韩国回来，技术很高，就是风格不那么适合他们。言易冰头发偏长，化妆师用两根中指抵着他的耳根，一边欣赏一边啧啧赞叹：“小哥长得不错啊，底子好，容易化，你看这下颚弧度，看这大眼睛，还稍微有点自来卷，发型也有的发挥。”

化妆师身上带着股浓郁的香水味，他一凑过来，手上的精油味道更浓。言易冰皱了皱眉：“简单点，我们主要是去打比赛的。”

化妆师用小手指撩起他一缕微卷的头发，在指尖绕了绕：“我的技术你放心，保证你是全场最帅的那一个。”

言易冰挑眉，话锋一转：“这样啊，那你随便弄。”

所有选手入场前都会有个对脸拍，这也是见证选手人气的时刻，言易冰当然希望他出现时的欢呼声比别人都高。然而半个小时后，他神情复杂地看着镜子里自己的脸，不知所措。

怎么说呢，做得有点太精致了，和其他人格格不入。化妆师还给他编了头发，编得倒是很好，但没必要，他又不是明星。

宋棠喷完发胶，一扭头，惊了一下：“啊！”

许瑞听见声儿也扭头，倒吸一口冷气：“这也太好看了，要是孙经理把这张照片挂出去，咱们基地会被粉丝踏平吧。”

傅海峰憨厚低笑：“你俩闭嘴吧，队长脸都要黑了。”

言易冰挑了下眉，指指自己的脸，压着脾气冲化妆师道：“化成这样你觉得很合适？”

化妆师：“合适！小哥你真不懂时尚，我这刚从国际化妆交流会上新学的，今年春夏必流行，明星们马上就上脸。”

言易冰：……

孙天娇火急火燎地冲进来：“快点快点，大巴马上走了，都把队服和手机带着。”

他说完，看向言易冰，微微一顿。几秒之后，孙天娇嘴角一扯，眉飞色舞道：“我琢磨出了个给咱们战队赚外快的机会，稍微有点特别，你们想听吗？”

许瑞：“听听听！”

言易冰冷冷扫过去一眼：“听什么听，赶紧收拾东西走，今天都给我注意一点，必须打出成绩来。”说罢，他率先扯起自己的队服，披在身上。

刚走了没两步，他的目光瞥向一边的雷明。雷明低着头，正专心致志地看去年 PGC 全球赛的复盘。他看的是寒陌难得当掩护位的那场比赛，对手是北美 TM 战队，那场比赛磨了很久，寒陌硬生生被毒圈给耗死了。

TM 战队的确是全球赛上的强敌，他们四个选手全部在巅峰状态，几乎没有任何短板。

言易冰扪心自问，如果他处在寒陌那个位置，以一敌三，也不可能活得下来。雷明复盘这场比赛，根本没有任何价值。因为寒陌并没有哪里做得不够好，相反，他已经尽力为 Prince 争取了最大的积分。

言易冰皱了皱眉，但见雷明一脸严肃地跟视频较劲，他也就没说什么。

上车，到了比赛场地，他们从选手专用通道进入场馆。

场馆前方，观众已经坐定，解说正在插科打诨，消磨时间。这次来参加表演赛的共有十八个战队，魔都的俱乐部有八个，其余都是从外省特意赶过来的。外省的战队言易冰不算熟，但多多少少听说过名字。

他们刚到后台，迎面撞上了 Prince 战队和极光战队。言易冰眼皮一垂，没有打招呼的意思，准备绕过他们去自己的休息室。

谁料站在后面的雷明突然开口：“寒神，期待和你在自由狙击场见面，队长说，要是能赢你，就能让我去一队。”雷明说罢，志在必得地一笑，看向寒陌的眼神充满敌意。

言易冰默默翻了个白眼，心里怒骂了雷明两句。现在联盟明明不提倡选手赛前互呛，但总有人记不住，非得挑衅，挑衅的人还是寒陌。

言易冰扯了下唇，正准备打个圆场，结果他刚一抬头，就发现寒陌的目光毫不遮掩地落在他脸上。寒陌根本没回雷明的挑衅，而是微眯着眼，打量着言易冰，仿佛要从他脸上找点什么出来。

言易冰皱了皱眉，下意识抹了一把自己的脸。他以为自己脸上有脏东西。不过当然没有，化妆师处理得很干净。

言易冰放下手，不自在地甩了甩，回头教训雷明：“我说的是替补，谦虚点，别让寒神笑话，走了。”

言易冰刚准备走，寒陌突然开口：“不是你吗？”

言易冰一愣，挑了下眉。

寒陌深吸一口气，眼皮深折，眼神犀利了些，又问了一遍：“自由狙击，不是你吗？”

言易冰莞尔一笑：“啊，战术修改，一会儿会跟负责人说。”

寒陌没再说话。

倒是一边的极光战队有人开口：“好可惜啊冰神，我还以为能跟你在自由狙击场拼一把呢。”

言易冰侧目一看，不认识。大概是个新人，年龄也不大，估计刚成年，长得倒是挺精神，但是眼角和眉梢间傲气十足。

言易冰勾唇：“PCL 赛场还能见。”

那人又道：“冰神，我小时候看你比赛长大的，特别崇拜你。”

言易冰懒洋洋拖着尾音：“客气。”他能听出这小孩是什么意思，暗指他年纪大，该退役了。

新人小孩道：“我连挑战书都准备好了，还跟直播间粉丝吹了牛，要是不赢冰神五局，我发十万块红包。”

自由狙击场是半小时内无限复活，半小时后按淘汰的玩家数量排名。而且他们职业选手都有和自己战队队徽颜色相近的皮肤，虽然比赛里看不到彼此的名字，但见皮肤的颜色，大致也能猜出是哪个战队的人。

“噢？你直播间号多少，什么时候发红包？还有这好事儿，那我记一下。”言易冰抬起眼，似笑非笑。

狙击场，要赢他五局，看来不是自命不凡，就是不把他当回事了。言易冰脾气好，但不代表愿意吃亏。除了家人和朋友，他还没忍过谁，管你是不是新人，是不是年龄小，自信没了算倒霉。

小孩儿脸上的肌肉一绷，表情也有些裂纹。他本以为能踩着远古大神抬高自己，没想到言易冰这么厚颜无耻，还准备去他直播间抢红包。

“这次没机会了。”言易冰遗憾地啧啧嘴，往一边伸手，摸了摸孙天娇衣服上的口袋，从里面抽出一张名片来，“我们经理微信，你发红包的时候记得知会一声，我们经理收到了，全战队就收到了。”

小孩嘴角抖了抖，眼睛瞪得老大。感情他还准备带着全战队去抢红包？四大豪门，就这？

言易冰把名片给出去，优哉游哉地带着队去休息室。他窝在休息室里，长出了一口气，懒洋洋地靠在沙发上，问宋棠：“寒陌是不是以为我怕他了，总盯着我看是什么毛病。”

宋棠顿了顿，没好气道：“你今天化成这样，谁不想盯着你看。”

言易冰起了一身鸡皮疙瘩，踹了一脚宋棠：“离我远点。”

后台的跟录 PD（导演）终于到位，场前的大屏里，开始依次滚动选手们的正脸。在后台能清楚地听到粉丝们的尖叫和呼喊。镜头扫到寒陌的时候，言易冰能清晰地分辨出女粉的数量远高过男粉，以至于叫喊声都高了八度。

“啊啊啊啊啊陌陌帅！”

“寒陌！陌陌！”

“陌陌加油！ MVP！”

“寒神 Slay！寒神我爱你！”

“寒陌寒陌寒陌寒陌！”

镜头转到言易冰，男粉们终于躁动起来。

“言易冰，永恒之光！”

“冰神冲啊！”

“冰神硬气起来！”

“化妆师搞什么啊！这是打游戏还是走秀来了！”

言易冰酸溜溜的。他就这么不招女人喜欢？他脾气那么好，还总给女粉发红包，难道不比连直播都冷着脸从来不宠粉的寒陌强？

自由狙击赛很快开始，后台的工作人员通知选手们上场。雷明穿好队服，临走之前，他转过头来对言易冰道：“队长，你等着看吧。”

程斌心思单纯，觉得雷明比他争气，上去拍了拍雷明的肩：“加油兄弟，给我们二队争气！”

言易冰一笑，不置可否。

选手们进入备战间，调试自己的鼠标、键盘、耳机，连接主办方早已经设置好的自定义服务器。十分钟后，四十一名选手进入艾伦格机场。

自由狙击的空间只有机场，一旦超过机场范围，就会被毒圈立刻淘汰。选手降落时只带了一把 VSS，三十发子弹，没有防弹衣和头盔。

VSS 这把枪自带倍镜，配置齐全，但最大的缺点是单发伤害低，子弹速度慢，弹道下坠严重。

如果想要更好的装备，就要冒险去搜房。物资最丰厚的地方有 U 型楼、集装箱、厂房，但这里也是人最多最容易出局的地方。很可能人都没能拿到什么，就已经输了。

选手们纷纷往下落，镜头首先切到了寒陌的视角。职业选手拼的是落地的速度，从寒陌的视角看，他的速度已经算特别快的。

言易冰盯着屏幕，喃喃道：“这个角度，应该跳集装箱吧，集装箱掩体多。”

寒陌必然不会满足于手里的 VSS，他会去摸 98K。集装箱很合适，物资多，好隐藏，拿到枪后直接打高架，就可以比较舒服地操作了。顺利的话，还可以兼顾躲在厂房和写字楼里的玩家。

但寒陌没有。他飘到毒圈的边上，仗着跳伞优势，他没有贸然进圈抢装备，而是直接抬枪打人。

“Prince-momo 使用 VSS 射手步枪淘汰了 TZS-ming。”

明朗气得要命，直接开了公共麦：“兄弟，不给面子啊。”

寒陌没应。他顺理成章地拿走明朗留下的子弹，然后借着铁丝网下的围墙当掩体，四下点射掉了高架上闪动的人影。

“Prince-momo 使用 VSS 射手步枪淘汰了 YHC-lili。”

萤火战队的利利藏的位置不错，但寒陌距离远，拉枪去打他的脚，用了八发子弹把他淘汰了。

宋棠凝眉:“寒陌还是厉害,不过VSS的伤害太低,用着也不顺手啊,平时都没人练 VSS，寒陌都打空好几发了。”

言易冰抬眸，微微蹙眉，紧盯着屏幕幽幽道：“你发没发现，寒陌的战术变了。”

宋棠恍然：“对，按他的性格，肯定去打 U 型楼了，想什么呢，那边都打成一片了他还描边打，这也太保守了。”

言易冰摇摇头，淡声道：“Prince 的教练又研究出什么针对我的玩意儿了吧，寒陌从我这儿学的习惯，快给他洗没了。”

宋棠闻言，绷着唇，偷偷瞄了言易冰一眼。言易冰睫毛卷着，眼尾是浅粉色，眼睛明润澄澈，也不知道是不是水光。

宋棠小声道：“队长你别……别伤心。”

言易冰愤愤道：“我怎么能不伤心，寒陌改风格了，以后咱们比赛上还怎么套路 Prince？”

宋棠：……

很快，寒陌赢了六个玩家，掉了半管血。他子弹没剩多少，医疗包也没有，再不去物资刷新点，就要被耗死了。与此同时，雷明也赢了三个玩家，但可惜的是，他被人淘汰了一次。

那一次挺倒霉的，因为他在满场搜寒陌的影子。Prince 的队徽是深蓝色的，寒陌的皮肤也是深蓝色的连帽衫，雷明正在漫天找人的时候，被高架上的人点射出局了。

言易冰看他的样子就是一皱眉。雷明这场比赛的针对性太强了，以他的能力，根本没底气这么肆无忌惮。他就像把寒陌当成唯一的敌人，专盯着衣服颜色发蓝的人打。

很快，他又被淘汰了一次。

集装箱区，寒陌终于开始捡装备。一路上枪声不断，落在他身后和不远处的地上。

寒陌一边跑，一边微走位，一路尽量垂直掩体，堪堪躲过不少子弹。他终于贴近集装箱，并在附近找到了物资包。他的运气好，找到的这个包还挺多东西，大概刚搜完好装备就被人淘汰了。他几秒钟拿完物资，换上了 M24，但还来不及给自己补血，写字楼楼顶处传来枪声。

一枪打碎了他刚捡的三级头。

寒陌迅速找掩体躲避，余光一闪的片刻，他看见那人穿的是深红色的皮肤，一条黑白条纹裤。寒陌冷笑一声，给自己补了血。拿到 M24，现在他谁都不怕。补完血，寒陌一个闪身枪，精准地打掉了楼顶的选手。

解说一个激动，拍着大腿道："哇这个操作，厉害啊寒神！"

屏幕上显示——

"Prince-momo 使用 M24 狙击步枪淘汰了 JG-anxinghuo。"

安星火就是在场前扬言要赢言易冰五局的极光新人。寒陌微微挑了挑眉。

电脑屏幕前，安星火气得狠狠跺了下脚。寒陌找到的那个包就是他的，他好不容易淘到了一身好装备，前期准备工作都做好了，还没等着发挥，就被人从后面偷袭了。

M24 一发子弹还没用出去。他知道，肯定有人去拿他的包，所以五秒重生后，他故意落在楼顶瞄自己被淘汰的位置。本以为十拿九稳，没想到竟然又被人给击杀了，用的还是他辛苦找到的 M24。

五秒之后，安星火不信邪，打算落地集装箱找寒陌报仇。可还没等他落地，消音枪一闪，屏幕骤然一暗。

"Prince-momo 使用 M24 狙击步枪淘汰了 JG-anxinghuo。"

安星火：……

二十秒之后，高架台上。

"Prince-momo 使用 M24 狙击步枪淘汰了 JG-anxinghuo。"

又过了二十秒，毒边铁丝网，安星火刚蹲在草地上。

"Prince-momo 使用 M24 狙击步枪淘汰了 JG-anxinghuo。"

安星火：……

言易冰问宋棠："你说寒陌有没有发现雷明针对他。"

宋棠撇撇嘴："应该不可能吧，那么多人在呢。"

言易冰啧了声："不过咱们皮肤挺明显的，沙漠黄，挺容易找的。"

三十分钟后，比赛结束。

寒陌二十五杀成功拿到MVP，而雷明，只拿到了十杀，和寒陌差着很大一截距离。

备战间里，雷明低着头，脸涨得通红，手腕微微发抖。他觉得自己已经用尽了全力，他甚至有几次把寒陌打到了丝血。他想让寒陌知道，这场自由狙击，由他来把Prince碾在脚下。可惜，他注定得不到队长关注的眼光。

雷明狠狠地踹了下桌腿，脚趾被震得发麻发疼。最让他痛苦的，不是输了这场比赛，而且寒陌明知道被他针对，却从始至终都没把他放在眼里。寒陌虐的是个没什么名气的新人，雷明不相信，他现在连个新人都不如。

言易冰歪着脑袋，眨了眨眼，喃喃道："你说这二十五杀里极光战队占多少？"

宋棠：？

言易冰百思不得其解："他疯了吧，跟极光有什么仇，追着人家打，快把孩子打傻了。"

最后十来分钟，安星火经常落地没多久就被寒陌针对死，所以根本来不及找人，最后成绩低得吓人。

这成绩放哪个战队，都得被骂一声"盲人摸枪，感天动地"。

宋棠：……

雷明回来后，满脸的死气沉沉。他走到言易冰面前，额前青筋跳起，咬着牙道："队长，我没发挥好。"

言易冰默了几秒没说话，随后轻声一笑："慢慢来。"

下一场是双排赛，言易冰起身，给宋棠使了个眼色，两人理好队服，往备战间走。雷明望着言易冰的背影欲言又止，倒是程斌大大咧咧地拍了拍他的肩。

"没事儿啊哥们儿，输给寒陌不丢人，下次再努力。"

雷明狠狠一眼刀望过去，有些冲动道："为什么不丢人！"

程斌一怔，缩回了手。他有点蒙，心说自己说的话也没什么问题啊。寒陌毕竟是近两年公认的最强新人，带着 Prince 创下了不少战绩，不说吹得封神，但赢雷明也是应该的。

雷明恨恨道：“你这么想，一辈子都进不了一队。”

程斌抓抓头发，小声嘀咕：“我也不想进一队啊，我天赋就这样，在二队也挺好，赚的足够多，而且还能直播。”雷明懒得跟他说话，找个角落的位置坐下了。

走出休息室，宋棠低声对言易冰道：“我觉得雷明心态有点崩了。”

言易冰手插着兜，淡淡道：“他也不是今天才崩的。”

宋棠不解道：“什么意思？”

言易冰扫他一眼，意味深长道：“你以为当初寒陌的事是谁举报的。”

宋棠蒙了片刻，倒吸一口冷气：“难道是雷明？”

言易冰微眯杏核眼，低声道：“寒陌又不是傻子，要不是被身边人卖了，谁会知道他是 Zero 的预备役。”

宋棠也不说话了。他们这行，虽说是凭实力说话，但阴招不是没有。以前拔网线、下泻药、代打、买通主办方的事情都发生过，但真出现在自己身边，还是觉得不是滋味儿。

如果当初没有告密的事，寒陌也不用走。可即便知道雷明做事不择手段，言易冰还是把他留下了。

作为 Zero 的队长，言易冰的原则性其实很强。他再喜欢寒陌，也还是会不留情面地把寒陌赶走，再讨厌雷明，也不会因为他举报队友而区别对待。面子上做得够周到，可心里的酸楚只有他自己知道。

参加双排的共有七十二人，备战间里一下就变得拥挤了起来。由于这场是随机组排，所以选手们的座位也是随机安排的，为了防止偷看，每个座位隔着半米的距离。言易冰的座位在左边最后一个，宋棠在右边第一个，所以刚进场，他们就分开了。

言易冰嫌人流走得慢，尽量往人少的地方钻。人少的地方往往网线纠结，比较难走。他小心翼翼地迈过网线，眼看快要走到最后一排。也不知道是谁，跟在他开的路后面，一不小心没站稳，被网线绊了一下，突然朝他扑过来。

言易冰没有防备，被用力推了下后背，巨大的惯性让他的身体不自觉前倾，脚前有线挡着，根本不能及时调整重心。

他一闭眼，觉得自己肯定要倒。为了保护手，他宁可让膝盖先着地。

下一秒，身边一只强有力的手突然拉住他的胳膊，他向前扑的势头全部被这人的手阻挡了，应该是不小的负担。但言易冰来不及多想，左手立刻往旁边一撑，没有硬生生地跪在地上。

他觉得自己的掌心似乎撑在了别人的身上。言易冰一抬头，正对上寒陌轻蹙的眉头。深蓝色的队服衬得寒陌的冷白皮更冷，连耳垂上一点黑痣都像结了霜。

言易冰裂开了。他一边僵硬着身体，一边飞速地旋转着大脑，寻找一个能完美化解尴尬又不失身份的办法。这办法有点难找，以至于他中考全市第一的脑袋也暂时卡了壳。

言易冰一闭眼，破罐破摔。实在没办法了，找人暗杀寒陌吧。

“还不起来吗？师父？”寒陌扶着他的胳膊，眼皮一垂，看着言易冰几乎是蹲在地上的姿势，嗓音低沉地问。

言易冰顿了几秒，把手抽回来，优雅得体地站起身，云淡风轻地一笑：“谢谢了。”

寒陌轻嗤一声：“不客气，师父走路的时候也看看前面。”

言易冰眼皮直跳，方才差点摔跤的尴尬似乎烙在了他的脑海里，挥之不去。他浑身的毛孔都在表示羞愧，慢慢地缩紧，挤出了一层薄汗。

虽然不想承认，但好像，确实挺丢人的。

身后萤火战队的选手刚从错杂的网线上爬起来，见他推倒的是言易冰，受波及的是寒陌，硬生生吓出了一身冷汗，四大豪门一下得罪了俩。

他对着言易冰又鞠躬又道歉：“抱歉冰神，我不是故意的，我被绊倒了，您没事儿吧？”

接着又对寒陌道：“寒神不好意思，您没摔着吧？”

比赛前最忌磕碰，尤其是来自别家战队选手的磕碰。这很难不让人往早有预谋的地方想。

萤火战队的那人急着为自己澄清，赶紧举起了手，冲裁判道：“裁判，我刚不小心撞到冰神了，但冰神手没事，寒神及时把他扶住了。”

他一嗓子，全场的人都朝这个方向望过来，好奇地看向言易冰和寒陌。言易冰感受到了社会性死亡的恐惧。

裁判也问：“没问题吧？不影响比赛吧？”

言易冰低着脑袋，摇了摇头，随后故作冷静地抻了抻运动服，快速逃离事发地。

双排赛的明星选手多，所以主办方一直在直播备战间的情况，场前的观众们看得清清楚楚。

男解说打趣道：“哟，冰神差点摔了，幸亏寒神在，看来师徒关系很和谐啊，传说中势不两立不是真的吧？”

女主播：“这场面，我的天，这哪儿是势不两立，说是亲兄弟我都信。”

两个战队的粉当即炸了。

“哈？言易冰故意的吧！这是要把寒神胳膊压断？心计这么深？”

“Prince 粉闭嘴，胳膊不是寒陌自己伸的？”

“Zero 粉不知道感恩是吧，要不是寒神，你家队长就趴地上了。”

“Prince 自知理亏开始疯狂反咬了是吧，有种出去单挑？”

“单挑就单挑，谁怕你了。”

后台一点摩擦举动，都足以让热血沸腾的粉丝丧失理智。保安过来劝架，但对骂的粉丝越来越多，劝也劝不住。

“双排赛寒神完虐言易冰！”

“祝你家进圈就被队友卖。”

“祝你家夕阳红枪法落地就淘汰。”

备战间里所有选手已经准备就绪，服务器连接完毕，双排赛正式开始匹配。几秒后，选手掉落素质广场。

言易冰一抬眼，看见了自己匹配的队友的名字：Prince-momo。

言易冰：……

他妈妈说今年忘了去山里还愿，恐倒大霉。他信了。

男解说：“哟呵！”

女解说：“我怀疑主办方被收买了，怎么这么懂观众的心啊！”

粉丝们：……

倒计时开始。言易冰在素质广场里仓皇地蛇形走位，仿佛鼠标烫手。

有其他职业选手开了公共麦。

“各位，你们都跟谁匹配到一起了啊，趁着时间没到报一下呗。”

因为是表演赛，还真有人答话。

“我萤火的，跟无极的 keno 在一起。”

“CNG 路江河，队友 AXE 许染，孽缘啊。”

“Prince 肖诺和 Zero 宋棠。”

“哇，Prince 和 Zero 的管家组，好巧哈哈哈哈。”

声音一多，素质广场就热闹起来，职业选手们彼此都有了解，对这种随机组排也感觉很新鲜。在同队比赛还可以摸索出对方的战术，以后国内赛上见，还能心里有个底。

终于有人问道：“冰神呢，怎么也不出个声？”

“我还想知道寒神和谁啊，谁这么好的运气？”

“都不出声，不会吧！玩儿这么认真？”

“这两个幸运儿再不跳出来承认，一会儿被全员针对啊！”

“啧，神秘，别是在队内语音聊天呢吧。”

依旧没有人答话。台前看清一切的观众们尬飞了。

男解笑得脸通红：“等他们出来就知道冰神和寒神跟谁组排了，还‘好运气’哈哈哈哈！”

女解说：“我们现在看到，冰神和寒神还一个跳点都没标呢，别不是要单打独斗吧。”

粉丝：“他们最好是！”

言易冰反复打开地图观察。这个航线，有几个点位都不错。狮城，皮卡车多，物资丰富、玩家集中，基本上落地就要开打。这点他倒是不怕，但估计很快就会被人知道他和寒陌是一队的。

寒陌一直牢牢盯着屏幕上熟悉的名字，左手食指微微颤抖。

Zero-ICE

这个 ID 对他的意义非比寻常。两年了，他终于又和他成了队友，虽然短暂，但很深刻。

言易冰一直没跟他说话，反而在素质广场里跳起广场舞来。寒陌轻嗤一声，喉结缓慢地滚了滚。眼看着倒计时要结束，他终于打开麦克风。

绿色的小喇叭一亮：“你指挥。”

言易冰终于不跳了。倒计时结束，寒陌只来得及说这句话，所有人已经搭上了航班。

又是几秒沉默，就在寒陌准备破罐破摔跳狮城的时候，言易冰的小喇叭一响：“跳电厂。”

他的声音很轻，小到几乎没有的耳机电流音和着言易冰的声音传过来，要不是寒陌耳朵灵敏，差点听不到。

电厂的厂房里不算穷，搜完电厂，可以顺带堵一下必经之路上跑圈的选手。

又是没有时间说话，言易冰话音刚落，为了能尽快落地，两人都跳了。

言易冰高飘时视角转了一圈，敏锐地看到了同时飘过来的两个选手。他的舌根一痒，差点像往常一样报数，但一想到队友是寒陌，他硬生生忍下去了。寒陌不至于看不到那两个选手。

两人落地，言易冰飞快地摸进厂房，快速搜索了一圈，捡起一把霰弹枪。他眼前一亮，没再继续花时间搜房。凭着记忆里敌人落地的方向，他顺势摸了过去。

对方当然也看到了他们。言易冰躲在掩体后环视了一圈，然后偷偷奔向主建筑。他和寒陌分别占了一个厂房，如果现在还没传来枪声，那敌人大概率在主建筑物里。

他摸到主建筑门口，放开视野，敏锐地见到人影晃动。言易冰仗着手里的枪厉害，举起霰弹枪冲了进去，直截了当地打了一枪。

“Zero-ICE 使用 S686 淘汰了 YH-runo。”

runo 也不生气，立刻开麦打趣道：“冰神你不跳狮城来电厂为难我们打野的干吗？”

言易冰试探着他的队友不在，快速搜了一下他的包。很穷，连个倍镜都没有。

言易冰懒洋洋道：“还不是因为队友太菜。”

runo：“啧，你队友谁啊？”

下一秒——

“Prince-momo 使用 M416 突击步枪淘汰了 JG-xiaoki。”

不远处，响起一个冷冷的声音："我。"

言易冰：……没想到寒陌突然跑这么近了。

游戏里，只要开了公共语音，对话就可以被周围同样开了公共语音的人听到。runo 看着刚刚显示的击杀信息，还有这熟悉的，冰冷且不耐烦的声音。

runo："我眼睛还在吗，是我想的那样吗？"

xiaoki："是你想的那样，跟大神组队的两个幸运儿被咱们找到了。"

寒陌直接拎着枪走进了主建筑，仿佛一个听到学生在背后吐槽他的班主任。

言易冰舔了下唇，润湿干燥的唇线。他不是故意说寒陌菜，更不想让寒陌听到，他就是开个玩笑。他轻咳一声，把 runo 扔在一边，关了公共语音，转身要走。寒陌加快脚步，拦在他面前。

言易冰有点恼羞成怒："不是吧寒队长，玩笑都开不起？"

紧接着，寒陌把四倍镜扔在了他面前。

言易冰差点咬到舌头。粉丝——

"不是吧不是吧，寒神你没事吧？你就一个四倍镜吧！"

"寒陌粉原地升天，上次 Prince 老板跟寒神玩双排，管他要个八倍镜寒神都没给。"

"电厂这次刷新这么穷，就一个四倍镜，言易冰好意思要吗？"

言易冰愉快地把四倍镜捡起来，装在从 runo 那里打劫的 SCAL-L 突击步枪上。

粉丝：……

顿了几秒，寒陌一语未发，转身出去了。言易冰犹豫了一下，也跟着寒陌跑出去。

出去后，言易冰爬上野区山坡，开着倍镜瞄了一会儿，点射掉两个人。寒陌也在马路边，淘汰了一辆吉普车里的人。马上就要缩圈了，电厂在圈外，环境对他们有点不友好，他们得赶紧跑进安全区。

纵观电厂附近，只刷出了一辆摩托，还有就是刚刚有人送来的吉普车。言易冰拎着枪下坡，一边跑一边对寒陌道："上车。"

他指的是吉普车。吉普阻挡伤害的能力比摩托强得多，沙漠图地势很平坦，没有那么多挡路的树木，开吉普当然比较顺滑。

“嗯。”寒陌应了一声，头也不回地奔向摩托，一屁股坐在了乘坐位。

言易冰：？

寒陌：“吉普车漏油了，容易自爆。”

言易冰这个视角，看不见油箱方向，他信了。要是开在半路车自爆了，那真是得不偿失。于是言易冰也改变了路线，奔向摩托。

观众——

“这什么迷幻操作？不开吉普？”

“吉普车好好的，就碎了个镜子，怎么也比摩托车强吧。”

解说皱着眉头揣度半晌，支吾道：“呃……这可能是新战术。”

对言易冰来说，他和寒陌谁驾驶、谁掩护都没问题，到他们这种程度，电竞水平相差也就分毫。言易冰开着摩托，冲上了斜坡。随便扫了一眼视野，周围没人，但不排除有消音枪的可能。他机警地听着周围的声响，然后他听到，寒陌把枪收了起来。

言易冰：“……你枪口堵了？”

游戏里的人物收了枪，双手自然放到身前。寒陌道：“打个绷带。”

寒陌打完绷带也没着急把枪拿起来，但周围也的确没人。言易冰皱了皱眉，总有种自己带着寒陌去野外兜风的错觉。

很快进了狮城范围，言易冰把摩托开上了高点，他伏在背斜坡，开着四倍镜搜人。

这个距离，四倍镜多少有点不够用，但言易冰还是有自信，只要有人冒了头，他不会打空枪。找好位置，他刚要开口，寒陌已经直截了当地冲下房区。言易冰抿了抿唇，把到嘴边的话又憋了回去。

不远处，枪声四起。寒陌直接开打，去和别人抢物资，彻底把后背交给了言易冰。果不其然，对侧山头枪口一闪，寒陌身侧炸开一枪，但他只是轻微走位，丝毫没有找掩体躲避的意思。那人是把消音枪，这个位置，这个装备，几乎是万无一失。

然而消音枪最终没有响起第二次。

“Zero-ICE 使用 SCAL-L 突击步枪淘汰了 NNC-dafeng。”

言易冰轻呼一口气，用力闭了下眼睛。虽然四倍镜勉强能用，但还是有点费眼。不过好在，把消音枪打没了。两分钟后，寒陌跑上山坡，在言易冰身边扔了一把 98K，一个八倍镜。

言易冰挑眉，忍不住开口：“你不用？”

上场是自由狙击，他已经认可了寒陌的狙击水平。这把 98K 在寒陌手里，照样能发挥作用。

“你用。”寒陌声音压得又低，又沉。他亲眼看着言易冰装上，才重新跑下去。

言易冰琢磨不出寒陌的意思，也不想琢磨。

后台。

连打 PUBG 最菜的孙天娇都忍不住唏嘘：“这么多年了，还能这么默契，我也是服了。”

许瑞也喃喃道：“能给寒陌掩护到这种程度的，也就队长了，寒陌完全没有后顾之忧啊。”

程斌两眼放光，一副小迷妹的样子：“冰神还是帅，对打打掉了 98K，刚才在山坡上的要不是冰神，寒陌就死了。”

相熟战队的队员经常来回串房间，所以 Zero 战队休息室里不止有 Zero 的人。偏巧郁晏也在。

见状，郁晏幸灾乐祸道：“幸好这两人不在一个战队，给我们 CNG 省了不少麻烦。”

他身边的路江河也忍不住开口：“当年谁做的英明决策啊，就应该把寒陌踹出 Zero，不然这两人得狂成什么样。”

全场那么多队员，也就当个笑话听，唯独雷明的脸色极差，一言不发拽开门出去了。房门合上的时候，发出了不太温柔的闷响。

Zero 的队员止住话茬，互相看了看。郁晏和路江河似笑非笑，也没言语，这毕竟是 Zero 的家事，他们外人不方便插嘴。

孙天娇打哈哈：“不管他，许瑞，傅海峰，你俩准备好，一会儿上去别掉链子。”

这局双排，言易冰和寒陌当仁不让地赢了下来。看着排名第一的界面，言易冰还是怔忪了片刻。

这样的画面，他曾经想象过无数次，时间过得久了，也就不想了。可惜这次，也不是世界赛的赛场。这只是一次娱乐性质的表演赛，很快就会被人遗忘，甚至可能都没人把视频上传。这次双排，没有任何意义。

言易冰摘掉耳机站起身，下意识朝寒陌的方向望去，发现寒陌也在盯着屏幕出神。他所在的方位，散发着生人勿近的气场，形成了不容打扰的包围圈。言易冰收回目光，揉了揉手腕，混在人群中出了备战间。

两家战队的粉丝扯起手幅尖叫。

“冰神厉害！操作天秀（很厉害），又一个封神现场！”

“寒陌老公啊啊啊啊啊太帅了，我又被帅到了！”

“言易冰争气！”

“寒陌今天就娶我！”

“言易冰永远的神！”

“寒陌，后浪！”

两家粉丝看见彼此，神情中突然闪过一丝尴尬。不知道是谁先吐槽了一句。

“不得不承认，这俩配合得真默契，当初要没闹崩，估计统治电竞圈了吧。”

呼喊声渐渐安静下来。

言易冰回到休息室，孙天娇把他拉到一边，低语了几句，表情十分严肃。

言易冰垂了下眉，脸色冷了几分：“他人呢？”

孙天娇：“出去了，我不乐意找他，让他自己冷静冷静，没事儿，估计一会儿就回来了。”

言易冰点了下头，抬腿走到郁晏身边，无奈道：“让你见笑了。”

郁晏懒散地勾了勾唇：“我什么气度，你跟我不用见外。”

言易冰翻了个白眼：“少来。”

表演赛顺利结束，粉丝整体还算和谐，联盟赚门票钱赚了个盆满钵满，当即给所有选手发了张游轮旅游券，今年内都有效。

晚上几个战队约 KTV 嗨唱到天亮，Zero 没人参加。言易冰带着人回到基地，手插进兜里，抬起眼，不耐烦道：“雷明呢？”

没人知道雷明去哪儿了。他从休息室离开后就没出现，更没跟战队一起坐车回来。言易冰冷笑：“出息了。”

孙天娇凑过来，给言易冰揉了揉肩。

“今天你也累了，早点休息吧，一会儿我跟阿姨交代一声，等雷明回来了，让他过来找你。”

说罢，他又冲其他队员道：“今天表现不错，都散了吧散了吧。”

等打发走了其他人，孙天娇表情有些凝重。他叹了口气，欲言又止：“你觉得雷明这状态……”孙天娇不好说得太明显。

雷明在战队两年了，一直没有特别大的进步。放在二队不算拖后腿，但绝对没有进一队的可能。他也有打得特别好的时候，可这种好达不到教练的要求，也取代不了即将退役的言易冰或傅海峰。

如果他像程斌那样心态好，在二队待着也没问题，但现实是，实力撑不起他的野心。

言易冰沉默一会儿，缓缓道：“我再跟他谈谈。”

他并不想放弃雷明，选手有野心是好事，只要不触及他的底线，他可以再给雷明好几次机会。

孙天娇点点头。他也不是非要让雷明走，战队后继无人，空出来的位置只能花钱买选手，更麻烦。

孙天娇瞥了言易冰一眼，苦口婆心道：“要我说，你完全没必要着急退役，你状态一点都没下滑，比多少选手巅峰期的状态还好，我看你还能打两三年。”

言易冰笑：“你准备让我在这行养老？”

孙天娇：“能打就留下呗，也没有规定大龄不能打电竞。”

言易冰苦笑：“会越来越差的。我之前去看过一次寒陌的直播，有个人的位置，他听清了我没听清。”

孙天娇皱眉：“我虽然菜，但看直播和亲自玩肯定不一样吧，你也别把他捧得太高了，今天这次双排，他不还是把四倍镜给你了吗，说明他相信你的狙击水平。”

言易冰睫毛一颤，看向孙天娇，懒散道：“你开心就好。”

孙天娇耸肩：“不然还能因为什么，做慈善呢？”

言易冰脸一黑。

雷明直到零点后才回基地。基地大厅的灯都灭了，只有应急灯开着，走廊里空空荡荡的，数据库房的散热风扇嗞嗞地运作着。

他晃晃悠悠地往楼上走，脚像踩在棉花上，腿肚子直打战。他喝了不少酒，有点醉了，脑袋充血肿胀，意识飘飘忽忽。

职业选手昼伏夜出，大多还没休息。雷明一回基地，就有二队的成员发现了。

那人小声对雷明道：“冰神说，让你回来去找他。”

雷明的意识清醒了片刻。他努力抬着眼皮，摇摇晃晃地往言易冰房间走。还是熟悉的位置，熟悉的门牌，只是上一次来，他还自信满满，觉得自己能打败寒陌，顺利进入一队。

雷明知道自己躲不开，于是深吸一口气，敲响了言易冰的房门。

很快，房门被打开了。

言易冰刚一开门，就闻到了一股浓郁的酒味儿。他也喝酒，所有电竞选手都喝过酒，但不会喝这么醉，因为会对手腕造成影响，哪怕这影响非常细微，但在比赛场上，可能就是胜负的差距。

雷明喘了喘气，恍惚片刻，低低叫了一声“队长”。

言易冰笑了：“怎么，你还委屈上了？”

雷明的瞳孔瞬间紧缩了一下，随后眼皮耷拉下来，不再言语。

言易冰继续道：“今天当着 CNG 战队的面，你甩脸子给谁看呢？”

雷明就像一座死气沉沉的雕塑，对言易冰的话没有任何反应。

言易冰愈加失望：“难道不是你自己输给了寒陌，你当谁对不起你？”

提到寒陌的名字，雷明突然愤怒起来。他抬起眼，紧紧攥着拳头，咆哮道：“是！我是不如寒陌，所以你很后悔吧？当初不要管他赌赛的事就好了，反正他用的化名，去的境外黑网站，怎么查都查不到 Zero 身上，你要是留下他，Zero 就能登上巅峰了！”

言易冰脸色瞬间沉了下来。

“他犯错，我赶他走。你用拙劣的手段留在 Zero，我也觉得你没有问题。不是寒陌阻碍了你的发展，是你自己，从做下那件事起，你就逃不出寒陌的影子，他在 Prince 混得越好，你越觉得自己彻头彻尾的失败。”

雷明瞳孔放大，呆滞几秒后，突然夸张地笑了两声：“哈哈，原来你都知道，你知道是我举报的，还装作一副宽容大度礼贤下士的模样，你看我傻傻地给战队卖命，跟寒陌较劲，你很开心吧？”

他被酒精熏得满脸通红，青筋暴起，吼得狠了，眼前一阵阵发黑。

言易冰终于彻底失望。他闭着唇，沉默了几秒，叹息一声：“你走吧。”

雷明怔了怔，眼眶里猝不及防滚出两行热泪来。他用袖子一抹眼睛，吸了下鼻涕：“我告诉你，你别想把所有事都赖在我身上。我当初知道他赌赛，但我不知道他为什么赌赛，把他从 Zero 赶走的可是你，他最恨的也是你！”

雷明吼罢，一屁股坐在地上，涕泗横流。

“我不是……故意的，我真不知道他……为什么需要钱。”

“我这到底是为什么啊！”

“把他赶走了，我还是现在这副德行……”

他一边吼一边捶着地板，像个精神失常的疯子，在言易冰门口，尽情撒泼。电竞选手最宝贵的双手，被他一下下撞击着地板，骨头发出闷闷的声响。

一个基地里，没有不透风的墙。雷明的喊声这么大，惹得基地的队员纷纷探出脑袋，听着楼上的动静。

幽暗的走廊里，无形的子弹从隐秘处射来，在人的胸口爆开。言易冰觉得，自己愈合良久的伤口，再一次鲜血淋漓。

雷明翻出了陈年旧事，他才发现，这个地方，神经如此密集，仅仅是稍微波动，都让人疼得难以忍受。他垂着眼睛，看向匍匐在地的雷明，也不知道是在怜悯雷明，还是怜悯自己。

很长一段时间过去，雷明哭到没有力气了，于是仰躺在地上，粗喘着气，圆润的脑袋晃着，眼镜歪歪斜斜地挂在鼻梁上。他大概也不知道自己喊了什么，但这绝对都是他的心里话。

雷明不是个彻底的坏人，他也一直经受着怯懦和卑鄙的折磨。

言易冰抬起眼，跨过雷明的身体走入黑暗。走廊比房间里要凉，空气中隐隐带着瑟瑟的夜风。他站在楼梯口，冲楼下道：“都没睡吧，上来，开会。”

楼下一阵稀里哗啦的慌乱声。很快，所有队员套裤子，穿衣服，匆匆忙忙地跑上来，站了一大排。雷明被人拖进会议室。大灯打开，他被晃得睁不开眼。

言易冰穿着睡衣，站在会议室中央。他后背抵着门，杏核眼冷飕飕地望着窗口，低声道：“你们一直想知道我和寒陌为什么闹翻吧，我今天就告诉你们。”

宋棠低声叫道：“队长！”

言易冰摆了摆手：“你们都是我的队员，有知道的权利，我以前不说，是因为我不知道该怎么评判这件事的对错。其实直到现在，我也不知道该怎么评判，你们就随便听一听。”

二队的选手们半个声都不敢出，安安静静地听着。程斌睁大了眼，急切地希望从言易冰那里得到答案，在他心里，坚定地认为言易冰不会出错。

言易冰缓缓道：“两年前，中秋前夕。孙天娇说要讨个吉利，在中秋那天跟寒陌签约。我们私下里商量好了，寒陌签了就是一队的突击手，到时候就连我都要配合他打比赛。我们畅想了很多战术，很多非常……非常先进且苛刻的战术。我的确看好寒陌，我也是年少成名，心高气傲，从来没对哪个选手真的服气过，但寒陌不一样，他就是为电竞而生的。

“但签约之前，我们收到了匿名举报，说寒陌在境外网站赌赛，严重违反俱乐部规定。既然有人举报，我们就要调查，其实也不用调查，那人已经把图片和录像一起发过来了，证据确凿。”

言易冰说罢，雷明瘫软的身体狠狠地抖了一下。

“我去问寒陌，寒陌承认了。他用假身份证，在黑网站注册了账号，通过赌赛，获得了二十万的利润。他说没有牵连到战队，可我眼里容不得沙子，没跟经理和教练商量，就让他滚蛋。”

雷明的身体又抽动了一下，原本干涸的眼睛，又重新溢出眼泪。

“寒陌不想走，甚至不惜给我跪下，当着所有队员的面。我狠了狠心，觉得这是原则问题，不可原谅，没有答应。”言易冰顿了几秒，声音变得有些沙哑，“但我不知道，当天他母亲就在外面，看到了寒陌跪下求我。”

那时，寒陌双眼猩红，攥着他的裤腿，声音发着颤，艰难又脆弱地问他：“不是说好，让我以后和你一起打比赛吗？”

他最终没等到这个机会。

宋棠站起身，神情挣扎，咬牙道：“队长，别说了，那只是意外。”

言易冰垂下眼，面无表情：“后来他母亲背着他，偷偷来了战队一次，要见我，我没见。她以为寒陌把二十万还回去，我就能让他回来，可当时我只觉得他让自己家长来做说客真是很没有骨气，为了区区二十万就能不择手段的人，Zero 无法信任他。”

程斌忍不住插话：“冰神，你没错，我知道寒神是个不可多得的天才，但他要是真的干这种事了，那就是活该！”

言易冰没搭理他，继续道：“我从小家境优渥，父母溺爱，不知道二十万对普通人家来说意味着什么，我甚至不知道，当时青训生每个月的工资只有一千五。”哪怕只有一千五，寒陌也从来没索要过什么。

“后来我听说，寒陌的母亲生病很久了，一直没钱治疗，寒陌赌赛是为了给她治病，但最后他妈妈还是走了，因为不想拖累他。

“我其实明知道，如果跟经理和教练商量，他们会把这件事压下去，绝不会放寒陌走，我明知道，寒陌不会因为钱背叛我、背叛战队，开除他这件事，我后悔也不后悔，如果知道原因，我会帮他一把再让他走。”

他妈妈说，他应该为当初一些不成熟的反应跟寒陌道个歉。言易冰嘴里强硬，但心中左右为难。遵守原则没错，但他好像没什么底气斥责寒陌。

生命大于一切，如果让他在救家人和违反规定中选择，他也会觉得，规则算什么。

SHITAN

试探

CHAPTER 5

Zero 俱乐部对面新开了家烤肉店，听几个过去吃过的青训队员说味道很正，羊肉又嫩又多汁，吃一口想第二口。

孙天娇单独请言易冰去吃烤串。俩人要了个包间，要了两盘羊肉、一碟烤包子、两杯酸奶、一碗茶。

孙天娇用镊子夹起羊肉，均匀地摊在烤架上，一边烤一边往上撒孜然。羊肉被烤得翘边，嗞嗞冒着油花，一股浓郁的香气从烤架上飘出来。

言易冰火速加大了抽烟机的功率。机箱嗡鸣着，巨大的吸力差点把烤架下的炭灰抽上来。

孙天娇：……

言易冰有点洁癖，很讨厌沾上油烟的味道。这次孙天娇说要吃烧烤，他特意穿了件自己最不喜欢的衣服。要是实在没救了，扔了也不心疼。

孙天娇："你别暴躁，窗户开着呢，没什么味儿。"

言易冰拄着下巴，垂着杏核眼，蔫了吧唧道："没暴躁。"

孙天娇叹了口气，夹了一块烤好的羊肉放到言易冰碟子里："雷明搬出基地了，今天下午搬的，跟我打招呼了，没去找你，怕你骂他。"

言易冰无精打采的，细长的手指有一搭没一搭地敲着耳骨："好的。"

孙天娇："和平解约的，他要走，俱乐部也没要他赔钱，够仁至义尽了，不然光是解约费都够他肉疼的。”

言易冰勉强用撑着下巴的手给孙天娇竖了个大拇指：“我说我面前这是谁，原来是活雷锋。”

孙天娇白了他一眼：“去去去。”

片刻后，他又道：“你猜雷明准备去哪儿？”

言易冰难得掀了掀眼皮：“这么快找好下家了，不是早有预谋？”

孙天娇摇头：“真不是，他去的是知名捡漏战队，普新。”

言易冰一怔，哑然失笑：“这样啊。”

普新顶多算是三线小战队，成立得晚，投资少，基地建在离魔都不远的江北，地段偏，房价便宜，即便如此，基地面积才刚赶上 Zero 的一个大厅。普新自己花不起转会费，买不来明星选手，于是专注跟在四大豪门战队屁股后面“捡漏”。那些水平差不多的，但在豪门战队出不了头的，普新就会热情地发邀请。

它把这些选手糊弄来，也不是让他们坚持电竞梦想的，它更像是一个电竞主播培训基地，那些职业选手到了普新，都被安排了超越体能的直播时常。普新的主要盈利渠道就是直播，它迫不及待地压榨职业选手的剩余价值，等到选手在直播圈都不火的时候，普新就会跟他们解约。

孙天娇诧异：“怎么，你挺了解普新？”

言易冰微卷的睫毛一颤，用筷子尖戳了戳发凉的羊肉：“嗯，以前有个朋友去了普新。”

孙天娇一惊：“多大心啊，去这种破地方。”

言易冰把泛凉的肉塞进嘴里：“当初跟我一起在 Zero 青训的。”

孙天娇一顿：“呃……”

他偷偷瞄言易冰的脸色，不露声色地转移了话题，“其实当年战队没想要雷明，寒陌不在，我们就只需要宋棠一个，还是你力荐他留下来的，结果他就这么报答你，真是白眼狼。”

言易冰苦笑：“说选两个最后却只留一个，你们怎么总干这种事？”

孙天娇眼睛一瞪，义正词严道：“这太正常了吧！要是一期青训生全是废柴，我们还一个都不能留呢。”

言易冰：“青训生也是战队给发的邀请函，怎么可能都是废柴。”

孙天娇正色道："邀请函只是踏入这行的第一步，打电竞天赋很重要。当年你不也是陪着朋友过来玩玩，准备寒假结束就回去准备考试吗？结果那一期，战队就留了你一个人，这要是让你的同期选手知道，心里得多难受。但没办法，每个人天生就是不一样的，他电竞打不好，可能画画比你好、唱歌比你好、自理能力比你强，但我们只需要游戏打得好的。"

言易冰沉默片刻，喃喃道："我知道。"

孙天娇拍了拍他的肩："所以说你也别伤心，雷明要是去了那边专心搞直播，说不定赚的比在咱们这儿多。"

言易冰："嗯。"

见言易冰的情绪恢复了不少，孙天娇才松了一口气。

"你都多大了还这么冲动，当年的事都过去了，你还当着全战队的面提它干吗。再说了，你和寒陌在表演赛上不是挺和谐的吗？他还把倍镜给你了，我天啊，这对职业选手来说意味着什么？这相当于一个饭桶把到手的油炸鸡腿让给你了，简直感天动地。说真的，我都觉得他根本不恨你。"

言易冰："寒陌不是饭桶。"

孙天娇："打个比方，话糙理不糙。"

言易冰吃了两口，抬起袖子闻了闻。衣服上还是沾了一股烟熏火燎的味道。他的食欲立刻就淡了。言易冰擦了擦嘴，站起身，捞过手机："不吃了。"

孙天娇问："回基地？"

言易冰："回家，我妈妈又装病哄我相亲了。"

孙天娇："啧，我觉得你在这件事上根本不积极，相亲没有十次也有八次了，真就一个都看不上？"

言易冰嫌弃："你以为选队员呢，这么容易。"

孙天娇："hello？本'社畜'也很难！"

言易冰深夜回了家，带着一身清新脱俗的羊肉香味儿。言母正在敷面膜，言父靠在沙发上看球赛。听到门响，言母挑眉："哟呵，稀客啊。"

言易冰脱了鞋，往沙发上一趴："妈，我累了。"

言母“哼”了一声，但还是腾出手来，给他剥了个橘子。

“说吧，找我和你爸有什么事？”

“没事……”

“没事你才不回来。”

……

言易冰在沙发上趴了一会儿，慢条斯理地吃完了整个橘子。他垂着眼，睫毛柔顺，下巴陷进沙发里，脸上挤出两坨可爱的肉。半天，他才瓮声瓮气开口：“你上次说，我应该跟寒陌道歉，我为什么要跟他道歉，他赌赛，我开除他是应该的。”

言父的眼神从球赛上移开，偷偷瞥了言母一眼，语重心长道：“儿子，从法律上来说，你的做法无可指摘，赌赛违反了合同，根据《合同法》的规定，甲方有权利要求……”

言母不耐烦道：“闭嘴。”

言父吞下没说完的话，“嗖”一下把目光移回电视，老老实实坐好，但他又忍不住小声叨叨：“法律不对，听你妈妈的，你妈妈对。”

言母叹了口气：“我就说我的观点，这件事你的处理方法可以，但站在朋友的角度，有点太无情了。寒陌对你那么好，但你好像一翻脸，就不认识他一样，你哪怕怨他、气他、骂他，也好过冷冰冰地让他滚，把他的联系方式全部拉黑，他心里不知道你对他的失望，还以为你从不在意他。你要说的也不是对不起，而是，我其实很珍惜你。”

言父竖起大拇指：“你妈妈的名言，家里不是讲道理的地方，是给我珍惜你妈妈的地方。”

言易冰失笑：“我和寒陌的情况和你们不一样。”

言母：“那当然不一样，但我这句话，亲情、爱情、友情都是一样的。和你好，求的不就是个偏爱吗。”

言易冰怔了怔，睫毛微垂，手指不由得抓紧了裤兜。兜里有一管快用完了的祛疤膏，最初是被随意扔在桌面上，后来是放在枕头边，现在，他就随身带着。

他似乎一直被别人偏爱着，但他想过偏爱别人吗？

凌晨，天似亮非亮，晨露带着冰凉的水汽。言易冰靠在床头，翻出手机。

熬夜总会让人做出出格的事。鬼使神差般，他在通信录里翻到了寒陌以前的手机号码。他编辑了一条短信，手指飞快地动了几下，输入法显示出“对不起”三个字。

他盯着这三个字看了很长时间，久到他觉得这些字都有点陌生了。言易冰深吸了一口气，手指一滑，不小心点了发送。

他一颗心瞬间提到了嗓子眼儿，混沌的意识也顷刻间清醒起来。他手忙脚乱地想要撤回，却发现那条短信前，挂着一个大大的叉。

言易冰这才想起来，他早就把寒陌拉黑了。言易冰悬着的心重重落下。他把手机扔在一边，拍了拍胸口，屁股往下拱了拱，躲进了松软的被子里。

他不常在家里住，但爸妈知道他粉尘过敏，稍微有点灰都会嗓子难受，所以他的房间总是打扫得很及时，被子也是一周一换。只要回到家里来，他总能得到安慰。寒陌想必，再也得不到来自父母的安慰了吧。

言易冰在被子里睁着眼，天已经亮了，该是他睡觉的时候了，但他还是睡不着。他第一次开始反思，自己把寒陌拉黑的举动，是不是过分了。

哪怕寒陌离开战队，两人不能成为队友了，但也还能……至少还能做网友吧？结果他想都没想，一口气将寒陌所有的联系方式都拉黑了，他那时候失望加生气，是真的不想跟寒陌联系了。

因为这点，所以哪怕在职业选手的大群里，寒陌也几乎不说话。寒陌都是让肖诺代替他说，肖诺也戏称自己为队长寒陌的专职发言人。寒陌的努力让他被拉黑这件事变得更加密不透风。

言易冰这么一想，自己当初真的挺绝的，也不怪妈妈觉得他不近人情。言易冰觉得自己有点被说服了。

他珍惜寒陌吗？当然是珍惜的。寒陌是不可多得的电竞天才，是他心目中唯一的接班人，是他想留给 Zero 的礼物，是他最细心教导的徒弟。更何况寒陌曾经对他那么好，甚至有时候比他爸妈都贴心。

刚刚短信发出去，显示发送失败的时候，言易冰除了松一口气，心里竟然还隐隐有一丝失落。

因为他知道，他很难再有勇气把那三个字发给寒陌了。他虽然经常没个正经，但其实还是很在乎脸面的。寒陌要是知道他愧疚了，肯定会拼命嘲讽他吧。

言易冰在被子里窝了好久，空气稀薄，他的呼吸越来越急促，身上也出了一层汗，他能感觉到汗珠顺着后背缓缓下滑。必须得出去了，但他懒得出去。

言易冰从被子里伸出一只手来，在身边摸索着，触碰到手机后，他把手机也抓到了被子里。

蓝幽幽的光一亮，他的眼睛受到了短暂的刺激。他有很轻微的近视，不到一百度。因为不影响任何日常生活，所以也不用戴眼镜，但眼睛还是比以前要敏感些。光线一刺激，他的眼底润湿，泪光盈盈。

他将寒陌的电话号码从黑名单里移了出来。但这并没有什么意义，寒陌肯定也把他拉黑了。或者，寒陌早就换手机号了，对面只是一个普通人，但趁着冲动，言易冰想试试。

他不敢把那三个字发出去，所以随便写了一段在大街上听过的广告。这段广告在他去基地的必经之路上，日日循环播放，给他留下了深刻的记忆。万一的万一，对方收到短信也会以为他被盗号了。

言易冰点击了发送。

“好消息好消息，XX 医疗美容整形医院无痛双眼皮手术，一折大减价，原价 1888 现价 888，机不可失失不再来，还在等什么？赶快来试一试吧！”

几秒之后，短信界面显示，发送成功。寒陌竟然没有把他拉黑吗？言易冰屏住了呼吸。

呵。肯定换号了。

一般去了新战队，通信录里都要换一批人，而且最近一年又在弄 4G 变 5G，三大运营商竞争激烈，推出不少套餐，换个号太正常了。言易冰彻底放松下来。他安稳地躺在枕头上，酝酿片刻，总算睡过去了。

他一直睡到中午十二点，直到外面哼哼唧唧的音乐声把他吵醒。言易冰懒洋洋地爬下床，揉着酸疼的眼睛推开房门。音乐声悠扬婉转，十分矫情。

他站在楼上向下一看，他妈妈正在客厅练瑜伽，电视上的老师做一个动作，他妈妈跟着学一个动作。

当前这个动作非常刁钻，他妈妈单腿站在瑜伽垫上，正努力把另一只脚掰到脑后。随着“咔吧”一声，他听见他妈妈深深地叹了口气：“爽。”

言易冰的目光从他妈妈古怪的姿势上移开，慢慢下滑，最终落在那个天蓝色的瑜伽垫上。瑜伽垫是连接电视的，垫子里有感应器，可以判断动作的标准程度。言易冰喃喃道：“这东西你还在用？”

瑜伽垫是寒陌第一次来他家玩的时候，给他妈妈带的礼物。他以为早就被他妈妈收到地下室去了。

言母深吸了一口气，双手合十，举过头顶，轻飘飘道：“不然留给你用？”

言易冰被呛了一下，小声道：“我以前怎么没见你用？”

言母放下手，从瑜伽垫上下来，踮着脚尖走到电视机前，关掉电视，扭回头看向言易冰：“我每天早上练，你早上起过床吗？”

言易冰：……好像没有。

言易冰悻悻道：“我回基地了。”

言母：“你和寒陌和好了？我看论坛上都说你俩在表演赛上配合得好，你们不是一个战队的，为什么会一起打比赛？”

解释太多她也听不懂，言易冰含糊道：“表演赛而已，随便玩玩儿，我们俩表面还算过得去。”

言母：“喊。”

言易冰回屋洗了个澡，收拾了一通，也没吃午饭，叫了个专车回基地了。其实他昨晚回家，也是想暂时避开雷明遗留的痕迹。

毕竟在一个战队相处了两年，总还是有点感情的。雷明要是不主动走，他也不会赶。但现在说什么都晚了。

回去的路上，某购物软件跳出消息提醒，他皱眉，点了进去。

客服小艾：“亲，您购买的两盒燕窝收货方拒绝收货，已经原路退回，这边需要您支付一下邮费，我们稍后会把钱返回您的 X 付宝账户。”

言易冰：“拒绝收货？”

客服小艾：“对的亲，燕窝您还要么？”

言易冰："……算了，邮费多少？"

客服小艾："二十五元，您在后台支付一下。"

言易冰点进商品链接，上面果然显示着"拒收"。

他无奈笑笑，按要求支付了二十五元的邮费。

言易冰："已经付了邮费。"

客服小艾："这边已经给您退款，您可以去 X 付宝里看一下。"

言易冰退出购物软件，点进 X 付宝。果然店家已经把钱退了回来，但除此之外，他还看到一条来自陌生人的转账信息：

[转账] 向你转账 10000.00 元。

"去个好点儿的医院。——寒陌"

言易冰差点把手机捏碎。寒陌没有换手机号码，他看到了那条消息，且坚定地认为是言易冰本人发的。他就没想过被盗号的可能？

这事儿他绝对不能承认。言易冰深吸一口气，顶着发烫的脸，冷静地在转账界面里写下："你在说什么？"

消息转了转，前面出现一个大大的红圈。发送失败。言易冰：？

他尝试给寒陌转账，在备注里填写：我不知道你在说什么。转账同样失败。

言易冰皱着眉，先是检查了自己的移动流量，又看了看信号。都没问题，他只好上网搜索"X 付宝无法给人转账是怎么回事"。

他搜出来一堆公众号的软文，写的都是些没用的废话。最后他终于在百度问答里看到一条回复：对方把你拉黑了。

所以寒陌把他的 X 付宝拉黑了？不拉黑他的电话号码，居然把他的 X 付宝拉黑了！果然，寒陌不会放弃任何嘲讽他的机会，他要是真的道歉了，后半生都要活在被拿捏的阴影里。

到了俱乐部门口，言易冰下车交了钱，冷着脸往里走。路上撞到青训队员干巴巴地跟他打招呼："冰……冰神好。"言易冰匆匆点了下头，脸上没什么表情。

现在的青训队员都叫他冰神，曾经也就只有寒陌一直称呼他为队长，就好像认定了，将来会和他一起打比赛。对上那样幽深的、笃定的眼神，他也无比坚信寒陌会陪伴他到退役。

所以没有什么事是绝对的。再好的朋友也会闹翻，他当初还是年轻，不该把所有的希望都压在寒陌身上。

在回自己房间之前，言易冰先去了一趟一队训练室。宋棠和许瑞正在里面练习双排，傅海峰的电脑开着，但现在人不在。看到队员们如此踏实努力，他的心总算定了下来。

他这两天在寒陌身上花了太多精力了，还有一个月就是 PCL 春季赛，作为队长，他没空想这些乱七八糟的。

实在不行，那一万块钱还可以用老方法还回去。言易冰叹了口气，认命地把当初卸载的直播软件又装了回去。登录上自己的账号，他发现，账号的粉丝数量暴涨。

高 V 明晃晃地挂着，就连直播间都免费给他开通了。但言易冰跟对家直播平台有合同，不可能到这里直播的。他只好设置了禁止关注，点了一键移除粉丝，最后到寒陌直播间点了开播提醒，就退到后台等着了。

下午两点吃完饭，他去训练室里训练了五个小时。他们在美服四排的时候，宋棠冷不丁地问了一句："队长，PCL 要开始了，咱们是不是又要集训了？"

言易冰冲上房淘汰了一个人，懒洋洋地答："嗯。"

宋棠："今天上午孙经理来说，这批青训生只选出了一个还算合适的，正好替代雷明的位置。"

言易冰笑笑："又是'二退一'，孙天娇是不是有什么执念？"

宋棠："什么'二退一'？"

言易冰摇摇头："没事。"

宋棠又问："咱们什么时候跟 CNG 他们约练习赛？"

集训期间，各大战队会密集地约练习赛，一来可以调动紧张气氛，二来也可以熟悉敌情。每家战队的战术都是在不断革新的，如果不及时掌握做到心里有数，在比赛时就会很吃亏。

言易冰道："下周约吧，郁晏这周有感情危机，陈驰他们队里有人去治肌肉拉伤。"

宋棠顿了顿，低声道："Prince 的练习赛还是约不上吧？"

练习赛里，始终是有 Prince 没 Zero，就连其他知名战队，也不约而同地跟他们分开打。

言易冰的人物停在了房间里，他捡了个烟雾弹。

“我知道你什么意思，这次表演赛我也看出来了，Prince 的战术变了，尤其是寒陌。”

宋棠点头：“对，我怕到时候就我们没有准备，万一要是跳点撞上了，太吃亏。”

言易冰默了默，开口道：“3+2 房区里有人，海峰打掉他们。”

傅海峰：“得嘞，等我。”

宋棠不再闲聊，全神贯注地投入到游戏里。他知道言易冰暂时也没有办法。最差的结果就是偷偷去弄练习赛录像了。他们弄 Prince 的，Prince 弄他们的。

言易冰等了两天，才等到寒陌直播，也幸好他还没睡。言易冰揉了揉脸，清醒片刻，火速点进寒陌的直播间。这次他有了经验，不再悠闲地看寒陌打游戏，毕竟他的账号高高地挂在粉丝榜顶端，十分碍眼。

他一点进直播间，Prince 的粉丝就炸锅了。

“怎么回事？对家战队队长来得比我还准时？”

“这是设置了特别关注？”

“哈哈哈哈，再这么下去我要双担了！”

“冰神是打算每次直播都来吗，你到底欠了寒神多少钱，我给了行不行？你一来寒神画风都不对了。”

屏幕前，寒陌绷着唇，手指紧紧握住鼠标，目光定格在言易冰的 ID 上。

他原本只打算登小号随便打打，消耗掉直播时长，但瞥到言易冰账号的瞬间，他鬼使神差地登录了自己的大号，又鬼使神差地连接了韩国服务器。他心里只有一个念头：玩难的，能让某人眼前一亮的。

可惜这次言易冰没给他发挥的机会。言易冰仔细看了看直播平台的礼物。价值五千块的“情意绵绵”肯定不能送了，不然粉丝又要吵起来了。第二档价值两千块的礼物叫“花火大会”，礼物效果是满屏的烟花。

言易冰直截了当，给寒陌刷了七个“花火大会”，减去直播平台的抽成，寒陌就能拿到一万了。送完礼物，言易冰头也不回地退出了直播间。在退出的瞬间，他瞟到了直播间左上角挂着的活动界面：“周年回馈粉丝，明星大神陪玩。”

一扫而过，言易冰溜了，不仅再次卸载了呦呦直播，而且连残留数据都清干净了。他这辈子都不会再用这个直播平台了。以防寒陌再往他的X付宝账户打钱，他也把寒陌给拉黑了。还完钱的言易冰一身轻松，抓着浴巾去浴室洗澡了。

寒陌直播间里。

“我瞎了我瞎了，寒神你老实告诉我们，你和冰神之间到底发生了什么事！”

“陌陌，你是不是被冰神绑架了？如果是你就眨眨眼！”

“好家伙，我直接好家伙。”

“酸了酸了酸了，本穷鬼不配在这里待下去。”

“你们不是关系不好吗，是我乱了还是世界乱了？”

见言易冰刷完钱就走，丝毫没有看他打游戏的意思，寒陌眼睛一眯，脸色冷了几分。他冲弹幕道：“别乱说，只是医疗费。”

接着他随手断了韩服，退出大号，又流畅地登录小号，上了国服。一千分段的炸鱼局（高分段玩家玩低分段局），二十五分钟成功吃鸡，结束战斗。

“怎么换号了？”

“还可以更明显一点吗，你师父在你就玩大号，他一走你就玩小号。”

“陌陌想玩什么就玩什么！”

“姐妹们，医疗费是什么东西？我村里断网一年了。”

寒陌清清嗓子，严肃道：“右上角活动看到了吗，下周开始，我也会参加。还有，春季赛到了，着急训练，除了活动外不会再直播了。接下来我就不看弹幕了，再玩几局。”

他说完，也不等粉丝如何反应，直接关了弹幕助手，匹配游戏。玩了几局娱乐场，包括僵尸围城、狙击机场、战渠对抗。

玩完之后，寒陌跟粉丝道了别，退出了直播间。他没有直接下线，而是点开言易冰的账号，静静地看了几秒。

言易冰的账号很干净，连简介和头像都没有，但却是直播平台最高级别的VIP。他清除了所有的粉丝，关注列表里，应该只有寒陌一个人。他关注寒陌，也是因为点击直播通知会自动关注主播。

那言易冰突然给他发信息是为什么？把他从黑名单里放出来又是为什么？寒陌绷了下唇，迟疑片刻，眼睑颤了颤，点开人工客服。

Prince- 寒陌："在？"

客服唧唧："在的，寒神。"

Prince- 寒陌："我想关注人为什么关注不了？"

客服唧唧："嗯？正常来说是不可能的呀，您把界面截图给我看看呢？"

寒陌截图了言易冰的账号主页。他点击了关注，上面却显示关注失败。

客服唧唧："……寒神，这是因为对方设置了禁止关注呢。"

Prince- 寒陌："解决一下，我想关注他。"

客服唧唧："呃……我没有这个权限呢，这毕竟是对方的个人账号。"

Prince- 寒陌："他在你们对家平台的合同还有五年，五年之内你们别想挖到他，我在这里还有半年的合同，下个月谈续约，你觉得呢？"

客服唧唧："……寒神，这边已经为您添加关注了呢。"

Prince- 寒陌："谢谢。"

客服唧唧：不客气的，您开心就好。

GU YI

故意

CHAPTER 6

言易冰在沙漠地图练了一天的开车走位，刚准备休息一会儿剥个橘子吃，孙天娇就风风火火地从外面冲进来，一脸无奈道：“你昨天又作什么妖了？”

言易冰抬头，茫然地眨眨眼，慢条斯理地把橘子塞到嘴里：“谁又告我黑状？”

许瑞和傅海峰默契地埋下头，专心致志地敲着键盘。他们在玩打地鼠。作为职业电竞选手，真正能给他们带来舒爽享受的游戏，是完全不用动脑子，两岁小孩都会玩的那种。打地鼠就很好，又解压又简单，打得多了还给钱。虽然给的钱不多，但是攒两年，就能攒出一杯奶茶了。

言易冰眯了眯眼：“你们把我偷藏经理零食的事说出去了？”

许瑞傅海峰疯狂摇头，孙天娇震惊地睁大了眼睛。孙天娇怒了：“我说我一抽屉零食怎么丢了呢，我还跟人吵了一个月架！”

言易冰赔笑：“闹着玩，我后来不是送了你一箱子零食大礼包吗？”

孙天娇：“你说那是我的生日礼物！”

言易冰：“逗，你生日礼物值得我花那么多钱？”

一提钱，孙天娇总算想起正事来了。他狠狠一瞪眼，从言易冰手上掰了半个橘子下来，喂进自己嘴里：“少来，你昨天又去寒陌直播间了？还给他送了一万四？”

许瑞和傅海峰总算不想打地鼠了，他们抬起头，一脸好奇地望着孙天娇。游戏里，长着两颗牙的地鼠哈哈一笑，很快占满了所有的坑位。

“Game Over.”

言易冰冷静地移开目光，望向电脑屏幕，幽幽道：“还是再练一会儿车吧，我最近确实有点生疏，AK 点射的话，误差是四个半格还是三个半来着？”

他又东张西望：“宋棠？宋棠！上个卫生间这么慢，等你双排呢！”

孙天娇冷哼一声，捏起言易冰的下巴，强迫他抬着头：“看着我明亮的眼睛，告诉我为什么又去给寒陌送东西，还去对家直播平台注册账号，要是让咱们这边老板知道，你让我怎么解释？”

啧啧。许瑞和傅海峰听得两眼放光，就差端盘瓜子边听边嗑了。

言易冰顿了几秒，拍开孙天娇的手，无奈地叹了口气：“也没什么，我犯了个蠢，不小心欠了他的钱。反正那账号我不用了，粉丝也移除了，连软件我都删了。”

孙天娇一皱眉：“你管他借钱？为什么？”

言易冰不想解释。因为实在是太蠢了，说出来他这个队长没法儿当了。

“秘密，反正这事儿已经了结了。”

孙天娇神情复杂，上下打量言易冰，小声叨咕道：“了结了？你就没去看看论坛？”

“论坛？”言易冰皱了皱眉。他知道这件事会被带节奏，但他觉得自己已经够周到了。他进去刷了钱转身就走，一句话都没跟寒陌说，这还能被黑？

孙天娇掏出手机，点了两下，放到言易冰面前：“来，你看，你看看论坛上怎么说？”

言易冰目光跟过去，仔细看了看。有一个帖子，已经被刷到了“爆”，标题叫：“震惊！电竞界知名大神直播间竟然……”

下面有几百条跟帖，随便用手一滑，就能看到里面在说什么。

“我为了冰神跟 Prince 粉现场对线，结果冰神转头给寒陌刷了一万九，嘤嘤嘤。”

“就你们 Zero 粉丝惨，我们 Prince 粉昨天的惨状你们没看见？

当谁稀罕那一万多？”

“看着寒神退大号下韩服，我都惊了，感情高端局是我不配看。”

“能让冰神狂刷一万四，寒陌他何德何能！”

言易冰挑了下眉，莫名其妙道：“什么退大号下韩服？”

他进直播间的时候，寒陌的确去了韩服，他还以为寒陌又要冲分。所以最后没冲？

孙天娇又划了一下屏幕：“你继续看。”

“还有更迷惑的，冰神把所有粉丝全移除了，但是不知道为什么，就剩寒陌还在他粉丝列表里。”

“不对，我记得冰神已经设置禁止关注了，寒陌怎么有权限，他不是人？”

“寒神下了直播却不下线，特意去关注了冰神才下线，该不会是冰神要来这边直播，两人先给我们预警呢吧？期待期待。”

“越说越远了，冰神的直播合约还有五年，跑什么路，我看是你想跑路，双担粉请离开我的世界。”

“他俩一个冷得要死，一个话多得要死，又是师徒又是对手，什么时候合体直播给大伙乐一乐，昨天的 drama（戏剧化的场面）快得像龙卷风，我啥都没看着。”

“@ 寒陌言易冰今天吵架了吗成立，关注我微博并转发第一条，猜猜言易冰什么时候再来寒陌直播间，他再来的那天开奖！”

帖子里还有截图：言易冰的账号，粉丝 1，关注 1，全是寒陌。寒陌的账号，最新关注是言易冰。

孙天娇戳着手机，情绪激动：“解释！”

言易冰无语了。他只是去还个钱，网友都在聊些什么乱七八糟的？至于他关注寒陌，纯粹是设置了直播提醒，系统自动关注的。

不过他都禁止关注了，寒陌怎么关注的他？直播平台给高级主播的特权？早知道走之前应该先销号，就不会像现在这么麻烦了。

孙天娇刚想继续数落言易冰，突然收到了一条消息。他看了一眼，默默收回手机，冲训练室的人做了个噤声的手势。

孙天娇清了清嗓子，点击语音图标，瞬间换了个平和的声调。

“何总，我孙天娇啊，在呢。”

“赞助那边怎么还没定呀，除了我们 Zero 你还有其他人选吗？”

“Prince？您好会开玩笑哦，Prince 跟你们产品不匹配的，而且他们队长不会给你们赛期推广。”

“下个月可就比赛喽，您再不抓紧还有别的老板催我呢。”

“是吧，能定了？我就喜欢您这种爽快的态度哈哈哈哈哈。”

“吃饭？嗯……最近战队有点忙，等赛后我们再约好吧？”

孙天娇放下手机，深吸一口气，愤愤骂道：“还想选别人！”

许瑞和傅海峰一脸震惊地望着孙天娇，三观差点崩塌。

言易冰缓缓摇头，杏核眼露出怜悯慈悲的神情：“我一直以为战队经理很好当，是我肤浅了。”

孙天娇翻了个白眼：“怎么了？很难理解吗？心理学家做过实验的，使用让人产生愉悦感的声音会得到超额的报酬。”

许瑞：“当战队经理连心理学都要研究？”

孙天娇叹了口气，佛系喃喃：“我还研究过动物驯养手册、失恋开导语录，只要你们有需要……”

许瑞：……

言易冰拾起橘子皮，准备扔到一边的垃圾桶里。孙天娇突然看向他，幽幽道：“我突然想起来一件事。”

言易冰后背一凉。

孙天娇：“咱们战队一直约不上 Prince 的练习赛，这事儿赖谁呢？”

言易冰：“……哎呀有点困，先回去睡一觉。”

孙天娇追在他后面：“Prince 的合作直播平台有个活动，竞标陪玩，陪玩的就是他们一队全员，要想知道他们的新战术，我们只需要搞个号，抢到陪玩的机会。”

言易冰堵住耳朵：“到时候看录播不就行了，直播间有回放。”

孙天娇舌绽莲花：“他们带着菜鸟打低分段有什么可参考的，必须让他们去打高分段，还得人为给他们制造点麻烦，看他们怎么进圈，怎么劝架，怎么破枪线……反正你比我懂。”

言易冰：“不好意思，我不懂。”

孙天娇慈祥一笑：“没有人比你更了解他们的习惯，别以为我不知道，你在研究他们队的战术上花了多少心血。”

孙天娇说到做到，他真弄了个高分的号，还是个女号。孙天娇把账号密码交给言易冰，嘱咐道："竞标的钱队内报销，你只需要把他们更新的战术搞到就好。"

言易冰垂眼，默默盯着那串 ID：xiaoyemao（小野猫）。

他深吸一口，幽幽道："你就不能买个别的号？"

孙天娇："啧，你以为肯卖的高分段女号这么好找？"

言易冰挑眉，薄薄的眼尾一折："我说我要女号了？"

孙天骄："你是去给他们使绊子的，换句话说就是装傻，还不能把自己装死，你不用女号，弹幕教练得喷死你。"

言易冰轻呵："我怕人喷？"

孙天娇绕到他身后给他揉肩，软声软语地安慰："不管怎么说，女号不容易让人怀疑，而且寒陌女粉多，为他一掷千金说得过去。"

宋棠皱着眉："不是我说，咱们好歹也是四大豪门之一，做这种事也太掉价了吧？"

许瑞耸了下肩，也小声嘀咕："这要是被人知道了，队长还不得社会性死亡？"

孙天娇瞪他们一眼，严肃道："这就叫兵不厌诈，你不了解人家的新战术，还用以前的老方法对付他们，等 PCL 被人超了就开心了？"许瑞吐了吐舌头。

这事儿连教练都同意了，其实没有什么商量的余地。言易冰懒洋洋地揉了揉手腕，轻笑："不就是装女粉吗，小意思。"

孙天娇："变声器我都给你买好了，顶配，记得啊，你那些习惯都收着点，千万别被人看出来。"

言易冰敷衍道："知道了知道了，往菜了玩还不容易。"

宋棠偷偷看了言易冰一眼，动了动唇，还是没说什么。宋棠心里清楚，言易冰根本不愿意做这种事，但为了战队，为了给队员留下有关 Prince 的有效资料，他还是同意了。

自从临危受命，被架上了队长这个位置，他其实做了很多不愿意做的事。

言易冰学生时代是天才，进入职业战队仍然是天才。虽然他平时表现得随和温柔，没个正经，但骨子里是无比骄傲的。

他总想着，等有一天他退役了，没有 ICE 的 Zero 也可以一直辉煌下去。宋棠知道，言易冰是最好的队长。

Prince 俱乐部，肖诺看着不断上涨的赏金咋舌。

“不是我说，这帮粉丝也太疯了吧。”

赏金水涨船高，然而活动才开始了四个小时，还有二十个小时才能出结果。论坛上都在骂 Prince 掉进钱眼去了，但赏金数还是不断上涨。

“我天，我这辈子没见过这么多钱。”

“我不行了，这个数额让我呼吸困难。”

“兄弟们别刷了行不行，活动日期又不是只有一天，给明天留点富余吧！”

“能不能不刷了，差不多得了吧，就算有点钱也别都扔这儿啊。”

“有些粉丝，还真以为寒神能一路护着你赢呢？想太多了吧，寒神从不带人。”

“Prince 今天就解散，直播平台真的丧心病狂！”

寒陌冷冷道：“以后再接这种活动我不参加。”他看不惯这种捞粉丝钱的方式。

肖诺笑笑：“公关部去论坛解释了，这活动跟咱战队没关系，是直播平台的周年庆活动，咱们有合同不得不参加，而且特别说明了，禁止未成年人的任何打投行为，你就别担心了。”

寒陌眼眸一凛，嗤笑。这些钱在某些人眼中根本微不足道，但对普通家庭，可能是生命的重量。

二十小时后，第一名出炉。这位一开始根本没跟榜，而是在赏金最高时给出整整翻了一倍的报价。她一出手，整个榜单的人都消停了。

她后续肯定还有钱跟，这谁跟得起？再有钱也不是这么打水漂的，况且陪玩又不是这一场，明天还有机会。

论坛炸锅了。

“这人谁啊，这么有钱？”

“小野猫？分还挺高的，应该是个高手，但也没直播过，可能就是隐藏富豪。”

“这妹子怕不是要追寒陌吧，她真以为寒神能罩着她？”

“我敢打赌，小野猫冤大头一个。”

“来来来，今晚一起直播看起来！”

晚上直播前，言易冰提前收到了 Prince 战队发来的好友申请。他瞥了孙天娇一眼，点击了同意。

对方很快发消息：“妹子今晚八点没问题吧，你擅长玩哪个地图？”

言易冰眼睑一颤，手指在键盘上动了动，回：“每个图玩一把吧，我都挺擅长的。”

对方：“……行，今天是寒陌、肖诺、陈泽峰和你一起四排，最好的福利，寒神亲自带你赢哦！”

小野猫：“哦。”

毫无惊喜，熟人，次次比赛见。

对方：“……哈哈哈妹子是高冷御姐？那咱晚上见。”

孙天娇边比画边说：“你兴奋点啊，哪儿有粉丝听了偶像名字一脸冷漠的，他们经理也是人精，别被人发现了。”

言易冰靠着电竞椅，倦倦地道：“我有什么可兴奋的，当初我带他打游戏可一分钱都没要。”

孙天娇：“……你这么一说我都觉得有点亏，不过你今天晚上悠着点，争取 0 杀，让他们来。”

晚上七点半，言易冰在孙天娇的监督下准时上线。他收到了一条组队邀请，邀请人 Prince-momo。言易冰微一挑眉，同意了邀请，进入小房间，果然都是熟人。

肖诺不确定地叫了一声：“小野……猫？你好啊。”

孙天娇挑眉，让言易冰试试他买的顶级变声器。言易冰顿了顿，倾身，附到麦克风前：“哇，能跟偶像们四排我好兴奋哦。”

他说话本就慢条斯理温温柔柔，被变声器一处理，连在他旁边的孙天娇都听不出来。就连言易冰自己都是一个激灵，他无声地冲孙天娇竖起大拇指。不愧是顶配变声器，听不出一点电流音，流畅自然得跟真声一样。

弹幕——

“什么情况？”

“这哪是小野猫，这是小甜猫吧！”

“这妹子声音好甜啊，我牙都酸了。”

“我喜欢，妹子能认识一下吗？我游戏 id2743XXXX，有空打一局？”

“啊啊啊啊啊我也想和她玩游戏！”

“声音这么甜，肯定长得很漂亮吧！姐姐看我！”

肖诺的麦克风里传来倒吸冷气的声音：“啧，妹子声音很好听啊，听我们工作人员说是个御姐，没想到这么可爱。”

一听她的声音，陈泽峰也兴奋起来：“感谢妹子对我们战队的支持，你别怕，今晚一定会好好带你的哈，你是大学生？”

陈泽峰单身多年，因为战队里有个寒陌，所以他总是被女粉忽略的那个，偏偏寒陌对女粉一点兴趣都没有。陈泽峰心里苦。

小野猫的声音一出来，陈泽峰感觉心都被戳中了。他不用看脸就能脑补出一位绝美少女，还嘴甜声软，家财万贯。

孙天娇在线嫌弃，冲言易冰做着口型：别理他们。

言易冰抿唇一笑，杏核眼弯起来，眼底闪过狡黠的神色。他强忍住无情嘲笑的冲动，轻声道：“刚上大学呢，喜欢你们很久了。”

陈泽峰：！

陈泽峰：“小妹妹才刚上大学呀，你分段很高啊，女孩子打成这样很厉害了。”

言易冰随口胡说：“找的代打，我很菜的，别笑我。”

陈泽峰：“没关系，绝对不笑你，我保护你，你跟着我就行了。”

弹幕——

“陈泽峰能不能闭嘴，陈泽峰能不能闭嘴？”

“我们是来看你撩妹的？”

“恕我直言，我是来看直播的，这是在做什么？”

“我就知道陈泽峰不靠谱，放过人家十八少女！好好打你的游戏，别给你队友拖后腿！”

“寒陌好帅寒陌好帅寒陌好帅！”

只有寒陌一直没说话，他的人物穿了一身黑，掌心缠着白色的绷带，腿侧别着枪，脚下一双黑色高帮皮靴，靴子一侧藏着把匕首。

他都不必说话，他的人物顶着 ID 一出现，弹幕里的表白就跟疯了一样刷了过去。在 Prince，寒陌只负责打游戏，不负责营业。

他对这个声音好听的小野猫没有任何兴趣，也不在乎电脑上刷过去的弹幕。

言易冰知道寒陌的个性，冷淡就是专门用来形容他的。好不容易带着变声器，又这么贵，当然得用回本。言易冰眼睛一眯，故意放低声音道：“寒陌哥哥怎么不说话？”

直播间里安静了片刻。

陈泽峰略感辛酸。小野猫的目标果然还是寒陌，他都那么殷勤了也没听小野猫喊他一声泽峰哥哥。

寒陌皱着眉，声音很沉，语气也没什么感情，简短地道：“你擅长什么职位？”

肖诺赶紧解释道：“你平时玩突击位还是狙击位，我们安排一下节奏。”

言易冰莞尔一笑，无辜道：“我平时玩指挥啊。”他说的是实话，所以脸不红心不跳。

直播间里又是一阵沉默。孙天娇无声咆哮，双手架在他脖子上，作势要掐。废话！Zero 的队长必然最擅长指挥，而且指挥都快七年了，但这是能随便透露的吗？被人怀疑了怎么办！战队的脸还要不要！

言易冰把孙天娇的手指掰到一边，对着变声器道：“开玩笑呢，我打突击位吧。”

陈泽峰长出一口气，打趣道：“妹子你真逗，你要是指挥我们还不好办呢，到时候输了算谁的哈哈哈哈。你别误会，没有看不起你的意思，主要是你这号代练冲得太高，咱们匹配的都是高手。”

弹幕——

“好家伙，她还想指挥，不知道自己在跟谁四排？”

“现在的水友心里都这么没点数了？还是觉得这四个人谁都能指挥？”

“我隔着屏幕都能猜到寒神脸黑了哈哈哈哈哈，他这辈子就听过两人指挥，一个言易冰一个肖诺。”

“小野猫存在感可以弱一点吗，小野猫存在感可以弱一点吗？”

“寒神脾气真好。”

“这还是代练冲的分，她想什么呢？”

寒陌淡声道：“肖诺指挥自由人，我和小……野猫突击位，泽峰架枪掩护。”

肖诺：“好的队长。”

陈泽峰：“呃……好。”

陈泽峰有点遗憾。他要是擅长突击的话，就能跟小野猫一起行动了。到时候再多英雄救美几次，说不定还能促成一段情缘。

言易冰瞄了一眼说他的弹幕，懒洋洋地揉了揉肩膀。这种弹幕让他一点实感都没有，看着小野猫的名字，他总觉得跟自己没关系。

寒陌：“开吧。”

从活动开始到现在，寒陌就正式跟小野猫说了一句话，还是公事公办的语气。他这个态度，明天的粉丝大概会冷静多了。

肖诺开了游戏，很常用的艾伦格海岛图。他们进入素质广场，倒计时一百秒。

肖诺：“这个航线去 R 城打一波吧，人很多，尽量分开跳多控视野吧。那个……小野猫，你可以吧？”

言易冰挑了下眉。R 城分开跳控视野，这节奏带得很快啊。职业比赛上火气也这么大？

还不等他回复，陈泽峰热情道：“咱们分开跳就行了，小野猫不熟练，让她跟着我吧，我还能保护她一波。”

肖诺知道陈泽峰的心思，一笑：“也行。”

言易冰眯了下眼，无情拒绝：“不用，少了个人视野就不全了，没事，我不会死的。”

他懒得看陈泽峰怎么打，Prince 的核心还是寒陌，哪怕是分开跳，寒陌也是起主导作用的，其他人会分散到寒陌的周围。他需要离远点，看他们的配合。

陈泽峰：……

到了差不多的位置，寒陌的麦一闪，他出声：“跳。”

职业选手的跳伞方式都经过反复训练，力求以最快的速度落地，提前摸枪控房区和控载具。尤其在下去就要对枪的大区，落地的速度可能决定了成败。

当然，队伍里还需要一个观察其他队伍落点的选手，他或许会落地慢一些，但能给队友带来更多的信息。这个人，一般是指挥肖诺。

肖诺一边降落一边报数："3+2 房区，两个队伍，队长左边的小红楼两到三人，假车库附近一个队伍，反斜附近的房区有……"肖诺顿了顿。他快要落地了，看不太清远处有多少人了，但他能看清自己视野里，小野猫还在空中悠闲地飘着。

小野猫慢慢悠悠，晃晃荡荡地飘到了一处厕所楼顶。嗯……穷得什么都没有。小野猫似乎亲口说，她是玩突击手的，就这跳伞速度，还突击手？

肖诺："嗯……难带。"

弹幕——

"哈哈哈哈哈连肖副队都忍不住吐槽了，笑死。"

"小野猫有事吗，不会跳伞？"

"先加速后平飞再垂直下降都不会，平时玩突击手？笑死我了。"

"厉害，这是我见过最厉害的突击手，你不如等下面刚完了再落地。"

"不会玩能不能别刷赏金，把机会让给有准备的人。"

言易冰在厕所里摸了一把 UMP45，这枪原来还不错，用的是 9 毫米子弹，稳定性强，伤害也高，但自从更新后，变成了 45 口径子弹，几乎就没有选手会用了。

他在高飘时看到，Prince 的跳点大致呈正方形。他们想拉一个很广的枪线，这非常自信，前期稳住的话，清扫战场的时候会非常占优势，但陈泽峰是个弱点，很容易被人打掉。Prince 的新战术有点冒险啊……

不过当前这场，他们显然是把他当成了这个弱点，所以三人逐渐呈三角形的趋势，把言易冰留在了外面。

看清之后，言易冰拎着 UMP45，冲进了房。他现在非常危险，要是正好撞到别人的队伍，就这把枪，根本没希望。

陈泽峰："小野猫你过来吧，你一个人太危险了，小白楼这边我们清完了。"

言易冰在房里快速摸了一圈，捡了个二级包、一级头、一些补血的药，还有把弩箭。

他赶紧道："好的好的，我马上过去。"

言易冰刚想过去，耳机里突然传来轻轻的脚步声。他挑了下眉，站定在原地。有人来了，还是两个。他跳到厕所的时候肯定被人看到了，这两人就是来找他的。

言易冰有点犯难。想跑不太容易，一队四个人，说不定他们的队友还在别处呢。要是不跑，他只能用这把破枪，拼尽全力把这两个人打掉，但以小野猫的水平，不至于这么厉害。

言易冰想了想，开麦喊道："寒陌哥哥在吗寒陌哥哥在吗，我被人围了，快来救我啊！"

弹幕——

"啊啊啊啊啊不许那么叫陌陌！"

"小野猫就是故意的！我出离愤怒了！"

"本人微博@寒陌今天变帅了吗，在此，我方对小野猫强烈谴责！强烈谴责！"

寒陌正在和人对枪，被小野猫喊得差点打空。他皱了下眉，冷着脸，两枪补死二楼阳台的人。他不习惯被人这么叫，而且对方似乎脸皮很厚，他越不出声就越叫他。

寒陌："陈泽峰去，帮她一把。"

言易冰心里默默道，真够无情的，连女孩子都不救，活该单身。

陈泽峰："哥，我这边也有人了，一时过不去啊。"

他也很急。他特别想在小野猫面前表现，但他操作没有寒陌强，被人几个手榴弹憋在屋里，差点命没了。

肖诺："我去泽峰那儿，队长，你……要不帮下小野猫吧，小野猫你尽量多撑一下。"

言易冰心道你们Prince是真的不行，这是能多撑一会儿的事儿吗？要是普通玩家，肯定就交代在这儿了。我都花了钱了，你们还要分跳，就不能集体舍身带带我？

但他也不能真的死在这儿。言易冰蹲身，藏在楼梯内侧靠窗处，这是个很巧妙的盲点，下面的人上来，视觉上不会立刻扫到这个位置，他出枪就可以占到先机。

孙天娇拿了张纸，在他面前晃了一下，上面写着：不要暴露！

言易冰没工夫管那么多了。这个分段都是高手，他不全神贯注就会死。脚步声近了。他已经做好了开枪的准备。

窗外突然传来连射的枪声。

“Prince-momo 使用 M416 突击步 - 枪击倒了 Yuexi。”

脚步声骤然停了，枪声也停了。寒陌只击倒了那人，却故意没打死。屋内的人来不及上楼解决言易冰，赶紧跑回一楼，帮队友架枪掩护，好让人爬到屋内来。

言易冰勾了下唇，他已经知道寒陌下一步的动作了。果然下一秒，手榴弹在一楼爆开，火光四溅，浓烟滚滚。屋里的两个人被手榴弹炸死了。

言易冰下去搜了两个人的包，把身上的装备基本补齐。披着马甲，他说话毫无心理负担：“啊！寒陌哥哥的枪法好准好厉害，我好佩服哦。”

陈泽峰：……他想说他其实也很厉害，只不过没机会展示。

孙天娇举起纸条，虎目圆睁：过于飘了啊你！

言易冰瞥了一眼炸锅的弹幕，无声地轻笑，随后朝寒陌的方向跑去。

刚才寒陌要是再晚出手一步，他就要开枪了。以免暴露，他觉得还是待在寒陌身边更好。

寒陌看着穿着小短裙的小野猫朝自己跑过来，嘴里还说着娇滴滴的话，他胃里有些不适。但对方毕竟是粉丝，他只能强忍下去。

寒陌冷道：“好好说话。”

言易冰暂时关掉麦克风，扭头冲孙天娇道：“是你的麦克风不行，还是我装得不好？寒陌是不是太铁血无情了？”要是有小姑娘这么跟他说话，他肯定会暗爽一下的。

孙天娇：“你别逗他了，咱留点余地。”他看了眼屏幕，又拍拍言易冰的电竞椅：“跑圈了。”

言易冰回神，寒陌已经跳出房了。肖诺找了辆敞篷吉普，正在接人。这个圈刷得其实有点阴阳，绝大部分在机场，又有一小部分在河对岸。正常来说，队伍肯定是要进机场的，因为下一个圈大概率在机场，如果等别人进得差不多了，再想进就难了。这也是为什么 Prince 不愿意在 R 城留恋，急于跑圈的原因。

肖诺：“队长，小野猫，赶紧上车，第一把就是机场圈，真是……”

对他们来说，就只有机场圈才是真正意义上的绝地求生，本以为能轻轻松松应付完活动，没想到不得不拿出打职业的专注力。

言易冰倒是挺开心，他正想看 Prince 怎么过桥，在过桥后抢占什么房区。他乐颠颠地跟上寒陌，往肖诺的方向跑。敞篷吉普正好能坐四个人，肖诺开车，寒陌和陈泽峰上车就架起了枪。吉普一路奔驰，可惜路上都没遇到什么人。

陈泽峰放松了戒备，问道：“妹子找到好枪了吗？”

言易冰知道这个时候用不着自己，正在整理背包。陈泽峰说话他也没在意，毕竟“妹子”这两个字基本不会用在他身上。

陈泽峰：“小野猫？”

言易冰这才意识到是在叫自己，他答道：“在呢。”

陈泽峰笑，声音放柔：“有什么枪，配件齐吗，我给你点？”他拿了把 AKM，配着扩容弹夹，全息瞄准镜，枪口补偿器，能减少不少后坐力。

不过他压枪的水平也就一般，要是没有这些配件，枪口飘得厉害。但他急于在小野猫面前表现，毕竟给妹子配件也是博得好感的方式。

言易冰眼底浮现一丝笑意。他刚刚上车的时候，枪明明在手里拿着，陈泽峰这都没注意，也不知道在想什么。怪不得每次 Prince 最先被打掉的总是陈泽峰。

“不用了，我这儿一把 S686，一把 M24 狙击步枪，应该够用。”言易冰轻描淡写道。

陈泽峰惊了。他没想到小野猫居然搞了把 M24，这装备比队长都强了。寒陌现在手里也就一把 M416，一把 Mini14。

陈泽峰：“呃……妹子，要不你把 M24 给我吧，我这把满配 AKM 给你，反正你用那枪有点浪费，正好我是狙击手，用得上。”

就小野猫的水平，这把 M24 白费了，还不如交给他，他还能秀一把狙。肖诺也觉得可行，有这么把好枪，他们之后能省不少力气。

“对啊，泽峰用狙水平很好的。”

寒陌一直没说话，显然也是默许的。

言易冰幽幽道："不了，我用狙击枪也挺好。"这种好枪给你了我还看你们配合什么。

陈泽峰：……

肖诺："你不是说自己是突击手？"

言易冰理直气壮道："我狙击枪也玩得不错，练过的。"

肖诺："你开心就好。"

弹幕——

"好意思？小野猫你好意思吗？"

"笑死，在职业选手面前说自己突击狙击都挺好，还能指挥，脸皮三尺厚。"

"陈泽峰用狙击枪还是有一手的，这小野猫很没有自知之明啊，这枪她拿着有什么用。"

"她就是不想用 AK 呗，AK 太飘，她肯定觉得自己用 M24 就能 carry 全场。"

"快把枪给陈泽峰吧！我醉了！"

车开到山坡，有两个选择，走左桥还是右桥。

他们跳得晚，大致知道大部分玩家跳去了哪儿。按照经验判断，左桥进受到的阻力会小。肖诺也是这么想的，于是他直奔左桥而去。

眼看要冲桥了，就连言易冰都紧张起来，不由自主地捏住 M24，肖诺却突然停车了。

他和陈泽峰下了车，寒陌冷不丁开口："小野猫，开车冲桥。"

言易冰：？

肖诺解释道："这个图，圈有一定概率刷在这边，我们留两个人，保险。"

言易冰挑了下眉。Prince 的玩法真是越来越大胆了。

刷圈要是没按他们想象的发展，肖诺和陈泽峰大概率过不来了。不过这也让他有了心理准备，以后赛场相见，他会注意卡一波 Prince 的小分队。

言易冰去了驾驶位，优哉地问寒陌："寒神，我们能冲过去吗，死了怎么办呀？"

寒陌沉默片刻，淡声道："那也是我先死。"

言易冰翘唇，揶揄道：“哇你好浪漫呐。”

寒陌沉了口气，硬邦邦道：“你想多了。”

言易冰轻轻“嘁”了一声。

如果是他和寒陌冲桥，必然不会被卡死在这儿，哪怕是在国际赛场上，也至少能送一个人过桥。更何况现在只是跟国内网友玩，但看 Prince 的配置，应该是一强带一弱。他们把他当成菜鸡，才让寒陌带着他冲桥。如果知道他是谁，应该会把他和寒陌分开。

桥头果然有人设卡，枪声响在吉普的车身上，言易冰和寒陌的血线也在下滑。

言易冰眯了眯眼，在桥上，开着车疯狂走位。他不仅要避免被枪打到，还要避免车被扫爆。他作为 Zero 的队长和主心骨，已经很少坐驾驶位了，他一般都是车上架枪开枪的那一个。

言易冰低低叹息一声，还真是……有些怀念。他一边蛇形走位，一边巧妙地躲开路障，不至于撞车减速。不少子弹打空，射到地上。同时，在车子如此不稳的情况下，寒陌还是点射掉一个房区的人。

他们配合得很好。

寒陌松了一口气，刚要指导小野猫过桥后的走向，就见小野猫丝毫没犹豫，直接向左，奔了桥下。

寒陌微愣，皱了下眉。他们在 PCL 战区被阴惯了的选手，会有一个默契，过桥向左奔桥下，能躲开右边的两拨打劫。

寒陌缓缓开口，语气也比最初友好很多：“车开得不错。”电子竞技，菜是原罪。他佩服一切有实力的人，哪怕只在某一方面有实力。

言易冰的太阳穴一跳，手心微微出了些薄汗。他过桥时注意力太集中了，一时之间没办法调整成菜鸟模式。而且刚刚根本没给他演的时间，他们的车不好，一点遮挡都没有，迟钝几秒，就有可能被干掉。为了转移寒陌的注意力……

言易冰突然开口说：“寒陌哥哥是表扬我了吗？哇我太棒了吧！不如留个联系方式？我们以后也一起打呀？”

孙天娇嘴角一抽，疼惜地望向言易冰。作为队长，言易冰为战队付出太多了。

“不留。”寒陌的声音又凉了起来，他下车，迅速找了一处斜坡，开镜找人。

言易冰松一口气，自然地躲在寒陌身后。他听到了些动静，但不能告诉寒陌，他想看看寒陌怎么给肖诺和陈泽峰清扫整个桥头。

玩家陆陆续续往机场跑，枪声四起，乱成一团，人数也在不断减少。

肖诺：“队长你们过去了吧，我们这边人也多起来了，但好像暂时没人敢冲桥，估计得游过去了。”

寒陌：“我们进了，现在游过来难，等我清一下桥头，如果一会儿圈刷在……”

他话没说完，地图突然刷圈了。言易冰一看，哑然失笑。极小的概率，圈把机场整个刷出去了。

倒是肖诺和陈泽峰的位置变成了绝佳，如果努努力，能非常舒服地赢下这局。他和寒陌费尽心力地跑过来，结果反倒成了劣势，再想生存，还得重新过一遍桥。

很难了。如果是在职业赛场上，基本等于提前见证死亡。

不过好在现在的玩家没有职业选手那么厉害，还有一线生机。但在他不能暴露自己的前提下，只有……

寒陌冷静道：“我只能多拿人头，过不去了，你们稳住。”

下一秒。小野猫把消音的 M24 扔在了他面前。寒陌一顿，他知道刚刚陈泽峰要这把枪，小野猫没舍得给。

他问：“你不玩？”

言易冰弯着眼睛，轻声道：“给你吧。”

曾经，言易冰带着寒陌四排，捡到好的狙击枪，他也是很自然地扔到寒陌面前。寒陌总是很拒绝，绷着脸，表情严肃：“队长用这把枪比我厉害，我不用。”

言易冰就轻笑：“那你快点变得比我厉害，还给我。”

寒陌只是低声道：“好。”

言易冰也没有多想什么，只是他平时对寒陌太严厉，偶尔……也想对他好点儿。

寒陌沉默着捡了 M24，把自己的冲锋枪扔给小野猫。他用这把 M24 拿了五个人头，基本扫干净了桥头。小野猫开车，两人第二次冲桥，在肖诺和陈泽峰的接应下，还剩一丝血存活下来。

他们卡在山坡的反斜面，很顺利地赢了这局。

弹幕——

“寒神还是厉害啊，生死一瞬啊！”

“第一把居然打得这么惊险。”

“这圈也刷得太坑了，如果是职业比赛，必死无疑。”

“幸好小野猫还算有点自知之明，要是她来打，肯定死了。”

“啊啊啊好刺激，寒神带着小野猫冲桥的时候，我都激动了，我也想跟寒神打游戏！”

“寒陌好厉害寒陌好厉害！”

言易冰也贴着变声器说道：“寒神好厉害！”

寒陌权当没听到。

言易冰：“我们什么时候开维寒迪雪地图？”

陈泽峰：“妹子休息一下吧，我们队长喝口水。”

言易冰：“好的。”他懒洋洋靠在电竞椅上等着。

时间还早，他得多弄些 Prince 的资料。

Prince 全体关了麦，离开摄像头，估计去吃东西了。

寒陌靠在桌边，拧开一瓶矿泉水，灌了几口。肖诺撕开一包法式小面包，随口道：“小野猫人还不错，除了有点菜以外。”

陈泽峰受伤道：“又会撒娇声音又甜，还有钱，可惜就是喜欢队长，还把 M24 给队长了。”

肖诺拍了他一掌：“你真喜欢这样的啊？”

陈泽峰白了他一眼：“谁不喜欢啊。”

寒陌放下水瓶，冷不丁道：“我不喜欢。”

肖诺笑呵呵道：“也对，队长不喜欢黏人爱撒娇的。”

寒陌含了块可乐糖提神，轻嗤：“想什么呢，我对谁都没兴趣。”

肖诺啧啧：“没事，反正你年轻，有的是时间找。”

陈泽峰：“队长这么说，别是心里有人了吧。”他惊讶的同时反而松了一口气，队长有喜欢的人，那不是没人跟他抢小野猫妹子了吗？

寒陌用舌尖抵了下糖块，避开话题，淡声道：“开游戏吧，人家等着呢。”

SHI PO

识破

CHAPTER 7

休息十多分钟后，他们又开了一局雪地图。这局一路天命圈到尾，非常顺利地赢了，基本没费什么力。但言易冰不太开心，因为他几乎没有任何收获，这局只要眼不瞎，是个职业选手都能赢。没办法，这游戏有时候真的得看命。

又歇了一会儿，言易冰凑到变声器边：“偶像们来局米拉玛？”

陈泽峰一听，兴奋了：“来来来，米拉玛我的！”

陈泽峰虽然是 Prince 战队中偏弱势的选手，但他玩沙漠图有一手，每次职业比赛中，他都在沙漠起到了关键作用。他指望在米拉玛来一把天秀操作，拉满小野猫的好感度。

寒陌看了下时间，淡声道：“最后一把。”他对陪粉丝玩游戏实在没什么兴趣，三把已经是他的极限了。

肖诺也道：“时间差不多了，再来最后一把吧。行吗？”

“行呀。”言易冰有点遗憾，他还有雨林图没玩，但这事儿急不得。

陈泽峰小声试探道：“小野猫明天还来吗？”

竞拍他们的陪玩不便宜，小野猫明天大概率不会再来。如果她不来的话，一会儿游戏结束，陈泽峰想要个联系方式。

言易冰挑了下眉，扭头看向孙天娇。孙天娇绷着脸，迟疑了一下。有点贵，而且 Prince 一队四个选手，明天寒陌不一定上。

言易冰知道他的意思，转过脸含糊道：“再看吧，不知道有没有时间。”

游戏界面一变，他们已经出现在素质广场。一百秒倒计时等待中，言易冰撕了个果冻吃。他玩得轻松，不用指挥也不用打人，跟着寒陌躺赢就行，所以他连航线都懒得看。但在素质广场瞎转的时候，言易冰无意中瞥到一个 ID——CNG-yanyu。

言易冰睁大眼睛，剧烈地咳嗽一声，果冻差点卡在嗓子里。没搞错吧没搞错吧，这是 PCL 提前开始了？

显然，肖诺也发现了。肖诺惊叹道：“什么？ CNG 的郁神也在？”

陈泽峰刚刚高涨的热情瞬间凉了下去。本来一个队长就够阻碍他发挥了，现在又来了一个对家大神。而且如果郁晏在，那 CNG 一队的人大概率全了，人家在练习，偏巧匹配到他们了。

寒陌皱了下眉，开了公共麦，走到郁晏身边：“郁神，好巧。”

郁晏一笑：“巧巧巧，你们也在训练？本想下周约练习赛来着，没想到提前碰到了。”

寒陌：“我们直播活动，带个粉丝。”

郁晏遗憾：“早知道我把言易冰叫上了，不然练习赛你们又不带他。”

言易冰的神经紧绷，原本懒散的倦意荡然无存。他顶着小野猫的账号暗搓搓地蹲在一边，在郁晏提到他名字的瞬间，肾上腺素飙升到最高值。

太惨了点。本想悄悄学两招别人家的战术，结果撞到的一个两个都是熟人，要是被他们知道自己装女生来套路战术，他就没脸活了。

寒陌沉默了片刻，低声道：“是他不带我。”

“哎？”郁晏没怎么听清。倒计时已经结束，全员乘上飞机，他们没空聊天了。

言易冰倒是听得很清，隐隐有点生气。背着他就能张口说瞎话了？明明是 Prince 每次都不参加 Zero 在的练习赛，现在还能赖到他身上？

弹幕——

“这局也太爽了吧！两个职业战队撞到一起，这什么概率？”

“我酸了，好想魂穿小野猫。”

“求小野猫别拖累陌陌谢谢，求小野猫别拖累陌陌谢谢。”

“小野猫运气太好了，我服了，这钱没白花啊，相当于 Prince 和 CNG 一起陪她打。”

“这可不是想买就能买到的，她近似于参加了一波 PCL 啊！”

言易冰扫了一眼，忍不住冷笑。他稀罕，PCL 他年年参加，这帮人他都快研究吐了。

肖诺看了一眼航线，在队内语音道：“跳豪宅吧，清完豪宅去电厂，CNG 他们习惯去狮城，咱们前期没必要跟他们撞。”

寒陌话少，简单地回了一个“嗯”字。

陈泽峰苦笑：“这什么运气啊，还得拿出打职业的精力来。小野猫你跟紧我，这局比较难，不一定能带你赢。”毕竟人家四个都是职业选手，他们这边还有个菜鸟。

言易冰善解人意地说道：“你们努力，不用管我。”他心道，打起来打起来！越激烈越好，让我看看你们新的方式！

肖诺飞快报数：“三队跳豪宅，两个往电厂方向去了，圣马丁人不少，一会儿可以收过路费啊。”

这次言易冰没敢放松，他跳伞的速度快了很多，落地就开始搜房。摸了一圈之后，他捡了把 M762 和 mini14。

mini14 是欧美那边战队爱用的枪，言易冰虽然不算特别熟，但也着重练过。这把枪的伤害比不上几个出名的狙击枪，但是连续点射也非常舒爽。至于 M762，他现在还没有任何配件。

身边房区，肖诺已经跟人对上枪了，言易冰听声音瞄了一眼，看到人头一晃。他端着枪比了比，舌尖轻轻扫过下唇，但没开枪。所幸很快，肖诺就把对方打掉了，在麦克风边松了口气。

“对方枪比我好，好悬，幸好把他打掉了。”

与此同时，寒陌一颗雷炸掉了躲在二楼的两个人，非常幸运地拿了两个人头。言易冰适时吹捧：“寒神好厉害！我要过去了，带我赢啊！”听见寒陌不耐烦地沉了沉气，言易冰勾唇一笑。

陈泽峰着急道：“妹子你别往那边走，队长那边人多，还没清干净，你先等一会儿！”

陈泽峰在沙漠图果然表现得不错，他现在装备几乎满了，也拿了两个人头。

趁着肖诺补血，陈泽峰主动去刷载具的地方找了辆轿车。等他回来，豪宅已经清得差不多了，有个队见打不过，早早溜去野区了。

陈泽峰把轿车停下，犹豫了片刻，问道：“小野猫你能开车吗？”

海岛冲桥的时候，小野猫的车技的确不错，但这场有职业选手，他们如果都上了车，小野猫犯点错，可就被人家一波带走了。寒陌亲自体验过两次被小野猫带着冲桥，他知道，小野猫开车的水平远高于普通玩家。

“她……”

言易冰赶紧拒绝：“不行啊，我沙漠图路不熟。”

屏幕前，寒陌惊讶地挑了下眉。

肖诺：“算了，我开吧，如果CNG跳狮城的话，咱们前期碰不上，不过看这缩圈的位置，他们那边是天命啊。”

他们提前开车堵在必经之路的反斜面，顺利打劫了两个从圣马丁出来的队伍。收完他们的物资，肖诺也不再留恋，径直往纺织工厂的方向跑圈。

他们打算抢占这片房区，因为CNG的下一个目标大概率也是这里，提前到达就能占得先机。

轿车在路上颠簸，耳机里，除了马达的轰鸣声，还能隐约听到远处摩托车的动静。寒陌向左架着枪，陈泽峰向右架着枪。烂尾楼里不出意外传出枪声，寒陌只有四倍镜，他拿着一把QBZ打了十几发子弹，勉强把人打掉。

陈泽峰见寒陌费了这么大力，就想转过身来帮忙，他手里有八倍镜，比寒陌打得轻松。但陈泽峰刚转方向，言易冰敏锐地皱了下眉。

不该转。寒陌这边没有威胁，多费几颗子弹肯定能打掉。但陈泽峰转了方向，右边山坡上就是失守的状态。

果然，下一秒，一枪射来，陈泽峰惊叫起来：“右边山上有人！”他被一枪打破了防具，要是对方再来一枪，他就没了。

肖诺赶紧移动位置，但与此同时，寒陌那边也紧张起来。有辆装甲车直挺挺地朝他们的方向开过来，对方用信号枪召唤了载具，这辆车抗伤害能力极其高，他们太吃亏，寒陌根本腾不出时间来支援陈泽峰。

陈泽峰掌心都是汗，牙关紧紧咬着，脸恨不得贴在屏幕上。肖诺的车一直在扭，陈泽峰找不到瞄他的人，根本无从反击。

砰！

“CNG-jianghelu 使用 VSS 狙击步枪淘汰了 Prince-zefeng。”

陈泽峰愤怒地一捶桌子：“在背坡的一个小坑里，路江河专门躲在那儿阴人！”

陈泽峰太难受了。这局没开始多长时间，他拿着最好的装备，被别家战队的选手给打掉了。而他的枪、他的倍镜全掉在地上，队友根本不能回去捡。这波太亏了。

肖诺也急：“怎么在这儿就遇上 CNG 了！他们专门过来堵咱们呢吧！”

陈泽峰拔高音量：“快点把路江河打掉！快点把路江河打掉啊！他那位置太要命了！”

肖诺也不由得喊了起来，烦躁道：“我知道！队长没空啊！”

开在毫无掩体的野区，被左右夹击，他们眼看着就要团灭。

砰砰砰！

“xiaoyemao 使用 mini14 射手步枪淘汰了 CNG-jianghelu。”

陈泽峰深抽一口气，猛地靠在椅子上，痛快道：“Nice！Nice！Nice！”

但下一秒，看清打枪的人是谁，他脸上的表情凝固了。刚刚这操作秀了他一脸，简直是他回炉再练一年都不一定达到的水平。这是那个突击狙击全废的小野猫?

言易冰点射完，后悔得差点把鼠标给扔了。手比脑子快。刚才那种近乎团灭的紧急状态刺激了他，他看见山头上微晃的人影，根本来不及明确自己的立场，手已经动了。

这是多年职业生涯形成的条件反射，他无法忍受背身暴露在对家战队的枪口之下。mini14 连续点射，无比精准地把路江河带走。单就这一手，整个联盟能做出来的也不超过三个，他肯定会被怀疑。

弹幕——

“怎么回事，我看错了？刚刚是谁打的？”

“小野猫，用 mini14 淘汰了 CNG 路江河？还是移动靶？”

“兄弟们我是菜鸟，我想问一下，类似我这种水平，有可能打出刚才那样的天秀操作吗？”

“昨天都谁骂过小野猫是菜鸟？有一个算一个，过来道歉！”

“我外行，我觉得刚刚小野猫看起来好像比陈泽峰还强点。”

“不用你觉得，单用狙击枪来说，小野猫就是比陈泽峰强。”

“你们记不记得，上上把陈泽峰管小野猫要 M24，还要带她赢，我真的替他尴尬。”

“我用脚趾抠出一座迪士尼……”

孙天娇也不掐言易冰了，改掐自己，掐得满脸生无可恋。就这种用狙的水平，谁要是看不出是职业选手，那多少沾点脑瘫。

他还安慰自己，这也说明，言易冰始终站在职业巅峰上。哪怕年纪大了，也还是巅峰。

沉默良久，肖诺小心翼翼道：“小野猫你……挺厉害啊。”

言易冰勉强笑笑，气若游丝，心虚道：“……我都靠运气的，没想到运气这么好。”

陈泽峰松了一口气：“原来靠运气啊，吓我一跳，还以为你是高手呢。你不知道，你刚刚打掉的是个职业选手，CNG 战队的，挺厉害呢。你后面小心点跟着队长，不可能每次运气都这么好了。”

孙天娇：……

言易冰见陈泽峰深信不疑，神经总算松弛下来。

“好哒，我一定跟紧寒神。”

“呵，寒神？”寒陌收了枪，突然轻飘飘地重复一句，危险地眯着眼。

刚才那个操作他看到了，说不惊讶是假的，除了用枪的操作，还有驾轻就熟的车技和绝佳的冲桥躲避意识。

半晌，他不动声色地摸过手机，点开战队 IT 部门负责人的微信，发了一条消息——“帮我查个 IP 地址，立刻就要。”

这一局到后面，言易冰不敢再有任何表现。

寒陌熟悉他，郁晏也熟悉他，他要是再嘚瑟，很快就被人看出来了。所以在决赛圈，他干脆卖了个蠢，被郁晏几枪打掉了。死后他还故作懊悔，唉声叹气道：“啊啊啊我反应慢了！”

陈泽峰热切安慰她：“你这把打得可以了，尤其是把路江河打下来的那个操作贼强，郁晏毕竟厉害，你打不过他也正常。”

这下陈泽峰更相信小野猫那一下是蒙的了，绝地求生本来就有一定运气加成，凭运气打准也不是不可能。言易冰杏核眼带着笑意，假装叹气：“也是，你们加油。”

情况依旧不乐观。Prince 这边淘汰了个陈泽峰，CNG 却还有三个人，肖诺和封晨一换一，郁晏和付概震硬生生磨死了寒陌。这局虽然没赢，但也情有可原。

游戏刚一结束，寒陌就收到了 IT 部门的回复。他眼睑一垂，盯着那条回复看了很久，不冷不热地勾了下唇。他抬手按灭手机，指腹在关机键上细细摩擦着，仿佛有大量的信息需要缓慢消化。

终于，他抬起眼，碎发在眉底晃了晃，眸色被衬得越发深沉。

陈泽峰正在跟小野猫闲聊。原本游戏结束，活动也该结束的，但陈泽峰动了点私心，想跟小野猫交换个联系方式，

陈泽峰：“妹子哪儿的人啊，说话没什么口音。”

小野猫：“本地呀。”

陈泽峰：“离我们基地近吗，就在本地上大学？”

小野猫：“对的，我妈不想我离家太远。”

“哦……”陈泽峰意味深长地拖长尾音，“有空一起出来玩，还是你明天还来竞标？”

小野猫意味不明道：“哈哈哈你们明天的活动谁上呀？”

陈泽峰不疑有他：“哦，明天我、肖诺和……”

“和我。”寒陌淡声打断陈泽峰的话。

陈泽峰惊讶了一下：“队长？经理不是说……”

寒陌：“我明天在，你来不来？”

小野猫语气带着兴奋：“真的吗？好呀好呀，我来！”

陈泽峰：？

队长之前明明不喜欢这个活动，只答应参加一天，后面都交给别的队员，怎么现在变了？

弹幕——

“哈？陌陌？你没事吧！”

“寒神醒醒，她就是靠运气，不是你想象的潜力股啊！”

“Zero 粉到此一游，哈，你家寒神就这欣赏水平？我笑了。”

“Prince 粉火气这么大，我说什么了？放心，冰神出身豪门，眼光高得很。”

“笑死，你当妹子看得上你家队长？人眼光不至于这么差吧哈哈哈！”

“Prince 果然从上到下一个素质，溜了溜了。”

言易冰看着弹幕有点郁闷，Zero 自己人跑过来找骂干吗？他转过脸冲孙天娇挑了下眉，孙天娇赶紧点点头。寒陌在就行，那他们明天还可以冲一波。

寒陌敲了几下键盘，眼眸一抬，懒声道：“小野猫，看下私信。”

言易冰：“嗯？”

言易冰看了眼 steam 后台，发现寒陌给他发了一串数字。他看着眼熟，片刻后反应过来，是曾经被他拉黑的电话号码。

寒陌耐心解释道：“你不是要联系方式吗？手机是这个，微信是这个，X 付宝也是这个。”

不知是有意还是无意，说到 X 付宝的时候他的语气刻意加重了几分。

言易冰面无表情：“呃……哇……好惊喜。”

弹幕——

“我醋了我醋了！小野猫太值了。”

“啊啊啊啊啊居然还可以给联系方式，早知道我也冲了！”

“明天还给吗，明天我冲冲冲！”

“别想了姐妹们，没看寒神刚刚都问小野猫来不来了吗？”

直播结束后，陈泽峰忐忑地走到寒陌身边，喏喏道：“队长，你不会是喜欢上小野猫了吧？”

寒陌仰头，倚着电竞椅，发丝零散地搭在额前。闻言，他扯唇：“你猜。”

陈泽峰刚刚聚起的少男心“啪”地碎了。他捂着胸口，垂死挣扎：“哥，寒神，您不是对她不感兴趣的吗？”

寒陌盯着他看了片刻，抬手，在他脑门上推了一下：“傻，真以为她是你的桃花运呢。”

陈泽峰蒙蒙道：“不，不是吗？”

肖诺无奈地看着他：“就那操作水平，肯定是职业选手啊，那可是连续点射，正常人枪枪都打那么准得是什么运气。”

陈泽峰后知后觉，恨得牙根痒痒：“好家伙，骗我感情？我现在就回去骂她！”

肖诺一把把陈泽峰拉了回来：“等等，听队长的，关键咱连她是哪家战队的都不知道。队长你有想法吗？”

寒陌沉默了半晌，眯着眼回答：“没有想法。”

陈泽峰小声嘀咕：“可惜声音那么好听，真想看看照片。”

寒陌嗤笑道：“劝你别看。”

陈泽峰：？

肖诺一低头，看见手机上新来的消息。他立刻正色对寒陌道：“队长，CNG 的郁神在群里约练习赛了，下周五。”

寒陌回神，拿起手机点开“职业联盟选手”群，群里正热闹着。

CNG- 郁晏：“兄弟们，PCL 要开始了，练习赛赶紧吧，找我报名。”

猎狐 - 方锐：“啊啊啊我们来，正想约呢。”

AXE- 陈驰：“我们也去，下周五下午吧，我们晚上开例会。”

魔方 - 许畅：“魔方不行，周五跟韩国队约了练习赛。”

Zero- 言易冰：“我们可。”

Prince- 肖诺（队长寒陌专职发言人）：“哈哈哈哈不好意思同志们，我们周五也有事，实在抽不出时间，下次约哈。”

CNG- 郁晏：“啧，得了，别圆了。”

Prince- 肖诺（队长寒陌专职发言人）：“……”

CNG- 郁晏：“欸对了，你们今天四排的小野猫是谁啊，我们家路江河说都把他淘汰了？”

Prince- 寒陌：“不认识。”

CNG- 郁晏：“啧啧啧，太阳从西边出来了，寒队长居然在群里说话了？”

Prince- 寒陌：“偶尔也说。”

CNG- 郁晏：“认真的，路江河把她一顿吹，你们这边有联系方式没，我们俱乐部也接受女青训生。”

Prince- 寒陌：“有，不给。”

CNG- 郁晏：“不是吧，这么小气？”

言易冰：……

他捏着手机，看着群里的聊天记录，臊得耳朵通红。自从郁晏提起小野猫的话题，他就没敢在群里说话。他生怕这两个对他最熟悉的人畅聊一波，把他的马甲给扒下来。但似乎，寒陌并没怀疑。

Prince 战队俱乐部。

肖诺为难地看着寒陌：“队长，这次咱们还是不参加吗？不跟 Zero 约练习赛的话，咱就不知道他们的变化。”

寒陌顿了顿：“管 AXE 要录像吧。”

肖诺喏喏道：“其实……你和冰神不至于闹成这样，冰神人不坏，当初你要是管冰神借钱，他说不定会……”

寒陌眯眼，凝视肖诺，看得肖诺毛毛的，后背出了一层冷汗。

“呃我的意思是……”

寒陌收回目光，垂着眼皮，轻笑：“一次治疗二十万，要想续着命，不知道得治疗多少次。”

肖诺小声：“冰神家那么有钱，这点不算什么。”

寒陌问：“我以什么身份管他借？人家有钱，又凭什么借给我。”

肖诺：“呃……”

的确不合适。这医药费简直就是个无底洞，哪怕是亲情，也经不起这么消耗。所以他们战队都有明文规定，选手之间不可以有金钱交易，平时借点小钱没事，买房买车的大钱不行，容易影响感情。要是队长当初和现在一样有钱就好了，可惜……

第二天一早。Prince 接到活动方通知，砸钱的还是小野猫，其他粉丝简直被她砸没了脾气，干脆不跟她拼了。

寒陌睡眼惺忪，拎起外衣随意搭在肩上，他应了一声：“知道了。”

战队经理嘱咐他：“人家粉丝怎么说也是掏了钱的，你别一脸欠你二百万的表情，对她好点。”

寒陌轻笑，抬眼：“你认真的？”

战队经理绷起脸：“我当然是认真的，大神，我求你行行好，我们谈合作的不容易，你哪怕不爱营业也多少亲和一点。”

寒陌理好衣服，点头：“您放心，我一定会对她好一点的。”

战队经理：“我谢谢你。”

到了晚上，活动八点准时开始。

寒陌打开直播，登录游戏，建了房间。他看了一眼 steam 好友，小野猫果然已经上线了。寒陌动动手指，给小野猫发了邀请。

陈泽峰自从知道小野猫有可能是对家的选手后，就没那么兴奋了。他蔫蔫儿地拄着下巴，等着开始游戏。

小野猫顺利进入房间，第一句话：“各位偶像们好。”

听见她的声音，陈泽峰咬了咬牙。这要是假的，变声器得高端成什么样？

寒陌一勾唇，懒散地笑道：“你玩什么？”

这句话正中言易冰的下怀，他几乎没有任何犹豫：“雨林啊。”

寒陌挑眉：“好。”

他们快速进入游戏，扫了一眼航线后，寒陌对肖诺道：“这把跳码头。”

肖诺捂着耳机，偷瞄了寒陌一眼，缓缓道：“行。”

言易冰皱了下眉。再云谲波诡的战术也不至于在萨诺跳码头，这地方太偏了，哪哪儿都挨不上，之后一缩圈，基本会被人卡一路。

他蹙着眉，问道：“我听说 Prince 习惯跳训练基地哈？”

寒陌：“嗯，换个玩法，在训练基地打没意思。”

言易冰：？

寒陌今天的话有点多，他不是讨厌营业吗？没办法，按照寒陌的指示，全队跳了码头。

码头经过了一次更新，物资比以前丰厚不少，但职业战队的选手还是很少到这里来。言易冰觉得，他们大概率不会碰到什么敌人，可以安心搜房。

搜刮了一圈东西，言易冰也没拿到一把 QBZ，不过好在他有 AKM，这枪陈泽峰打不好，但对他来说没问题。

言易冰刚想问要不要去派南，寒陌 ID 后的小话筒一闪。他问：“小野猫，要空投吗？”

言易冰：“你拿到信号枪了？”

寒陌还真的拿到信号枪了，这让言易冰没想到。他刚要拒绝，结果下一秒，寒陌把信号枪发了。言易冰舌尖抵在唇边，又硬生生缩了回去。

陈泽峰喏喏问：“队长，咱不着急占位置堵人？”

寒陌一本正经道：“不着急，我们不是为了赢，是为了让粉丝玩得开心。”

言易冰一凝眉，杏核眼皱了起来。他被酸得牙根疼。

肖诺笑着解释道：“我们队长被经理教育了，说昨天对粉丝态度不好，让他今天温柔一点。”

言易冰一脸冷漠：“哈哈哈，寒神一直高冷嘛，我懂。”谢谢，但真的不用。

信号枪果然召唤了空投，一个红色的大箱子绑着降落伞，慢悠悠地飘了下来。安全区的空投，必然有人过来抢。寒陌干净利落地跳下瞭望台，径直去拿空投的箱子。肖诺和陈泽峰给他架着枪掩护，时刻监视着周围的动静。

言易冰想了想，码头有一定出信号枪的概率，Prince 跳这儿也算勉强，要真是空投开得好，出了吉利服和 AWM，后期会好很多。但总体来说，跳这里价值不高，因为码头大概率会被刷出安全区，这样最多能召唤出装甲车。在萨诺地图里，载具基本没有任何用处，谁开谁当靶子。

寒陌搜包的速度极快，在远处声音靠近之前，就已经重新回到了瞭望台。很幸运，真的开出了吉利服和 AWM。言易冰的兴致寥寥，让寒陌拿到了这两个东西，这局基本等于提前结束了。

寒陌却冷不丁开口问道：“小野猫，你 mini14 那么厉害，会玩 AWM 吗？”

言易冰：……我玩的时候你还没换完牙吧。

言易冰道：“不太会，我这种水平哪儿捡得到空投啊。”

寒陌回他道：“没关系，我教你。”

说罢，寒陌将AWM和八倍镜扔在了言易冰面前。言易冰绷了下唇，手指轻轻在键盘上抚了一下。寒陌不说话，等着他的动作。言易冰只得蹲身，将AWM和倍镜捡了起来。

寒陌：“有快速扩容弹夹吗，给小野猫配一个。”

肖诺捡到了扩容弹夹，赶忙取下来，扔给小野猫。

寒陌：“补偿器？”

陈泽峰扔了个补偿器。言易冰手心微微出了点汗，勉强笑道：“不用了吧，你们打，我跟着你们就行。”

寒陌缓缓道：“AWM下坠力弱，伤害高，唯一的缺点就是装弹慢。一会儿来人，你直接对准准心打，基本能一枪把人打掉，你有打mini14的基础，这个应该不难吧？”

言易冰嘴角抽了抽，这些废话是教刚下载游戏的新人的吧？

言易冰：“我mini14也不会，全靠运气好，瞎打的。”

寒陌：“嗯。”他不说信也不说不信。

弹幕——

“哈哈哈怎么回事？陌陌今天被人附体了？”

“寒神说这玩意儿是教新人的吗，小野猫明显不是啊，这些她肯定都知道啊。”

“都是战队经理要求的，寒神惨！看他营业我都心疼了！”

“求求以后别参加这种活动了，好好的职业大神，快变成幼儿园老师了。没有说幼儿园老师不好的意思！”

空投果然招来了人。一队人开着小摩托赶过来，没敢轻易露面，而是把摩托停在很远的地方拉着枪线偷偷匍匐。

言易冰已经远远地看到人了。这要是平时，他开镜两枪就击穿，但他现在是小野猫，小野猫不该有这么好的眼力和枪法。

他正琢磨着该怎么办，寒陌的人物突然站在了他身后。那一身黑的战服特别扎眼，手上的白色绷带更是显得英气逼人。

寒陌站着他的背后，声音沿着耳机缓缓传来：“150°方向没看到人吗？”

言易冰：“……看到了。”

寒陌：“开枪啊，手别抖，枪口不会太飘，打不中也没事，还有我呢。”

寒陌什么时候变得这么……这么会营业了？经理教导有方啊！

言易冰“砰”地开了枪，枪口故意偏了一个小格。子弹打在草地里，那人犹如惊弓之鸟，快速跳起来，直奔树林深处而去。

寒陌眼睛一眯，眼尾深深折起，直接在言易冰的身后抬手扫射。M416 溅起一阵绿雾血光，那人顷刻间倒地。

“Prince-momo 使用 M416 突击步枪淘汰了 sd7v。”

那人淘汰后，他的队友见势不好立刻开着摩托逃之夭夭。

言易冰道：“哎，可惜了，要是我出枪快两个都能打死，不然应该等他们走近一点的，所以这枪还是给寒神用吧。”

寒陌静默半晌，眼睛牢牢盯着屏幕，开着玩笑道：“我这种大神亲自教人可不容易，你练不好，总得有点惩罚吧。”

这话听着有点耳熟。言易冰记得自己以前就喜欢这么吓唬青训生，尤其是寒陌。

当年寒陌天赋高，训练也卖力，就是没受过什么挫折，职业道路上顺风顺水，见谁都看不起。

寒陌单排的确厉害，当时的言易冰都没有自信一定能对过他。不过游戏玩的是战术和配合，光一个人厉害没用。

言易冰为了挫挫他的锐气，跟寒陌打自定义。他带着一队随便找的水友，寒陌带着 Zero 二队的正式队员，在雨林图打对抗赛。

最后言易冰轻轻松松赢了他们，全队仅仅减员一名，而寒陌全军覆没，最后被密不透风的子弹堵死在石头后面。

言易冰走到他身边，居高临下地看着他，眼皮一垂，似笑非笑：“知道什么叫战术吗？”

寒陌稍顿，缓缓摇了摇头。他知道自己丢了脸，嘴唇咬得发白，眼神比平时更加倔强。

言易冰懒散地靠在桌边，手指轻轻敲着寒陌的液晶电脑，不客气道：“我这种大神亲自指导你，你听不懂，总得有点惩罚吧。”

寒陌凝视片刻，垂下眼，低声问道：“什么惩罚？”他很紧张，以至于脊背绷直，双手紧紧攥着。

言易冰静默片刻，杏核眼一弯，大言不惭道：“过来给我们唱支歌。”

时过境迁，没想到这句话还有还给他的一天。也没想到寒陌居然好的不学，把他的坏习惯学去了。

言易冰哑然失笑：“你想说什么？”

这句话问出去，他心里五味杂陈。少年长大了，变成大神了，也开始教育起新人了。虽然不想承认，但他的确欣慰寒陌如今的成就。

半晌，寒陌淡定道：“不是在本地吗，有时间跟我们泽峰吃个饭，他对你有意思。”

陈泽峰：？

他心里苦，但说不出。明知道对面有可能是个对家大神，他还吃什么饭，给钱他都不能去。

言易冰揉了揉眉心，算是放心了。寒陌刚才那么问，他还以为自己的身份暴露了呢。原来是陈泽峰想约小野猫，让寒陌出个面。言易冰丝毫不惧，反正游戏一结束账号一退，他什么都不会承认的。

于是他随口答应：“没问题。”

弹幕也跟着长出一口气——

“吓死了，我以为是陌陌对妹子有想法呢。”

“原来是替陈泽峰谋福利，啧啧啧，队长什么时候这么热心了？”

“陈泽峰可以，只要不是寒神都可以！小野猫冲！”

“小野猫妹子清醒一点，陈泽峰配不上你啊！”

言易冰看着弹幕又无奈又觉得好笑。他问寒陌：“走不走，再不走真没人了。”

寒陌抿了下唇，低笑了一声：“走，去遗迹。”

言易冰：？

这个时候，遗迹的人早就打完一波准备跑路了，M24之类的大物资也被抢走了，而且遗迹还在圈的边缘，现在去是等着被卡圈？

肖诺丝毫不质疑，他在码头找了一圈，只找到一辆双人越野车。

言易冰想说萨诺图这么小，根本用不着车，但寒陌下了瞭望台，直接坐上了驾驶位。

纯黑的战服倒是和骨架结构的越野车很配，巨大的轮胎和人上半身齐平，斑驳的锈迹衬得车内的人物气质不羁。寒陌连头盔都没戴，M416背在后背，墨黑的头发有些嚣张地暴露在空气中。

肖诺自觉离开车边，寒陌缓声道：“小野猫，上车。”

屏幕前，言易冰蹙了下眉，鼠标稍稍一动，问道：“他们俩呢？”

马达声震响，越野车飞驰出去，沿着蜿蜒黝黑的马路一路向前，很快把肖诺和陈泽峰甩远。寒陌一本正经地回他：“他们俩去打野，你跟着我。”

言易冰：“……不了吧？”他看起来像是要去逛地图的。

寒陌：“没关系，你掩护我。”他开着车，不能开枪，在马路上走很容易被人扫车。

言易冰垂死挣扎：“我这水平掩护不了你。”所以我们快点步入正轨去找人啊！

寒陌坦然道：“那就一起死。”

言易冰：……

言易冰默默叹了口气。他不知道 Prince 的经理到底是怎么要求的，但这局游戏的走向跟他的想法背道而驰。寒陌似乎有意无意的，不让他接触 Prince 的新战术，言易冰不知道是不是自己想多了。

一路上言易冰一直很沉默，他已经开始不耐烦，因为现在无异于浪费时间。

寒陌却突然开口：“刚才逗你呢，不是让你请吃饭。”

言易冰已经没有什么兴致装下去了，语气里的活泼劲儿也隐去，冷淡道：“寒神今天的话有点多？”简直不是一般的多，大有当初在他手下当青训生时候的架势。

屏幕前，寒陌神情闪动，微勾唇：“有兴趣来 Prince 青训吗？”

言易冰嘴角一抽：“没兴趣，主要是没天赋。”

寒陌：“我怎么觉得你挺有天赋的，眼神好，听声辨位强，作战意识绝佳，除了枪法时准时不准外，简直是职业选手的水平。”

言易冰心跳加速，神经紧绷：“您太抬举了，我就是瞎蒙。”

寒陌若有所思地点头，在言易冰紧张到了极点的时候，反倒不再继续这个话题了。

他转而道：“雨林风景好，右边是河，左边是山，遗迹改版之后，有点神庙的意思了。”

言易冰忍无可忍：“你真是带我来逛地图的？”

“怎么，”寒陌缓缓道，“不行？”

言易冰怀疑寒陌察觉到了什么。不过寒陌最多怀疑他不是新手，绝对猜不准他的身份。

Zero的队长，国内顶级战队大神，能不惜装女粉套战术？说出去都没人信。更何况他和寒陌的关系不好，寒陌猜谁都猜不到他身上去。

这一晚，寒陌带着言易冰看了雨林宏伟古老的遗迹，看了沙漠悲怆无际的戈壁，还有雪地漫漫无尽的银霜。言易冰这辈子都没把地图走得这么全过。

但也不是没赢，人头基本都是肖诺和陈泽峰拿的，寒陌的任务就是带着他到处逛。

言易冰实在受不了了，三把结束，不等肖诺开口，他直接道：“时间到了吧，我妈叫我回去睡觉。”

寒陌松开鼠标，微微向后一靠，悠然问道：“小野猫，明天还来吗？”

言易冰：“呵呵，不来了，明天有事，去相亲。”

他说的倒也不是假话。言母又给他介绍了个大学同事家的女儿，和他同龄，书香门第，样貌品行端正，人也优秀，在国外学的艺术。言母叮嘱他务必审慎对待，这年头看得上游戏宅男的好女孩不多了。

他不来竞标倒不是因为相亲，是因为他知道，以后也套不出什么战术了。

寒陌沉默片刻，突然开口问道：“在哪儿相亲？”

言易冰微挑了下眉。要是平时，他肯定一句话就怼过去了，但现在直播开着，他也不想暴露自己的说话习惯。

他含糊道：“家附近的咖啡厅。”

约定的地点的确是他家附近的咖啡厅，不过说了也没关系，魔都这么大，咖啡厅没有上万也有几千。

言易冰临下线，轻飘飘说了句：“拜拜了各位。”

他火速退出账号，然后让孙天娇把小野猫的账号挂上了某二手交易网站，打出的广告上写——“此号有Prince成员的steam好友哟！”

小野猫一走，直播间里突然显得有些冷清。

陈泽峰喃喃道：“唉，小野猫明天不竞标了。”

他心里竟然有点诡异的舍不得。明知道对方可能是个职业选手，是来套他们战术的，但游戏里的小野猫是真可爱。

寒陌抬起手，倦怠地在脖颈后按了按。长久保持一个姿势让他颈椎微酸，但这种倦意很快能恢复回来，他并不在意。

相亲吗？他想着，言易冰二十五岁了，的确到了开始相亲的年纪。以后这种事会越来越多，或许哪一天，言易冰就能找到一个还不错的女人，然后恋爱，结婚。

寒陌没管平台的要求，从抽屉里摸出一根细烟。他把烟含在口中，齿尖慵懒地抵着烟蒂，手指一拨打火机，一簇跳跃的火苗跃起，很快灼热了烟丝。

他轻吸一口，细细吐出烟雾，墨黑的碎发蒙眬遮在眼底。有点长，大概该剪了。

房管来不及警告他禁止当众吸烟，弹幕上的女粉早就激动疯了。

“自从平台管制，我就没见过寒神吸烟了！”

“我们大神不打电竞还可以去当平面模特！”

“陌陌你还小，别跟那些老家伙比，多注意身体少吸烟哦。”

房管火速过来警告：“平台已禁止主播当众吸烟，请尽快整改，否则十秒后直播间将关闭，谢谢合作。”

寒陌没管警告，眼神搭在弹幕上，在最后几秒钟道：“明天我不来，漠贝来，欢迎继续竞标。”

话刚说完，直播间被强制关闭了。

陈泽峰转过头摘掉耳机，惊讶道：“队长，明天你不来了？”他还以为寒陌能陪他们打完四天的活动。

寒陌摇头：“你们多注意，这种活动玩玩就行，别什么底都抖出去。”

陈泽峰：“……哦。”

肖诺问：“队长你明晚有事？”

寒陌站起身，把还剩半截的烟按在一边的橘子皮上，淡声道：“嗯。”

肖诺好奇道：“去哪儿啊？”

寒陌的下颚绷得紧，颈侧黛青色血管分外明显，他笑了笑：“某家咖啡店。”

言易冰晚上没事，翻了下人家女孩子的朋友圈。看了十多条，他忍不住赞叹一句：“好家伙。”

简直是个精英名媛优质生活 bot（定期更新的账号）：健身、高尔夫、骑马、CBD 区顶楼咖啡厅喝下午茶，除此之外，还有不少国外知名景点打卡。但这姑娘对知名景点的点评都很平淡，仿佛每个地方都让她失望，just so so（不过如此）。

言易冰家里条件也不错，但他就没活得这么优雅。他的朋友圈内容，除了比赛比赛比赛，就是游戏游戏游戏，难得一条生活化的，还是战队聚餐。他曾经以为自己是个很精致很讲究生活质量的人，原来只是在电竞圈。

微信是言母督促他主动添加的。他按照要求添加后就没再管。大约隔了七八个小时，对方才同意了好友邀请。

言易冰看了下微信名“冷音悦”，思索好久才想起来这是谁。

同意之后，对方一直没跟他说话，显然是等着他先说，但言易冰也不知道对着个陌生人该说什么，干脆把手机放下了。

他脑子里还都是刚刚结束的游戏。寒陌比他想象的还精明，昨天一天的陪玩就发现了他有猫腻，但还骗着他多砸了一天的赏金，让他今天血本无归。

一想到这点，言易冰连明天去相亲的兴致都没有了。

第二天下午，言易冰起床，在他妈的介绍下，去造型师那里做头发。他坐在椅子上，造型师按着他的脸，对着镜子照了片刻。

“您头发有点长了，显得不那么健朗，你妈说这女孩喜欢阳光运动型的，要不我给你剪一剪？”

言易冰眼皮一耷拉，一边翻看手机一边道：“不剪。”他对对方还一点感觉都没有，为什么要向她喜欢的方向改变。

发型师一眼就看出，这是被家长逼着相亲的反应。发型师了然，点点头：“那我给您抹点发胶，定个型，但是基本只能维持一天，您要是之后约会，还得再做。”

言易冰收起手机，看向镜子：“一天就够了。”

做完造型出来，已经五点多了，他和对方约的是晚上七点，原因是对方还有瑜伽课。

言母给他准备了一件黑色休闲西装，显得正式又没那么严肃。西装是定制的，特意根据他的身材修改了一下。

他本人偏瘦，肌肉也不是特别明显，太西式的衣服撑不起来，而且原本的裤腿有点长。修正后，西裤恰到好处地包裹着他的腿，在腰线处严丝合缝地收紧。白色蚕丝质地的衬衫收进西裤里，柔软的布料贴服着他的肩胛骨。

他因为打职业一直没上大学，为了让他显得有文化，言母还勒令他戴了平光的金丝边框眼镜。

言母边看边满意地赞叹：“好看，你多亏有我给你这张脸了！”

言易冰一直知道自己长得好看，但听他妈拐弯抹角的自夸，突然忍俊不禁：“帅不帅都是小事，业务能力强就行。”

言母立刻绷着脸叮嘱道：“我告诉你，你少跟人家聊游戏，人家女孩子特别自律的，从来不玩游戏，你多聊聊别的兴趣，像什么爱好啦，出国游啦。”

“好好好知道了。”言易冰半阖着眼，敷衍道。

约定是七点，但言母说作为男生，一定要早到，言易冰只好六点半就出门。

离他家最近的，是一家加勒比海风格的咖啡厅，据说咖啡都是从牙买加咖啡山上直运过来的，价格贵不说，量还少，据说每天只卖一千杯。

言易冰站在咖啡厅门口，深深地叹了一口气。他们这种高强度的训练状态，实在不适合谈恋爱。虽然他也幻想过，恋爱之后两个人甜甜蜜蜜，但一旦有摩擦，就容易影响训练的心情。

人的精力是有限的，但偏偏电竞是个耗时耗力的职业。他原本想退役之后按部就班地复学，恋爱，但因为寒陌的离开，这个计划一直没成型。

言易冰抬手，推开木制大门。随着轻轻的咯吱声，他迈步进了咖啡厅。

这家高端咖啡厅的服务态度很不错，他刚一进去，服务生就笑脸迎了过来：“先生，请问您有预约吗？”

言易冰随意扫了一眼，没发现和朋友圈照片相似的姑娘。

服务生：“先生？您没有预定的话只能坐那边的长桌。”

言易冰回神，舔了下唇：“有预定，我姓言。”

服务生翻了翻本子，挑了下眉：“您跟我来。”

说着，他把言易冰带到了左前方靠墙的位置。桌面上点着小烛灯，还插着两只玫瑰。

言易冰：……

气氛浪漫得让人头皮发麻，但他是真没有相亲的打算，可惜了这么好的环境。言易冰自觉地窝在座位最里面，叉开腿，懒散地往椅背上一靠，背还稍微弓着，资深游戏宅的形象瞬间显露无遗。

他先给自己要了杯咖啡，然后就一直低头看手机。他发了一条微博——

@Zero 言易冰：倒霉，希望不是最倒霉的一天。

他微博上有七百万粉丝，每次互动频繁的活粉也得有一两万，相当于娱乐圈的小流量了。

他刚发出去，回复逐渐多了起来。

“冰神怎么了？心情不好吗？。”

“冰神，PCL 加油啊，一定得保持住成绩，某些战队粉丝最近太狂了，兄弟们扛不住了。”

“雷明为啥走了雷明为啥走了，还挺喜欢他的，有解释吗？”

“发博不发图，权当没有发。”

“冰神听说过墨菲定律吗，千万别乱说话……”

言易冰挑着回复。

“心情一般，不好也不坏。”

“PCL 在练了在练了，要不是 PCL 也不至于这么倒霉。”

“雷明自己的选择，你可以问他。”

“无图，自己想象。”

“少乌鸦嘴，墨菲定律不是这么用的。”

他整整玩了一个小时手机，到了七点半，相亲对象才姗姗来迟。

冷音悦一出现就很亮眼，包臀小礼裙，挎着绗缝肩背包。和她朋友圈展示的风格一样，优雅贵气时尚范。她之前看过言易冰的照片，所以一眼就定格到了言易冰身上。

她走过去，自然大方地坐下，淡然笑道：“不好意思，路上堵车。”

言易冰放下手机，也笑了笑。他知道冷音悦是故意迟到的，这也算是相亲中试探对方的手段，但言易冰对她实在不感兴趣，所以迟到这一点，也有点招人烦。

不过他还是客气道：“想喝点什么？”

冷音悦看了一眼菜单，吐槽道：“这家口碑虽然不错，但是咖啡豆还是有好掺差的情况，没有我在开曼一家店喝的纯。”

言易冰勾唇一笑：“哦。”

趁冷音悦选咖啡，他偷偷用余光瞥了一下时间。对方既然迟到了，那他找机会早退应该也合情合理，到时候就用这个理由搪塞他妈妈。

冷音悦抬起头：“我要经典蓝山就好，不加糖，我最近在戒糖。”

言易冰按铃叫来服务生，给冷音悦点了一杯蓝山。

冷音悦挺直身子，小臂搭在桌面上，矜持道：“你比我想象的好看一点。”

言易冰挑眉：“谢谢。”

冷音悦等待了片刻，发现言易冰没有回夸的意思，脸就有点垮。

她其实不太满意言易冰的工作，因为电竞就是个吃青春饭的职业，她想象不出三十岁之后电竞选手还能干吗。但言易冰长在了她的审美上，脸好腿长，而且据说很有名气，起码玩游戏的都管他叫大神。

“我妈说你脾气很好，从来不跟人吵架，也比较有耐心。”冷音悦试探道。

言易冰嘴角一抽：“一般，分跟谁，对粉丝脾气好一点，毕竟战队需要支持，对队友严厉一点，也没什么耐心。”

冷音悦：“那你对女朋友呢？”

言易冰漫不经心道：“没谈过女朋友，不知道。”

冷音悦：“我知道你们玩游戏的经常要比赛，很忙，但你如果谈恋爱的话，能抽出时间过二人世界吗？”

言易冰抿了口咖啡，润了润口：“多少时间？”

冷音悦：“我喜欢马术，也喜欢打高尔夫，偶尔还练射击，我希望我的男朋友和我一样爱好广泛，如果不会，至少愿意学习。”

言易冰垂了垂杏核眼，薄薄的眼睑一颤，翘唇：“抱歉啊，我们每天训练至少八小时，加上吃饭、睡觉、复盘赛程，真的没多少时间培养其他爱好。”

冷音悦有点失望：“也就是说你不愿意为了爱情妥协了？”

言易冰：“我年轻，总要先顾事业。”他心道，我和你有什么关系吗？就要我为你妥协？

冷音悦顺着他的余光瞥了一眼，问道：“你一直在看表？我总觉得你有点心不在焉，好像着急走似的。”

言易冰一顿，立刻收回目光，含糊道：“抱歉，职业习惯，没别的意思。”

冷音悦若有所思地点点头：“既然你看起来很着急，那我们就加快进度吧。其实我姐妹跟我一起来的，她在后面等好久了，一直着急听不见，相亲嘛，大家都会叫朋友来帮忙观察一下，很正常。”

言易冰：“随意。”

很快，咖啡厅的另一侧跑过来一个女生，她一边跟冷音悦招手一边说：“怎么还叫我过来了，说好不打扰你们的，我用手机听着就好。”

言易冰暗暗冷笑，原来冷音悦的手机一直在通话中。

冷音悦：“没关系的，他好像不是很在意，我们干脆一起坐下说吧。”

言易冰叹了口气。他是不在意，因为不喜欢。

新来的女孩倒是一点也不客气，她偷偷打探着言易冰，开口说：“咳，有些话我们悦悦不方便说，我就替她说吧。”

“悦悦是个特别善良的女孩，平时都会救济些流浪猫流浪狗的，所以希望你也是个有爱心的人，能帮她一起做公益活动。”

言易冰：“抱歉，我猫毛过敏。”

女孩皱了皱眉：“那这也没办法。还有，我们悦悦从小就是小公主，习惯很多，她特别怕苦，所以感冒的时候你得弄甜的给她喝。”

言易冰垂眸敷衍：“嗯，挺好的。”

女孩有些不满，噘着嘴道：“悦悦因为练舞腰有些不好，你最好能帮她按摩，她爱吃零食，你得记得随时补充她的零食库，这些都是爱她的表现。”

言易冰：……

这是找贴身丫鬟呢？

可他转念一想，自己好像没资格嘲笑冷音悦，因为这些事他当年或多或少都指使寒陌做过，现在想想自己的确有些过分，哪怕是徒弟也不能这么使唤。

冷音悦冲闺蜜嗔道：“亲爱的，你这么说显得我多娇气似的。”

言易冰挑眉。娇气？哦，原来他这叫娇气。

一杯咖啡喝完，冷音悦挑明，问道：“言先生，不知道你觉得我怎么样？”

言易冰温和一笑，亲切道：“冷小姐，你很优秀，也非常漂亮，我当然挺喜欢，但是吧，我达不到你的要求，战队训练忙，可能也没时间陪你，所以……”

他只能委婉拒绝了。冷音悦各方面都不是他的菜，他也驾驭不了。

冷音悦：“了解，我也觉得我们各方面不是很般配，我不了解你的爱好，你也不了解我的，再看吧，我和姐妹还有事，咱们 AA？”

言易冰拦住：“哪儿能让你破费，我来，你们忙。”他心里也清楚，相亲又失败了，回去又要被他妈念叨。

冷音悦也没拒绝，点点头，挽着闺蜜走了。两人小声窸窸窣窣，不知道在谈论什么。

冷音悦一走，言易冰整个人都松弛下来。他抬眼随意向咖啡厅内一扫：“总算……”

话刚出口就顿住了，很快就连表情也慢慢变得僵硬起来。他看到不远处有一个熟悉的身影，低着头，手里把玩着手机。

男人穿着大口袋直筒工装裤，一双极具侵略性的黑色马丁靴，上半身是件三叶草墨绿色棒球服，腰间的宽皮带在灯光下闪着冷色光泽。一如既往的暗色系，冷着脸，桀骜不驯。

寒陌。他怎么会在这儿？

言易冰蒙了，差点连自己来干什么的都忘了。

曾经他看见寒陌，只需要绷着脸，一语不发，当作空气就好，但自从有了装女粉套战术这件事，看到寒陌他莫名有些心虚。他不知道寒陌什么时候来的，又在这里坐了多久。

寒陌感受到他的目光，慢悠悠地站起身，朝言易冰走了过来。

被他看到了。言易冰犹豫片刻，还是主动开了口：“寒队长，这么巧。”

寒陌眼睑微垂，意味深长地笑了笑。言易冰眼皮一跳，心里有一种不好的预感。

果然，下一秒寒陌就坐在了他旁边，冷笑道：“以前没发现，冰神这么会说话啊？”

言易冰回望他，强装镇定地质问：“你什么意思？”但他心里似乎已经知道寒陌是什么意思了。

“冰神，和我们四排玩得还开心吗？”

言易冰绷着唇，酝酿片刻，还是不争气地想赶紧离开这里。

隔着网络，他怎么说都脸不红心不跳，但在线下，尤其是被寒陌抓了个现行，他有点承受不住了。他今天穿的衣服也不好，显肤色，连咖啡厅昏暗的灯光都遮不住他尴尬到发红的脸色。

言易冰板着脸，抵死不承认：“真不知道寒队长在说什么，你走不走，不走我要走了。”

寒陌把出去的路堵得严严实实，长腿干脆嚣张地伸着，拦住任何可能溜走的缝隙。言易冰哪怕是钻到桌子底下，都找不出爬出去的路。

寒陌垂眸一笑，漆黑的碎发在眼前晃荡着，影影绰绰有些阴影。他慢条斯理道：“既然和冰神无关，那我就把那几段音频剪一下发微博吧，顺便把 IP 地址定位也发一下，说不定是你们战队其他人。”

他缩回腿，慵懒地站起身，准备走。

言易冰慌了，他顿了顿，深吸了一口气说道：“等等……”

言易冰一边觉得尴尬得要命一边在心中怒骂，早两年怎么不知道，当初那么乖巧的小孩会变成现在这个样子。

求人的话他是说不出口的，但寒陌要真是把视频剪辑和 IP 地址发到微博，那他就彻底社会性死亡，这些年在电竞圈建立的威信全没了。

寒陌其实根本没有走的意思，所以感受到了一丁点阻力就停住了脚步。他侧目垂眸一看，言易冰的眼中带着愤怒、无奈、暴躁，脸颊热烫，眉头紧锁，额前发丝被发胶定了型，半点都遮盖不了脸上难堪的神色。

寒陌开口淡淡道：“冰神承认了？为了套路 Prince 的战术，不惜开着女号砸榜，还在游戏里管人家叫偶像？”

言易冰“嗖”一下把手缩回来了。太丢脸了。

于是，他用右手，遮住了上半截脸，头扭到靠墙的方向，掩耳盗铃。

他闷闷道：“你到底想怎么样？”

寒陌偏偏得寸进尺继续道：“再叫一声偶像我听听。”

言易冰觉得自己的血液都快逆流了。他目光所及之处，是装砂糖的罐子，胖乎乎的，油光水滑，质量应该不错。他在想，要不就直接敲晕寒陌跑吧？

可惜也就是想想。他从小到大，连架都没打过，进了这行，除了嘴变得快一点外，没别的进步。

言易冰郁闷道：“寒陌，以前我勉强也算你师父。”所以你至少应该尊重我一点，这些话对别人说行，就别对我说了。

寒陌坦然道：“你也说了是以前。”

言易冰讷讷：“你就这么恨我？”

他心里还有点酸。一个曾经对你非常好的人，现在恨不得生啖你肉，换作任何人都会有点伤感的。

寒陌怔了片刻，避开了这个问题。他冷声道：“叫声偶像有那么难吗？冰神，队长，师父，我什么没叫过，怎么轮到你服个软就不行？”

为什么对所有人都可以网开一面，就连对雷明，都比对他仁慈。

言易冰肩膀微微发抖，沉默不语。他比寒陌大，寒陌叫他这些是正常的。但让他管自己徒弟叫偶像，他确实不好意思叫出口。

寒陌见他气得发抖，不自在地揉了揉食指骨节，开始反思自己是不是做得过分了。

言易冰和他不一样。言易冰是小少爷，从小娇生惯养，父母宠老师夸，进了职业圈又瞬间收获一波吹彩虹屁（花式吹捧）的粉丝，奖杯一座座地拿，圈内地位水涨船高，不管新人老人，见面都尊称一声“哥”。

不像他，为了很多事低过头，可以把自尊踩在泥土里。

寒陌刚要开口把那句话收回来，就听见微不可闻的一声“嗯嗯”。咖啡厅并不安静，还放着蓝调音乐，言易冰的声音又太小，仿佛刚才那一瞬间只是错觉。

寒陌愣了一下道：“什么？”

言易冰咬牙切齿气急败坏，瞪着他说：“偶！像！行了吧！”他以后在寒陌面前彻底抬不起头了。

寒陌被他喊得有些发蒙。他没想到言易冰真能叫出口，因为他也不会真的把视频剪辑放到微博上。

言易冰抬手召唤服务生：“买单。”

服务生听到召唤，立刻举着 pos 机小跑过来：“先生，您的一杯馥芮白，七十三。”

言易冰扬了扬下巴：“还有对面女生的经典蓝山，一起。”

服务生“哦”了一声，又看向寒陌：“这位先生的也……”

言易冰冷着脸，从兜里抽出信用卡：“我不认识，他自己付。”

服务生：“……一共是一百五。”

寒陌轻轻勾唇，挺直背，从工装裤里翻出钱包，抽出信用卡，将言易冰的卡收回来，把自己的给服务生。

“一起，我还有杯榛仁摩卡。”

言易冰一皱眉：“我自己付，用不着寒队长施舍。”

寒陌没理，懒散道：“请你相亲。”

言易冰：“倒也不必……”

服务生麻溜地用寒陌的信用卡刷了钱，言易冰也没再僵持。反正之前的医疗费，他都是多补给寒陌的，不差这一点。

言易冰踢了踢寒陌的鞋边：“让让，我要回家了。”

寒陌给他让了条路，把小票收回来，连同信用卡一起揣进兜里。

言易冰一边走一边低头发了条微博。

@Zero 言易冰：呵，今天果然是最倒霉的一天。

“怎么倒霉了，说出来让大家开心开心。”

“冰冰要注意身体，最近换季啊！”

“直播吗，我们给你刷点小爱心弹幕就不倒霉了。”

“PCL 加油 PCL 加油！这得多倒霉啊，今天连发两条微博。”

“我说什么来着！墨菲定律啊冰神！”

言易冰冷着脸，把这个说墨菲定律的粉丝给拉黑了。

BAO HU

保护

CHAPTER 8

言易冰揣好手机，低着头往外走，寒陌也跟着他往外走。

打电竞的耳朵都尖，听声辨位极其准确，言易冰也知道寒陌跟着他，所以他加快脚步，拐了个近路，直奔自己家小区，但寒陌还是跟着他。

他几乎要走到小区门口了，寒陌也没离开。

言易冰实在受不了了，停下脚步，凝眉问道：“寒队长还有什么事吗，我要回家了。”

寒陌倒是淡定，棒球服半敞着，里面是一件没有一点图案的纯黑色 T 恤。

他指了指言易冰家的别墅区，轻描淡写道：“我也回家。”

言易冰：？

寒陌：“新买的，上半年，刚装修完不久。”

言易冰顿时心情复杂。他家别墅是十多年前买的，那时候这地方还不错，小区绿化、物业管理，都是魔都最好的。但后来随着城市建设，这片地越来越偏向繁华区，风景没了，绿化少了，河道不清澈了，出了小区就全是人。

作为市中心房产，它还是价格高昂的，但作为别墅，它已经没有应有的价值了。

两年前言易冰偶尔带寒陌到家里玩，带他在小区转过，带他吃过他妈做的饺子。打趣的时候言易冰说过：“等你将来出名有钱了，也在这里买一个房子，咱俩做邻居。”

这句话他跟不少玩得好的兄弟都说过，因为他喜欢朋友们都聚在一起的感觉，这样哪怕将来退役了，也能经常见到。但这些年真正这样做的人寥寥可数。

那帮同年级的退役后都买了学区房，为以后结婚生孩子做准备，就连郁晏最近也在大学城附近看房子。一个人住什么别墅，更何况这个小区的别墅还没有应有的价值。

但寒陌自己的钱跟他没关系，也可能寒陌单纯喜欢这个小区，言易冰只是稍微顿了一下，就继续往前走了。

高档小区要刷门卡才能进，言易冰走到伸缩门附近，隐隐约约看到一个人的身影。那个身影正缠着门卫说些什么，门卫似乎不爱搭理，频频摆手，后来干脆一拎椅子进了保卫室。

再近些，他终于觉得那个身影有些熟悉。与此同时，那个女人一回头，也看到了言易冰。

两个人同时一怔，突然，那个女人夹紧手提包，飞快地朝言易冰跑了过来，气势有些凶，似乎生怕言易冰逃了。言易冰僵在原地，动了动唇，不知道该说什么。

“小言，阿姨可等到你了。”女人说话又喘又急，凌乱的发丝在晚风中飞舞，显然刚才跟门卫争执的怒气还未消。

言易冰偷偷瞥了一眼寒陌，寒陌也止住脚步，默默站在离他不远的位置，手插着兜，一脸冷漠，但没有要走的意思。

他勉强笑笑，温和道：“梁阿姨，好久不见。”

女人扬起下巴，推了下眼镜，阴阳怪气地嘟囔：“你真是大忙人，想见你一面不容易，俱乐部也配保安，家门口也配保安，这是防谁呢？”

言易冰喉结微动，轻轻吸气，缓声道：“俱乐部是怕粉丝硬闯，家这边是物业安排的，如果他们得罪您了我跟您道个歉。对了，前段时间我给您跟和风邮了两箱燕窝过去，好像没有人接收。”

女人摆摆手，挎紧怀里的包，大言不惭道：“我不要你的燕窝，喝不惯那个，和风才二十五，喝什么燕窝，你还不如来点实在的。”

言易冰沉默了，垂着杏核眼，不知道说什么好。

女人乘胜追击，逼问道：“我听说你们战队有个叫雷明的离开了，那不是正好缺一个位置吗，你直接把我们家梁和风签过去就好了，你们是同学，他以前又是在 Zero 青训的，你跟你们老板说说，肯定没问题，这孩子一直想去个好战队，在家闷久了都快闷出病来了。”

言易冰为难地皱了下眉，低声道：“阿姨，已经没有空位了，俱乐部从青训队里签了个人，只是还没对外公布。”

女人愣了，随即愤怒地抓住言易冰的定制西装，狠命地晃，她一边晃一边吼：“什么意思？你说这话是什么意思？当初有位置的时候你怎么不告诉我们，你……你是不是没给你们老板推荐和风？凭你在 Zero 的地位，推荐一个人不难吧！”

言易冰被他晃得站立不稳，向后退了两步。这件西装被抓出来的褶皱不知道还能不能恢复。他苦笑：“Zero 不是我的一言堂，想选谁是经理决定的，而且……和风二十五了，对俱乐部来说有点……”

女人声嘶力竭道：“你不也二十五了吗，你现在不还是 Zero 的队长吗！怎么你行我家和风就不行了？我告诉你他现在厉害着呢，那什么排名，都冲到前几了，你要是觉得二十五太大了，那当年你怎么不说把位置还给他？当初要不是和风好心带着你去青训营见世面，也不会被你鸠占鹊巢！”

言易冰闭着眼，深深叹了口气。今天到底是什么日子？他所有的隐私都暴露在了寒陌面前，以后还指不定被他怎么要挟呢。

他想让寒陌赶紧走，或者和梁阿姨到别的地方聊，但显然这两件事都难办。

梁母见言易冰不言语，以为他心虚了，以为他嫉贤妒能，于是变本加厉起来：“你什么都有了，你学习那么好，次次都是第一，你明明可以考个好大学！和风只有电竞这个机会，他把所有的时间都投进去了，他都孤注一掷了你还跟他抢！你这也算朋友吗？你是什么朋友！”

“你是不是怕我们和风到你的战队去抢了你的位置，你是不是怕他比你强？我们家和风最倒霉的事就是认识了你！不然进 Zero 的就是他，当队长的就是他！你现在所有的东西，都是他的！亏他还对你那么好，你怎么对得起他！”

梁母说罢，又要去抓言易冰的手。

还不等她得逞，她的手腕就被人攥住，翻着掰了过去。力量之大，几乎能听到骨头摩擦发出的闷闷的响声。梁母被掰得整个人后仰，忍不住哀叫了一声，高跟鞋重重地跺向地面。

寒陌一眯眼，用力一甩，梁母踉跄几步，被地面凸起的板砖一绊，一屁股坐在了地上。

这一跤摔得结结实实，她四仰八叉地坐着，动作极其不雅和狼狈。

言易冰一惊，低斥了一声：“寒陌！”

寒陌不理他，错开他走了过去。他蹲在梁母面前，冷冷地看着这个愤怒的表情扭曲的女人。

梁母摔到了尾巴骨，正隐隐作痛，但寒陌的逼近让她没有空隙爬起来作祟。她喷着唾沫怒斥道：“你推我？你算什么你就敢推我？”

寒陌眸色深沉，慢条斯理地从兜里掏出钥匙链，他这钥匙链是一套多功能工具，里面有小刀、挖耳勺、指甲刀、开瓶器，乱七八糟一大堆。他用手指一拨，一柄小刀弹了出来，刚好弹到梁母下巴前。

梁母吓得一抽，往后缩了缩。

寒陌把玩着钥匙链，眼睛盯着刀锋。虽然没开刃，但小刀锋利透亮，反射着寒光。

“电子竞技，菜是原罪。你儿子是哪个服的前几，我怎么没听说过？

“Zero 是什么级别的俱乐部，你儿子应该懂吧，他怎么好意思让你来找言易冰？

“在黄金期的时候都能被淘汰，二十五岁还想进顶级俱乐部，做什么黄粱美梦呢。

“你上过学吗，懂鸠占鹊巢的意思吗，你儿子也算鹊？

“没有言易冰，Zero 早被我们打废了，谁给你的脸在这儿吆五喝六。

“我没那么好的脾气，你骂我一句，我可能就想用你试试刀。”

梁母被小刀吓得不敢说话，嘴唇哆嗦着，眼睛瞪得老大，只敢用余光找言易冰，等着言易冰解决面前这个场面。

言易冰从来不知道，寒陌能一连串说这么多话，而且嘲讽得又狠又准，完全不留情。

但这人……毕竟是他的长辈。言易冰低声道：“寒陌，这儿没你的事，起开。”

寒陌能感觉到言易冰在拽他，他没理。他对梁母沉声道：“这地方没有摄像头，我想怎么就怎么做，我跟你们教养好的不一样，我打架、斗殴、拼酒、赌博什么都干，我也不在乎打女人。”

梁母被他吓得直哆嗦，寒陌长得桀骜不驯，眼神又冷又野，真像是能违法犯罪的人。

“你……你别吓唬人！”

言易冰太阳穴直跳，他生怕寒陌一激动动了手，把下半辈子的事业都给毁了。言易冰顾不得太多，拍了拍寒陌后背安抚道：“冷静点，寒陌，不值得！”

言易冰的动作突然，寒陌的手一抖，刀尖也跟着往前冲了几分。

梁母立刻尖叫起来：“杀人啦杀人啦！”

寒陌顿了顿，稳住心神，不耐烦道：“闭嘴！”

梁母吓得赶紧把嘴闭上了，怯怯地望着他。

寒陌的目光落在言易冰之前受伤的左手上。腕骨附近的那道痕迹已经很淡了，过段时间应该就可以完全褪去。

他冷笑着道：“他手上的痕迹是你给划的吧，你知道手对电竞选手来说有多重要，还故意划他手，刚才你还想抓他？”

“你信不信我现在就在你脸上划一刀？”

梁母欺软怕硬，立刻㞞了起来：“我不是故意的，我不……不敢了。”

言易冰有些感动，怪不得寒陌一开始没发作，但梁母一要抓他手，寒陌就冲过来了。

“寒陌，行了，够了。”

言易冰感觉到寒陌渐渐冷静下来，他知道，寒陌不会冲动了。

寒陌深吸一口气，钥匙链在手里一转，不知怎的一拨，小刀就缩了回去。

寒陌的刀一收回去，梁母立刻从地上爬了起来，她顾不得拍拍身上的土，愤怒地瞪了言易冰一眼。但碍于寒陌在，她不敢说什么，一边瞪眼一边往灯亮的地方退。

言易冰叹了口气：“阿姨，我让梁和风来接你。”

梁母显然是瞒着儿子来的，她一梗脖子，不冷不热道：“不用！”

见寒陌没有下一步的动作，梁母一溜烟跑了，跑得挺狼狈，头发被风吹得像一卷烂草。言易冰问道：“你怎么兜里什么都揣？”寒陌这工装裤真不是白穿的，跟哆啦A梦的口袋似的。

寒陌从地上站起来，把钥匙链揣回兜里。

长久的蹲姿让他的小腿稍微有点麻，血液一时冲进血管，酸麻的感觉让寒陌一皱眉。但他一声不吭，目光垂向言易冰的左手。他刚才也就是诈一下，没想到言易冰手上的伤真是这人划的。

言易冰不自在地攥了攥拳，想把手揣进兜里，但他这西装是假兜，他揣了两下没成功，又不尴不尬地松开了。

他自顾自地解释道：“我十多年哥们儿的妈，以前对我挺好的，这两年精神出了点问题，我还是得给他打个电话。”随后又摸了摸鼻尖，觉得自己多余说这句话。

他低头，掏出手机快速按了个电话号码，刚准备拨通，寒陌突然出声：“你还能背好哥们儿的电话号码啊。”

言易冰一边拨通电话一边说道：“何止他的，我们队孙天娇、隔壁队郁晏，就算是你的电话号码我也能背啊，我记性多好。”他说罢，转了个方向，专心等待着接听。

寒陌却因此怔住，心情很复杂，不知道该说这个人，到底是对所有人都上了心还是单纯记忆力好啊？

梁和风那边接通了电话，语气有点惊讶：“阿言，真没想到你能给我打电话。”

周围太安静，所以电话里说了什么寒陌也能听得到。言易冰声音很缓，有些无奈：“阿姨又来找我了，我……”他偷偷看了寒陌一眼，才轻声道，“我朋友不认识，有点凶，你去接她一下吧。”

凶？寒陌挑了挑眉。他刚刚那叫凶？看那疯女人年纪大，他都快心平气和地跟她讲道理了。

那小刀也才不过一指长，平时顶多切个橙子，只是看着吓人，根本不会伤到人，言易冰居然觉得他那样子凶？

梁和风沉默了片刻，哑声道：“我妈又去找你麻烦了吧，抱歉啊阿言，我管不了她，你也知道，我妈小城市来的，她对编制很看重，本来我打电竞她就不是很情愿，后来我又没打出什么名堂，她受不了我退役搞直播。”

言易冰有点心酸，佯装开朗："没事，咱俩什么交情，你接她一下，别出危险吧。"

他准备挂断了，该交代的交代了，也就仁至义尽了。他和梁和风的确关系很好，从初中开始就是同学，梁和风就像个傻保镖似的，天天跟在他后边。但后来……人长大了，总会有变化的。

他总觉得，明明交情还是很好，但不是以前的感觉了，也没法什么都说了。

梁和风却热切道："咱俩好久没联系了，你有时间吗，来我直播间双排吧，我现在直播也做得特别好。"

言易冰犹豫了一下："行，有时间。"

梁和风口中的好跟他们这些热门的职业选手是根本比不了的，他去一次，能给梁和风带不少关注度。

"你有什么时间，PCL 不打了？"寒陌声音凉飕飕的，无情戳穿他。

言易冰：……

电话对面的梁和风听到了，他沉默了片刻，笑道："身边还有别人啊，声音听起来有点耳熟。"

言易冰含糊道："是那个……"

梁和风："Prince 的队长寒陌？"

"嗯。"既然被听出来了，言易冰也不打算瞒着。

Prince 的队长寒陌，年纪轻轻接触 PUBG，刚打几个月就收到顶级豪门战队 Zero 的邀请，在 Zero 不到半年，已经被业内视为十年难遇的电竞新星，继言易冰之后 Zero 的希望之光。

后来出走 Zero，多少人叹息浪费天赋，浪费人生，结果人家转身去了另一大豪门 Prince，而且被 Prince 直接任命为队长，高薪签约。自此寒陌成为 Zero 最大的威胁，当时基本是个玩电竞的都吐槽过 Zero 眼瞎，放走寒陌。

所以天才，就是有任性挥霍的权利。

梁和风苦笑："没想到你们还有联系呢，我忘了职业选手要打 PCL 这回事了，你没时间就算了。"

言易冰低声道："PCL 之后吧，你直播前告诉我，我们双排。"他说罢，匆匆把电话挂断了，他怕寒陌再说什么话刺激到梁和风。

寒陌扫了他一眼，转身就走，丢下一句：“看来是我多管闲事了，你们关系这么好，人家妈妈划了你的手你还愿意跟人双排带流量。”

言易冰跟上去说：“你还说他，以前你在青训营的时候，我跟你双排的次数还少吗，我没给你带流量？”

说完之后，言易冰又觉得有点别扭。他跟寒陌好像还没和好吧？

不对，主要还是寒陌说话就离谱，双排这种小事也要冲他阴阳怪气，更何况他的确没跟梁和风双排过。

他接触游戏晚，但进步飞快，等他玩熟之后，梁和风的水平就跟不上他了。他年轻时真的不懂事，心思也不细，单纯想跟更厉害的人一起玩，想冲分。

那时候冲分对他来说没有特别的意义，就跟期末考试想考第一名一样。后来稍微成熟一点了，正好寒陌来青训营了。

他跟寒陌双排的时候是最多的，寒陌很聪明，稍微指点一下就能很快接收。和寒陌打游戏非常顺利，他们的配合也默契。

寒陌轻飘飘“哦”了一声，他信言易冰说的是真话。言易冰那么骄傲的人，怎么稀罕跟菜鸟双排。

“手，给我看看。”言易冰在他身后低声道。

寒陌按住右手背。刚刚在甩开那疯女人的纠缠时，那人的尖指甲在他手背上抠了一下，估计被言易冰看到了。

言易冰也不等他答应，一伸手抓住他的右胳膊，借着昏暗的路灯光，往他手背上看。

寒陌手背被抓破了，但似乎没流什么血，经过那么长时间，血痕已经被风干了，现在就留下有点模糊的印子。刚才如果不是寒陌拦这一下，这伤就要在他手上了。

言易冰皱着眉道：“这伤需要打破伤风吗？”

寒陌眯眼：“你知道破伤风是管什么的吗？”言易冰十分坦然地摇头。

寒陌放弃拯救他的自理能力：“创可贴就行，没有也没事，自己就能好。”

于是言易冰带着寒陌去了小区附近的小商店，东翻西找后买了一盒创可贴。

今天一整天都非常的奇妙。两个水火不容，又有着恩怨纠葛的人，居然挤在小商店的过道里，一起购物，然后还抢着付款。

老板看他们俩长得好看，忍不住开口聊天："你们是演员啊？"

最近魔都有不少星探活动，专门找长得好看的男生签约当练习生。老板的商店门口就是小商业街，来往的人多，他看过不少帅哥被人拦住。

言易冰眼皮也不抬："不是。"

他撕开了创可贴的包装纸。外面天太黑，就商店里亮一点，索性现在也没什么人，他们俩站在这里也不会碍事。

老板又道："哦，大学生吧。"

言易冰顿了顿："辍学了，没上。"他和寒陌都是，打电竞没办法，根本抽不出时间上学。

老板有点唏嘘。长得这么干净俊俏，居然都不上学了。看这样子不像是家里没钱上学，估计是学习差吧。

他忍不住用过来人的语气苦口婆心道："不上学可不行啊，还是得读书，不然将来能找到好工作吗，找不到好工作就没女朋友了，现在的小姑娘可不光看脸了。"

寒陌："那就不找女朋友了。"

言易冰怔了一下问："为什么不找？"

他几次相亲都失败，实在有挫败感，被提伤心事，忍不住追问。

寒陌："哦。"

言易冰眨眨眼，他觉得寒陌似乎还没回答他的问题，但他也没再问。

这个年纪的男生大多中二，估计寒陌现在满脑子世界冠军呢，女朋友以后再找也不着急。

言易冰取出一个创可贴，用中间的敷垫量了一下寒陌的伤口。他被抓下去一小块皮，倒不是特别严重。言易冰小心翼翼地扯掉一边胶膜，将敷垫贴在寒陌的伤处，然后仔细贴好胶带，再用指腹把胶带压好。

寒陌垂着眸，打量着言易冰。言易冰比他稍稍矮一点，眉眼清秀，轮廓细腻，他的头发稍长，在脑后随意绑了个揪，看着很干净整洁。

老板打趣道："你们哥俩关系真好。"

寒陌反驳他："不是哥们儿。"

言易冰的动作一顿，哑然失笑："嗯，我们有仇，今天暂时休战。"

寒陌正想多说几句，手机突然响了起来。言易冰正揉搓着撕下来的胶膜，到处找可以扔的地方。

寒陌一看来电显示，还是接起来了。这个时间……陈泽峰应该在直播活动上啊。

“有事？”

他刚一开口，陈泽峰那边就叫起来了：“队长你知不知道，那个小野猫把号挂网上卖了！而且你说她气不气人，她还在介绍里写这号有我们的 steam 好友，然后要价五万块！”

“这还是直播间水友刚刚通知我的，我一看是真的，现在不少人去问价了！这人真缺德啊，我非得扒出是哪家战队的来！”

得。这件事还没完。

寒陌意味深长地扫了言易冰一眼，随后淡淡道：“卖出去了吗？”

陈泽峰：“有水友要买呢，我告诉他们别买，你也赶紧把他的好友删了吧，气死我了，不能让他们赚这钱！”

寒陌认真道：“这号分段高，有皮肤，还有我们队的好友，五万算卖得良心了。”

陈泽峰蒙了：“哥你还夸他良心？他开变声器套路我们，哪儿良心了？呸，简直是职业联盟之耻，还欺骗我感情！”

言易冰忍不住低咳了几声，他没脸听下去了。要不是过道窄，寒陌又堵着门，他早就溜了。在网上挂个东西，广告都没做也能被水友扒出来，他这是什么运气。

寒陌淡淡道：“你帮我一忙，去把这号买下来，钱我之后转给你。”

言易冰：？

陈泽峰：“你买它干吗？”

寒陌咬字很重，一字一顿道：“买来留个纪念。”

言易冰眼睑一跳，头有些疼。他一句都不敢为自己辩驳，这滋味儿太难受了。

寒陌挂了电话，打量着言易冰，诚心建议道：“或者冰神现在直接卖给我？”

作战

XIU ZHAN

CHAPTER 9

言易冰刚到家就被言母扯去了小书房。

还在小书房里看书的言父被可怜巴巴赶出门外，抱着厚厚一摞法学教材跑去客厅。

言母一脸兴奋，忐忑道：“相亲怎么样？我对那姑娘太满意了，我觉得你们特别配，这两天我和她妈妈一起逛街，发现我们的品味也特别像，你们俩要是成了，以后房子装修不用你们管。”

言易冰嘴角抽了抽，不忍心告诉他妈没戏了，只好含糊道：“就那样吧，气氛还……还不错。”反正是客客气气道别了。

言母：“小冷有没有问你下次什么时候见面？她喜欢户外运动，你也别经常宅在家里，有空陪她出去玩玩。”

言易冰上下眼皮打架，垂着脑袋：“没问我。”

言母思索了片刻，点头：“没问你也对，女孩子都矜持，应该你问人家。”她还想说什么，但见言易冰困得东倒西歪，只好无奈道，“行了行了，你快去洗澡睡觉吧，就你这作息，等老了肯定一身病。”

“谢谢妈！”言易冰感激地鞠了一躬，飞快地溜回自己房间了。

他把西装换下来挂好，衬衫脱下扔在脏衣篓里，然后拿着自己的毛巾，进了浴室。发胶有点难洗，他在水流下冲了好久才逐渐软化。温热的水流逐渐带走身上的凉意，他挤了点洗发露，抹在头发上抓了抓，然后顶着满头的泡沫，开始思索今天发生的事。

真没想到，他们还能有和平共处的时候。

而且寒陌今天还见义勇为，虽然他一个大男人，也不可能真的被梁母伤到，但那一瞬间，言易冰承认自己还是有点感动的。当年在寒陌身上耗费的心血，也不像他想象的全都白费了。

第二天他就回了俱乐部。

刚一露头，工作狂孙天娇就一脸振奋地冲他说："你太厉害了！现在的网络真是好使！小野猫的号卖出去了！"

言易冰一脸平静：……

孙天娇眉飞色舞道："说实话这号的名声不太好，我还怕不好出手呢，嘿你别说，昨天一傻子连价都没讲，直接拍了，我赶紧给他了，我怕寒陌那边想起来删除好友，反正咱们卖的时候这号没问题就行。"

言易冰的羞耻感暴增，他身心俱疲："行，我先去练习。"

孙天娇打量他，纳闷道："你怎么看起来一点不兴奋呢？虽然五万块不算什么，但总比砸手里好啊。"

言易冰推开他搭在自己肩膀的手："这事儿过了就别再提了，Prince 那边都察觉了。"

最重要的是寒陌全知道了，他们当初太没经验，就不应该用俱乐部里的电脑玩。

孙天娇掏出手机："这有什么的，来来来，你看这个帖子，网友还猜小野猫是谁呢，笑死我，他们一辈子都猜不出来。"

言易冰垂眸一看，论坛里出现个新帖子：《扒，小野猫的真实身份！》

"我相信各位高分段的水友都能看出来，小野猫那个移动靶天秀 mini14 不是凭运气打出来的，还有被收过桥费时左转下桥，那不是 PCL 战区的共识吗！所以我觉得小野猫的身份没那么简单！"

"各位听我说一说，小野猫应该是平台的游戏女主播吧，声音挺像那个谁，朵檬！朵檬一直喜欢寒陌来着，她开小号跟寒陌排游戏多正常啊！"

"你们说寒陌是不是知道对方不是普通水友了，第二天还带着她一顿逛地图，他是不是也对朵檬有意思啊！"

“绝了，我真以为小野猫是个菜鸟啊！她有时候操作确实是菜啊。”

“那是故意让寒陌带着她呢行不行，她要不表现得菜点，寒陌能管她？就寒陌，那性格，你看他什么时候给过别人装备？”

“弱弱说……表演赛他把四倍镜给了言易冰。”

“……楼上别歪楼，言易冰男的不在讨论范围内。”

“本 Zero 粉来吃瓜，怎么回事儿，怎么就讨论到我们队长身上了？”

“就你家队长小心眼儿，次次练习赛不跟 Prince 打。”

“不是你家寒陌不懂尊师重道，钻比赛空子羞辱冰神？还朵檬，我看就是个骗子。”

孙天娇笑出鹅叫：“我昨天跟 Prince 经理斗地主，他们经理还吐槽这件事呢，憋得我，差点把四个二带俩王扔出去。”

言易冰挑了下眉：“哦？”原来寒陌瞒着这事儿没告诉战队。

孙天娇长出一口气，揉了揉笑出皱纹的眼角：“哎呀行了，你那相亲怎么样，这回成了没？”

言易冰丧丧道：“没成。”

孙天娇一点也不同情：“挺好，我私心里也不愿意你谈恋爱，影响训练，PCL 马上开始了，你忙吧，叫许瑞抓紧点，我看他最近状态有点下滑。”

言易冰嫌弃道：“你还真是个彻头彻尾的商人。”

孙天娇得意道：“要没我这个彻头彻尾的商人，Zero 当初就签不下你，不然你以为我为什么能当这个经理？”

言易冰翻了翻杏核眼：“坑死我。”

孙天娇：“啥？”

言易冰淡淡道：“没事。”

他进了训练室，许瑞正在喝牛奶，电脑在游戏界面挂机。言易冰皱了下眉：“流食离电脑远点，战队没钱给你报销外设。”

许瑞赶忙点头，拎着牛奶跑了。

傅海峰拽下耳机，揉了揉手腕：“队长，这届赛制改得跟欧美日韩那边差不多了，总决赛变成几十场了。”

以往 PCL 战区常规赛十五天，淘汰赛和总决赛只有三天，比赛时长较短，对选手们的消耗也少，虽然比出来的结果运气加成稍微有点大，但大家也都习惯了。

但今年改革，总决赛也增加到了几十场，几乎彻底消灭了运气的因素，不过对稍微年长的选手来说，过于疲惫了。

傅海峰年纪也不小了，他不如言易冰的状态好，每天加练的时间不少，才能维持状态不下滑。但今年突然增加了将近一半的负担，他不知道自己能不能撑得下来。

言易冰过去，拍了拍他的肩膀："大家都一样，该累谁都累。"他又扭头对许瑞道，"所以你给我清醒点，没事儿找教练多复盘，少偷懒。"

许瑞两三口把面包塞进嘴里，扯着脖子道："遵命！"

宋棠偷偷看了言易冰一眼，有点心痛。他们太不争气了，所以本已经过了巅峰期的队长才不得不继续挑大梁。

根据现在的比赛规则，队长从来不敢跳和别人硬碰硬的地方，每次都要谨小慎微地躲着，争取拿更多的排名分。如果他们能更强，让言易冰可以没有顾虑地抢人头，那突击之神的称号也不至于让给寒陌。

宋棠狠狠道："这次 PCL，绝对不能输给寒陌！我们再也不能让队长披女号丢脸了！"他攥着拳，猛地一砸桌子，桌面上的矿泉水震了震。

言易冰的小心脏也震了震。他皱眉看向宋棠，一脸复杂："你能不能说清楚点，说得好像他们都知道那号是我的。"

宋棠脸一红，尴尬道："我不是这个意思。"

言易冰摆摆手："行了，别提了，来四排。"

他们训练了整整一天，言易冰累得眼睛都发花，几个人齐齐到理疗室按摩去了。

言易冰趴在床上，被人按着脖子揉捏，疼得差点翻下床："唉哟！我的肩膀，你少用点劲儿行吗？"

理疗师："不行啊冰神，不用力揉不开，你稍微忍耐一下，现在痛苦了，明天就舒服了。"

正好言易冰的手机震动，理疗师瞄了一眼，是个没有备注的号码。他问言易冰："冰神，我给你接了？"

言易冰痛到说不出话来，用气音发了个“嗯”。理疗师把蓝牙耳机给言易冰戴好，然后接通了电话。

言易冰刚准备问一声“谁”，理疗师冷不丁地用手指骨压向他腰间的穴位。

“啊啊啊啊啊啊啊啊啊！”

“下死手啊！！！”

他一边惨叫，一边用手指紧紧抓住按摩床上的床单。手机对面的寒陌沉默了。他静静听着言易冰的惨叫声消散，然后耳机里隐隐传来了另一个人的道歉声。

“对不起冰神，我错了，下次再轻点。”

言易冰痛到没脾气的声音传过来：“喂……谁？”

寒陌：“呵，昨天还说记得我的手机号码。”

言易冰一个激灵，猛地从床上爬了起来。

理疗师大叫：“冰神！还没按摩完呢！”

言易冰烦躁地抓了抓头发，捞过放在旁边架子上的手机。一看，果然是寒陌的电话号码，只是还没备注。

“你有完没完，理疗师给我接的，我没看号码！”他一边回，一边跳下了按摩床。肩膀腰身全都闷闷地痛，跟被人揍了一顿似的，他边往外走边疼得抽气。

寒陌：“我不信，我们可两年没联系了。”

言易冰皱眉，烦躁道：“随便你信不信，我骗你有意思吗？”

寒陌：“没意思。”

他接着淡淡道：“周五的练习赛，一起吧。”

言易冰刚走到理疗室外，把门带上，闻言怔住。半晌后他喃喃道：“一起就……一起呗。”

理疗室里，许瑞看向宋棠。

“队长的相亲怎么样你知道吗？”

宋棠皱了下眉：“孙经理说没成。”

许瑞：“就我们队长刚刚接电话的这个语气，我看也很难成。”

肖诺正在餐厅吃夜宵，一听下周五要和 Zero 一起练习赛，惊得差点把花生米卡在嗓子里。他重重地咳嗽了几声，脸憋得通红。

“等等队长，我觉得我又要去练两个小时听声辨位，最近耳朵不好，总出毛病。”

陈泽峰嘴里塞满了面条，瓮声瓮气道：“相信你自己，你没错，是世界的错。”自从知道小野猫是对家大神后，他对生命都看开了，只有游戏才是一辈子的老婆。

漠贝站在一边，靠着桌边，眨眨眼：“我怎么跟不上你们节奏了，什么情况，咱跟 Zero 和解了？”

寒陌听他们聊叨完，才不咸不淡地说一声：“就是突然发现，我以前太要脸了，有的人还敢恬不知耻地求双排，我这算什么。”

陈泽峰咽下一大口面条，好奇道：“谁啊，谁要跟谁双排？”

寒陌回神，打量着陈泽峰的碗：“大晚上少吃点，不然别说小野猫了，大脸猫也看不上你。”

陈泽峰委屈地撇了撇嘴：“我这不是睡得晚吗，我饿啊，队长你别戳我伤处了，我刚把小野猫忘了。”

肖诺开心道：“那我去和郁神那边说一声，周五一起。”两年了，终于不用偷偷去搞 Zero 的练习赛录像了。

“职业联盟选手”群里。

Prince- 肖诺（队长寒陌专职发言人）：“同志们，我们周五突然没事了，练习赛一起哈。”

CNG- 郁晏：“？？？”

AXE- 陈驰：“？？？”

猎狐 - 方锐：“？？？”

Zero- 宋棠：“我刚知道？”

Zero- 许瑞：“我也刚知道？”

Zero- 傅海峰：“我们全队一起按摩呢，突然出了这么大事，我去问问队长。”

Prince- 寒陌：“End.”

可惜他叫停根本没用，Prince 愿意跟 Zero 一起练习已经算是职业圈里的大新闻了，连久不出现的选手们都过来凑热闹。

CNG- 郁晏：“言易冰出来，给我们解释下 @Zero- 言易冰。”

Zero- 言易冰："有什么好解释的？"

CNG- 郁晏："你和寒陌什么时候和好了？"

Zero- 言易冰："练习赛而已，至于这么大惊小怪吗？"

Prince- 寒陌："没什么，不想互相弄录屏了，费劲。"

CNG- 郁晏："你们不互相针对了，我们 CNG 怎么中间商赚差价？"

CNG- 路江河："收入骤降。"

AXE- 陈驰："收入骤降 +1。"

猎狐 - 方锐："收入骤降 +10086。"

Zero 俱乐部按摩室里，三双眼睛齐刷刷看向言易冰。

言易冰趴在床上，用余光扫了扫，闷闷道："你们都看我干什么？"

许瑞小声问："队长，这事儿你提前知道？"

言易冰承认："嗯，刚知道。"

他下意识就答应了，可能是因为寒陌为了他伤了手，多少让他有点感动。

许瑞："寒陌他……跟你说的？"

言易冰应声道："啊。"

许瑞吃惊不小："你把他……你把他从黑名单里放出来了？"言易冰闷声默认。

宋棠皱了下眉，严肃道："队长，那寒陌跟你道歉了吗？他要是不跟你道歉，你就不能心软。"

言易冰稍愣："他跟我道什么歉？"

怎么他妈妈让他跟寒陌道个歉，宋棠这边又让寒陌跟他道歉。他现在也搞不懂，他们俩到底谁更对不起谁。

宋棠坐起身，双手攥着拳，脸色很不好看。他低声道："当年表演赛那事他要是不道歉，我这里就没法原谅他。"

表演赛？言易冰怔了怔，稍微有点晃神。哦，有点久远了，但他还记得。

Zero 和 Prince 也不是一开始就闹得这么僵的。毕竟这只是其中两名队员的私人恩怨，干涉不了全队。

一切起因是寒陌刚入 Prince 时参加的那场表演赛。那天正好是寒陌十八岁的生日，比赛现场的 Prince 粉丝带了不少庆生的横幅，牌面很足。

表演赛的模式跟现在差不多，依旧有单排、双排、四排。双排赛上，言易冰和联盟里唯一一位女队员丁洛匹配，寒陌则和郁晏一个队。

丁洛的水平一般，主要靠言易冰带。言易冰想让她多活一会儿，所以前期去了山顶废墟。他没想到寒陌和郁晏玩不到一起，也去了这个方向。

那时候山顶废墟还没有隐藏福利，贫穷且冷清，飞去那边的人几乎没有。他和丁洛搜了一圈都没找到称手的物资。

言易冰绅士，把好枪让给了丁洛，自己就拿了把 S1897 霰弹枪。这把枪射程短，命中差，杀伤力也不行，碰上厉害的职业选手是必死的节奏。但言易冰当时在职业圈基本属于舍我其谁的状态，所以他还是打头探路，准备带丁洛去最近的野区。

而寒陌，正拿着一把 SCAL-L 突击步枪往废墟附近走。他们正好面对面撞上，言易冰哪怕有了准备，但无奈枪太差劲，被寒陌十来下连射打倒。

在吃鸡这个游戏里，人物倒下并不意味着死亡。如果有队友来救，还可以被扶起来。但这个时间并不长，血条如果滑到底，就真的淘汰了。

当时大屏上的击杀提示分明显示着“Prince-momo 使用 SCAL-L 突击步枪击倒了 Zero-ICE。”

言易冰一看，不禁苦笑，还真是冤家路窄。

因为他们俩的师徒关系，转播方敏锐地察觉到这是个爆点，所以很快把镜头转了过来。

丁洛要冲出来救言易冰，被言易冰给拒绝了。丁洛打不过寒陌，没必要送人头。

言易冰游戏里的人物匍匐在地上，血条缓慢下滑。他干脆松开鼠标，等着游戏结束。

寒陌只需再补一枪，他就淘汰了。他等了一会儿，寒陌却并没有补那一枪，而是拎着枪走到了他人物的面前，静静地站着。寒陌居高临下，望着他。

这种感觉很不舒服，所以言易冰再次动了动鼠标，让自己的人物向另一个方向爬了几步等待死亡。

这地方很穷，周边野区肯定也穷，他以为是因为寒陌子弹少，不愿意浪费。他还没多想，直到寒陌再次走了几步，转到他面前。言易冰终于反应过来，寒陌是故意的。

寒陌似乎在重演当初被赶出 Zero 时，跪在他面前的画面。只不过一个是现实，一个在游戏中。即便如此，还是能刺激得人无法呼吸。

就在言易冰的血条终于快滑到底的时候，寒陌打开了公共麦。言易冰亲耳听到他冰冷的声音："冰神，退役吧。"

全场哗然。

台前观众的闹腾声都传到了后台备战厅，巨大的隔音玻璃也没能挡住这句话引起的沸反盈天。

言易冰重重地靠在电竞椅上，嘴角扯起一丝笑，笑着笑着，眼圈红了。他能感觉到泪水逐渐充盈眼眶的感觉，但舌尖抵住牙齿，深呼吸，还可以把这股情绪憋回去。

画面上，他的人物已经变成了盒子。寒陌站在原地，呆愣着，一直没有动。

开了公共麦后，在一定范围内的选手都可以听到。丁洛当然也听到了，她愤怒地冲出来，也不管自己能不能打死寒陌，抬起枪疯狂连射。

寒陌躲都没躲，就像不知道那里有人一样，很快被打死在言易冰的盒子旁边。

宋棠当时坐得离言易冰近，死得也早，他看到了全程，气得恨不得撸起袖子去找寒陌拼命。

言易冰一把扯住了他，淡声道："干吗，想犯规？"

宋棠深吸了几口气，勉强把脾气忍住，但把鼠标摔得啪啪响。

监督员很快来到了言易冰身边。一般比赛里出了这种事，要么调节，要么处罚，他得先来问言易冰的态度。

监督员："冰神，刚才怎么回事儿？"

宋棠憋不住，往寒陌的方向一指："还能怎么回事，他……"

言易冰扫了宋棠一眼，宋棠把没说完的话咽下去了。

言易冰温温和和地笑，揉了揉发酸的腱鞘："没事，闹着玩呢。"

"队长！"宋棠低低叫了一声。

言易冰表情平和，语气冷静，似乎对刚才的事情没有任何反应。

监督员：“监听里的人说，寒陌让你退役。”

言易冰挑眉，点了下头：“啊，我是该退役了，年纪大了。”

监督员别有深意道：“如果你要追责的话，刚才的行为是可以……”

就算不到禁赛那么严重，也会联盟内部通报批评，以及罚款。

言易冰云淡风轻道：“别大惊小怪了，比赛还没结束呢，我先去趟卫生间。”

他把耳机从脖子上摘下来，站起身，绕过监督员，手插着兜，微微低头，径直朝洗手间走去。宋棠在身后叫他，他没理。

监督员无可奈何，当事人不追责的话，他们这边还真不好办，看来言易冰是有意放寒陌一马。

到了卫生间，里面空落落的只有他一个人。别的选手都在打比赛或看比赛，阳光透过窗户，亮得有点晃眼。

言易冰走到洗手台前，打开水龙头，用凉水一遍遍冲着双手。冰凉的水带走了掌心的余温，也带走了津津的汗意。

他深吸一口气，抬起手，敷在眼皮上，用力地揉了揉。这不是他第一次体会到年龄带来的心痛的滋味儿，但还是觉得难熬。

表演赛之后有选手采访。寒陌消失不见，是肖诺出面解释。肖诺满脸带笑，但额角紧张得全是汗。

“哈哈哈哈我们队长就是嘴笨，不会说话，他没跟冰神关系不好，就是开个玩笑。

“什么退役不退役的，你知道我们选手之间说话都很随意的，有时候把握不好尺度，有点过了，一会儿到后台会给冰神道歉的。

“对对对，大家别过度解读哈，当时我们队长跟 Zero 是和平解约，因为 Zero 要不了那么多人，多长时间的事了还提，不是因为冰神打压他哈。

“啊你说什么？冰神说不追究吗？”

到了后台，Prince 想去给 Zero 赔礼的时候，才发现 Zero 的全员早就离开了。也是从那时候开始，Zero 在的练习赛 Prince 不会出现，Prince 约的练习赛 Zero 也不会参加。

言易冰是个话痨，平时爱在联盟群里发言，所以那个群，寒陌一句话都没说过。

当时言易冰并不知道，表演赛当天晚上，寒陌一个人去了一趟Zero俱乐部。他没进去，而是站在俱乐部后面的河岸边，静静地望着俱乐部里的灯光。

柠檬黄的光亮透过窗帘，侵染了一小片空气，雾气蒙蒙中，窗帘动了一下，遮得更紧了些。

魔都的冬天不暖和，湿冷湿冷的，地面有刚融化的潮湿的雪。

寒陌呼了口气，迷蒙的白色雾气飘散，很快消失不见。他望着那个曾经出入无阻的地方，眼前有些模糊。嗓子是干哑的，根本一句话都发不出来。

眼角的水痕被风一吹，仿佛要冻住般发涩。稍长的发尖刺入眼皮，又让人忍不住分泌更多的眼泪。他牙齿打战，口中尝到了血腥味儿。

一年之前，他绝对想不到自己今年的生日会是这样度过的。

在他的想象里，他一定还在Zero俱乐部，还是大家的队友。他愿意辅助言易冰带着Zero走上前所未有的巅峰时代，就如他刚入青训营时申请表上写的那样。

那天，或许言易冰会一改严厉的语气，热情地祝他生日快乐，给他分蛋糕，或者送他生日礼物。可能，还会邀请他去打一局游戏。

言易冰或许还会拍拍他的脑袋，警告他控制住，别因为谈恋爱影响了训练。

他当然不会。

然而这一切全都不会有了。现实偏不会像他想象的那样发生。

手机一直在响，俱乐部里的人在找他，粉丝也在微博@他，今天是个很特别的日子，但他根本没有庆祝的心思。最后寒陌干脆把手机关机了。

他就站在寒风里，望着俱乐部的方向看了一夜。四肢几乎冻得没有任何知觉了，但他一点也不在乎。

他只是明白了一件事。这样的报复并不会让他感到快乐。

言易冰看着宋棠义愤填膺的模样，笑了笑：“多久前的事了，辛苦你心疼我。”

宋棠无奈道：“队长，你就是太嘴硬心软了，我们不和他们约练习赛也没事，这点困难有什么克服不了的。”

许瑞被宋棠一提醒，也赶紧道：“就是，咱们肯定能赢他们。”

傅海峰没说话，但显然也是同意宋棠和许瑞的说法。

言易冰静默了几秒，抬手止住理疗师的动作，翻身下床，扯了下衣领，简短道：“行了，听我的，周五好好准备练习赛。”

说罢，他按着脖子，面无表情地出了理疗室。

宋棠目送着言易冰离开，微微叹了口气。许瑞看向宋棠，喏喏道：“我看队长好像的确不在乎，算了吧，也省得咱们研究录像了。”

傅海峰哼道：“你懂什么，他是队长，别看他平时嘻嘻哈哈的，对谁都挺好，但他从来没给自己任性的权利。”

宋棠喃道：“是，寒陌那边给了个台阶，队长肯定会同意，他是不忍心我们费劲儿。”

宋棠低低骂了一声，捞过手机跟寒陌私信。他语气挺不客气，硬邦邦一句：“你可真厉害。”

很快，寒陌回了个“？”。

寒陌的微信头像是一只通体黑色的猫，长着一双棕黄的眼睛。猫站在阳台上，眼仁紧紧缩着，眉头紧锁，一副准备飞扑的冷傲姿态。

宋棠和他上一条聊天还是在询问关于言易冰手伤的事，他快速打了一行字：“少装糊涂，你明白得很，你就是仗着队长早晚会心软，你就得寸进尺，当年表演赛是，现在也是。”

Prince 和 Zero 之所以会闹成这样，全是因为寒陌，凭什么现在他说和解就可以当没事了？

微信界面显示正在输入，等了好一会儿。

寒陌：“你跟他提表演赛了？”

宋棠：“怎么，你也知道没脸提？”

宋棠：“你连句道歉都不说就想这么过去，队长活该被你羞辱？”

宋棠：“我们队长看在战队的利益上答应了，但你别以为以前的事不存在了，要不是他大度，你以为你能顺利打比赛当寒神？”宋棠“突突突突”发了一堆，也没指望寒陌能回他什么。

寒陌那脾气他了解，他也就是发泄一下自己的不满。结果寒陌很快回了三个字：我知道。

宋棠原本打了几百字的嘲讽话，但一看这三个字，瞬间发不出去了。这种感觉就像是他枪都举起来恨不得跟敌人火拼了，结果敌人投降了？没劲。不对，这是他认识的寒陌？

寒陌把手机扔在床上，任宋棠骂。他抬手脱掉了长袖卫衣，走进浴室，抬手打开了淋浴开关。微凉的水毫不留情地浇在他身上，身体感受到偏低的温度，自然而然地紧绷起来，手臂上，肌肉线条随着他抹脸的动作时隐时现。

寒陌睁开眼，冷静地感受着水温从凉到暖，体温也随着慢慢恢复。

他抬起手，看了一眼手上贴的创可贴。他刻意用保鲜膜缠了一圈，确保水不会浸湿创可贴和伤口。可水流逐渐渗透保鲜膜，创可贴的胶带终于难以承受地受潮了。

没多久，胶带就再也粘不住人的皮肤，而他的伤口也已经被捂得发白，再贴下去，容易滋生细菌。他不得不在洗过澡后把创可贴摘掉。

寒陌深吸一口气，狠狠地咬住腮肉，刺痛让他冷静。

当初监督员给了一句“冰神不追究”，寒陌就知道言易冰手下留情了。虽然那只是个表演赛，但羞辱对手影响恶劣，少说也要在各大公众平台点名处罚。如果真的传出去，那会是他职业生涯永远的黑点。

其实他那么做，就是在给言易冰回击他的机会。言易冰怎么报复他，他都觉得正常。然而一切都没有发生。

周五练习赛，CNG 开了自定义服务器，没有过多废话，十多个战队依次进入素质广场。

等待一百秒时长，郁晏开了麦，笑道：“已截图，历史性的一幕。”他所在的视角，正好能看到对面相隔一片草坪的言易冰和寒陌。

CNG 路江河：“截图 +1，世纪同框。”

AXE 陈延：“截图，你们怎么跟大学里看热闹的吃瓜群众似的，没见识。”

猎狐方锐：“同截图，找了好久。”

AXE 陈驰：“兄弟们，我已经发微博了。”

郁晏：“呵，我早一秒发了朋友圈，先别选跳点了，先给我点赞。”

言易冰：“你们真是闲的。”

练习赛其实没有正式比赛那么严肃，大家最多就是熟悉一下手感，提前体会跟彼此在一个地图竞争的感觉。有的队甚至全程开着公共麦，打掉人还在原地晃着聊天。

在 Y 城，陈泽峰一个雷炸死了许瑞。看到带着 Zero 前缀的 ID，陈泽峰忍不住开麦道："我都快感动哭了，不多说，一声朋友一生朋友。"

下一秒，宋棠在房顶把他射倒："朋友要死一起死吧。"

陈泽峰血条滑尽："……宋副队火气真大，小心点我们队长在架枪掩护呢。"

宋棠："呵呵，等的就是他。"

但他下一秒就飞快地换了位置，防止寒陌把他打掉。躲在一处墙角，宋棠喝了几瓶饮料。

漠贝一枪打穿了宋棠躲避处墙角的窗户，一个燃烧瓶甩了过来："宋棠哥别跑啊，弟弟等你好久了。"

傅海峰扔了个烟雾弹，辅助宋棠逃跑，然后一顿点射，逼走漠贝："弟弟没药了吧，没载具吧，还不溜呢？"

肖诺："走走走！载具被 Zero 控了，赶紧跑安全区去！"

漠贝一咬牙，甩开傅海峰和宋棠跑了。他不敢再开公共麦，声音方向一暴露，他就死定了。

这场练习赛是 AXE 赢了。其实谁吃鸡都不重要，他们更在意过程。

当天晚上，练习赛打了十把，各个队伍都有天秀的时刻。虽然口头上谁也不愿意承认，但今晚的练习赛才是国内电竞最完整的阵容，打得人舒服。就连 Prince 和 Zero 的队员们也都舒服。

别看他们平时互相看不顺眼，各自为战，但私下里谁都没仇，也很肯定彼此的水平，偶尔还一个桌喝趴下过。全部练习赛打完，已经凌晨一点多了。

CNG- 路江河："到这儿吧兄弟们，我们战队去夜宵了，太饿了。"

AXE- 陈驰："去吧去吧，哥也下了，手都酸了。"

Zero- 言易冰："没事儿？"

AXE- 陈驰："没事，正常情况，一会儿按摩。"

Zero- 言易冰："别练太疯，把 PCL 冠军让给 Zero 好吧。"

AXE- 陈驰："少来。PCL 之后大家没事吧，把联盟给的游轮券用了呗，一起出去玩一趟。"

CNG- 郁晏：“看我女朋友。”

Zero- 言易冰：“醒醒，前女友。”

CNG- 郁晏：“我几天不教育你，你要造反啊？”

Zero- 言易冰：“呵。”

猎狐 - 方锐：“拜拜，睡了，明天去见婆婆。”

Zero- 宋棠：“？？？”

Prince- 肖诺（队长寒陌专职发言人）：“？？？”

CNG- 路江河：“？？？”

猎狐 - 方锐：“匿了。”

等群里聊完天，言易冰懒洋洋地往床上一靠。已经快要凌晨两点了，言易冰闲着没事，翻到朋友圈。

果然，各家战队都有人发了图，图上是他和寒陌 ID 同时出现的时刻。职业选手都是手速达人，点赞也快，每条朋友圈都有了不少于七八十个点赞。

言易冰端详几秒，低声吐槽：“一群闲人。”

然而他随便一扫，发现点赞栏里，恍惚有个黄眼睛黑猫的头像。

言易冰：？

他去看了几个发了截图的朋友圈，在几十个点赞里，都有黄眼睛黑猫的身影。言易冰不敢置信，又返回职业联盟选手大群，找到寒陌的头像。没错，全联盟就寒陌用这种黑漆漆的头像。

但寒陌什么时候这么爱凑热闹了？他正迷惑，手机振了一下。

“黄眼睛黑猫”给他发了一条微信。

寒陌：“胳膊划破了，你还有创可贴吗？”

言易冰轻挑了下眉，盯着微信界面看了片刻，手指动了动。

ICE：“Prince 队医集体离职了？”

寒陌很快回复：“队医睡了，队友也都睡了。”

ICE：“那你自己找个商店吧。”

寒陌：“凌晨两点，商店关门了。”

ICE：“善用外卖。”

寒陌：“你不心疼外卖员晚上接单？”

ICE：“？？？遇事不决，量子力学吧。”

寒陌：“你上次不是买了吗，你给我拿个创可贴出来吧。”

言易冰坐起来，皱了下眉。

ICE：“伤口很深？”

寒陌看了看胳膊上的伤口，回——

寒陌：“不算深，但不贴怕感染。”

ICE：“……”

寒陌：“不多打扰你，我拿了就走。”

ICE：“？”

原本言易冰还以为他在开玩笑，没想到没过多久，他正在喝睡前的燕麦牛奶，手机再次振动。

寒陌：“我到了。”

言易冰看着这条微信，郁闷地抓了抓头发，本来就有点自来卷的头发被他抓得更乱了。

寒陌什么毛病？言易冰放下燕麦牛奶，拉开抽屉，看了一眼那天晚上买的创可贴。

创可贴是他付的钱，剩下的自然是他收着。本来以为这盒创可贴会留在他抽屉里生灰，但没想到这么快就能再次用上。不过也行，拿出来用起码不浪费了。

想罢，言易冰把一整盒创可贴都拿起来，披上一件毛衣外套，出了门。

大厅里静悄悄的，其他选手都忙的忙睡的睡，门口值班的大爷也趴在桌面上睡着了。言易冰不想打扰人家，蹑手蹑脚地解开锁，推开门，又蹑手蹑脚地把门合上。晚上还是稍微有点凉，他深吸了一口霜雾浓重的空气，四下看了看。

不远处，一个一身黑的身影静静地站在树边。

寒陌身材好，个子高，身子靠着树，路灯斜斜地打下来，树枝的影子在他身上颤抖，斑驳，好像一幅风景画。

言易冰不得不承认，寒陌越长大越出色了。单纯从审美角度来看，大概不少人会羡慕寒陌的外形条件。

言易冰伸手，晃了晃手里的创可贴：“来拿。”

寒陌扯了下唇，身子一撞树干，借着反作用力站直，瞬间又高了一节。他大跨步朝言易冰走过来，上了四节台阶，还留一节，平视言易冰的眼睛。

“谢了，冰神。”

言易冰打量他，随后一扬下巴：“伤口呢？”

寒陌一撩袖子，把胳膊露出来。借着浅淡的灯光和温柔的月色，言易冰看到了一条红色的痕迹。划痕上带着血丝，似乎是血丝，毕竟天色暗，他也看不太清。

只不过……言易冰面无表情：“你再晚来一点就凝固了吧？”

寒陌毫不在意他的嘲讽：“铅笔划的，怕有毒，你也知道，对我们来说，手有多重要。”

言易冰心里好笑。他们这种职业选手，平时连中性笔都懒得摸了，还铅笔。

他这些年，字都退化得没眼看了。所以言易冰专戳命门：“怎么，寒神要高考？”

寒陌回道：“练字。”

言易冰把创可贴往他怀里一扔：“行了，回去吧。”

寒陌笑了笑：“正好来了，就帮我贴下吧，我单手不方便。”

言易冰的目光落在他胳膊上，单手的确不方便。不管寒陌怎么伤的，都跟他没关系，但创可贴既然都给了，也不在乎多贴一下。

“伸过来。”言易冰把小盒子拿出来，重新抽出一条，撕开胶膜，把创可贴贴在寒陌胳膊上。

“啪”的一声，他用手掌把创可贴按紧了些，痛得寒陌一皱眉。

当晚，二队程斌被尿憋醒，出门上厕所。

走到楼梯口，一股凉风吹进来，吹得他身上发寒。他吸了吸鼻子，半眯着眼睛往一楼大厅门口一扫。玻璃大门外，影影绰绰站着两个人，一个在台阶上，一个在台阶下。台阶上的人低着头，看不见脸，台阶下的人背对着他，也看不见脸。

程斌看到大门被拉开了个小缝。怪不得有风吹进来，整个走廊里都是夜雾的味道。他着急上厕所，也没看太清，随口嘟囔一句，越过了楼梯口。

等他从厕所出来，清醒几分，再看向楼梯口，人已经不在了。大门重新被锁上，关得死死的。程斌抓抓头发，回味了一下，又回屋睡去了。

第二天下午，宋棠拎了袋腰果，边吃边往训练室走。他推开门，为了活跃气氛，开始找话题。

“刚程斌说，咱们战队昨天晚上有人偷溜出去。”

言易冰没戴耳机，最近游戏版本更新，有几把枪的性能做了些许改变。虽然这次 PCL 比赛将沿用老版本，但他作为队长，还是得提前了解。

他正在训练场做连发对比，听见宋棠的话，随口吐槽道：“谁精力这么旺盛，翻监控找出来，明天加练两个小时。”

宋棠抓出两颗腰果，讨好似的喂到言易冰嘴边：“别啊队长，也许是咱们队的谁溜出去看女朋友啊，你不能因为自己没有女朋友就羡慕嫉妒恨。”

言易冰用余光扫了一眼宋棠的手，看了看那两颗椒盐腰果，嫌弃道：“你刚才吃的时候是不是舔手指了？”

宋棠看了一眼潮湿的指腹，心虚道：“……那我又没舔手心。”

言易冰有洁癖，嫌弃道：“拿开，我不吃。”

宋棠道：“队长，男人就得随性一点，你太洁癖了给女孩压力，女孩才不愿意跟你谈恋爱呢。”

本来话题已经岔开了，许瑞又扯回来：“青训生都送走了，没听说咱们俱乐部哪个选手有女朋友啊。”

职业选手不容易遇到心仪的女生，他们平时接触的最多就是女解说、女主播，还大多都是通过网线，而且这些女主播们为了人气，也不会轻易谈恋爱的。

宋棠把言易冰不要的两个腰果塞到许瑞嘴里，嗤道：“想什么呢，程斌说了，那两个就是在战队门口聊一会儿天，什么都没有做。”

宋棠虽然没读大学，但有个姐姐是名牌大学毕业，他以前去找姐姐玩的时候见识过大学女生宿舍门口的风景线。那场面才叫震撼。

许瑞惊讶：“是吗？不过队长，这段时间咱的训练确实紧张了一点，大家连个人生活都没了。”

许瑞因为前段时间状态有点下滑，被言易冰和教练盯着训练，天天打得都快吐了。

言易冰打完了一枪子弹，看着墙面上留下的一排子弹孔，隐约觉得有点不对劲。

什么基地门口？什么晚上？他昨天也出去一趟，怎么没看见？

许瑞："关键这人怎么不把女朋友请进来呢，咱们基地也没管那么严吧。"

宋棠耸耸肩："谁知道呢，程斌也就看见一次，晚上去厕所，无意间瞥见的，都凌晨两点多了吧，他困得要命，除了两个背影什么都没看见。"

傅海峰加入群聊，漫不经心道："不够意思啊，当初说好谁先有女朋友谁请吃饭的，快快快查监控，把这人揪出来。"

言易冰太阳穴一跳，心说他们该不会是误会了吧。凌晨两点，那必然是他和寒陌，但他们俩只是在贴创可贴。

他能怎么解释？寒陌突发神经病，凌晨练字把胳膊划了，又因为便利店关门，队医和队友都睡了，只能来管他要创可贴？

至于为什么管他要创可贴，是因为之前寒陌为帮他伤了手，他顺道带寒陌去买的，寒陌手伤了后想起来他这儿有了？这说出来他的威望还能剩？

宋棠和许瑞已经准备去查监控了，言易冰一推桌子，冷着脸，沉声道："都几点了，还闲聊，赶紧上游戏。"

许瑞一惊，屁股刚从椅子上抬起来又坐下去了。他喏喏道："队长，我发现你最近有点焦虑，是不是怕咱 PCL 拿不了好成绩啊？"

言易冰抬起杏核眼，盯着许瑞："我焦虑还不是因为你？看看你这几天的单排成绩。"

许瑞吐了吐舌头，不敢说话了。言易冰鲜少这么严厉地批评他们，看样子是真着急了。

许瑞缩着脖子，手忙脚乱地开游戏，把耳机套上了。同时他又有点委屈，查监控的提议明明是队长说的，热闹是傅海峰凑的，他这是莫名其妙撞了枪口。

宋棠见言易冰这么着急，也不敢再提，他默默坐好，把腰果拿到一边，仔细弄干净了手指。

言易冰这才松了一口气。没什么好解释的，反正身正不怕影子斜，但为了减少误会，他站起身，见一队其他三人依次进了游戏单排，于是转身出了门。

大厅里很静，自从青训生们离开，基地也冷清不少。

下午这个时间所有队员都在训练，教练正在给二队开复盘会，孙天娇出去谈生意，只有阿姨在闷头打扫卫生。

言易冰悄悄溜进监控室，对门卫大爷道："叔，你先出去溜达一圈，我找点东西。"

门卫大爷知道言易冰是 Zero 的金字招牌，所以不疑有他，把椅子让给言易冰，自己到门口溜达去了。

言易冰快速调出昨晚凌晨两点的监控。监控画面里，那个点，确实只有他和寒陌，程斌看到的误会确实也是他们。

言易冰皱了下眉，快速截取了这十来分钟的录像，一键删除，然后清空了垃圾箱。他怕有其他队员闲得没事，再来找监控。删掉录像，他才晃晃悠悠地回训练室练习了。

PCL 联赛临近，言易冰把每三天一次的手部按摩改为每天一次。他训练的时长越来越久，有时候连晚饭都忘了吃，对手部的消耗也越来越大。但没办法，这是每个选手赛前的必经之路。

好在他运气好，身体损伤小，还能坚持住。不过不知道什么时候，他就坚持不住了。本想风风光光退役，在职业圈留下一抹传奇色彩的。

但……天才选手可遇不可求，这次青训营留下的小孩，也还撑不起大局。

赛前两天，郁晏找他私聊。

郁晏："赛后有魔都出发到日本大阪的游轮，七天，咱们的券可以用，不用办签证。"

言易冰讶异："CNG 这波这么有信心？比赛还没打呢就惦记玩的事儿了？"

郁晏："陈驰没明说，后来被我套出来了，陈延要退役了，AXE 已经物色好韩援了，估计秋季赛之前就能宣布。"

言易冰看着手机里的消息，沉默了。

陈延也是 AXE 的老将了，跟队长陈驰配合得天衣无缝，共同撑起 AXE 的一片天。言易冰入圈早，是眼看着陈延从青涩少年成长为豪门战队副队长的。

陈延今年二十三，去年他们在一起喝酒的时候还打趣过，到时候言易冰退役，他们给言易冰包个邮轮。没想到今年，是陈延要先走了。

游轮的约定还没变，只是送别的不是他，而是比他还年轻，巅峰期还短的哥们儿。

言易冰叹了口气，心隐隐作痛。这个行业就是这样，老人退场，新人闪耀，英雄落幕，归于沉寂。

陈延还算幸运的，起码 AXE 的发展史上，永远有他的名字，这波追电竞的粉丝，在某天回想，也能想起陈延带来的感动。还有更多的，从来没有过巅峰期的选手，卷入时代洪流，再默默消退。

没有人记得他们的名字，也没人为他们欢送。比如他的发小，梁和风。

郁晏：“别矫情，陈延功成名就，急流勇退，挂名了 AXE 的教练，挺好的。”

言易冰低笑，敲了敲键盘：“那是挺好的，不像我，我退役之后还得被我妈妈逼着去刷学历。”

郁晏：“你还早，别让我听到你要退役的消息。”

言易冰：“放心，没把 CNG 打趴我绝不退役。”

郁晏：“你跟寒陌怎么回事儿，我还没问你呢，和好了？”

言易冰凝眉琢磨了片刻，答道：“不算，就是……没以前那么僵了吧。”

郁晏：“谁先让步的？别给我丢脸，你是他前辈，递台阶的事轮不到你来做。”

言易冰：“没谁，就是不想因为我们俩的恩怨给战队添麻烦了。”

郁晏：“行，那这次赛前群采我就不给你占位置了，我找女朋友坐去。”

言易冰：“你就等着说这句呢吧，有异性没人性，绝交吧。”

郁晏：“你没谈过恋爱，不知道女朋友多金贵，我不怪你。”

言易冰：“离我远点，我今年就能谈恋爱。”

郁晏：“呵呵。”

PCL 这种大型比赛前，都会有各种各样的采访和纪录片录制。

采访也分内采、战队互采和选手群采。选手的群采就有点论资排辈的意思了，热度高的选手坐前面，不出名的坐后面。四大豪门战队的队长自然是坐在第一排的。

每次选手群采，郁晏和陈驰会有意把言易冰和寒陌隔开，避免尴尬。但这次郁晏的女友丁洛也进了职业圈，郁晏肯定要去陪女朋友坐。陈延要退役，陈驰那人感性，这次肯定也时刻待在陈延旁边。

中心焦点似乎就剩他和寒陌了。

比赛当天。

孙天娇打扮得花里胡哨，眉飞色舞地跟各大赞助商聊感情，一边聊还一边扯着言易冰营业。

“这不是陈总吗？我孙天娇啊，您真是贵人多忘事，明年樱桃色青轴键盘的代言人物色好了么？

“哎哟，不是我说，您家这款键盘颜值太高，也就我们冰神配得上，您就看我们冰神这张脸，放娱乐圈都不逊色吧。

“冰神退役？搞笑呢吧，谁造谣，我们冰神什么时候状态下滑过，知道什么叫电竞圈的永恒之光吗？说的就是他。

“我们阵容绝对不变，代言特别靠谱，您看队服上这些 logo，合作两年了。

“好好好，回聊回聊，我们也忙呢。”

等人走了，孙天娇跟言易冰吐槽：“这帮老家伙，猴精，就想找代言费低还影响力大的，想什么呢。”

言易冰忍不住打了个哈欠，揉了揉笑僵的脸：“你继续聊吧，我不陪了，我去茶水间找点东西吃。”

孙天娇一扯他的手，严肃道：“小心点，别乱吃东西，咱带点心了。”

言易冰笑：“什么年代了，没事儿，我吃点水果。”

后台很乱，有兄弟战队的选手们一边喝茶一边联络感情，还有转会后昔日队友见面共话桑麻，采访间还没准备好，观众们也没进场，现在是属于选手的自由时间。

言易冰穿过人群，随便取了顶周边鸭舌帽扣在脑袋上，不打算跟任何人打招呼。

他很红，还是不少职业选手的心中偶像，每次一有这种场合，总是被人缠着走不了。被恭维多了也很烦，所以他准备躲起来。

录制纪录片的 Follow PD（跟镜导演）一直紧紧跟着他，镜头差点贴到他脸上，但言易冰脾气好，也理解人家工作需要，所以只是皱了皱眉，没说什么。

他一路走到茶水间。茶水间里备了各种糕点、水果、饮料，供选手和工作人员品尝。每隔十五分钟就有人来替换一波，食品安全经过严格检查，确保不会出任何问题。

言易冰很喜欢吃橙子，尤其喜欢橙子皮散发的那股清新的味道。

他到了茶水间，低着头，手插着兜，直奔水果台。水果台的确有橙子，只不过好的被人拿走了，剩下的都是不太好还沾满了汁水的。

他伸出手，顿了两秒，又把手缩回来了。再等等吧，反正一会儿就换了，他拿个卖相好的吃。

许瑞和宋棠也在茶水间。宋棠在喝咖啡，许瑞正好掰着橙子吃。

他见言易冰的手奔着橙子去了，赶紧站起身，把剥好的橙子掰了一半，抖了抖挤出来的橙子汁，准备给言易冰送去。

宋棠一扯他，嫌弃道："队长有洁癖，你剥的他能吃？"

许瑞恍然，又坐下了，小声道："我差点忘了，你给的腰果他都没吃。"

言易冰刚准备从水果台离开，一只手伸到他面前，掌心托着一颗卖相很好的橙子。橙子的外皮黄澄澄的，看起来就很可口。

言易冰的目光微抬，看向手的主人。

寒陌穿着 Prince 的队服，领口半敞，露出里面黑色的衬衫。他脸上没有多余的表情，眼睑微垂着，这种场合过于聒噪，寒陌喜静，越是喧闹他面色越冷。

但今天似乎……没那么冷？言易冰的目光再次回到他掌心。

他喜欢吃长得好看的橘子，最好上面不要有磕磕碰碰出的"伤口"，而且他也不喜欢橙子里的筋络，也不喜欢橙子瓣被挤压出汁，用他妈妈的话说就是非常公主病。

他还记得，寒陌每次剥橘子都能剥得特别完美，除掉所有的丝还能不弄破薄薄的内果皮。

他最开始想吃还不好意思问他要，后来熟了就直接上手拿了，寒陌也没说什么。作为报答，他家里有什么国外的特产，也会给寒陌带一份。

言易冰心情复杂。

但以他们现在的关系，还不到能坦然接受寒陌主动送东西的地步吧。虽然只是颗橙子。

言易冰假意推脱："寒神客气了，我手脏，你自己吃吧。"

随即，寒陌抬手直接把橙子塞到言易冰的口袋里。言易冰被他猝不及防的动作吓蒙了。

寒陌这才想到，这里是比赛后台，他刚才的动作，似乎有点冲动了。

橙子是他早就拿走的，看到言易冰在那儿找，想想之前练习赛的和平相处，就拿过来给他了。他吃了很多，所以不差这一个。下次换果盘还不知道要多久，等言易冰自己去问，不知道还要磨叽多久才能吃上。

寒陌开口道："不想要就还……"

言易冰却道："那就谢谢寒神的好意了。"

言易冰说完那句话，朝和寒陌相反的方向扭头，没想到猝不及防，正撞到 Follow PD 的镜头上。

他刚刚撞的那一下，还有来不及收住脚步的反应，都被镜头记录了下来。

言易冰：……这要去哪个监控室删？

许瑞和宋棠在一边坐着，全程看得清清楚楚。

许瑞惊呆了，手里的橙子都不香了，他喃喃问："啥意思啊，队长接受了寒陌给的橙子吗？"

宋棠淡定地抿了一口绿茶，云淡风轻道："给个橙子怎么了，又不是直接把整个塞他嘴里。"

许瑞憨厚一笑，抓了抓头发。他又闷头吃了半刻，动作一顿，反问道："不对啊，我们队长和寒陌真的和好了？"

宋棠思索片刻，沉着道："……应该吧？"

此时，言易冰已经高贵冷艳地推开镜头，从水果台离开了。他捏了两块小饼干，抿在嘴里，帽檐压得更低，让人看不出情绪。

许瑞秉着一颗求知的赤诚之心，大跨步走到寒陌面前：“你和我们队长和好了？”

寒陌皱了下眉：“为什么这么说？”

许瑞：“你刚刚给我队长橘子，不是讨好他是什么，我们队长很照顾别人面子的，估计等会儿就还你了！”

寒陌轻“呵”了一声。

恰逢此时，陈泽峰匆匆从外面跑进来，见到寒陌，他眼前一亮：“队长，可找到你了。”

寒陌目光微移，问道：“找我干吗，你休息好了？”

陈泽峰：“我哪儿睡得着，马上要群采了，主办方找你去呢。”

寒陌抬起手，拍拍他的肩膀，淡定道：“好，走吧。”

陈泽峰一边跟着他一边念叨：“你胳膊上那伤口什么时候好？路江河他们有从日本代购的创可贴，特别轻薄透气，我给你要一个？”

寒陌手插着兜，短促道：“不用。”

陈泽峰：“他们有挺多呢，不麻烦。”他以为寒陌不想欠人情，但创可贴又不是特别值钱，还是路江河主动要送他们的。

寒陌低声：“我这个就挺好的，你替我谢谢他们。”

REXUE

热血

CHAPTER 10

寒陌跟着陈泽峰来到群采间，陈泽峰站在门口：“那我先回休息室了哈，等会儿还有咱们战队的单采。”

只有少部分有名气的选手会被邀请来群采，陈泽峰虽然在豪门战队，但还不够格。

寒陌点了下头，扯了扯滑到一半的队服拉链，推门进了群采间。大部分选手都到位了，大家彼此客气，互相推诿，谦让着前排的座位。

以往都是四个豪门战队的队长坐在前面，但今年郁晏陪女朋友，主动坐在了后面，陈驰也自觉跟陈延坐在了一起。其他辈分低的选手不愿意冒这个头，都没坐第一排。只有言易冰辈分高资历深，心安理得地坐在前排玩指甲。

女解说还在说：“大家别这么谦让啊，都往前坐，不然前面太空了，郁神，陈驰哥？”

女解说是呦呦直播电竞区第一女神朵檬，不少男生的梦中情人。她才入行两年，已经飞快成为了解说行业的顶梁柱。

朵檬长相甜美可爱，经常一副日系萝莉的打扮，因为她和寒陌算在同一时期爆红，所以两人经常被放在一起组 CP，还有人给他们剪辑过同人视频，说寒陌看朵檬的时候满眼深情，比看电线杆子深情多了。

朵檬本人对寒陌也有点意思，因为他们在同一直播平台，朵檬还主动关注了寒陌。

当然，以寒陌如此高冷的个性，必然不会想起来回关。

言易冰低笑，杏核眼弯了弯，冲朵檬温柔道：“让他们往后躲吧，今年我一个人占一排。”

朵檬本人第一次做临时主持，有点紧张，手指一直不自觉地抓着裙摆。

言易冰不忍心让小姑娘这么拘束，所以尽量活跃气氛。朵檬感激地冲言易冰笑了笑。

Zero的队服是黑底配橙金渐变的条纹，言易冰穿着显得身形更加细瘦，皮肤白皙。

言易冰和朵檬对视，笑得很开心，眼睛弯得也漂亮，打光照下来，衬得他眼底碎光粼粼。

寒陌走进来，在跟言易冰隔着一个椅子的位置坐下。距离不远也不近，是最合适的社交距离。

言易冰的笑容收了起来，那股懒散随性的气息也消失不见。他坐直身子，不咸不淡地瞥向遮着窗帘的窗口，脸上挂着漫不经心的神情。心细的人能明显察觉到，他比刚才紧张了。

朵檬下意识看了一眼寒陌，抿了抿唇，不自觉地伸手，理了理挑染成红色的长发，声音也变得更清甜了些。

“那我们现在就开始了，大家看下镜头。”

朵檬蹭掉手心的汗，挂上职业性的微笑：“我刚刚得知，今年的抽签非常的巧合，我们Zero、CNG、AXE、Prince几乎算是均匀地分到了三个战区，这样也避免了前期互相淘汰。那其他战队的形势就要严峻许多了。”

朵檬的确是紧张，这话说的，得罪了不少战队。虽然大家都知道这四个战队最强，但明着说别人打不过就有点过分了。

电竞选手大多血气方刚，哪怕对朵檬的外貌很喜欢，但她这一开口，其他人就不愿意说话了。

缓和气氛的任务落在了四个战队队长身上。陈驰嘴笨，寒陌高冷话少，郁晏又带着女朋友，都不方便开口给朵檬解围。言易冰算了算，大概就剩他了。

他在心中微微叹气。小姑娘虽然长得漂亮，但到底年轻，因为人气高被推上主持的位置，还不太能处理得好。这段播出去，朵檬估计要被骂。

他笑：“其实都是一样的，大家水平都很高，而且今年增加比赛场次也是为了消除运气成分，我相信每个战队都会全力以赴，不管预选赛分到哪个战区。”

朵檬见终于有人说话，松了一口气。她刚才慌张得不知道该怎么办好了，所以下意识地把求救的目光投向寒陌，结果寒陌垂着眼，根本没看她。好在言易冰帮了忙，她心里隐隐感激。

朵檬瞄了一眼台本：“那我首先问一下冰神，你觉得米拉玛战区对 Zero 来说的优势在哪儿，这个战区的队伍谁会让你们比较在意？呃……我这里看到的，米拉玛战区的队伍有 JG、萤火、云浮、战马、猎狐、普新……”

朵檬念了一大堆战队的名字，言易冰唯独在听到普新的时候表情有了一丝变化。

普新。梁和风的昔日战队，雷明的现役战队。他前两天才辗转得知，雷明收到普新的邀约之后，前往普新俱乐部参加了一场“面试”。这场面试是为期三天的单排对抗赛，雷明和所有普新的现役队员。

雷明毕竟是 Zero 二队出去的，虽然和言易冰比水平差得远，但和普新的其他成员比，还是强不少的。

三天之后，普新管理层根据成绩，把雷明安排在了一队。随后，毫不留情地淘汰了一队的原有成员梁和风。

他们有假意问过梁和风，愿不愿意去普新二队，或者担当教练助理。但梁和风受不了那个屈辱，当即拒绝了。普新高层自然欢天喜地，毕竟梁和风已经二十五了，早就不能打了，而且直播的热度也就平平，根本不能给战队带来应有的利益，所以他们飞快地和梁和风解了约。

言易冰给梁和风打电话的那天，梁和风才刚把自己的东西搬出普新基地。估计梁母就是因为这件事受了刺激，才跑去言易冰小区门口堵他。

言易冰顿了顿，缓缓道：“也没有特别的优势，但 Zero 会全力以赴，希望能给大家带来一场精彩的比赛。”

这话说得太官方，朵檬也没什么可接的。她只好又转头问寒陌：“那不知道寒队长这次和 AXE 分到一个战区有压力么？”

朵檬眼神微颤，舔了舔下唇，显然很期待寒陌的回答。寒陌比她还小两岁，但看起来特别成熟稳重，身上又有一股冷冽的气质，让人忍不住想靠近。

言易冰看在眼里，忍不住羡慕。他不觉得自己比寒陌长得丑，为什么就没有寒陌那么招女生喜欢呢？这年头的女生为什么都喜欢又冷又傲的，非要去找气受吗？

寒陌的回答依旧省字：“没压力，会努力。”

陈驰也笑：“我们也没压力，反正早晚在总决赛遇到，不过今年的冠军我们是势在必得的。”

寒陌：“赛场见。”

郁晏：“不是吧不是吧，冠军跟你们有什么关系，CNG 拿定了。”

言易冰：“要点脸，我们俱乐部挂奖牌的地方都腾出来了。”

几大明星选手一拌嘴，气氛顿时轻松起来。其他人也跟着打趣：“冠军不能不带我们啊，我们也准备了超厉害的战术。”

“就是，让位吧前辈们，时代是属于新人的。”

肖诺：“不好意思，我们队长还小。”

宋棠：“叉出去。”

路江河：“叉出去。”

陈延：“叉出去。”

肖诺：“我开个玩笑哈，各位队长别当真。”

朵檬踮起脚尖，萌萌地蹦了两下，惊讶道：“哎，今年的后起之秀很多啊，大家都是什么契机进入这个行业的呢？都知道电竞圈很残酷，几千个人都不一定出一个职业选手，大家都是怎么有勇气放下其他事情专门搞电竞的？”

“以前熬夜在网吧看冰神打比赛，特别燃，就来了。”

“哈哈哈，看了电竞选手的工资就毫不犹豫地来了，我记得几年前有报道披露过冰神和几个大神的代言费，惊到我了。”

“我也差不多，我们同龄的基本都是看冰神比赛启蒙的吧，记得寒神也是这么入圈的。”

这人刚说完，才意识到寒陌和言易冰水火不容的关系。所以他猛地拍了两下自己的嘴，赶紧禁言了。

朵檬吐了吐舌头，强笑道："果然冰神是大家的前辈呀，大家都是受冰神熏陶入圈的，厉害厉害。"朵檬给言易冰鼓了鼓掌。

确实，当年言易冰是当之无愧的电竞第一人，他的爆红，简直是天时地利人和。

那时电竞行业还是朝阳产业，正在疯狂吸纳人才，庞大的粉丝群也需要一个精神支柱，他加入 Zero 没多久就赶上俱乐部老将退役危机，于是临危受命，力挽狂澜，彻底稳固住了 Zero 的地位。

这之后，跟他同期的选手大多数因病退役了，只有他身体素质强劲，状态一直没有大幅下滑，直到现在，还站在行业巅峰。他是真正可以担得起一个"神"字的。

言易冰笑着摇头："少来，这帮吹捧我的人一个也没到 Zero 面试过。"不然他也不至于找接班人找得那么辛苦。眼看着年轻有为的选手一个个被人签走，他也心痛过。

郁晏："啧，为你进圈也不一定是为了跟你做队友啊。"

陈驰附和："就是，整个一大少爷，规矩比战术还多。"

朵檬插话："如果是偶像的话肯定想做队友的吧，跟昔日偶像一起打比赛，想想都高兴。"

言易冰耸耸肩，佯装失落："对吧，所以他们都在骗人，没一个真把我当偶像的。"

"不，我是为了打败冰神哈，才不想做队友呢。"

"我也是哈哈，为了取代冰神的地位，我超有野心啊。"

"就当初知道自己实力有限，不想活在冰神的光环下，所以没选择 Zero。"

"其实还是想的，冰神，萤火欢迎你！"

朵檬精神一放松，顺口说道："这么说来，寒神当初去了 Zero 青训，也是为了提升自己吧，毕竟起点就这么高了。"

喧闹的群采间霎时安静了。言易冰嘴角微抽，心道，妹妹你长得是真不错，但是情商也真的不高。寒陌只把当初在 Zero 的经历当黑历史，你这样问，寒陌肯定不能喜欢你了。

就在所有人都以为寒陌会冷脸，气氛会就此尴尬下去时，寒陌冷不丁地开口，声音压得很轻，仿佛海水滚过细细沙粒，清冷低沉。

“为了，把神拽下凡。”

言易冰扭过头瞥了寒陌一眼，虽说这说法听起来怪怪的，但也没什么不对。谁不想超过前人呢，更何况寒陌已经在超越他的路上了。

群采结束之后，朵檬跑到言易冰身边道谢：“我太紧张了，多亏冰神帮我圆场，刚才……不好意思啊。”

言易冰背好外设包，随和一笑：“没关系，多主持几次就好了。”

朵檬掏出手机，紧张地摩擦了下手机屏幕：“我能留个冰神的联系方式吗，以后一起双排啊。”

言易冰想了想，点头：“行，你记下我手机号吧。”他的联系方式不少人都知道，没什么可隐瞒的。

朵檬个子矮，头顶只到言易冰下巴，所以言易冰跟她说数字的时候低着头，杏核眼微微垂着，单肩斜挎着外设包，一边的领口被肩带拉扯微微下滑，露出漂亮的锁骨。拍摄后窗帘拉开，阳光透过窗棂斜斜打在两人身上，仿佛添了一层滤镜。

另一边。

肖诺小声问：“队长，你刚才说那话的时候想什么呢？”

寒陌回道：“没什么。”

肖诺眨眨眼，往言易冰的方向看了看，小声道：“队长你……”

寒陌扭过头：“走了。”

言易冰跟朵檬交换完联系方式，确认微信里已经有朵檬的名字，刚准备把手机收起来。

朵檬随手点进言易冰的朋友圈，惊讶道：“冰神，你不发朋友圈啊？”

言易冰没有设置仅展示多长时间，也没分组分享，他单纯不喜欢发，以前发过的后来觉得没意思也都删了，所以他朋友圈里空白一片。

言易冰担心朵檬误会，还好心解释了一下：“没什么东西可发，不过今天比赛可能会发一下。”

朵檬客气道：“我可一天都要发十来条，你别嫌我烦啊。”

言易冰摇头：“不会，我还挺喜欢看别人发的。”

朵檬双手攥着手机，一抬头，就看到寒陌还没离开。其实刚刚寒陌走过来的时候她察觉到了，但因为在跟言易冰说话，她不好立刻做出反应。望着寒陌的侧脸，朵檬耳朵有点发烫。他刚刚向这里看，是不是对她还是有兴趣的?

朵檬小碎步跑过去，喏喏地叫了一声：“寒神，可以等一下吗？”

寒陌脚步一顿，皱着眉，面无表情地望向她：“有事？”

朵檬被他不耐烦的脸色吓了一跳，说话有些结巴：“就……刚才你没有生气吧？”

女生忐忑地抬起眼，美瞳撑得眼睛又亮又大，楚楚可怜地颤着睫毛。

肖诺在身后轻轻推了寒陌一把，闭着唇，细细哼道：“客气点队长，运动手环那个代言马上有合作的。”

寒陌这才舒缓了脸色，言简意赅：“没生气。”

朵檬松了一口气：“那我们加下微信吧，下月运动手环的推广细节到时候还得交流一下，赞助商把推流渠道定在我的直播间了。”

朵檬说得委婉，其实就是下个月 Prince 一队都要去她的直播间营业，而且是现场。

倒不是赞助商不重视战队这边的人，主要是寒陌话太少，金主也愁，这才找一个话多的女主播带他。

寒陌没动：“没有必要吧。”

朵檬微微一僵，她没想到会被寒陌毫不犹豫地拒绝：“呃……确实是有些流程需要沟通，有微信方便些。”

肖诺立刻出来打圆场：“有必要，当然有必要，现在谁工作不用微信啊，只是我们队长平时的时间都用来训练了，几乎不玩微信，他跟不上时代了。”

在肖诺的催促下，寒陌到底还是把朵檬的微信给加上了。加好后，他也没寒暄几句，直接带着肖诺走了。

宋棠凑到言易冰身边，望着朵檬和寒陌的方向，喃喃道：“刚才你和朵檬说话的时候，寒陌和肖诺一直看着你们那边，你说他俩是不是在八卦。”

言易冰失笑：“他们能八卦什么啊，肯定是为了看朵檬啊，你没看朵檬立刻就过去找他了吗。”

宋棠摸了摸鼻尖，迟疑道："是吗，我看错了？"

正在这时，后台广播响起："请米拉玛战区的队伍到备战间准备。"

看来摇号的结果已经出来了，今天先比的是沙漠图。言易冰收敛笑容，淡声道："开始了，准备吧。"他扶好外设包，扯了扯下滑的外套。

去备战间的路上，不可避免地碰到其他米拉玛战区的战队。萤火队长笑着跟言易冰打招呼："冰神，一会儿手下留情啊。"

言易冰笑："少客气了，你们这个阵容准备一年了吧。"

萤火队长："哈哈哈不要戳穿嘛。"

猎狐的方锐也凑过来："今年的战线好长，前辈们不要在预选赛拼尽全力嘛，留点力气给后面的 Prince 和 CNG 嘛。"

言易冰一边走一边懒洋洋道："不拼尽全力怕赢不了你们。"

他们私下里都很熟，玩笑也经常开，说话轻松自在，半点没有即将上战场的紧张感。

唯独撞到刚出休息室的普新战队时，交谈声默契地停了。普新水平一般，也没有明星选手，所以群采时没人受邀，他们一直待在休息室里没出来过。

言易冰一眼就看到了站在队伍中间的雷明。雷明低着头，脸色有点差，抓着外设包的手攥得紧紧的，包带都被他捏得变形了。

言易冰看到他，眼神还是有点刺痛。但那种酸涩只是一闪而过，他随即莞尔一笑。只是缘分尽了而已，这行每年都有走向分别的战友，也有变成战友的敌人。

普新其他几个人都是老油条了，看到言易冰还一脸笑嘻嘻。他们的队长刘隋用肩膀撞了撞雷明，吊儿郎当道："怎么，不跟你前队长打个招呼？"

雷明闻言，脸上的肌肉跳了跳，不自在道："赶紧走吧，我着急检查设备。"

刘隋却半点不着急，他嚼着口香糖，嘚瑟一笑："冰神，说起来我们普新跟你们 Zero 特别有缘分啊，好像我们战队两个选手都是被你们淘汰过的，哦，一个已经退役了。"

雷明脸色一沉，冷言冷语道："你有完没完，不走我走了。"

刘隋耸了耸肩："那一会儿赛场见了。"

言易冰沉静地看着他，轻慢地一笑。他已经很久没见过这种拉仇恨的方式了，但小战队为了博出位还是挺努力的。

普新一直都有走旁门左道的恶习，联盟里不少战队都嫌弃他们，所以听说雷明去普新的时候，言易冰还为他惋惜过。不过这都是雷明自己的选择，他没资格评价。

进了备战间，言易冰走到自己的位置，卸下外设包，稍微活动了下手指，冲三个队友道："打起精神，尽量别犯小错误，但是也不用太拼，后面还有那么多场等着。"

他这话是说给傅海峰听的，傅海峰的耐力不如以前了，前期消耗太多后面会非常费力。

言易冰的意思，预选赛可以让傅海峰歇歇，到总决赛再发力。至于他自己，自然是要全力以赴的。

宋棠和许瑞都懂他的意思，插好键盘和鼠标后，宋棠自信一笑："放心吧队长，这些队伍咱们应付得来。"

言易冰只是轻轻点了下头，嘱咐道："别轻敌。"

所有队伍确认检查好外设，戴上了耳机，进入自定义房间。硕大的"米拉玛"三个字，出现在观战大屏上。

前台解说台，朵檬和两个男解说已经坐好，正在给观众介绍这些战队的情况。

谈起普新，男解说笑了笑，意味深长道："神奇的战队啊，这是我见过的第一个靠直播养活全战队的模式，看来对电竞是真爱啊。"

朵檬含蓄道："我听说他们今年又给联盟捐了不少建设费，为了获得 PCL 名额也是很努力了。"

男解说："哦，我们看到今年普新的阵容里出现了新面孔，是 Zero 二队的队员雷明，雷明这个选手一直是稳扎稳打，实力还是有的，普新进了一位强劲的大将啊。"

朵檬："我也是很期待他们今年的表现了。"

大屏上，很快刷新了航线。

男解说："哦吼，这个航线还是很友善的我觉得，其实 Prince 如果分到这个战区的话，比较占便宜，他们在米拉玛一向发挥得很好。"

朵檬：“对的，尤其是寒陌。”

男解说：“哎，应该是陈泽峰吧，看来你对寒陌很偏心啊。”

朵檬脸一红：“不要开我玩笑，我们看到 Zero 跳了他们熟悉的电厂，看来也是不想前期刚枪损耗啊。”

男解说：“对，Zero 走的是稳扎稳打的路线，毕竟是积分赛，如果不出意外，Zero 赢四把基本上就可以确定获得进下一赛段的名额了。”

朵檬：“这个圈形，估计会缩到环形山附近啊，JG 这波很有优势了。”

男解说：“哎，我们看到普新竟然也跳了电厂，雷明这是要跟老东家硬碰硬吗？”

宋棠在高处报位：“队长，两个队伍。”

言易冰沉着道：“我去抢物资，许瑞给宋棠架枪掩护，海峰去控载具。”

这是他们一贯的套路，大家已经配合得很默契了。

言易冰让许瑞给宋棠掩护，是确信傅海峰不会有危险。一般队伍落地都是先去搜物资，在控住局面后才会顾及载具。只有两个队的话，言易冰有信心让他们应接不暇，绝对没工夫去骚扰傅海峰。

傅海峰一落地就直奔载具刷新点。沙漠图太大，没有称手的载具会非常难受，所以抢车也是非常重要的一点。

言易冰和许瑞落地后迅速摸枪，许瑞不贪恋物资，拿到枪后飞快保护起宋棠，言易冰则跳出去跟那些刚落地的队伍对枪。

言易冰刚用大喷扫掉一个人，宋棠已经落地，正准备奔他而来。而许瑞则向傅海峰的方向冲去，打算汇合。结果下一秒。

“我真是……”傅海峰愤怒地吼了一声，重重地砸向键盘。

言易冰一愣。紧接着，击杀公告出来。

“Zero-haifengfu 被手榴弹碎片淘汰了。”

傅海峰因为涉嫌影响比赛现场，被监督员警告一次。

言易冰深吸一口气：“谁？”

傅海峰咬牙：“普新，他们把车也炸了，一群疯子。”

许瑞赶过去已经来不及了，他只能看到一片缓缓消失的火光。刚开局就淘汰了一个队友，他们之后没法占山头了。许瑞的热血上涌，借着掩体向傅海峰死的地方走。他想，再不济也得把普新那个扔手榴弹的人带走，给傅海峰报仇。

言易冰凝眸思索片刻，突然急促道：“许瑞，回来！”

许瑞咬着牙，牙齿被他磨得咯吱响：“马上。”他这次没听言易冰的话，反而离车辆爆炸的地方越来越近了。

果然，那个经常用来收过路费的山头上人影一晃。许瑞冷笑，他就知道在这儿。

傅海峰盯着许瑞的视角，总觉得有什么不对。他被炸死的确是意料之外的事，但回想之前的感觉，似乎……手榴弹不是从山头方向来的。

许瑞已经开枪了。他只有一把冲锋枪，三十枚子弹，但对死一个人他觉得足够了，更何况对方还是普新这种垃圾队。许瑞定好预瞄点，拎着枪冲了出去。冲锋枪全自动连射，子弹声密集得像鼓点。十多发子弹射出去，普新的狙击手应声倒地。

许瑞甩了甩手腕，深吸一口气。也算是给傅海峰报仇了。他才刚想这一句话，右后方突然又响起了枪声。

许瑞意识极强，猛然回头抬枪扫射。子弹只剩十多发，他硬是用十多发子弹打死了两个人。但还是不行，因为普新有三个人。

最后是雷明将他爆头的。

许瑞黑屏后，才发现这是普新的圈套。他本以为普新也会有战术，比如两个人去抢物资，两个人做别的。但并没有，他们从头到尾的目的，就是不惜一切代价跟 Zero 极限一换一。能做到这一点，还多亏了熟悉 Zero 一切战术的雷明。

普新特意针对 Zero 研制出了这个套路，他们不在乎自己损失多少人，只要让 Zero 减员就是最大的成功。

他们的目的，也并不是拿到晋级下一赛段的名额，因为他们知道自己没这个水平。他们只想在比赛里尽可能炒作，成为舆论焦点，给他们后续的直播带来可观的收益。

这一幕之后，Zero 的粉丝想必都会涌去普新直播间贡献弹幕了。

许瑞一扯耳机，憋得满脸通红：“雷明他有病啊！”他怕被监督员抓，所以说话的声音很小，但在耳机里的队友却听得清清楚楚。

言易冰冷冷道：“我刚才说让你回来，你干什么了？”

许瑞抹了一把脸，无地自容。

言易冰深吸一口气："宋棠别避战了，计划变了，尽可能拿人头分。"

男解说委婉道："啊这，Zero 这波真的很伤啊，才开局两个人没了。"

朵檬："普新这是杀敌八百自损一千啊。"

男解说："这个……就是他们想要的吧，我仿佛听到 Zero 的粉丝在骂了。"

后台观战间，孙天娇气得跳脚："我就该去找雷明要解约费！"

Zero 教练扯住孙天娇的脖领："冷静点，虽然他们阴，但毕竟没犯规。"

孙天娇："他把我们的战术习惯全告诉普新了，我说普新怎么能给他这么高的签约费呢，呵，我大风大浪见惯了，居然在阴沟里翻船，这件事没完！"

肖诺看了寒陌一眼："雷明也太没底线了。"

陈泽峰："Zero 肯定气疯了，普新就是想靠越级碰瓷出名，现在他们成功了。"

漠贝唏嘘："许瑞心态都炸了，就连那么稳重的傅海峰都吃了一个警告。"

肖诺："没道理啊，雷明很恨 Zero 吗？"

陈泽峰："就是，我听说冰神对他挺好的呢，上次表演赛还给他机会，说他赢了队长就可以进一队什么的。"

漠贝："别的倒没什么，只是吃了这么大的伤害，冰神之后必须得抢人头了，他都二十五了，后面还有那么多场……"

哪怕言易冰的战绩再稳定，但年龄的增长总不会完全不留痕迹。损失了两个人，圈形也不占优势，这局 Zero 打得会非常吃力。

寒陌紧紧盯着转播电视，眼皮深深折起，眸色幽深。

半晌，他淡淡道："不算什么。"

三个人齐齐看向寒陌。以寒陌和言易冰的关系，此刻应该拍手叫好。但寒陌一点没有幸灾乐祸的意思，他盯着屏幕，低声喃道："他可是言易冰啊。"

宋棠低低喊了一声："队长，我想先把雷明打掉。"

宋棠心里的怨气和其他人有所不同。雷明和他是同期，曾经在一个青训营打拼过，彼此躺在草地上，一边喝啤酒一边畅聊过梦想的，那时他们的梦想都绕不开 Zero 这个名字。

宋棠之前一直不知道寒陌的离开是雷明做的手脚，相比于言易冰的心寒，他其实更痛心。

那时他还拉着雷明的手郑重其事说过，一定要让被寒陌放弃的 Zero 在他们手中变得越来越好。

雷明那时候怎么表演的？雷明涕泗横流，脸红脖子粗，指着天花板发誓："我要让有我雷明的 Zero，变成最好的战队。"

宋棠信了。虽然雷明后来被分到了二队，但宋棠却始终坚信着，雷明是他的战友，他们对战队，对队长的感情是相同的，他们炙热且纯粹。

可后来宋棠才知道，寒陌从不想放弃 Zero，当年他只是被迫做了选择。而那个跟他一起醉倒在草地上发誓的雷明，背叛起 Zero 来是如此驾轻就熟。不亲手把雷明打掉，宋棠出不了这口气。

言易冰厉声斥道："比赛不是给你泄私愤的，你把电竞，把对手当作什么了！"

宋棠咬着干涩起皮的嘴唇，深吸了两口气，尖锐的疼痛刺入他的神经，让他高涨的情绪稍微冷静下来。

他知道雷明不值一提，也知道积分才是目的。但他实在没有言易冰的定力，能在这种情况下都做到绝对理性。

言易冰抬枪扫射，快速走位，打掉 TZS 战队的明朗。

雷明知道自己装备和实力都对不过言易冰和宋棠，现在已经不知道跑哪儿去了。宋棠这时候不追，等于放了他。但宋棠也知道，不能因为雷明打乱自己的节奏。雷明光脚不怕穿鞋的，他们可不一样。

言易冰淡声道："去圣马丁，我来卡圣马丁出口，你去山头架枪掩护我，锁马路。"

宋棠知道，言易冰这是要和对方硬碰硬了。他不由得开始热血沸腾。

在他还没入圈的时候，言易冰就是突击手，而且打法又莽又狠，和本人的长相完全不相符。

少年总是会被生死搏斗的热血场面吸引，所以当初言易冰积累了不少粉丝。

可宋棠入行之后，言易冰却开始改变战略，变得稳扎稳打了。虽然 Zero 在比赛中没那么燃了，但成绩却一直稳步上升。

这些年言易冰承受了不少骂声，粉丝说他年纪大了，忘了年轻时的意气风发，再也没有了电竞人的刚猛传承。

但今天，宋棠恍惚看见了曾经的队长。那个无所顾忌，让所有人热血沸腾的 ICE。

言易冰换了把 M762，侧身打靶，极限压枪，硬生生打爆了一辆越野车。翻滚的火光像鲜花一样盛开，伴随着两条击杀信息。言易冰侧身躲入掩体，装弹，上药。

男解说激动得差点站起来："一波带走萤火两员大将！非常漂亮的一个扫车，我们看到冰神的子弹并不多了，其实他一直在省弹，M762 在没有配件的情况下依旧压得非常稳，想必冰神的鼠标都快滑到桌子底下了！"

朵檬："是的，Zero 减员严重，往常两个人守的中心城出口如今可就只有他一个人啊！而且他的装备并不好，连扩容弹夹都没有！"

男解说："冰神去搜萤火的包了，我们看看萤火会不会……萤火真是'职业快递员'啊！两个人把冰神的背包喂得饱饱的。"

朵檬："冰神这把是要燃起来的节奏啊，萤火另两位队员摸过来了，冰神一对二有获胜的可能吗？"

男解说："按理来说这种情况应该进行一波避战，毕竟两个人头已经占尽了便宜。"

寒陌淡声道："他不会。"

陈泽峰持怀疑态度："为什么不会，萤火可不是废物，冰神位置都暴露了，两个人怎么也对死他了。"

寒陌："还有宋棠。"

言易冰对队友绝对信赖，哪怕山顶只有宋棠一个人，他也会放心大胆地冲上去。

陈泽峰："虽然有宋棠，即便宋棠能及时捕捉到萤火的位置，即便他枪法准，可距离这么远，还是萤火先打死言易冰更容易吧，冰神这是图什么呢。"

寒陌嗤笑："你看他训宋棠训得那么溜，其实他心里比谁都气雷明，雷明可是他钦点的，留下取代我的人，最后却是这个结果。"

陈泽峰：“可是冰神放过雷明了啊。”

寒陌靠着椅子，跷着腿，一扬下巴：“看击杀信息，他从来没想放过雷明。”

击杀公告上，是触目惊心的刷屏——

“Zero-ICE 使用 M762 突击步枪淘汰了 TZS-ming。”

“Zero-ICE 使用 M762 突击步枪淘汰了 YH-hero。”

“Zero-ICE 使用 M762 突击步枪淘汰了 TH-xiaohei。”

“Zero-ICE 使用 M762 突击步枪淘汰了 ZL-changhe。”

……

报复雷明最有效的办法，不是打掉他最后一滴血，也不是将他淘汰出游戏。言易冰要他活着，活着亲眼看到这些击杀公告，看着那个他主动离开的队伍，那些被他绞尽脑汁算计的前队友，在折损两人的情况下，依旧可以所向披靡，让人望尘莫及。不管是四个人，两个人，还是一个人，Zero 永远会是第一，永远是他可望不可即的。

雷明依旧存活，但他已经彻底丧失了斗志。他戴着耳机，耳机里枪炮声不断，而他躲在红砖房的角落里，双眼猩红。

一次次刷新出的击杀信息，仿佛利鞭鞭笞着他的脑神经，太阳穴猛烈跳动，伴随着不断压迫的缩圈时间，蔓延出应激性的疼痛。毒圈越来越近，他已经来不及跑了。

刘隋暴躁地吼他：“看什么呢！跑啊！你说不定能活到前五名，普新从来没到过前五名！”

雷明冷笑，嗓音沙哑：“有意义吗？”

毫无意义。第五名还是倒数第一，对他来说都是一样的，那就是拿不到通往下一赛段的名额。

刘隋：“你有病吧，你就那么想拿倒数第一？”

雷明猛地甩开鼠标。游戏里人物的视角扭曲，正对着墙面。毒圈终于从他身上碾过去，血线一点点下掉。他知道自己可能会被判消极比赛，但他实在是撑不下去了。

他已经允许自己如此卑鄙，但还是扳不倒 Zero。普新的目的是碰瓷炒作，他的目的，只是让 Zero 付出代价。但他又失败了，哪怕他知道 Zero 所有战术所有习惯。

这一刻，他终于深刻地感受到了言易冰的强大，神之所以是神，他居然此刻才能领悟透彻。看来当初偶尔队内竞技时，言易冰没少留情啊……

男解说激动道：“真的是……太强大了，这就是上一代的巅峰实力吧！”

朵檬：“冰神一举打破了 JG 两个同心天选圈的运营！噢，我们看到雷明被毒圈淘汰了，咦他没有载具吗，好可惜，如果能多撑一会儿，普新会拿到一个非常不错的名次。”

男解说：“雷明此刻的心情一定是非常复杂。好了不说他，冰神已经往决赛圈走了，他能赢吗？”

朵檬：“宋棠被 JG 小杰一换一，现在就剩冰神一个人了。”

男解说：“还剩五个人，猎狐和 OD 打起来了，谁会去劝架？这时候劝架等于暴露自己，但不上的话冰神和 JG 的位置都不是很好。”

朵檬：“三个人，缩圈已经停了，不能再躲了，大家都开始扔起手榴弹了，位置马上就会被猜出来！”

男解说：“来了来了来了！冰神冲了，丝血打倒 JG！一对一来了！”

男解说激情澎湃：“燃烧瓶！这时候居然有燃烧瓶！哎呀燃烧瓶的伤害不足以一波带走的，可惜方锐已经没有队友扶了！言易冰赢了！恭喜 Zero！”

朵檬：“这一场真的是绝地逆袭险象环生啊！第一场比赛就这么精彩，也是为 PCL 赛事开了一个好头！”

男解说：“是的，那我们也希望普新可以在接下来的比赛里好好表现，端正比赛态度。”

游戏结束，言易冰是当之无愧的 MVP，本场他给 Zero 赢得了一百九十分的高分。

金黄色的“吃鸡”大字在面前闪耀，言易冰松开鼠标，手指不受控地微微颤抖。

他深吸了一口气，按住手腕，用力揉了揉。赢是赢了，但消耗太大，连肩膀都被牵连得隐隐作痛。但他一点也不后悔，这就是，他想要的结果。

当天还进行了其他战区的比赛，但最为热议的，还是普新套路

Zero 的这场。论坛里已经被截图刷屏了。

“太强了！我爱的男人世界第一强！”

“我真的哭了，我仿佛看见了曾经的那个人，懂的都懂。”

“最好的队长，我永远爱 ICE。”

“太燃了，我正准备去普新直播间，本来二百小号都开好了，但现在不用了哈哈哈。”

“不堪一击的蝼蚁，雷明去了，也只是大点的蝼蚁。”

“他还在，冰神的时代永不消亡！”

言易冰难得发了一条朋友圈——

“纪念，PCL 第一场。以及，本人以后绝不质疑孙天娇的选人眼光，立帖为证。”

其他职业选手也纷纷发朋友圈调侃。

郁晏：“啧，多大的人了，火气真大，看看这惨烈的降维打压。”

陈驰：“你的身体还真是好，这么损耗都不惧。”

方锐：“你是认真的吗，给我打傻了。”

路江河：“心疼雷明。”

寒陌：“小心手。”

朵檬：“哈哈哈今天职业圈约好了一起营业吗，就差寒神了，期待。”

言易冰刷到朵檬的朋友圈，一脸问号。如果不是他眼瞎，明明下一条就是寒陌的朋友圈，发布时间才过两分钟。

言易冰轻笑，冲宋棠道：“真是被偏爱的有恃无恐，寒陌居然把朵檬屏蔽了。”

宋棠凝眉，莫名其妙道：“什么屏蔽了？”

言易冰懒得解释，不耐烦道：“朋友圈，你没有朵檬好友？”

宋棠迷惑：“不是，寒陌发朋友圈了？我一直刷呢，怎么没看到啊。”

言易冰：“你也被屏蔽了？”

宋棠一脸屈辱：“我就知道他烦我！”

言易冰：“算了算了，也不是什么要紧事。”

宋棠一脸愤愤不平道：“……我也去把他屏蔽了。”

言易冰：……

GUANJUN

冠军

CHAPTER 11

十五天预选赛结束，共有二十四支队伍挺进淘汰赛，淘汰赛紧锣密鼓地比完三天，剩下了十六支队伍。

普新在预选赛就被淘汰了，输得很难看，但他们丝毫不以为耻，反而趁着话题度正高的时候加班加点地直播。

直播间显而易见的比往常火，特意注册小号来骂他们的就占了一半。刘隋他们看着入账的虚拟币眉开眼笑，只有雷明直播了一天后终于坚持不住了，在骂声中直接拔了网线。

论坛还讨论过两个帖子，或唏嘘，或嘲讽，但很快，这两个帖子也沉了下去，因为 PCL 比得如火如荼，没人关心雷明这种边缘选手。

终于到了最后的总决赛，同样十五天，对选手的体力、耐力、心态都是极大的考验。傅海峰已经扎上针灸了，言易冰也是格外疲惫，一有休息的时间就倒在床上闭目养神，多一句话都懒得说。

总决赛第一场，Zero 在天命圈赢了一局， 拿到了开门红。后两场，CNG 后来居上，积分榜开始变化。AXE 和 Prince 同样不遑多让，榜单积分咬得很紧。顶尖的职业选手水平相差并不多，比赛的胜负主要看选手的状态。

直至比到后几局，Zero 的傅海峰，CNG 的付概震，还有 AXE 要退役的陈延都因长期疲累出现状态下滑，战队运营也出现了缺陷。

言易冰站在废墟山头，一边装弹一边走位，Zero 如今只剩下他一个人，而山头对面，至少传来了三个人的脚步声。

言易冰的手腕发酸发麻，精神高度戒备，耳机贴着太阳穴的位置，被薄薄的汗水打湿。

一对三，他处在下风，唯一一点好处，就是所在的位置还不错，只要频频后拉，山头就能帮他挡住子弹。但这种优势并不会持续太久，只要对方拉开枪线，从左右两方后绕，他必死无疑。

大屏切换到他的视角，男解说不由得屏住呼吸："哦，冰神被云浮战队包围了啊，云浮已经听到了脚步声，但还在犹豫，哎呀云浮不该犹豫了，这时候左右拉开枪线，冰神就完了！"

朵檬："我猜云浮视角受限，前期信息吃得不足，导致他们没法确定山头后面究竟有几个人。"

男解说摇头："不是的不是的，我认为他们已经知道对面是 Zero 或 CNG 的独狼了，但是不管是言易冰还是郁晏，他们都没有信心可以不减员收割，所以才在犹豫。"

朵檬："哎呀，打掉这两个人哪怕减员也赚了啊！"

男解说："云浮今年的目标是挺进前六，获得东亚对抗赛的资格，他们丢不起人头分了。"

言易冰却不能再等了。他一咬牙，卡住反斜，瞄好预判点，冲出去快速几枪打在云浮其中一个队员身上。但与此同时，他也受了攻击。

言易冰瞄了一眼血线，并不恋战，一边走位一边回拉，又从山头另一角冲出，再打几枪，总算补死一个。

宋棠心提到嗓子眼儿，低呼道："队长，他们绕了！"

言易冰从侧方冲出，扛着血，抬枪腰射，又将一人打倒。见人倒了，他这才松了一口气，飞快避到坡后。

此刻他的头盔和护甲已经废了，血线也只剩下三分之一。但他根本没空打药，方才如果不是平底锅护着，他就被云浮最后一人打死了。

他的运气真的很好，不仅捡了平底锅，还有快速扩容弹夹。多了十发子弹，给了他喘息的机会。言易冰再次冲出去，以丝血的优势勉强淘汰云浮，但此刻他也弹尽粮绝。

临近决赛圈，他已经没有足够的机会补足装备，最后被陈驰在远点狙掉。即便如此，他也拿到了能拿的所有分数，一打三更是留下了个神操作模板。

男解说：“哎呀，漂亮的一打三，不愧是冰神啊，坚持到了现在，多拿了三个人头分。”

朵檬：“是的，冰神真的是 Zero 不可或缺的存在，有他在就好像有了主心骨。”

男解说：“但 Zero 对冰神的依赖也让人担忧，冰神这么拼，对自身的消耗也是很大了。”

朵檬：“冰神保重身体啊。”

这场最终的赢家是 Prince，寒陌用手榴弹淘汰掉了 AXE 的陈驰。

积分榜再次变化，此刻排名第一的已经变成了 Prince。

最后一场，又刷新了萨诺图。很巧的是，寒陌被困在了与言易冰几乎相同的反斜，而他对面，是猎狐的满编队。比上一场言易冰的境地更凶险的是，他甚至还没有三级头甲。

就连朵檬都忧心道：“寒神这波危险了，如果可能的话，还是避战保名次吧。”

男解说点头；“一打四，在整个联盟比赛史上都很少出现，这次可是天谴圈，如果寒神这么早被淘汰的话，总积分就要被 CNG 反超了。”

朵檬：“寒神应该是要避战了，但猎狐肯定会紧追不放。”

紧接着，寒陌抬枪冲了出去。

朵檬：……

寒陌的枪不错，他现在有一把霰弹枪和一把 M4，他先是分辨了下脚步声的距离，离得远的，用 M4 爆头，离得近的，用霰弹枪硬扛。

男解说惊呆了：“绝了，我们寒神果然是年轻任性啊，我从没看过手速这么快的走位，真就没被打到几枪！”

想要在快速走位的同时压枪打准敌人，相当于把大脑分成两个用，分别操控着左右手，且彼此互不影响，配合默契。

朵檬解释道：“打个比方，理论上说寒神可以左手写语文作业，右手算数学题，完成度还要和其他同学一样好，简直是不可思议的操作！”

这局最终是寒陌留到了最后，单兵赢了这局，稳固住了第一的位置。

这也是 Prince 第一次在 PCL 赛事上获得冠军，但似乎没人觉得意外。早该是 Prince 了，不是这次，也是下次。这支队伍足够年轻，足够强。

他们刚出现时，或许有着这样那样的毛病，全凭一腔热血猛冲猛刚，导致成绩极度不稳定。但两年过去了，每次出现，他们都会弥补一部分缺陷。现在的 Prince，已经趋近完美。

CNG 和 Zero 并列第二，AXE 第三，其他获得东亚对抗赛资格的队伍有猎狐和 TZS。

比赛结束，寒陌捧起小金杯，一如既往的淡漠冷静。在粉丝的喧嚣声中，他接过话筒，目光深沉飒沓，薄唇轻抵冰凉的金属网罩，狂妄不羁道："这是，属于 Prince 的新时代！"

"我哭了！太燃了！"

"Prince！ Prince！"

"寒神！寒陌！我爱你！"

"第一！第一第一！"

……

寒陌抬起胳膊，高高举起金杯，漫天彩花飘散而下，落在他手背、肩头、领口、发梢。

绚烂的灯光照耀，彩花熠熠生辉，朦胧光晕将寒陌照在当中，他的影子，在舞台上留下永恒不灭的痕迹。旧时代永不消亡，但新时代终将到来。

言易冰在后台看着，那个曾经他站了不知道多少次的位置，如今属于寒陌。这并不代表 Prince 就比 Zero 强了，只是比赛强度骤然加大，他的队员没能适应。

他以为自己会郁闷、懊恼、自责，但似乎正相反，他很愉悦。那个总是爱跟在他身后，被他训得沉默不语的少年，最终成了新时代的航标。

寒陌不认他、恨他、欺负他都没关系，因为他知道，他有多希望寒陌能带着 Prince 过得好。

当晚，Zero 召开复盘会，经理孙天娇也破天荒地跟着旁听。

言易冰一边嚼着旺旺仙贝，一边看着大屏。他的表情很悠闲，跷着腿，有一搭没一搭地颠着。

教练并未苛责他们，其实这次大家表现得都很好，尤其是言易冰，几乎已经打破了他自己的原则，为了得分，无底线地消耗自己。

“别灰心，Prince 他们全员年轻，待机时长比咱们强，PGC 全球赛就不一定了，但接下来，你们还得配合着打好东亚对抗赛。”

傅海峰低着头，沉声道：“是我的错，后面我实在是不在状态，犯了好几个蠢。”

许瑞暴躁地抓抓头发：“我太冒进了，从预选赛开始，队长说得对，我稳不住。”

宋棠：“你们别这样，我也有错，有两局，我把许瑞给卖了。”

言易冰笑笑，懒散地揉了揉肩膀：“行了，别抢着背锅了，谁都能找出一堆错来，Prince 也一样，大家都不是圣人，没必要输了比赛就否定自己。”

孙天娇也道：“对，咱们的实力还用说吗，比赛这东西，一年年的，冠军要总是一队人还有什么意思。”

教练挥挥手：“这段时间很累了，给你们放一个月假，旅游探亲什么都行，去休息吧。”

许瑞、宋棠、傅海峰拎着外设包走了。宋棠家在外地，还要赶高铁。傅海峰也要回江北看父母。许瑞跟同学约好了聚餐，八点开始，他已经迟到十五分钟了。就言易冰闲人一个，待在会议室里始终没动地方。

大屏仍在播放着比赛视频，正放到寒陌一打四的片段。言易冰弯着眼睛，冷不丁冲孙天娇道：“当初要是你，肯定不会放寒陌走。”

孙天娇瞧了他一眼，知道他没有看起来那么轻松，于是立刻吊儿郎当道：“这都两年了，谁管当初怎么样，寒陌也就那样。”

言易冰哼道：“得了吧，我知道你看人很准，背后没少骂我正义感过剩吧。”

孙天娇立刻严肃道：“我是觉得寒陌不错，但在我心里，最重要的还是你，你都那样了，我肯定得放弃他啊，这事儿最后我做决定也是这样。”

言易冰擦了擦嘴，抿了一口啤酒：“认真说，你觉得我小题大做吗？”

孙天娇顿了顿，把他递过来的啤酒接过来，猛灌了一口。他认真道：

"你没有小题大做，但我有大事化小的能力。"

言易冰失笑："好，我懂了。"

孙天娇叹了口气："你这人，对谁都真心，对谁都想公平，但一个人的力量，哪儿能面面俱到呢？所以你千万不能开公司，不然非得赔惨了。"

言易冰深吸一口气，用手指蹭了蹭唇边，叹道："雷明那件事，是我错了，我该听你的。"

孙天娇被啤酒辣得嗓子疼，他清了清喉，手指挤压着易拉罐，压出"噼啪"的声响。

"说实话，你非要留下雷明，是不是因为梁和风？"

言易冰晃神片刻，沉默不语。

孙天娇："你想向我证明，哪怕不被我看好的选手，只要用心，肯努力，也可以给 Zero 带来辉煌，我惨无人道的清退手段，是有可能遗失明星的。所以即便雷明人品存疑，你还是想给类似梁和风这样的选手一次机会，你始终觉得自己对他有所亏欠。"

言易冰目光微垂，低笑："以前或许吧，毕竟这事儿落在谁身上，都不可能毫无负担。"

当年，言易冰只是梁和风的伴读。拿到 Zero 邀请的是梁和风，首先接触 PUBG 的是梁和风，把这个游戏教给言易冰的也是梁和风。言易冰只是在学习闲暇之余放松心情，跟着他一起来到 Zero 旁听。

最开始，梁和风还一边打一边给他讲重点，剖析战术，研究打法。到后来，言易冰玩得尽兴，一时激动冲了个韩服前五，而懂得无数理论知识的梁和风却再也打不过他了。

言易冰那时候还不把打游戏当回事，他脑袋里想的，是报清华还是北大。

直到当时 Zero 的队长问他："想打职业吗，想做电竞选手吗，想成为 Zero 的一员吗？"

一连串的问题把言易冰给问蒙了。他的确喜欢这个游戏，也觉得打职业是个很酷的事，还觉得拥有大批粉丝非常美妙。可这不该是他的机会，梁和风为此努力了那么久，按照综合积分排名，梁和风在所有青训生里排第二。

当时 Zero 打出的广告称，会择优选择两名选手着重培养，后续跟了一条，以实际情况为准。如果他进了，是不是就占了二分之一的名额，梁和风就没有希望了。

言易冰问：“我要是进了，我哥们儿能进吗？”

Zero 的队长并不想欺骗他，直截了当道：“不能。”

言易冰当即拒绝：“那我不来，我要回去高考。”他态度十分坚决，即便自己会有遗憾，但也不能影响梁和风的前途。

孙天娇那时候还是 Zero 的经理助理，刚工作没多久。听说战队想要的人不愿意来，他主动请缨去劝言易冰。

言易冰还记得孙天娇当时气定神闲的模样。孙天娇特别笃定道：“你肯定会留下来的，你现在还想象不到，你在这里会实现多大的价值。”

言易冰冷笑：“抱歉，除非我哥们儿留下，否则我不可能留，鸠占鹊巢，我以后还做人吗？”

孙天娇一点都没着急，他慢条斯理地拨弄着合同，在言易冰面前一页页地翻着。

他精明地笑着：“实话告诉你，哪怕你不留下，梁和风还有第一的王昶我们一个都不会要。”

言易冰惊道：“你们说好会要两个！”

孙天娇悠然道：“见过了你这样的天才，我们怎么可能接受别的人，一旦想到你这样的选手会被其他战队挖到，我们连睡觉都不安心呢。”

言易冰脸色微冷，起身要走。孙天娇语速加快，按住他的胳膊：“你留下，一定可以帮到你朋友，你走了，他也就这样了。”

后来，孙天娇因为成功签下了言易冰，职业生涯顺风顺水，很快做成了 Zero 的经理。

朝夕相处，言易冰也知道孙天娇没那么无情，而且是个非常合格的经理。

梁和风跟他到底是疏远了，受自尊心的驱使，他转去了别的战队，但成绩不好，过了两年，又被普新签走。

这件事一直算是言易冰的心结，所以遇到境遇类似的雷明，他动了恻隐之心。寒陌像他，雷明像梁和风。

寒陌这样的选手，被哪个战队挖走，早晚都会走向巅峰，那雷明呢，是否可以有另一种结果？他最后一点天真，浪费在了雷明身上。

不过，他也就只能给雷明恻隐之心，对待寒陌，才是呕心沥血地培养。现在……

言易冰轻松道：“现在不觉得欠他了，电子竞技菜是原罪，而且这件事影响我就算了，他……反正不该连累无辜的人。”

梁母抓伤寒陌手背的时候，言易冰觉得自己最后的亏欠都用尽了。那可是职业选手的手。

孙天娇哼哼唧唧：“那什么，秉着友谊第一比赛第二的精神，你给寒陌道个喜吧。”

言易冰想到最近寒陌跟他关系还不错，自然也有这个意识，于是他说：“还用你提醒，我道了。”

孙天娇挑眉：“速度挺快，没用微博吧，那样太隆重了，咱粉丝得生气，你私下说说就行。”

言易冰杏核眼一抬，云淡风轻道：“废话，我懂，我就在朋友圈说了一声。”

孙天娇：“那行，你发朋友圈了？”

言易冰：“没有，在他发的朋友圈下回的。”

孙天娇一皱眉：“你这也太敷衍了吧。”

言易冰：“敷衍什么，有就不错了。”

孙天娇转过脸，然后掏出手机翻：“你的回复在哪儿呢？”

言易冰不耐烦，在他的手机屏幕上点了点：“这儿啊！”

孙天娇看了看言易冰给寒陌的回复，惊叹道：“你能不能再敷衍一点！”

就一个点赞的大拇指，真的是肉眼可见的随便。

言易冰漫不经心：“是吗？我觉得挺好。”

孙天娇冲他竖了个大拇指。

BANGMANG

帮忙

CHAPTER 12

寒陌站在楼道里，轻吸了一口唇间叼的烟。浓郁的青橘味儿瞬间充斥了他的口腔，橘子味儿涩涩的，微苦后又带着丝丝的甜。

他眯了下眼，食指微曲，细长的手指在屏幕上方投下朦胧的阴影，指腹在朋友圈界面上刷过。

比赛压力大或者情绪不稳定的时候，寒陌就会抽烟，但这种情况并不常见，他抽得最凶的一段时间，是离开 Zero 直到母亲去世那时。要不是电竞撑着他，他真不知道自己能颓废到什么程度。

刚刚发的那条朋友圈，点赞和回复的人很多，令他惊讶的是，言易冰也在里面。这是两年以来言易冰第一次给他留言，虽然内容很简单，但总比之前连句祝福都不给的尴尬局面好。

“队长，你怎么在这儿，找你好久了。”肖诺小跑过来，等靠近了才慢了下来。

寒陌的声音被青橘味儿熏得有些发哑：“有事？”

“朵檬说给你发微信了你一直没回，她着急就把电话打我这儿来了。”

寒陌刚才一直在发呆，根本没看到别人的消息。他皱了下眉，直接退出朋友圈，这才看到朵檬已经给他发了十多条消息了，甚至还打了一个视频电话。

“恭喜寒神终于夺冠啦，这么有纪念意义要不要请客呀？”

“哈哈哈开玩笑呢，俱乐部在进行什么庆祝活动呢，我直播间的水友都在夸你呢。”

“呃……寒神还在忙，或者太累了睡觉了？”

“周末要不要出来唱K？多少轻松一下嘛。”

“寒神有空回我一下哦，我们商量直播带货的事情。”

“怎么这么忙呀，不会陪女朋友去了吧？”

“快点回我快点回我啦，哼，不要仗着你小就为所欲为哦！”

寒陌开始还认真看，后来越看眉头皱得越深，最后他干脆把聊天界面给清空了。

肖诺意味深长地笑笑：“朵檬大美女是对你有意思啊队长，刚给经理打电话的时候还一直问你呢，好在经理聪明，说你最近去休养了，基本不看工作的消息。”

寒陌冷声道：“什么时候合作？以后能不能不接这种合作？”

肖诺耸耸肩，一副事不关己幸灾乐祸的模样：“这可是赞助商安排的，我们说了不算。”

寒陌不耐烦地点头：“知道了。”

他将剩下的烟蒂碾碎在垃圾桶，轻呼了一口气，内双的眼睑一垂，大跨步朝会议室走去。

朵檬接听视频，发现出现在镜头前的人是寒陌，顿时眼前一亮，长睫毛微微一抖，眼底带了些羞涩：“寒陌，好久不见。”

下一秒，寒陌把镜头转向肖诺：“这是我们战队的管家，你有什么事可以跟他说。”

朵檬脸上的笑容微微一僵，勉强道：“好呀。”

她知道寒陌的个性冷，孤傲狂妄，又因为年纪轻从不想谈女朋友，但她就是喜欢这样的男生。其实越是高冷难追的，一旦追到手就会变得特别黏人、特别专一，朵檬相信以她的姿色和在主播圈的地位，一旦寒陌回过味儿来，就会动心的。

“是这样的，我们和赞助商那边商量了，这周末正好是六一儿童节，我们可以借机举办一些回馈粉丝的活动，Prince那边和我的活动内容可以不一样，粉丝按需选择。”朵檬声音嗲嗲的，听起来比解说比赛的时候又甜腻三分，估计是有寒陌在，情不自禁地想要降低自己的年龄感。

肖诺倒是客气：“挺好啊，我们先去网上统计一下粉丝想要的周边哈。”

朵檬：“嗯嗯，还有直播间里我们可能会做一些小游戏，没问题吧？”

肖诺看了寒陌一眼，寒陌没什么反应。

肖诺：“可以，但别太难，我们除了PUBG外什么都玩不好。”

朵檬：“哈哈不难，你们肯定都会的。”说罢，朵檬俏皮地眨了眨眼。

寒陌移开目光，百无聊赖地把玩着手表，表盘光洁，金色的指针在灯光下泛着冷静光泽。

和朵檬对接完流程后，肖诺长呼一口气，懒洋洋地往椅子上一靠，毫无形象地晃着腿。

他低声吐槽：“太尴尬了，我都不知道说什么，她这声音嗲得跟嗓子里塞了绵羊似的。”

陈泽峰：“实话说，我觉得她声音比小野猫难听多了，唉，小野猫声音是真好听，我从没见过那么甜的妹子，不是，汉子。”

寒陌看了他一眼：“你还想着小野猫呢？”

陈泽峰抓了抓头发，难为情地一笑：“被骗得这么惨，想忘也忘不了啊。”

寒陌：“别想了，你多想想朵檬吧。”

陈泽峰委屈：“朵檬明显喜欢你，我想有用吗！”

寒陌：“我不喜欢她。”

周末，寒陌应品牌方要求，穿了件短袖T恤，T恤是纯黑的，上面印了Prince的logo，他把那块平时常戴的表摘下去，换上了品牌方的运动手环。根据合同要求，他在近半年都要时刻戴着运动手环，以便随时给产品做宣传。

经理看了看镜子里寒陌的脸，忍不住赞叹道：“帅，太帅了！我当初到底是打通了哪根灵犀，才把你给签过来的？这以后也不知道便宜了谁家小姑娘。”

寒陌是冷白皮，发色墨黑，侧耳稍微挑染了两根深蓝，他眼型偏细长，薄薄的内双，一抬眼，眼皮折起，神色说不出的幽邃冰冷。

年轻人，不需要怎么锻炼就能身材很好，露出的小臂上隐约能看到肌肉的轮廓，但并不突兀，是非常舒服的好看。普通的队服穿在他身上也跟专业模特似的，每年战队的周边销量全都指着寒陌这张脸。

“别夸了，还有什么？”寒陌被打扮得有些不耐烦，其实他平时出镜都不带妆，但这次的赞助商来头很大，为表尊重，经理才要求寒陌稍微打点高光。

“可以了可以了，主要突出手环，你多抬抬手，给粉丝们展示一下。”

经理拥着他，一行人出门上了商务车。

朵檬有自己专门的直播工作室，和以往不同，她把背景打扮得更温馨可爱了些。一见面，朵檬热情地迎了上去，她个子小小的，看这帮电竞选手都要仰着头。

“终于又见到各位冠军啦，还没正式恭喜你们，这是我给你们准备的礼物。”

朵檬让工作人员拿来四个包装精美的盒子，她一个个送，送到寒陌手里的时候，她眼神微微一躲，嘴角上扬。四个盒子里只有寒陌的那个飘着一股冷梅香的古龙水味儿。

但寒陌只是稍微点了下头，就把礼物交给了经理。

“什么时候开始直播？”

朵檬还没遗憾几分，连忙回神，磕绊道：“现在……就开始了。”

几个人在规定位置坐好，寒陌不得不挨近朵檬，毕竟他是 Prince 的招牌，要离镜头最近，而朵檬作为主持人，也要占三分之一个镜头。

朵檬第一次离寒陌这么近。寒陌个性很冷，但他身上却有少年旺盛的热度，而且看起来很干净，衣服上飘着一股清淡的洗衣液味儿。朵檬神思缥缈，紧张地咽了咽口水。她打开直播，挂上了甜甜的微笑。

“各位粉丝等待很久了吧，首先祝你们儿童节快乐哦，不管多大你们都是我的小朋友。今天真的特别荣幸，请来了 Prince 的冠军们来直播间做客，大家欢迎寒陌，肖诺，陈泽峰，漠贝！”

“陌陌！今天太帅了吧，还挑染了深蓝，求深蓝半永久！”

“寒神帅啊 PCL 天秀！”

“呜呜呜呜谁能相信这张脸是电竞选手的？”

“陌陌我爱你！”

“陌陌什么都不用说，安静坐在那里秀脸！”

朵檬甜蜜地笑笑：“哈哈哈哈今天颜值高的不只是寒神啦，还有我们介绍的这款产品，爱思运动手环哦，颜值超高，超美型，一点也不比瑞士名表差，而且今天儿童节，我和寒神给大家送来了超值福利哦！”

寒陌想着经理的嘱咐，于是配合地抬起手环，在镜头前晃了晃。

“好漂亮的手！这是陌陌打电竞的手！”

“好长好漂亮！腕骨也漂亮。”

“咦是不是我看错了，手背上隐约有点痕迹，有受伤吗？”

寒陌看着手背，微不可见地扯了扯唇：“嗯，不小心划了一下。”

“怎么都是划一下，前段时间冰神也说被划了一下手，电竞选手要注意保护手啊！”

朵檬见话题又要向对骂的方向发展，赶紧扯回话题：“还有哦，这款运动手环可以实时监测你的心跳频率，突然变快的话它也会响，所以如果你们遇到心仪的男生或者女生，这也是个暗示的好手段喔！”

“什么声音啊，太刺耳不是很尴尬？”

朵檬赶紧解释：“不是，就是很柔和的心跳声，非常细腻好听，比如……这样。”

她用余光偷偷扫了一眼寒陌，见寒陌正认真看着弹幕，侧脸正对着她，便借着宣传便利，非常大胆地向寒陌凑了过去。

有时候被吓到和心动的反应是一样的，她这样突如其来的动作换谁来都会吓一跳，她想着这样也许能把产品安利出去，就这样做了。当然，朵檬承认她也有一点小小的私心。

但寒陌闻到一股贴近的浓香，下意识躲开了一大截。他皱着眉头，十分不悦地看向朵檬：“干什么？”

朵檬怔了怔，尴尬地看向寒陌手腕戴着的运动手环。刚才那一瞬，手环没有发出一丝声响。

“啥意思，她是觉得陌陌会心跳加速？”

“天呐，我用脚指头抠出一座吴哥窟遗迹。”

“陌陌无语了吧，第一次遇见这么主动的女主播。”

“朵檬怎么了，以前不是挺高傲的吗，今天怎么了？”

朵檬僵硬地解释：“刚才就是做一个小小的游戏啦，不用当真，之前没告诉寒神也是想吓他一跳！没想到他心态这么稳，都吓不到。”

朵檬一紧张，她自己的手环反倒响了起来，于是她更尴尬了。

寒陌虽然表面没说什么，但明显对朵檬的举动十分不满。后续的直播他也尽力配合，但直播一结束，他就飞快起身，头也不回地走了。

肖诺也很无语，他拍拍寒陌的肩膀：“队长，我真不知道她说的是这种游戏。”

“没事，我累了，先回家。”寒陌说罢，一弓腰坐进了车里。他很少一次性说这么多话，不免有点口干舌燥。

坐在车里，他漫不经心地望着城市夜景，车子向别墅小区开去。到了家，寒陌将朵檬送的那瓶香水和手表随手扔在一边，抬手摸开关。按了一下，没亮。屋子里漆黑一片，他皱了皱眉，再次拨弄了几下开关，终于确认是灯泡的问题。

他这房子只简单装修了一下，没那么华丽，毕竟他也很少回来住。偌大的别墅只有他一个人，实在太冷清了。早知道，今天就不回来了。

寒陌叹了口气，揣着手机出了门。他还记得上次那家商店的位置，商店里应该有灯泡吧？

寒陌下了楼，沿着小区的石子路往外走。别墅区的公共设施建设非常好，有各类球场、儿童游乐园、健身房和露天游泳馆。他走的这条路，正好穿过露天游泳馆的一侧。现在天气已经转热，这两天尤其明显，晚上的温度都达到了二十八九度，游泳正合适。

寒陌刚走过一半石子路，面前茂密树林里走过来一个人。他随意抬眼一看，突然顿住，明显有些惊讶。

言易冰难得出门游泳，他的眼睛因为长期对着电脑，变得格外敏感，所以偶尔运动也是晚上出来。正巧今天天气热，他披着浴巾穿着泳裤下来游了一个小时，见人多了，他才准备走。

踩在隐藏在郁郁葱葱树林间的小石子路上，鼻翼间全是清新的草香，言易冰用浴巾抹了抹脸，但发梢和身上还没擦干，明晃晃的路灯把他的影子拖得很长。

言易冰仰起头，抓了抓潮湿半长的头发，一抬头，就看到了衣装整齐得体的寒陌站在石子路的一边。

言易冰：……运气真差。

言易冰故作轻松：“嗨，寒神也来游泳？”

寒陌站在一旁，半晌没说话。在他旁边言易冰感到有些不自在。

言易冰悻悻道：“我着急回家换衣服，先走了。”

石子路很窄，旁边都是潮湿的泥土，侧身而过的瞬间，难免把对方撞了一下，言易冰把寒陌挤到了石子路外面，略有些湿润的泥土顿时出现一个鞋印。

言易冰吓了一跳，身体就要往旁边倒，在差点要摔下去的时候，被寒陌揪住了浴巾险险扶住了。寒陌的力气很大，骤然拉紧的浴巾把言易冰的手臂扯得生疼，但他还是道了声谢。这时候他突然听见一阵“滴滴滴”的声音，言易冰问：“什么东西在响？”

寒陌放开手：“电话吧。”

言易冰缩了缩浴巾里的手臂，微风吹着身上残留的水珠，也带走了一部分温度。他得快点回家换衣服了，不然感冒了又要被孙天娇在全员面前批评一顿。他再丢不起这人了。

看寒陌杵在旁边没接电话，言易冰忍不住提醒：“电话响了你倒是接啊？”

电话又响了几下，在寒陌正准备接的时候，声音突然断了。言易冰有些无语，就要往家里走。

寒陌突然顿了顿，开口道：“不是电话，是闹钟，提醒我要训练了。”

言易冰挑了下眉，若有所思：“Prince 都拿冠军了还这么努力，看来是我们 Zero 太放松了。”

他本想回去吃袋薯片看个电影的，毕竟教练都给他们放假了，但突然听到寒陌还在学习，多年的学霸意识刺激得他有些焦虑，他打算回去再把比赛复盘一轮。也不能让宋棠他们太轻松了，过两天一人写个反思报告吧。

室外到底还是有点凉，他身上的水汽被蒸发掉，树林里的风一吹，小疙瘩就冒了出来。言易冰再次紧了紧浴巾，往前走了几步，身后的寒陌却突然开口：“我家灯泡坏了。”

言易冰停住，皱了下眉。灯泡坏了，难道还让他同情一下？

“I am so sorry to hear that（听到这个我很难过）？”

寒陌：“……我没有梯子，换不了，你家有吗？”

“哦……”言易冰歪着头想了片刻，还真有，他家的工具都放在地下室，但一般是他爸管，他不会用，“有，你跟我过来取一下吧。”

“嗯。”又等了几秒，寒陌才道，“谢谢。”

言易冰背后微微一僵，没说什么，他习惯了寒陌恨他，已经不适应寒陌对他这么客气了。

寒陌还记得言易冰家怎么走，哪怕他只去过两次。

顺着小石子路七拐八拐，终于拐到了小区中心喷泉附近的两栋楼。言易冰走到家门口，站住脚步：“你站这儿等着吧，我去给你拿。”

他不太想让寒陌进他家，更不想让父母看到。他妈看到后，说不定像小学老师似的当场进行一场劝和会。那太尴尬了，寒陌肯定也为难。

寒陌也没反驳，安静地站在了原地，笔挺的身子在路灯下拖着长长的影子。

言易冰进了家门，没多久后，屋内的灯光就亮了起来。很快，车库门打开，言易冰拖着个梯子走了出来。是那种可折叠的便携式梯子，但分量不轻，所以他拎着一头，让另一头拖拉在地上，承担一部分重量。言易冰扬了下下巴，把梯子向寒陌一递。

他还没洗澡呢，所以只随便套了件不喜欢的衣服出来，把梯子给寒陌，他就要回去洗漱了。游泳池里一股消毒水的味道，现在粘在他皮肤上，有些不舒服，他只想快点走。

寒陌：“帮我扶下梯子吧，我自己不方便。”

言易冰微微叹气。寒陌说的也没毛病，不过他可能一时半会洗不了澡了。

寒陌主动把沉重的梯子接了过去，这次梯子没有着地了。他一边拎着梯子，一边带路。往家里走的途中，他订了个外卖，让人送灯泡和 KFC 的雪顶咖啡。

这个点的跑腿费不便宜，寒陌不是奢侈的人，如果平时，他肯定愿意自己跑一趟，但今天，家里难得有别人来，他也确实没时间出去。

言易冰家在别墅区的中心，窗外就是喷泉景色，价格也是小区里最贵的一栋。寒陌的家在后面，以前本来没有那么贵，但自从小区后门不远处建了地铁站，价格自然而然就往上涨了，所以他这个房子买的真不算划算。

他们又走向小路，这片小路更僻静，几乎没有人走，毕竟从前往后绕的人不是很多。小路上的草木香更加浓郁，言易冰狠狠嗅了嗅这股清香，心情竟然又好了一点。

他也没打算搭把手帮寒陌拎一半梯子，当然寒陌也没求他帮忙。

走到寒陌家门前，言易冰只感受到黑漆漆的一片。路灯下能看到门前的院子也没打理过，没有绿植也没有喝咖啡的摇椅，他妈妈见了肯定会说一点氛围都没有。

寒陌在门前扫了指纹，大门打开，里面也是漆黑一片。因为窗户始终开着通风，所以屋内也是一股凉风的味道。言易冰跟在他后面进来，才发现路灯透过窗户，淡淡地照在地板上，地板显然也是没有地毯的。

“在哪儿换鞋？”言易冰的眼睛很快适应了黑暗，他摸索着撑住墙，墙面坚硬平滑，也没有贴壁纸。

“不用换，没铺地毯，进来吧。”寒陌自己也没换鞋，主动走了进去。

言易冰耸耸肩，见主人都不在意，他也不讲究了。

“你灯泡在哪儿？”言易冰问。

寒陌低头，打开手机里的手电筒，照亮地面：“等等，我订了外卖，一会儿送到。”

言易冰：“……你没有灯泡不早说。”有这个时间他都冲完澡出来了，也不用顶着一身消毒水味儿。

“很快，你先坐一下吧。”

手电筒的灯光在大厅里一扫，言易冰很快把寒陌家里的装修结构看了个大概。

没有结构，也没有风格，什么都没有。大厅里不放文艺范的钢琴，不装厚重敦实的酒台，就连电视机都没有，墙壁上也空空荡荡的，只有墙角放了个立式空调。沙发也是很简单低调的款式，能坐人，但没有任何格调，简直就像临时填充随时准备更换的出租房。

这地方一点都没有家的感觉，而且因为别墅面积大，窗户又开着，房子里冷冷清清，丝毫不温馨。不过……寒陌也的确没有别的亲人了。

他有了能买别墅的钱，却不知道该给谁享受。

寒陌将手机放在茶几上，当作蜡烛用。他坐在沙发的一侧，给言易冰空出了很大一片位置。

“抱歉，冰箱里没什么吃的。”

言易冰坐下，没形象地叉着腿，轻声道：“嗯，能猜到。”

寒陌：“你冷吗，我把窗户关上。”

言易冰摆摆手，但很快他意识到寒陌不一定能看得清，所以还是开口：“不用，不冷。”

气氛挺尴尬的。黑暗中，只有手机光亮着。他和寒陌坐在沙发上，一动不动，也不知道聊什么，对言易冰这种话痨来说太痛苦了。

“你还不如今晚去基地睡，明天等物业上班了让他们来换。”言易冰建议道。

夜色里，寒陌轻扯了下唇：“基地放假了，没什么人，没意思。”

“哦。”言易冰心道，你家里岂不是更冷清更没意思。

好在跑腿外卖很快到了，对方找他家找了很久，显然从来没进过这个小区。进来挺费劲的，寒陌要告诉他楼牌号，业主姓名，随机验证码，还得在业主群里发消息报备。

外卖员把东西递给寒陌，擦了擦脸上的汗：“一共四十二，KFC的饮料买一送一，所以有两个。”

寒陌点头，给了他五十，然后把东西拎回屋。雪顶咖啡的香味儿其实不那么浓，所以言易冰一开始根本没注意到。

他还在催：“快点吧，我着急回去洗澡，换哪儿的灯泡？”

寒陌把饮料放下，翻出灯泡，包装盒随便一扔：“就客厅的。”

他把梯子拖了过去，将灯泡交给言易冰，然后自己蹲下身，开始安装梯子。言易冰想帮忙，但是发现无从下手。他根本不会，因为家里换灯泡从来没让他伸过手。但寒陌很熟练，没一会儿就把梯子展开，立了起来。

他转身去接言易冰手里的灯泡。黑暗下视线都不好，递灯泡的时候，寒陌差点没接住把灯泡摔了。

寒陌：“帮我扶着梯子腿。”说罢，他顺着梯子向上爬。他的速度不慢，动作也很灵活，很快到了能够到灯泡的高度，他停住了。

梯子轻微地晃了晃，发出些许响声。言易冰不太懂，顿时有些慌张，于是干脆两手都抱住了梯子的腿，胸膛因为紧张和用力，束缚得紧紧的，反倒带动着梯子有些许的晃动。

寒陌被轻微的晃动摇得手一抖，灯泡差点被他摔下来。他深吸了一口气，手指扣住灯泡光滑的表面，开始往天花板上递。

言易冰的脑袋就在他脚边，腿稍微动一动都能踩到他的衣服，然而他的腿长，踩在梯子的脚踏上非常别扭，只能一只脚踩着，另一只脚垂着。

寒陌不想踢到言易冰的脸，也担心他的鞋会蹭脏言易冰的衣服。言易冰有洁癖是众所周知的，他已经麻烦人来帮忙了，不能把事情变得更麻烦。

寒陌在梯子上道："你在旁边扶着就行。"

言易冰听到了，转过身子，从另一边抱住梯子腿："这样？"

寒陌点点头，想到他可能看不见，于是说："嗯。"

他抬头，伸出单手把原来的灯泡拧下来，螺丝摩擦的沙沙声在客厅里蔓延。寒陌飞快地把新灯泡拧好，确认没什么问题后，他提醒言易冰："好了。"

言易冰还是先扶着梯子腿，等着寒陌慢慢地从梯子上下来。

寒陌单手拿着灯泡，并不能完全抓着扶手。下到最后一阶时，梯子咯吱滑了一下，寒陌见势不好飞快跳下来，但身形不稳稍微踉跄了一下。正好撞到言易冰背上，给他撞出去了几步。

言易冰差点被撞到墙面上，这时他慢悠悠转过头来，客厅还没开灯，但寒陌仿佛能看到言易冰眼睛里的火气。不过言易冰倒没真的生气，他知道，寒陌真的只是没站稳，确实不是故意的。

言易冰问他："灯泡换好了没？"

寒陌撞的力道不大，但言易冰并不耐痛，所以背部的疼痛感很明晰。

寒陌："换好了。"

静默几秒，寒陌又问："喝饮料吗，我买了雪顶咖啡。"

言易冰挑眉，眼底一亮："有雪顶咖啡？喝啊。"

他就喜欢喝这种甜的饮料，一直都没变过，别的西餐厅都没有 KFC 做的甜。寒陌："买一送一，都给你喝吧，就当谢礼了。"

FANXING

反省

CHAPTER 13

有了咖啡言易冰反倒不着急回去了。他剥出吸管，插进杯子里，用力吸了一口。

凉凉的，甜甜的，咖啡的香混合着冰淇淋的柔软，一起触到味蕾，言易冰满足地半眯着眼睛，像一只猫。

寒陌没喝，他走到门边，按了一下开关，灯泡骤然亮了起来。炙热的淡黄色光照亮了整个屋子，是真真正正的整个屋了。因为实在太空了，任何角落都无处遁形。

言易冰坐在沙发上皱了皱眉。这装修得也太简陋了，要不是知道战队队长的基本工资，他还以为寒陌买完房子就没钱了呢。

“你这房子自己住？”

寒陌去洗手台冲了冲手，将用过的灯泡和包装盒一起扔进垃圾桶：“不然呢。”

言易冰直白道：“也太简单了吧，什么都没有。”

寒陌：“够用了。”

言易冰一想也是，一个全天大多数时间都在打游戏的人，能有多少个人生活？其实他挺想知道寒陌还有没有别的亲人，比如爸爸爷爷奶奶之类的。但寒陌从没提过，他也不好主动问。

言易冰又喝了两口，突然觉得下面的咖啡有点苦，他赶紧用吸管捣了捣浮在上面的冰淇淋，让冰淇淋混在咖啡里。

寒陌看到他衣服上被自己的鞋蹭脏的印子，突然说："衣服，脏了。"

言易冰低头一看，发现胸口的位置有两道土灰色的痕迹。刚才扶梯子腿的时候，衣服好像是蹭到了寒陌的鞋跟，弄脏了。

言易冰皱了下眉，抖了抖衣服："哦没事，反正我也不准备要了，回去扔了。"

他打算喝完雪顶咖啡就走，正好回去要洗澡，也不在乎这点儿脏。

寒陌看着他衣服上的脏痕，片刻后，说道："毕竟是我弄脏的，我有新的短袖，给你拿一件。"

言易冰赶紧摆手："不用了，这件不值钱，穿好久了，扔了也不心疼。"

"我给你拿。"寒陌很坚定，转身上楼。

他那楼梯也很简单，没设计成欧式螺旋的，也不是中式稳重典雅的棕褐色，那就是一个简单的，没有半点装饰的白色台阶和白色扶手，像任何公共设施里的普通楼梯。

很快，二楼的灯光照亮几节台阶，言易冰隐隐听到了翻东西的声音。

翻东西的声音停了，寒陌也下来了，他手里拎着一个包装袋，透过透明袋子可以看到里面衣服叠得很整齐。

寒陌走到他面前，扯开包装，把短袖取了出来："品牌方送的，但是是纯黑的，没有 logo。"

寒陌坚持要拿过来，但他认为言易冰大概不会留。言易冰接过衣服，嘟囔道："客气什么，都说不用了。"

衣服的确是新的，没拆开过，还有股新衣服专有的独特味道。他以为是寒陌不想欠他人情，所以就拿过来了，也没多拒绝，反正如果他穿不合适，他们战队那么多人，大不了给他们穿也行啊。

寒陌："你都拿去吧，赞助商当时给了我好几件。"

言易冰把黑短袖抖了抖。他偏好暖色，很少穿黑的，下意识地左看右看，担心上身会不适合。看来是一定会便宜他的队友了。

"谢了，反正是品牌方送的，就不还你了。"言易冰一点也不矫情，反正这件衣服对寒陌来说也不重要。

他难得的道谢让寒陌惊讶地轻挑了下眉。言易冰把这件衣服随手一团，就要扔进包装袋里。

寒陌一伸手：“给我吧，你这样是塞不进去的。”

言易冰微微一顿，蹙眉道：“不用了，反正回去也没多远，我拎回去也行啊。”

寒陌点点头道：“那好，走吧，我把梯子给你送回去。”

“哦。”言易冰差点忘了梯子的事，他还真不想搬。

一杯雪顶咖啡喝得很快，吸管里发出吸溜吸溜的响声。言易冰晃了晃，把空杯扔进垃圾桶。

寒陌将另一杯递给他：“带走喝吧。”

言易冰眼睑一垂，盯着寒陌手里的咖啡就笑：“你最近这么客气，我还有点不适应。”

寒陌淡声道：“嗯，人总是要不断学习的，方法不对就换种方法。”

言易冰好奇道：“学习什么？”

寒陌缓缓道：“学习做人。”

言易冰：“啊？”

现在的年轻人都这么深沉了？他回想了一下，寒陌以前对他做的那些事，有几件是挺不像人的。寒陌这是反思了自己，觉得当初有点过分了？

其实他也有不对的地方，言易冰有点惭愧，但惭愧的同时他也很欣慰，哪怕寒陌不在 Zero 了，也还是能从他身上学到东西。

他不愧是寒陌的师父，言易冰隐隐觉得自己的形象又高大起来了。

寒陌不知道言易冰突然在得意什么，他把梯子拆卸下来折叠好，拎在手里，另一只手拿上装衣服的包装袋，冲言易冰低声道：“走吧。”

他们出了门，顺着原路走回去。到了言家门口，寒陌依旧不进门，不远不近地站着，仿佛隐匿进了夜色里。他把梯子和包装袋交给言易冰，挥了下手，转身走了。

言易冰一手拎着梯子，一手拎着咖啡和包装袋，慢悠悠进了家门。他把梯子送回地下室，顺着楼梯往上走。

走到客厅时，言母扭头一瞥：“哎，你洗完澡出去了？”

言易冰靠着栏杆，垂着眼，懒洋洋地答道：“还没洗呢。”

言母皱眉：“没洗你就出去了，你干什么去了？”

言易冰：“哎呀，就有点事，不说了我上楼了。”

言母瞄到了他手上的雪顶咖啡，哼道：“有事？又背着我买垃圾食品。”

言易冰默默把雪顶咖啡藏在身后：“我洗澡去。”

言母漫不经心道：“少喝点甜的，小心把你那点腹肌都喝没了。”

言易冰微微一顿，不自在地揉了揉肚子：“就偶尔喝点，不会的。”

言父把头从法典中抬起来，轻飘飘道：“对了，你好像有张邮轮票寄到家里来了，我放在你房间了，你看看。”

言易冰想起来了：“啊对，我过段时间要出去玩七天，去日本，你们有需要代购的东西吗？”

言母眼前一亮，兴致勃勃地仰头：“桥豆麻袋（等等），我明天把清单发给你！”

言易冰迟疑片刻，委婉道：“……心疼一下你儿子，电饭锅和马桶盖就算了。”

言母微笑，笑得典雅庄重，如沐春风：“妈妈这边需要一个炉灶。”

言易冰真诚道：“再见吧妈妈。”

空落落的客厅里，寒陌没开灯。他靠在沙发上，眼睛逐渐适应了黑暗。就在刚刚，这个客厅还能勉强说是热闹，现在却只剩下他一个。

真冷清啊，寒陌闭上眼。也许是夜深人静容易让人多愁善感，每到这种时候，寒陌总觉得曾经拥有的热闹时光都是泡影。他又想起了母亲，那时候他守在母亲的床边，身心疲惫又茫然无措。

二十万，只够治疗一次的钱，接下来，他只能一次次地用一些卑劣的手段筹钱，变得离自己的目标越来越远。他知道自己陷进了一个漩涡，但他无法自救。最后把他解脱出来的，还是母亲。

寒母疼得睡不着觉，医院的病房里，两个人默默相望，只有月色温柔笼罩着窗口。

寒母虚弱地笑了笑：“妈妈不治了好不好？”

她并不是歇斯底里地发泄情绪，而是很温和地跟寒陌商量。她把当时的寒陌当作可以决定一切的独立的大人。

寒陌还没完全长开，冰冷清俊的脸上还带着少年稚气。他狠狠咬着唇，摇了摇头。

隔壁床有病友睡着，寒陌不敢大声说话。他只是一字一顿，咬牙切齿道：“不行。”

寒母抬手，温柔地揉了揉他的头发。黑暗中，寒陌看不清她是否含着眼泪。

寒母轻声道：“我想安静自在地过剩下的日子，不愿意留在医院了，我记得你说想去看 PGC 全球总决赛，妈妈陪你去好不好。”

寒陌忍着哽咽，哑声道：“不看。”

寒母扭过脸，望着窗外寂静的夜空，柔声道：“人生的意义不在于长短，每个人早晚都要长眠，何必执着于一年两年呢？我小时候想，人生那么长，哪儿有那么多事情要做呢，我喜欢花，以前想着要开一家花店，后来我也开成了。我喜欢城市里繁华的样子，想在城市立足，我也住下来了。我想要年轻的时候有个宝宝，这样孩子上小学，别人会以为我是孩子的姐姐，我也做到了。你看，我的人生其实没有遗憾啊。”

寒陌攥住她的手，眼泪滴答滴答落在医院洁白的床单上，他同样希望母亲看不见他的眼睛里含着眼泪。

寒陌安抚她：“妈，再等等我，我会成功的。”

寒母因为药物影响而变得粗糙干裂的手指抚上寒陌的手背，她的儿子还这样年轻，他的手掌温热，手背紧绷，手指有力。他本可以有个光明辉煌的未来，本可以……

寒母动了动后背。长时间的平躺让她的后背有种针扎似的疼痛，她必须时常变换姿势，才能缓解少许。

“妈妈的人生已经很圆满了，但你的才刚开始，你不该有个糟糕的开始。听着寒陌，我们已经有了这十几年的缘分，这些年的点点滴滴我都会牢牢记住，因为它是我的全部。但你还有几十年的人生要经历，你不能沦陷在这里，你去求求你的队长，只要你诚心认错，他会让你回去的。”

寒陌轻轻摇头：“不会了，他是个称职的队长，优秀的职业选手，他眼睛里，容不下我做的这些事。”

寒母有些遗憾地叹了口气：“你别怨恨任何人，没有人欠我们，他们做的都是对的，尤其是你的队长，你经常跟我说他的事，我知道，他是个很好的人，很优秀的选手，是你的榜样，是你的偶像。他一定是太气了才这么说你，你不能把情绪转移到无辜的人身上。陌陌，做个善良宽容的人会更开心，可能你短时间内没法理解，但早晚有一天会理解的。千万别伤害你在乎的人，不然你一定会后悔。”

寒陌心里清楚，母亲处处为他着想，就是怕他会迁怒别人，怕他钻牛角尖。但其实，他的心里真的只有无可奈何。他真挚地感谢能选择他的 Zero，但越在乎，越难受。

寒陌低喃：“谢谢你，妈妈。”

寒母见他听进去了，才如释重负地笑了。

“我不会说牵连你这种话，因为换位思考，哪怕让我去坐牢我也会想办法救你。是妈妈不想再受苦了，妈妈自己想要放弃，妈妈不够坚强，不够勇敢，没有和病魔抗争到底的毅力，实在对不起了。”

寒陌头痛欲裂，胃里翻滚，他牙齿颤抖着低语：“别丢下我一个人。”

寒母勾住他的手指，调皮又认真道：“人生那么长，不会一直一个人的，总会有人愿意陪你，你要等。”

寒陌抬起眼，才发现眼泪早已经滑落了下来。他喉结滚了滚，发梢垂在眼角，清俊的下颚绷紧。

可是他什么时候才能等到这个人出现呢？妈妈。

言易冰站在淋浴间里，微微仰着头，热水渐渐打湿了他的头发。他身上的凉气渐渐消散，与之一同被带走的，是游泳池里的消毒水味道。

寒陌的那件黑色短袖被他挂在架子上，和毛巾一起，准备等会儿再扔进洗衣机里。哪怕是在朦胧的雾气里，只要他一睁眼，就能看到那一片突兀的黑色。

言易冰微微怔神，这大概是他第一次走近寒陌的世界。他曾经以为自己和寒陌是最信赖的伙伴，是最要好的师徒，但那只是他以为。

他从来不了解寒陌。他不知道寒陌家里的情况，不清楚寒陌住在哪里，不知道寒陌喜欢吃什么，不知道寒陌除游戏以外的爱好，不知道寒陌为什么是这样的个性。寒陌的一切其实他都不了解。

当初他笃定，寒陌哪怕被赶出 Zero 了，也能过得很好。因为寒陌年轻有实力，而且他也肯努力。

寒陌符合所有登上职业巅峰的标准，而且知道当年内情的人都做了保证，一丝都没有透露出去，绝不会影响寒陌的职业生涯。

寒陌的确成了豪门战队的队长，现在又带领 Prince 拿到了 PCL 的冠军。

但寒陌真的过得好吗？寒陌早就没有家了。今天那个房子，不出意外，也不会再装修了。打理得再豪华、再好也没用，空荡荡的，处处透着冷清。而且看他换灯泡、拆卸梯子的熟练程度，以前应该也没少干杂活。

言易冰揉了揉脸，水流只是被阻断了一秒，就又模糊了眼睛。他轻轻叹了一口气。

其实，他不是一个合格的师父。他当初年轻气盛，做事不够细心，不止寒陌，身边其他人的喜乐悲欢他也从来没注意过。

他永远都被身边的朋友和家人们偏爱着，所以这个世界上有些不平的遭遇，他当时并不能够与之共情，甚至因着自己的脾气做了些冲动的决定。是该反省下了。

HAIXING

逐行

CHAPTER 14

假期休息在家，职业选手们都很不习惯。言易冰百无聊赖地躺在床上，睡到实在睡不着，打开了职业选手的大群。

Zero- 言易冰：“哈喽，现在还有人在努力吗？”

CNG- 路江河：“希望努力的人不要发言，不要制造焦虑。”

Zero- 宋棠：“无聊，看电视中，被父母唠叨，烦。”

猎狐 - 方锐：“求妹子双排。”

CNG- 郁晏：“你还是去别的群求妹子吧。”

ZLS- 丁洛：“笑而不语。”

Zero- 言易冰：“啧，方锐你会不会说话，群里就郁晏女友一个妹子。”

猎狐 - 方锐：“哦！我都忘了今年有妹子了。”

Prince- 肖诺：“郁神急了哈哈哈哈。”

CNG- 郁晏：“发言人，你们队长呢？”

Prince- 肖诺：“不知道，我又不在战队。”

AXE- 陈驰：“早知道就把邮轮行的日期定早点了，看你们闲得这个德行。”

言易冰在群里逛了一圈，随便闲扯两句，也没找到什么事做。

平时练习那么充实，突然闲下来了，还觉得空落落的。但他也不想去直播，直播也是工作，何苦为难自己。

正想到这儿，手机突然响了起来。

言易冰精神一振，一翻身趴在了床上，盯着来电显示愣神几秒。

梁和风。

他抿了抿唇，接听了电话，提起兴致，笑道：“和风，怎么有空给我打电话？”

梁和风的声音有点偏哑，因为整日直播的缘故，嗓子得不到休息。

“我什么时候都有时间，不是你忙吗？”

言易冰轻松笑笑，手指勾起被罩：“我最近也不忙，PCL 刚打完，俱乐部给了一个月的假期。”

梁和风顿了半晌，缓缓道：“我看了结果，Zero 和 CNG 并列第二，也不错，下次就能回去了。”

言易冰听着梁和风的安慰，心里软了软。到底是十多年的哥们儿，知道他争第一惯了，肯定不满现在的结果。

“有输有赢才正常，不用安慰我。”

梁和风的呼吸被收音系统纳入，言易冰听到了嗡嗡的杂音。

梁和风道：“Prince 没有那么强，他们只是发挥得好，我看了，他们这次天命圈比其他战队多三四个。”

言易冰微微皱了下眉。

身在比赛现场的他知道，Prince 的实力有多强，这不是一句天命圈多就能掩盖的。但他也没反驳梁和风，只是安静听着。

梁和风继续滔滔不绝地跟他分析 Prince 的缺点。

“他们战队的寒陌，是个非常冲动的选手，艾伦格第一场，在没有护甲的情况下跟人对枪，要不是肖诺来得及时，他就挂了。还有萨诺，他们在天堂度假村的运营十分有问题，陈泽峰控的那处房顶极容易被打掉，TZS 打过来的时候，寒陌差点就把陈泽峰给卖了，如果 TZS 不是前期折损了两个人，Prince 就要团灭，第十场的沙漠图……”

梁和风说得兴致勃勃，激情澎湃，言易冰的眉头却越皱越深。

赛后战队都会组织复盘，梁和风说的这些局他们都看过了。虽然复盘的时候理所当然会总结对手的缺点，但却不至于鸡蛋里挑骨头，把那些自己都做不到的操作强加到对手身上，然后得出对方不强的结论。

梁和风说的大部分问题，完全是上帝视角了。在当时信息有限的情况下，Prince 的判断没有问题，如果是他，可能也会那么判断。但梁和风却以为言易冰在认同他的观点，仔仔细细地将战局分析了个遍。

最后梁和风总结道：“其实我也在向解说的方向发展，毕竟做过职业选手，看问题还是比一般的解说深的，我看了你们 PCL 的解说，那个朵檬真的非常不专业，就像个花瓶，说不了太多有用的东西。”

言易冰鼓励道：“解说也不错的，你可以试试，以前上学时候你的口才就不错。”

梁和风沉吟片刻，笑道：“还没问，你准备什么时候上我直播间串门啊，双排呗。”

言易冰顿了顿，商量道：“别双排了吧，四排吧，人多热闹一点。”

其实他是觉得不自在。那么长时间只有两个人在队伍里，很容易就变得没话说了。

虽然还是朋友，但毕竟人生轨迹早就不一样了，也不太有共同语言，更何况梁和风的母亲犯病，又和他起过冲突。言易冰很理智地知道，他和梁和风不可能回到上学那时候了。

梁和风倒是不在意：“四排也行，就是我没约那么多朋友。”

言易冰：“也不需要吧，随机组排也可以。”

梁和风轻笑：“那真是便宜了网友了，跟冰神组排啊。”

言易冰怔了下：“嗯……我开大号过去？”

他大号的分很高，打起来比较累，假期里，他其实不想这么累。

梁和风：“开呗，正好匹配的人厉害点，不然炸鱼有什么意思。”

言易冰挑眉：“也行。”

其实他知道，梁和风是不愿服输。梁和风想证明，自己和职业选手也并没有太大差距。

他们约好了时间，言易冰准时上线，连上了游戏。

梁和风的直播间和 Zero 签的是一个，所以也不存在为对家引流的问题。

在熟悉的平台里，言易冰稍微没那么拘束了。言易冰输入房间号，很快进入梁和风的房间。

梁和风给了他一个红马甲，他的ID立刻被房管抱上了沙发。

弹幕——

“？？？”

“我看见了谁？”

“这是什么魔幻现实？是仿号吗，直播平台不允许仿号吧！”

“高级会员，是真人！啊啊啊啊啊啊冰冰妈妈爱你！”

“世界真小，冰神和主播是咋认识的？”

“冰神你不在自己直播间直播，瞎跑什么！”

“放假十天了，你直播呢直播呢直播呢？还等着我们催你，我看不见你都跑路到这儿了！”

“我要去论坛挂他，艾特Zero官博，这个不敬业的，直播也蹭！”

大概早就有人把言易冰去梁和风直播间的消息发去了电竞论坛，涌入梁和风直播间的人越来越多，弹幕也呈指数增加着。

这就是顶级电竞选手的号召力，短短十分钟，梁和风房间的热度已经在同时段登顶，管理员特意多派了两个房管看着。

“看到论坛消息我就来了，还放了导师鸽子。”

“你算什么，我在公司晚会上激动地喊出声了，现在公司的男同事正在飞速赶来。”

“我和男朋友在电影院看你直播，我们容易吗！”

“话说这主播是谁啊，怎么跟冰神认识的？厉害啊，把资深懒癌叫起来了。”

“能把言易冰拉来打游戏也太强了，直播间关注了！”

梁和风获得巨大流量的同时，直播间也彻底被言易冰的粉丝给占据了。他拥有的那点粉根本不能跟Zero大军相比，现在这直播间也说不清是谁的了。

言易冰也很尴尬。虽说是帮朋友个忙，但总有点喧宾夺主的意思。他很少直播，难得直播一次，这些粉丝太激动，太闹腾。

梁和风却像没有任何不适似的笑笑：“你们喜欢言易冰啊，那我以后多请他来。”

言易冰蹙了下眉，他其实并没有时间常来。

言易冰打开麦，清了清嗓子，问道：“你约其他朋友来了吗？”

梁和风眼神一颤："没有啊。"

他最近一段时间有些发胖了，脸在镜头前明显圆了一圈，所以眼睛被挤得小了，眼神也不太明显。

他其实没什么圈内的朋友。太厉害的他攀不上，不厉害的找来言易冰也不认识，没意思。而且他不想把跟言易冰打游戏的机会让给其他人，这可是他的人脉。

言易冰也不在意："那随机组排？"

梁和风刚准备同意，发现 steam 里有人加他好友。他瞄了一眼，发现对方是个分段很高的女号，战绩不错，皮肤也贵，就是名字非常的暧昧。

xiaoyemao（小野猫）。

添加信息只有一句："游戏加我一个。"

梁和风的屏幕已经共享到了直播间里，直播间网友当然也看到了。

梁和风纳闷道："小野猫，谁啊？"

"小野猫？？？难道号没卖掉吗？"

"居然是小野猫，是那个在论坛掀起一阵腥风血雨的小野猫？"

"实不相瞒，虽然有人说她是男粉装女粉，但我现在还记着她的声音。"

"我酸了，小野猫先跟寒神打再跟冰神打？"

梁和风皱了下眉，弹幕说的这些他完全不知道，但看样子大家都很熟悉小野猫。

梁和风问："她很出名吗？"

"绝世美人，声音巨甜，一开口我人都冒粉色泡泡了。"

"家财万贯，一掷千金，猫姐多少钱都随随便便甩。"

"操作时好时坏，时蠢时秀，迷之防弹体质，总之非常神秘。"

"猫姐看我！！"

梁和风还以为是什么新兴的小主播。他当然愿意跟有名气的人玩，这样也可以提升他直播间的热度。而且看弹幕的意思，小野猫又美又有钱，如果可以认识一下也不错。

梁和风："那就一起呗。"他顺手添加了小野猫。

慌张的只有言易冰一个。言易冰原本正跷着腿喝着雪顶咖啡，一看到那个他无比熟悉的账号，他差点把咖啡喷到键盘上。

小野猫的账号卖出去了，能用的只有那个人。但他又不敢跟梁和风说，他怕他把寒陌暴露了，寒陌反手把他也给出卖了。两个顶级大神争着披马甲玩女号，说出去都不够丢人的。

言易冰抓了抓头发，烦躁地叹了一口气。

梁和风听到了，疑惑："冰，你也认识小野猫？"

言易冰木着脸，太阳穴直跳："我不认识。"

"这你都不认识？吃瓜都赶不上热的？"

"冰冰，论坛帖子私戳你了，记得看，以后自己找资源知道吗，不要麻烦粉丝。"

"猫姐，冰神都不认识你，你不自我介绍一下？"

"猫姐是寒陌粉啊，直播里一口一个寒陌哥哥，求别缠上冰神。"

"楼上吃的是老瓜，猫姐不是粉，猫姐是骗子。"

言易冰难堪地遮了遮眼睛，深吸一口气。

梁和风已经把小野猫加进了房间，小野猫还穿着那一套青春靓丽的背心短裙。

梁和风问："能说话吗？"

小野猫打字："家人睡觉不方便。"

梁和风有点遗憾，不能说话怎么四排？不过人已经拉进来了，总不能踢出去，他问言易冰："行吗？"

言易冰咬牙："等等。"

他关了自己的麦克风，直接一个电话打给了寒陌。寒陌似乎知道他会来电话，很快就接听了。

言易冰："寒神，小野猫装得开心吗？"

寒陌坐在电脑边，齿间咬着根水果烟，墨色的发梢半干未干。他轻声回道："还行。"

言易冰瞄了一眼弹幕，离开座位，梁和风正在呼他，似乎不明白他为什么突然离开。

言易冰低声道："你来做什么？"

寒陌一来，梁和风那水平还玩个屁。

寒陌眯眼，他把手指搭在顶级外设的键盘上，有一搭没一搭地敲着，皮笑肉不笑：“反正也无聊，就来玩玩呗。”

“你把我当笑话看呢？寒陌，别来这儿捣乱。”言易冰皱着眉，低声警告他。

这次来梁和风直播间，他也是为了接济一下老同学。这些年，他因为各种事被牵绊精力，已经很少跟梁和风交流了。

他并没有做到自己当初立下的誓言——如果他可以登上巅峰，一定也要带着梁和风一起。

十七岁的少年意气，终究是太过幼稚和想当然，孙天娇当初之所以用这条打动他，大概也看出来他空有一腔热血，其实什么都不懂。真正开始职业生涯，为了成绩、对手、商务合作焦头烂额的时候，是没办法顾及身边所有人的。

如果现在可以帮帮梁和风的话，言易冰是情愿的。哪怕明知道梁和风是看中他的流量。

寒陌将细烟按灭在烟灰缸里，空气中浓郁的青橘香缓缓淡了。

他轻描淡写道：“有什么关系，反正他也是为了吸粉，拜冰神所赐，小野猫这号还是有一定关注度的。”

言易冰：……

罢了，他早就管不了寒陌了，干脆破罐破摔，不管了。寒陌愿意玩就玩，反正也翻不出花来。

梁和风还在问：“冰，你去哪儿了，有事吗，怎么样？”

见言易冰还没回来，梁和风趁机介绍自己：“我和冰是哥们儿，十多年了，我也是职业选手，刚退役，最高的时候打到过美服前二十二，韩服前二十三。”

“哪个战队的呀，对主播不太熟，我孤陋寡闻了。”

“哇！和冰神是同学哎，冰神上学的时候帅不帅，有没有很多人追？”

“冰神以前谈过女朋友吗？”

“啥叫前二十三，一般不都说个整数吗？”

“不过主播这水平也算可以啦，关注了。”

梁和风挑着问题回：“我以前也在 Zero 青训过，后来去普新打的，现在的电竞粉应该都是小朋友吧，没看过以前的比赛。”

“呃……我今年刚关注竞圈，求问普新是那个？”

“一个总部在江北的战队，直播业是大头，就今年雷明去的那个战队。”

“啊，从 Zero 离开的雷明？话说雷明为什么离开啊，他打得挺好的。”

“听说想去一队没去上吧，好像还跟冰神发誓拿寒陌人头来着，吹牛吹脱了，不好意思就自己走了。”

“绝了，他凭啥认为自己能打过寒神啊。”

“你寒陌粉啊？这里不欢迎寒陌粉哦。”

“寒陌粉怎么了，这又不是言易冰直播间！”

梁和风脸色有点难看。他在极力推销自己，希望把言易冰带来的这些流量留下，转化成他自己的粉丝，但这些人甚至连雷明和寒陌都谈得欢，却不关心他参加过多少比赛。

他都说了自己和言易冰是十多年的哥们儿了，言易冰为了他主动来这边帮忙直播，这些粉丝怎么就丝毫不关注他呢？

梁和风不耐烦道：“别吵了，冰难得过来一次，再吵架的我就踢了。”

“上次冰神去寒神直播间，两人关系看着挺好的啊。

“溜了溜了，惹不起。”

“赶紧走赶紧走吧，我冰神独美，主播开游戏吧，让冰神带你上分。”

梁和风被上分两个字刺痛了，他不是想让言易冰带他升分的，他是想让这帮电竞粉看看，他其实并不比言易冰差多少。

但当他一抬眼，看到直播间热度的时候，稍稍愣了一下。就在刚才，热度掉了一百万。他说了什么？他不就是警告粉丝别吵架吗，竟然一下走了这么多人。

“我惊了，你们看热度，直降一百万，内鬼比我想象的多啊！”

“这是进了多少两个人都粉的？双担粉兴起了啊！”

“刚刚爆微博号那个，粉丝已经五万七了，我直呼好家伙。”

“这有啥吵的啊，俩人肉眼可见的不熟，平时连互动都没，我看现在就是路人，为了俩路人吵什么？”

言易冰这时候回来了，坐下去之前先瞄了一眼弹幕，看得不明不白。

他开麦问：“谁微博号五万七了，吵什么呢？”

“大家在讲笑话呢。”

“无事发生，不要深究。”

“快开游戏吧，快开游戏吧，好久没看冰神玩大号了，上次还是PCL 比赛。”

“冰神跳机场吧，反正假期俱乐部没有要求，掉分也无所谓。”

“扣钱我替你出了，就爱看你打机场，预选赛对普新那一场给我激动坏了。”

“预选赛赛高，那场比赛我整个刻进 DNA 里。”

提到普新套路 Zero 那场，梁和风心里还是很复杂的。

雷明带来了 Zero 的先进经验，所以俱乐部的高层几乎没怎么犹豫就把他给淘汰了。他原本是恨雷明的，恨不得普新在赛场上被好好教训，最好拿的成绩不如他在的时候。结果普新真的被 Zero 打败了，还是毫无尊严毫无脸面地被打败了。而这场游戏，成了言易冰的又一个封神场面。

那才是真正的绝地求生，大杀四方。

于是，他和言易冰的距离就更远了。

梁和风勉强笑笑：“小野猫，机场行吗？”

电脑前的寒陌早就等得不耐烦了，他敲了两下键盘：“行。”

言易冰看见这小小的一个字，仿佛透过这个字看见了寒陌冷漠的脸色。梁和风可真行，敢选机场跳，是准备躺赢到最后吗？

“冰神你别护着小野猫啊，她不是女人，你别被骗了。”

“就是，寒陌上次就被骗了，一路带着她躺赢。”

“不过小野猫今天心情不好？话很少，以前挺话痨的啊。”

“变声器忘带了？”

言易冰看着弹幕评论小野猫，不由得觉得尴尬：“开吧。”

梁和风开了游戏，以防遇到熟悉的选手和主播，他们这次玩的是美服。匹配进来的第四人是个新加坡的妹子 ttase，也会说中文。妹子一看到言易冰的 ID 就尖叫起来：“啊啊啊啊 ICE！我知道你，你是大神！”

虽然人在新加坡，但她对华语圈的选手都有所了解，言易冰毕竟在役这么多年，而且还长得帅，她印象很深刻。

言易冰就怕碰到粉丝，所以只是客气地笑笑：“谢谢。”

妹子热情开朗：“我看了 PCL 比赛，超帅！再接再厉，你一定可以超过 Prince 的。”

言易冰心道，Prince 的队长还在，妹子你这么说有点不合适。但 Prince 的队长本人没有任何反应，仿佛他真就是个水友。

梁和风：“跳机场，我们想下去直接对枪，你行吗？”

妹子：“我试试吧，但是更习惯在旁边躲着，我也就狙击枪用得还不错。”

梁和风：“嗯，那小野猫和 ttase 先飘到野区，我和冰去 C 字楼，等我们把 C 字楼控住，你们再过来。”

C 字楼是机场物资最丰富的点，但同时人也异常的多，如果没有绝对的自信，是不敢贸然进去的。但进去对打是最快体现选手水平的方式，就像演员都喜欢演情绪波动大的角色一样。

言易冰轻轻咳了一声：“怎样都行，也不一定要溜边。”

他知道寒陌肯定不习惯溜边的打法。而且刚 C 字楼的话，有寒陌在，他能更无后顾之忧。

梁和风却反对：“那怎么行，最好不要减员吧，两个女生还是稳妥一点，我们多带她们。”

寒陌轻嗤，眼睑颤动一下，打字：“我去 C 字楼。”

言易冰心道果然，寒陌什么时候愿意被别人保护了。

梁和风一皱眉：“你别逞强了吧，咱们四个积分都不低，匹配的说不定还有欧美这边战队的人。”

ttase 倒是很乖，还帮忙劝：“对啊对啊，我们等冰神控场不好吗，我们可以架枪掩护他呀。”

ttase 很有自知之明，知道自己水平跟职业选手比还差得远，所以她不抢风头。

寒陌不喜欢梁和风一直跟着言易冰，自然不能妥协。

“我是突击手，不是狙击手。”

梁和风有点后悔把小野猫加上了。这妹子虽然有点名气，但是实在不配合。不过有名气的都这样，想出风头，想带队赢。

梁和风：“C 字楼我们可不一定能救你，你自己考虑好。”

言易冰垂着杏核眼，左手拄着侧脸，声音里带着些尴尬：“行了，不用管他。”

这地方，寒陌自己玩都来去自由，根本不用人救。

梁和风：“……好。”

“小野猫好狂啊，没看过之前活动的问一声，她厉害吗？”

“不好说，有时候挺菜的，有时候还行，很迷。”

“她上次还说自己是指挥，感情她啥都能干了。”

“我看他就是为了跟着冰神，有心机。”

“不然呢，小野猫还能指着谁？ C 字楼你以为开玩笑的？”

几个人齐齐向机场方向飘去。

梁和风视角里能看到，小野猫一直跟着言易冰。ttase 依然飘去了边缘。他们三个人降落在 C 字楼。

言易冰指挥惯了，刚想开口说话，梁和风开口了：“冰，你擅长狙击，先去楼顶清杂兵吧，我对付楼下的，注意楼梯口，我看有七八个人飘过来了，落地速度都挺快的，现在再去打他们来不及。”

于是，言易冰把想说的运营策略咽了回去。反正……这场有他和寒陌在，也不需要什么策略了。

“嗯，行。”

梁和风又指挥寒陌：“小野猫你去拿完枪去守楼梯，最好捡把霰弹枪，注意走位，估计别人也会拿霰弹枪，你要是对不过就赶紧上楼，告诉我或者冰。”

寒陌微微抬眼，淡漠地扫了一眼面前的房间，操纵着人物飞快地摸起一把 UZI。

他不能开口，也没空打字，所以干脆无视了梁和风的话。

言易冰抖了抖肩膀，尴尬症都快犯了。他很想告诉梁和风小野猫是谁，但是又怕自己说出去了影响寒陌的形象，主要是还会间接地影响他自己的形象。

言易冰委婉提醒道：“你就不要管小野猫了，让他自己玩吧。”

梁和风反驳道：“那怎么行，你以前不是经常说打游戏最重要的是配合吗，怎么现在自己都忘了。”

言易冰：“哎……”

“啊啊啊冰神能不能也开直播啊，我想看冰神视角。”

“就是，现在只能看到主播啊。”

“求冰神开直播加一，我只想看冰神打游戏。”

“你们傻啊，冰神要开直播了，谁还在这直播间留着，别让冰神难堪行吗，这是他哥们儿。”

“主播医疗箱都不捡，家里有矿？”

梁和风终于等到一句跟他有关的弹幕了，见状冷静地解释：“医疗箱可以一会儿捡，这里人太多，被打后读条八秒等不起，很快就被人打死了。”

梁和风正搜罗着东西，捡了一把狙，又拿了把 M416，美中不足的就是没有好的护甲。

楼里已经打起来了，梁和风的心态却很稳。他端着枪，标好预瞄点冲了出去。刚出门，他正好撞上小野猫。

梁和风一皱眉：“不是让你守楼梯吗，你这样乱跑一会儿就被人打死了。还有，你怎么不拿霰弹枪，UZI 在这儿根本打不过人家。”

寒陌嫌他废话多，终于忍不住抽空敲了几个字。

“少指挥我。”

梁和风无声地低骂了一句，气得够呛。他管不了小野猫，只能眼看着小野猫拎着把 UZI 肆无忌惮地在 C 字楼乱逛。

梁和风问言易冰：“冰，你那里怎么样了？”

言易冰悠然道：“没事，还行。”

梁和风：“你关照点楼梯吧，小野猫不听指挥，我们自己打自己的。”

言易冰忙不迭道：“对对对，你就打自己的吧。”

梁和风心里稍微舒服了些。听言易冰的语气，似乎也不太愿意带着小野猫玩。

这场不愧是高积分局，匹配的人水平都不俗。而且美服开挂的玩家相对少，有真水平的人居多，梁和风很快感觉到了吃力。

他刚走到楼梯边，子弹就从身后射了过来。梁和风快速回身对枪，打了两枪之后，虽然也带掉了对方的血，但他自己受伤也不轻。

“主播别硬扛了，赶紧补血吧。”

“主播的护甲太吃亏了，对方有三级头、二级甲，还有平底锅呢。”

“笑死，快去找被你抛弃的医疗箱吧！”

“对面的水平不错的，至少是半个职业水平了，欧美这边好多大神只随便玩玩不打职业，但都特别牛。”

“这主播……你跟冰神离得太远了，你俩在单排吗，根本照应不上啊。”

“还看不出来呢，主播想秀操作，结果玩脱了。”

梁和风一咬牙，扔了个手榴弹出去，在爆炸前屈辱地溜上楼避战了。

言易冰那边的情况也开始变坏。楼上的人更多，至少来了三个队伍。言易冰不再随性，立刻认真起来，手速飙得飞快。

可即便如此，窗口处“砰”地射来一枪，骤然打掉了他半管血。对方用的是 SCAL-L，幸好不是高伤害的狙击枪，不然那一下他就该出局了。言易冰关好门，躲在墙后给自己打药。他记得刚才枪声的位置。

现在腹背受敌，实在有点应付不过来。于是言易冰不情愿地出声：“喂，帮我把高架上的人打掉。”

梁和风听见言易冰的声音愣了一下。言易冰从来都是叫他和风，还是第一次这么硬邦邦地称呼“喂”。

但他也没多想，只是为难地解释道：“等下啊，我在补血，你先扛一会儿，我马上去打高架。”

言易冰顿了顿，含糊道：“呃……你忙你的。”

三秒后。“xiaoyemao 使用 UZI 冲锋枪淘汰了 sgsgafaq。”

梁和风：谁？小野猫？

用 UZI 打掉高架的人，这么远的距离，还没有倍镜，伤害至少减损一半，这得打中几枪才能扫掉啊！但小野猫居然只用了几秒钟。

言易冰松了一口气，嘴唇微微一翘，嗓子里轻轻“嗯”了一声，语气无奈又温和：“谢了，继续帮我架枪，还有，别乱跑了。”

言易冰觉得寒陌真是幼稚。梁和风让他拿霰弹枪，他就非要捡把冲锋枪，但是……算了，寒陌有任性的权利。

“。”

一个莫名其妙的句号之后，小野猫的人物突然不动了，枪口静静地瞄着一切对言易冰造成威胁的高点。

“兄弟们，刚才小野猫说她是突击手对吗，现在她在干啥？”

“兄弟淡定，之前小野猫说她是指挥，我怀疑小野猫是个组织！”

“很有可能啊！她的操作时好时坏，说不定是两个人在用！”

“刚才那个击杀厉不厉害？是不是有点活动上甩狙打路江河的意思了？”

“啊啊啊啊小野猫现在在干什么呢，好想看别人视角，主播好菜。”

“暗戳戳同意一波。”

“别踩主播可以吗，想让冰神难做吗，这要是你十多年的哥们儿你觉得合适吗？”

“行行行，对不起。”

有人给梁和风刷了高额的礼物，礼物的效果把前面那些讨论都盖过去了。

梁和风打完了药，又幸运地捡到了三级头甲，急匆匆地问言易冰：“冰，你那里怎么样，需要我去支援吗？”

言易冰刚击杀一个冲进 C 字楼的炮灰，淡定道：“没事，我这边解决了。”

梁和风有些沉默。那是刚刚小野猫解决的。

刚才言易冰还叫小野猫架枪掩护他，言语里似乎对小野猫很信任。但或许是他的错觉，小野猫明明是通过加他进来游戏的，要是跟言易冰认识就应该直接被言易冰带着来了。

梁和风看了一眼击杀数。言易冰七个，小野猫三个，ttase 一个，他有四个。他并不比小野猫差。梁和风心理渐渐平衡了一些。

言易冰在 C 字楼优哉游哉地闲逛，遇到人就击杀，没遇到人就换装备，基本没有了后顾之忧。

寒陌帮他盯着，让他十分安心，他第一次体会到，寒陌不是对手而是队友有多好。他不用担心寒陌跟不上他的节奏，不用担心寒陌不小心被人打掉，也不用担心自己冲得太狠会被卖。等到东亚对抗赛时，他们或许就真的是队友了。

东亚对抗赛是新成立的国际赛事，是电竞比赛加入奥运会的试水。这个比赛不以战队为单位参加，而是选出国内竞技水平最高的四个人，和亚洲各国竞技水平最高的选手对抗。

按现在选手的个人成绩排名，不出意外，选出的四个人会是他，寒陌，郁晏，陈驰。

言易冰正在发愣，梁和风道：“冰，缩圈了，走吧。”

圈缩在了机场外的内陆，这是必然的，他们这场跳机场也不是为了选个天命圈。逃到内陆一定会经过左右两侧桥，冲桥又是一大难关。

梁和风此时的击杀人数是七个，言易冰还是七个，寒陌是五个。言易冰有意减少了自己的击杀数，把楼里的敌人给梁和风留着，而寒陌因为一直给言易冰架着枪，根本无暇升级装备。不过寒陌也不在乎自己击杀了多少。

ttase 也跑过来了，第一句话：“猫猫好厉害！没想到你这么棒！”

她在野区时刻关注着队友，知道小野猫起到了多大的作用。

但她不知道今天这场游戏的目的是梁和风的个人秀，所以她毫无负担地表达着自己的赞美。

梁和风皮笑肉不笑，有些阴阳怪气道：“刚刚不说自己是突击手？”狙击玩得这么溜还突击手，一看就是故意说谎非要跟过来的。

“嗯，确实突击能更好一点。”寒陌平淡地回了他一句。

梁和风：……意思是刚才那还是相对较差的发挥？太能装了吧这人。

梁和风此刻已经有点烦躁了，拿起手边的矿泉水咕嘟咕嘟喝了好几口：“我去找车。”

他下楼，在停机坪附近找了个可以四人乘坐的吉普车。把车停到 C 字楼楼下，梁和风飞快地跳下了车。他想打枪，不想做开车的那个人。

车开得再好也不会被人夸奖，但要是移动靶打掉了收快递的敌人，就很容易体现水平。

ttase 技术一般，车开得不好的话他们全队都可能死在桥上。他不能让言易冰开车，不然看直播的粉丝们会嘲死他，毕竟言易冰的狙击水平是公认的。

梁和风：“小野猫开车吧，记得贴着桥上障碍物走，对面山头肯定有埋伏，躲过障碍物记得走位，冲过桥别上马路，我们去斜坡，先清人再冲圈。”

言易冰的人物在楼下晃了一圈。他直觉寒陌不会听梁和风的话，为免难堪，言易冰准备自己上驾驶位。

“要不还是……”他话还没说完，寒陌的字已经打出来了。

“呵，这么懂你自己开吧。”

梁和风额上青筋跳了跳，表情已经变得很难看。小野猫一副瞧不起他的样子。

从之前他指挥小野猫守楼梯开始，到他没及时帮言易冰架枪掩护，小野猫更看不上他了。

电子竞技菜是原罪，不少玩家都有这个想法，遇到自己觉得菜的，说话基本不留情面。

他也这样，直播匹配到菜鸟也忍不了。但梁和风无法忍受自己被当作菜鸟的事实。他可是职业选手，虽然退役了，但水平仍然是经过市场检验的。而且他的战绩很好看，一排的 SSS、MVP，菜这个字根本和他扯不上关系。

他估计小野猫还很年轻，这么狂，一点都没有经历过社会的毒打。

“猫姐好狂，我喜欢。”

“猫姐好像就对寒陌脾气好吧，左一个哥哥右一个哥哥，和主播真是鲜明的对比啊！”

“猫姐也觉得主播菜，肯定不想自己开车啊。”

“都能理解吧，开车的费力不讨好。”

“这就尴尬了，吵起来吵起来！”

言易冰当然不能让他们吵起来，于是温和地笑笑：“还是我开车吧，保险一点。”

他顺势坐上了驾驶位。也挺好，开车起码不能打人，梁和风的击杀数就会比他高一点了。

到他这个年纪和地位，已经不在乎一把游戏的 MVP 了，粉丝也不会因为他比梁和风击杀数低就觉得他水平降了。

言易冰刚在驾驶位坐好，小野猫走到了车窗边。他站立的角度，目光正好向车里望去。

一秒后，屏幕出现两个字：“我开。”

言易冰：……

“怎么回事儿？小野猫还真是个组织？瞧这脸变的。”

“还是冰神说话管用啊。”

“小野猫想看冰神开枪吧，谢谢谢谢，我也想看冰神开枪。”

“但是主播的目的也间接达到了哈哈哈哈。”

梁和风并不开心。小野猫全程无视他，明显是不把他放在眼里。

言易冰倒是想看看寒陌的车技怎么样，毕竟寒陌和他一样，在正式比赛里，都不是开车的那一个。于是言易冰从驾驶位上跳了下来。

言易冰：“行吧。”

梁和风和 ttase 也上了车，寒陌开着车向桥头冲过去。这一路暂时还没有敌人，梁和风跟言易冰闲聊：“你怎么还没找对象啊，你妈妈不催你？我记得上学那时候好多人追你的。”

吉普车压过鼓包，险些撞上石头，车头呲啦擦过，擦起一阵火星。

梁和风一皱眉：“小野猫开稳一点，你要是水平不行还是让冰开吧。”

言易冰轻描淡写道：“我妈妈是挺着急的，但我不会照顾女孩儿，人家都看不上我。”

梁和风意味深长地笑笑：“你那么多女粉丝，还担心找不着女朋友？”

言易冰蹙眉，心里有些不舒服，于是一本正经反驳道：“粉丝也是朋友，而且人家只是喜欢看电竞比赛，又不喜欢把电竞当生活，可能只爱看我打游戏呢？”

梁和风怔了怔，喃喃道：“你还是跟上学时候一样，正经。”

言易冰失笑：“不是吧，别人都说我不正经的。”

梁和风静默几秒，低声道：“他们不了解你呗，咱俩毕竟十多年的哥们儿了。”

言易冰：“嗯。”

他也没反驳什么。的确十多年的哥们儿了，但在他人生变化最大的这七年，却没有梁和风的参与。也赖他，打职业之后，和梁和风的接触就少了。不是故意的，实在是没有时间。工作不像上学，每天都能在学校里见到，一起打球，一起吃饭，一起上课。

Zero 俱乐部在魔都，普新俱乐部在江北，坐高铁也得四十分钟，没有特别重要的事，也不会特意见面。而且很长一段时间，他都是梁和风心里过不去的坎，梁和风也不愿意跟他说话。好在现在一切都在慢慢变好。

车终于开到了桥边。吉普没有一丝犹豫，冲向左桥。

梁和风："冲左桥干什么，圈缩在左边，左桥人多啊！"正常情况下，机场里的人都会选择冲右桥，右桥稳妥，等到了陆地再进圈也不迟。

"我水平不行。"寒陌回得理直气壮。

言易冰在屏幕后，忍不住笑了笑，他发现，寒陌竟然还有属于这个年龄的男生的脾气：记仇、较劲、嘴上不吃亏。

梁和风深吸一口气，憋得脸肿了一圈。不出他所料，车刚上桥，密集的子弹就射了过来。子弹打到车皮上，发出"噼砰"的声响。

ttase："ICE，我们会死在这里吗？"

梁和风："这什么路线！"

他也冒了冷汗。这么下去，车很有可能被人打爆，要是团灭在桥上，他秀操作的目的就达不到了。但现在他已经走不了回头路了，跳车是死，待下去也可能死。梁和风后悔让小野猫开车了，小野猫根本就是感情用事，丝毫不在意胜负的。

吉普车在桥上蛇皮走位，一路借了几个掩体，可惜车上的人仍然不同程度地掉了血。

梁和风精神紧张，打了几枪，全都打空了。言易冰倒是镇定得很，帮着打倒了两个山坡上扫车的人，不过并没有打死，只是尽可能地争取时间。但这点时间已经够了。

寒陌带车冲下桥，一刻未停地朝山坡奔去。山坡上有树林石头遮挡，便于寻找掩体，但同时，这里也有埋伏着的无数敌人。他在一处反斜停了车。

车子刚一停稳，他和言易冰都训练有素地跳了下来，一边跳跃一边冲向了一处石头后面。这是他们在无数比赛中培养出来的作战意识，能在最短时间内分析出最安全有利的位置。

梁和风的反应慢了半拍，下车后没往石头后面挤，而是找了一棵树躲起来。ttase 就更迟钝，直接躲在了车后面。

梁和风还不忘关心别人："妹子别躲车后面，那里已经暴露了，过来我护着你。"

ttase："哦哦，谢谢哥，我马上过来。"

ttase 还没来得及往树后跑，不知从哪里打来的带了消音器的狙击枪，一枪打穿了梁和风的头盔。

梁和风应声倒地。

ttase：“……那个，要不我还在车后躲着吧？”

“哈哈哈哈哈哈，我愿称之为今年最尬场面！”

“主播太惨了吧，你多等一秒都不至于把那句话说出口啊！”

“这么看来还是石头后面保险，消音的狙击枪没打到说明偷袭的人在石头前方。”

“讲道理，主播只是运气不好，这时候有人有消音的狙击枪，哪怕冰神也躲不开吧。”

“没说主播水平不行，就是太背了。”

梁和风脸涨得通红，忍不住低骂了一声，开始解释：“就不应该跑这边的桥，而且上山上得也太早了，这地方连个合适的掩体都没有，肯定有人守着啊，我们一下车就被瞄了，听我的就应该直接进圈，还打算打别人，我也是醉了，会不会玩啊！”

他暗戳戳地把过错推给开车的小野猫。小野猫开左桥肯定是有问题的，他不算说错，弹幕也有认同他观点的。

“也是，我也觉得不应该走左桥，太冒进了。”

“这横冲直撞的风格，跟那谁似的，对，我说的就是寒陌，只会乱来。”

“寒陌冲能保证不减员，但这队没那个水平啊，就不该这么冲。”

“还是小野猫的问题，主播只是倒霉。”

言易冰舔了舔下唇，低声道：“和风，你别着急，等我去救你哈。”

梁和风这波甩锅有点不仗义。既然是一个队伍打游戏的，就不该相互埋怨，没谁能一点错都不出。哪怕是他们顶级职业战队，还存在赛后抢着背锅的情况。

寒陌听了梁和风的话，冷笑一声，慢条斯理地打字。

“我是有错，错在不知道你这么菜。”

“哈？猫姐这波嘲讽我爱了。”

“小野猫这嘴有职业选手对呛的即视感了。”

“当初论坛里猜过小野猫是职业选手吧？”

“只是猜测啦，职业选手谁没事儿花钱去跟寒神打游戏，他们私下约就好了。”

言易冰：“咳！”

他重重的一声咳嗽，是为了提醒寒陌别再刺激梁和风了。再刺激下去，网友们就该知道没法跟 Prince 约线下赛的都有谁了。

其实寒陌选左桥虽然冲动，但也不算错，寒陌是在明知道队伍里有他的情况下作出的选择。两个顶级的职业选手都在，不存在被人团灭的情况。只要把山头的人清了，轻松进圈，就可以很顺利地卡那些右桥后来的人。

言易冰用细不可闻的声音道：“那谁，我去救他，你掩护我？”

他大概猜到了消音狙放枪的位置，没道理寒陌猜不到，只要他出去，引得那人露头，寒陌就能把人打掉。

“不，我去。”

对方没再补一枪把梁和风彻底淘汰，就是为了引梁和风的队友出来。如果依寒陌的意思，就要把梁和风卖了，但言易冰显然是不同意的。

寒陌深吸一口气，拎着枪冲了过去。他也是冒了极大风险的，如果人没被言易冰打掉，或者还有其他隐藏的敌人，在救梁和风的几秒内，他也可能搭进去。

小野猫的号被人打死无所谓，言易冰的大号要是被人淘汰了，那人肯定会去推特上嘲讽。上外网的弹幕教练们又会把这些内容搬回论坛，嘲讽言易冰输给了美国选手。

如他所料，他冲过去的一路，枪声就没断过，寒陌也难免掉了血。他咬着牙，打了个烟雾弹直接拉到了梁和风身边。

砰！言易冰一枪点射，放倒了穿吉利服拿着消音狙的那人。那人赶紧缩进掩体，他的队友过去扶了。抢到了这点空隙，寒陌也将梁和风扶了起来。扶起后，他理都没理，转身又回到了言易冰身边。

言易冰：“冲，他们没换位置。”

寒陌没犹豫，跟着他冲了过去，他端着冲锋枪，言易冰拿着霰弹枪，解决掉了两个人。寒陌把吉利服让给了言易冰，等梁和风补好了血，山头基本已经被清完了。

梁和风硬邦邦道：“没人了？”

这时小野猫的击杀数已经赶上他了，他隐隐感觉到了压力。他可以忍受言易冰的击杀数超过他一点，但他不能忍受自己连第二都占不到。关键这个小野猫没有任何名气，也没在哪个服务器看到有排名。

后续正如言易冰预判的那样，他们非常顺利地卡了一波人，然后带着最好的装备进了决赛圈。决赛圈 ttase 被人打掉，最后三对一吃了鸡。言易冰击杀数十五，小野猫击杀十，梁和风击杀十，ttase 击杀二。

游戏结束后，梁和风叹了一口气："这把没发挥好，才打了十个。"

言易冰笑笑："没有，你挺厉害了，帮了我不少忙。"

梁和风脸色好看了一点："还行吧，我偶尔也不稳定，不然也不至于被放倒。"

寒陌面色冷漠，敲了下键盘。

"我呢？"

言易冰无奈摇头，他在键盘上又点了点，打出去一行字——

"也行。"

JIAREN

家人

CHAPTER 15

寒陌盯着那两个字，反复看了几遍，轻轻扯了下唇角。能得到言易冰的肯定倒是件稀奇事。

言易冰放下手机，拿过一边的燕麦牛奶抿了一口。他不喜欢喝没味道的纯牛奶，更喜欢加了糖的，非常甜的，能让人产生愉悦感的饮料。喝罢，他舔了舔唇边，看向游戏界面。

ttase 在游戏结束时就不见了，临走前，她加了几个人的 steam 好友。

梁和风晃着鼠标，轻描淡写道：“刚刚 ttase 加我了，我同不同意啊？”

言易冰刚点了拒绝，闻言随意道：“都行吧。”

梁和风犹豫了片刻，还是点了同意：“不忍心拒绝小姑娘，玩得还是不错的。”

言易冰笑：“嗯。”

“你加了没？”小野猫突然打字。

梁和风皱了一下眉，他刚刚说自己同意了，小野猫肯定不是问他，那就是问言易冰。

言易冰开麦，回他道：“没有，不习惯加陌生人。”

“哦。”于是小野猫不说话了。

梁和风这才意识到，ttase 那位妹子不光加了他一个。想想也是，言易冰也在，妹子怎么可能不试试。看来是他自作多情了，早知道他也不同意了。

直播间的气氛突然变得有些凉，言易冰不自在地用手指卷了卷垂在耳边的头发，没话找话：“也加你了吗？”

小野猫在屏幕上又打下一行字：“没加。”

“哦。”言易冰语气里带了点笑意。

同样的对话好像三秒前才发生过，看来场子确实是太冷了，逼着他们没话找话聊。而且，他们三个人只有梁和风同意了好友申请，ttase 有点惨。

梁和风看了一下今天的礼物榜，收入已经翻了近十倍了。

言易冰只是来打游戏，甚至都没露脸，就能给他带来这么多的收益。如果是言易冰自己直播，那一晚上的入账还不知道有多少。

怪不得言易冰是直播平台的宝贝，天天被挂在官网界面宣传；怪不得言易冰是 Zero 的摇钱树，光是他一个人的直播签约费都够养个青训队了。

梁和风也说不清自己是什么情绪。

曾经上学时，他没觉得自己和言易冰有什么差距。言易冰也会偷偷翻墙出校去打游戏，也有完不成作业被老师罚站的窘境，有时没钱，他们还看着校门口卖的糖葫芦流口水。

那是他和言易冰最亲近的时候，现在的差距却越来越大了。

梁和风在普新的时候，不得不搬去江北住，那边消费水平不高，周边也没什么娱乐设施。等退役了，他回到魔都，花销瞬间暴涨。他不愿意跟时常歇斯底里的母亲一起住，自己在外租房，住得舒服一点，可一个月租金都要七千块。七千块，三个月一交，他都觉得心疼。对言易冰来说，这点小钱肯定不算什么吧。

梁和风强压下心底的不平衡，和颜悦色道：“冰，你应该认识不少解说圈的人吧。”

言易冰挑了下眉，仰起头，认真地回想了一下：“抱歉，我还真不认识几个，工作上的事都是经理在管，我懒得操心，也懒得交际。”

梁和风本想通过言易冰的关系打入解说圈，见言易冰这么回，他心里有点凉。

为什么直接说不认识？以他们的关系，难道不应该尽力帮他搭上线？以言易冰的圈内地位，帮他介绍个解说的职位应该很容易吧。更何况言易冰能进这行，还是因为他。

这件事，言易冰始终欠他的。谁能容忍被自己的好朋友夺去梦想和工作呢。

他以前看过明星的采访，好多明星都说入圈是因为陪朋友去影视公司面试，结果自己选上了，朋友落选了。梁和风上学的时候只把这当笑话听，但当这种事情落在自己身上，他才知道有多痛苦和愤恨。

梁和风脸上堆笑，坚持道："总有几个认识的吧，你帮我推荐一下，我的水平做解说肯定没问题，主要是现在大的解说经纪公司不在外面签人了，小一点的根本没有解说大型赛事的机会。"

言易冰沉默片刻，无奈道："我微信里只有朵檬的联系方式，我可以帮你问问她，但我和她也不熟，而且不在一个平台，更没有合作，所以大概率她会委婉拒绝我。"

梁和风眉头拧得有点深，不情不愿道："朵檬啊，就是这次 PCL 解说得一般那个？我听说她现在开公司了，签解说和主播的，现在真是，什么都不如长得好。"

言易冰不知道为什么梁和风说话这么刻薄。他提朵檬，是因为朵檬的确是现在直播业的头部明星，而且朵檬的人脉很广，朋友也多，一个人能成功，绝不仅仅是凭着长得好看这一个优点。

"别这么说，朵檬游戏打得不错，推广产品的效果也特别好，不少俱乐部都去过她的直播间。"

"主播这有点过分了吧，朵檬我女神哎！"

"取关了，什么人啊，自命不凡的。"

"嫌弃朵檬解说不好？恕我直言，你的水平也就那样，还职业选手呢，连小野猫都不如。"

"对啊，上一局，小野猫起的作用比他大多了，而且跟冰神配合也好。"

"冰神怎么有这种朋友啊。"

梁和风一见弹幕里反对他的多了，慌忙解释道："我不是那个意思，我意思是说我长得一般，不一定符合她的审美。”

言易冰：“我只能试试。”

言易冰心想朵檬也不会同意，最多看在他的面子上为难一下，然后找个得体的理由推掉。

梁和风：“不会吧，她连你的面子都不给？”

言易冰失笑，看向穿着迷彩吊带短裙的小野猫：“她应该只给寒陌面子吧。”

毕竟朵檬喜欢寒陌也不是什么秘密，采访的时候已经表现得很明显了。而且他还看到陈泽峰在朋友圈晒朵檬送的礼物，最后提了一句，朵檬给队长送的是一瓶古龙水。

下面跟风凑热闹的选手不少，言易冰看到了，但没跟着凑热闹。后来不知道发生了什么，他就刷不着那条了，可能让陈泽峰删了。

梁和风讶异：“为什么给寒陌面子？”

言易冰：“开玩笑，就是圈里的八卦。”

“呃……主播还是职业选手？村里刚通网？”

“直播的时候，朵檬都快亲到寒陌了，基本算是明恋了吧。”

“那段真是尴尬啊，我直接用脚抠出一座迪士尼。”

“楼上你不对，你去看寒陌直播？报告！我们中间出了一个叛徒！”

“朵檬是我女神好吧，我看女神的啊，结果心碎一地。”

梁和风有点尴尬：“啊，这我真不知道。”

言易冰：“别提别人了，不好。”

屏幕前的寒陌，看着梁和风直播间里那条“朵檬都快亲到寒陌了”，恨不得从电脑里把这人抓出来打一顿。

他绷着唇，烦躁地拧了下眉，内双的眼皮折得更深了。

“寒陌不喜欢朵檬，也没亲到，造谣犯法。”

小野猫这行字跳出来，过于有存在感了。

弹幕惊了——

“所以猫姐是真的喜欢寒陌吧？”

“就是几乎要亲到呗，这都吃醋了？”

“吃朵檬的醋啊，啧啧啧，你怎么知道寒陌不喜欢朵檬，难不成喜欢你？”

言易冰扫了一眼小野猫的话，和颜悦色道：“好了别吵了。”

毕竟是寒陌本人发的，估计他本人在屏幕后面看烦了。不过看他的态度，好像对朵檬也没什么意思。

不过亲没亲上这个事，言易冰是真的不知道。他有点好奇，寒陌和朵檬那种美女待在一起会是什么反应。

“视频谁给我发一份，私信我微博就好，不着急。”

寒陌深吸一口气，小野猫打了个问号出去：“？”

言易冰突然有了点逗真猫的感觉。

梁和风突然开口道：“冰，咱俩双排一把吧。”

他不喜欢小野猫，参与度太高。而且他看得出来，小野猫的水平不弱，有小野猫在，影响他的发挥。他想把小野猫排除在外。

言易冰迟疑片刻：“那……”

他觉得也没什么，寒陌留在这儿确实耽误时间，而且热闹凑完了，寒陌自己可能就想走了。

“三排，我也玩。”小野猫直接表了态。

言易冰委婉道：“要不还是三排吧，毕竟小野猫还在呢，咱俩离开不合适。”

梁和风太阳穴突突了一下：“你……”

他不知道言易冰为什么要这样说。明明是个陌生人，得罪了又怎样？但言易冰都同意了，他也不好说什么。

他们又开了三局三排。梁和风的游戏体验极差。有小野猫在，根本轮不到他发挥。他想给言易冰辅助，小野猫也在旁边辅助。他想秀一把狙，小野猫的出枪速度比他还快。就算是差个配件，小野猫也能毫不在意战术，横冲直撞进敌人的房区，硬是从别人背包里把配件夺过来。

这玩的也叫配合？根本就是小野猫的个人秀。

但言易冰也没发脾气，有小野猫当苦力，言易冰打得非常轻松。他本来就懒，梁和风非要打高端局，他也很愁。有寒陌在，他轻松悠闲不少。

快到十二点，言易冰觉得时间差不多了，找了个托词。

“我今天在家，我妈妈让我早点睡，以后再约？”

“啊啊啊啊啊不打了？”

“冰神再见，注意休息。”

“冰神注意休息，东亚对抗赛加油啊！”

“冰神再见，我爱你！”

梁和风也没兴致再陪小野猫打下去了，于是趁机道：“那约下周？”

言易冰：“下周不行，AXE 的陈延退役，我们约好出去玩几天，到时候可能在公海，信号不好。”

梁和风沉默了几秒，轻飘飘道：“陈延都要退役了，那你们队的傅海峰和二队的瑞清是不是也快了？”

言易冰：“没呢，不着急。”

梁和风：“……嗯。”

言易冰跟梁和风道了别，没犹豫，飞快退了直播间。他一走，直播间的热度开始呈指数下降。

见言易冰走了，小野猫也很快退了，退出之后，直接把梁和风的好友给删了。

梁和风：……

梁和风今晚一共赚了十万，有很多是言易冰的粉丝给他刷的。他没有那么豪气的粉，平时直播十来个小时也才赚几千。

言易冰下了游戏，揉了揉发酸的肩膀。他拿起手机给寒陌发微信。

“他妈妈那天抓了你的手，你生气我理解，今天晚上算出气了吗？”

寒陌给他回了一条：“算是吧。”

言易冰继续道：“看不出来，你桃花运都比我好了，羡慕了。”

寒陌：“是弹幕胡说。”

言易冰觉得不可思议。有女孩喜欢，想亲近不好吗？这不是男生都梦寐以求的吗？至少是他梦寐以求的。

“朵檬不是挺漂亮的？就比你大两岁。”

寒陌眼睑微垂，墨黑的头发遮住眼角，在鼻梁上留下阴影。看言易冰那意思，还想撮合他和朵檬。

“别开玩笑了。”

言易冰也是很喜欢听八卦的，他在想，会不会是寒陌已经有喜欢的人了？他那样的脾气，会喜欢什么样的女生？

言易冰越想越好奇，在脑海里搜索自己有印象的女主持和女解说，但好像没有谁对得上。而且真正能被他认识的解说和主持，其实也都不小了，大多有了男朋友。二十岁左右的，好像就剩朵檬了。

言易冰发了个好奇的表情，说道：“交了女朋友要跟我们说啊！”这下连“对方正在输入”都没有了，寒陌直接消失了。

言易冰有些悻悻，把手机放在桌边，出门去找水果吃。言母的生活作息很好，已经睡了，但言父还在加班，忙着律所的跨国业务。言易冰下了楼梯到客厅一看，只有一打香蕉。

他扯下一根，不着急回屋，而是晃荡到厨房，看向窗外。这扇窗户，正好能看见他家楼后。楼后就是寒陌的别墅。

透过斑驳的树叶，能看到寒陌家里漆黑一片。路灯带来些许光亮，寒陌家窗户开着，窗帘被风吹刮得飘出来。寒陌应该睡了。

言易冰吃完香蕉，转身回了房间，换了睡衣才钻进了被子里。人躺下，胳膊伸直，去够自己的手机。他的手机可以控制房间的灯，他懒得下床关。

可在按亮手机屏幕时，他发现寒陌给他回复了。寒陌说——

“没有。”

没有就没有，他那么说也没别的意思。

言易冰在睡前把朋友圈的更新刷了一遍，给不少人点了赞。他又扫了两眼微博，最后困到眼睛实在睁不开，干脆把手机往枕边一放，闭上眼睛睡了。

第二天中午，言易冰彻底醒过来。

他清了清嗓子，才发现嗓子特别干，一吞咽还有点疼。可能昨天甜的吃太多了，最近空气又干。

言易冰迷迷糊糊地推开门，扶着楼梯一路懒洋洋地往下走。客厅里，他父母都不在，只有阿姨正在整理脏衣服，准备把它们扔进洗衣机清洗。

言易冰声音沙哑，喃喃问道：“阿姨，有水吗？”

阿姨停下手中的工作：“热水我刚烧完，但是凉水没了，你拿两个碗来回倒一倒估计凉得快。”

言易冰也不挑：“嗯。”

厨房背阴，要比卧室凉一些，言易冰穿着单薄的睡衣，头发蓬乱，慢慢悠悠走到了厨房，接着从橱柜里拿出两个碗来。

他按了电水壶的按钮，接了小半碗水。水果然很烫，腾腾冒着热气，很快温度传到碗边，他的手指也变得烫了起来。言易冰飞速把热水换到另一个碗里，来回往复几次，热气终于散了。

他把嘴唇凑到碗边，抿了抿，水还是有点烫，不过能喝。喝水的时候，他本能地抬起眼，朝窗外望去。也不是故意看向寒陌家的方向，实在是那栋房子就在他眼前，他想避也避不开。

这一看，言易冰尴尬了。因为他发现寒陌正站在窗边，穿着一件浅灰色的连帽衫，双手撑着窗台，静静地往外看。寒陌的表情他看不太清，所以也不知道寒陌究竟在看什么。

言易冰口渴得厉害，一口把剩下的水喝掉，水温还是有些高，烫得他舌尖发麻。

喝完了水，他淡定且从容地把碗放下，转身回了屋。

有个熟人住在家附近看来也没那么自在，他都不好意思穿得太邋遢。

中午，言母回来吃饭，在门边换鞋的时候看到言易冰窝在沙发上看电视。

她把手提包往鞋柜上一放，冲言易冰道："宝贝，你猜我今天早晨看到谁了？"

言易冰的注意力全在电视剧情上，随口问道："谁啊？"

言母眉飞色舞，兴致勃勃道："寒陌！"

言易冰握着遥控器的手指一顿，微微扭回头，用余光看了他妈一眼："……哦？"

言母感叹道："没想到啊，寒陌也搬到这边来了，而且今天早上我买了两箱草莓回来，还是寒陌帮我搬的，我都不好意思，你说你们电竞选手是不是特别在意自己的手啊？"

言易冰心情有点复杂，低声道："是呗，你让他搬干什么？"

言母："我本来也不让，但他非要帮我，我就没拒绝，好久没见到他了，我还邀请了他中午来家里吃饭。"

言易冰重重地咳嗽了两声，猛地扭回身，睁大眼睛：“你邀请他来吃饭？”

言母眨眨眼，道：“对啊，你们不是和好了吗，请他来吃个饭没什么吧。”

言易冰拧眉：“谁跟你说我们和好了？”

言母：“没和好他不是应该躲着我，还会帮我搬东西？”

言易冰被问得哑口无言。他和寒陌和好了吗？反正肯定没有以前那么僵了。但这种改变是从什么时候开始的，他也琢磨不透。

不过他觉得自己几乎没什么变化，对于寒陌，他以前是什么心情，现在还是什么心情。

言母见他表情凝重，也开始担心，小声问：“不行吗？”

言易冰沉默片刻，摇摇头：“也没有，无所谓。”

他只是觉得节奏有点快。他不知道别人绝交需要多久才能和好，因为除了寒陌，他没跟别人绝交过。

言母松了一口气：“那就行，我还怕好心办了坏事，你在看什么电视剧呢？”

言易冰回望电视，突然觉得面前的电视剧变得枯燥了起来，悻悻道：“没什么，披着年代滤镜的爱情剧，但女主不太好看，男主还行。”

言母：“哦，去把草莓洗一下，中午吃。”

言易冰摇摇头，关掉电视：“我先去洗漱。”

他迅速地上了楼，冲进洗手间。刷完牙洗完脸，他冲着镜子一看，头发乱蓬蓬的像鸟窝。每次睡觉前洗澡都会这样，第二天头发会翘起来，一天才能回去。言易冰梳了两下，还是觉得难看，他干脆重新洗了头，再用吹风机吹干。这下顺眼多了。

全部整理完后，他一屁股坐在床上，呆滞了片刻。

他妈妈邀请寒陌不奇怪，因为他妈妈一直对他和寒陌的决裂感到可惜。但寒陌同意了就很奇怪。

寒陌不是生性冷漠，不愿意凑热闹，不愿意交际吗？难道是不好意思拒绝他妈妈？也是，他妈妈的热情确实很难让人拒绝。

言易冰揉了揉脸，叹了口气，又站起身，走到衣柜边，开始找衣服。

他衣服还挺多的，大部分都是他妈给他买的国外的好牌子。不过还有一些是品牌方送的，款式也不错，都堆在下面。

言易冰挑挑拣拣，最后摸出一件南瓜色的休闲外套穿在了身上，睡觉时穿的短裤也换成了卡其色的长裤。镜子里一看，稍微没那么随便了，还有几分队长的威望在。

十二点半，言易冰听到门铃响了。他推开卧室门，下了几节台阶，就站在楼梯上，朝门口望去。是言母开的大门，门开后，寒陌拎了好多水果进来。

言母："小寒你别这么客气，来来来快进来，咱们也好久没见了。"

言易冰还站在楼梯上，看着寒陌被他妈请进来。

寒陌今天显得温和很多，和他妈说话的时候，眼底一直挂着笑，还很谦逊有礼。他原本不是这样的，言易冰摸了摸鼻尖。

言母："儿子，你还站着干吗，你们聊天，我去帮阿姨盛菜。"

"哦。"

言易冰这才缓缓从楼梯上下来，走到客厅沙发，坐好。

寒陌的目光落在言易冰身上，他问道："你嗓子怎么了？"进来只听一声，他就发觉言易冰的嗓音不对。

言易冰眼睑微垂着，浅浅的眼皮下仿佛能看到若隐若现的血管。

他拿过来一个苹果，又摸起水果刀，漫不经心道："没感冒，昨天太干了。"

水果刀抵在苹果上，用力一划，削下去不小的果肉。言易冰皱了下眉，将果肉连皮塞在嘴里嚼了嚼，等水分没了才吐出来。

他不会削苹果，小时候言母教过他，但他就是没学会。其实也不算没学会，就是削得深，有点浪费。

"让我也削一个。"寒陌垂眸，朝他伸出手。

言易冰顿了顿，从果盘里拿了一个苹果递给他。他想起寒陌的技术，大言不惭道："皮不要断。"

寒陌扫了他一眼，轻呵："要求还挺高。"

寒陌拿过刀，慢条斯理地削苹果。苹果皮又浅又薄，还就是不断，一路蜿蜒变得越来越长，垂进垃圾桶里。

寒陌削苹果和打游戏一样专注，目光紧盯着，嘴唇微绷，内双的眼皮折起，眼睛连眨都不眨。

言易冰兴之所至，把手里的苹果扔到一边，转而去拨弄垂下来的长长的果皮。

他一边抻着玩，一边感叹。这要是他妈妈来了估计又是一顿夸，估计能把旁边的他听到尴尬。幸好，他妈妈不在这儿。

会做饭，会削水果，会修理家电，还会换灯泡，有一手堪比战队理疗师的按摩技术，而且以前他还看过寒陌做咖啡，拉花比咖啡店店员做的还漂亮。除此之外，寒陌还能把游戏打到最好，每天训练时长不少于十小时，是真时间管理大师。

终于削到最后，寒陌停住了，手指抵住果皮的边缘，问言易冰："要吗？"

言易冰："要要要。"他顺势将果皮接了过来，抖着玩，动作一点也不温柔，只等哪下抖断了，就彻底扔了。

寒陌慢条斯理地切出一小块苹果，用牙签插着，递到了言易冰面前。言易冰抖果皮的动作一顿，抬眼看向寒陌。

寒陌奇怪道："你不是要？"

言易冰恍然，原来寒陌以为他说的是这个。于是言易冰也没怎么顾忌，直接接过牙签，小心地咬住果肉，含在嘴里嚼了。他对于这种不用动手就能吃的东西，向来没有心理负担。

等言母从厨房出来，看到的就是这一幕。

言易冰像大爷一样，岔着腿，专心致志地玩着苹果皮，然后偶尔一抬头，扎一块寒陌放在果盘里已经削好的苹果。而寒陌还在一旁削苹果，也不知道谁是客人，谁是主人。

言母气得要命，抄起一边的抱枕朝言易冰扔了过去："你就这么让人干活啊！懒死你得了，以后你干脆躺在床上别下来了，我找人把饭都喂到你嘴里。"

她总觉得自己儿子有点欺负人。以前也是，指使寒陌一点都不客气。人家寒陌只是尊称他一声师父，但又不欠他。

言易冰见抱枕飞过来了，本能地往沙发角落一缩，闭着眼，护着头。抱枕并没有落在他身上，反而落在了沙发的另一边。

还是寒陌把抱枕拿过来放好，笑笑："没事，反正我闲。"

言易冰撇了撇嘴："吓我一跳，又不是什么大事。"

言母翻了个白眼："你又不是没手没脚，连苹果都要吃削好的，况且你自己不能削，还要人寒陌削？"

言易冰最怕他妈说教，忙不迭地点头："好好好，我错了，我也削一个！"

说罢，言易冰从果盘里拿了个完整的苹果出来。只是刚一拿出来，就被他妈妈无情地拒绝了。

"你削苹果，哪次不是削下来的皮比果肉重？别浪费我的苹果了，你去帮阿姨洗草莓。"

言易冰：……

果然是亲妈。

寒陌吃得并不多，基本在言母停筷子的时候，他也自觉把筷子放下了。只有言易冰认真地埋头吃东西，闭着唇，把排骨嚼得咯咯响，左边的脸鼓起了一个包。

言母知道寒陌的遭遇，很心疼他，于是把那盘糖醋小排往寒陌面前推了推："小寒，多吃点，别拘束。"

寒陌乖顺地又拾起筷子，夹了一块最小的放到自己碗里："谢谢伯母。"

言母看他埋头吃掉，笑了笑，心底却有些唏嘘。寒陌到底跟以前不一样了。以前年轻，冲动，锋芒更甚，现在却隐忍，稳重，斯文有礼。时光温柔又残酷，能慢慢淡化伤痛，也能一点点磨掉棱角。

在她看来，他也不过是个孩子而已。言易冰在他这个年纪的时候，还喜欢抱着她的胳膊撒娇呢。可寒陌却已经懂得不拒绝别人的好意，却也不拿更多的道理了。

寒陌吃罢，就又把筷子放下了。

言易冰爱吃这道糖醋小排，吃完了一块，又伸长筷子夹了一块进碗里。直到感觉到他妈妈和寒陌都停了筷子在看他，言易冰咀嚼的动作一顿，杏核眼微抬。

盛排骨的盘子放在寒陌面前，左边他妈妈看他的眼神让他不好下口，里面的警告意味非常浓厚。

言易冰被盯得很别扭，最后无奈，凭借着跟他妈妈的默契，直接伸筷子夹了个大的，放到寒陌碗里，然后又夹了一块给他妈妈，最后一块小的放进自己的碗里。

“我妈让你吃你就吃，一顿饭就吃一小块，见外什么。”

寒陌没再拒绝，也没说什么，默默低下头，把这块最大的排骨给吃了。

他吃得很慢，仿佛美食大赛的评委在细细品味每一处的味道，一丁点都不舍得浪费。其实他并不特别馋美食，在他眼里，满汉全席和清汤小菜没什么区别，只要能吃饱就好。他有限的时间已经被工作填充得满满当当，没有精力满足自己其他的欲望。

言母刚刚提醒言易冰的目光他不是没发现。这种家人般的关爱让他心里感到安慰，一时间觉得糖醋排骨出奇的好吃。这是很久没有感受到的，来自家的味道。

ZUIJIU

醉酒

CHAPTER 16

吃过了饭，言易冰揉了揉肚子，慵懒地往椅子上一靠，像一只午后晒太阳的猫。他吃得不少，却并不胖，反倒因为营养均衡，显得面色红润，气色极佳。

寒陌起身帮忙收拾碗筷，被言母拦住了。

“你们下周要一起去坐游轮了吧，言易冰还没收拾行李，你陪他去超市逛逛，告诉他要买什么，他肯定不知道。”

言易冰睁开眼，眨了眨：“着什么急，不是还有三天吗？”

言母哼了一声，絮叨道：“人家寒陌今天上午就去买完了，东西收拾好，到时候拎包就走，你这种走前一个小时收拾的，肯定丢三落四，你都多少次没赶上飞机了？”

言易冰悻悻地吹了吹发梢，眼睛上抬，盯着发尖，眼皮折得很深。

“那也不用寒陌陪我去吧，我自己可以去。”

寒陌将碗和空盘子叠在一起，轻描淡写道：“的确如此，虽然这样就没人帮你拎东西了，但还是自己逛最自在。”

言易冰站起身，甩了甩双臂，一脸轻松道：“再见啦妈妈，我和寒陌马上就去购物了。”

寒陌没有半点惊讶，把盘子一放，礼貌道：“伯母，谢谢招待，真的很好吃。”

言母气得要命，瞪了言易冰一眼，斥道：“怎么不懒死你，你还让人帮你拎东西！”

言易冰吐了吐舌头，没有一点心理负担地推开椅子去门口穿鞋了。

虽然和寒陌一起逛超市非常诡异，但免费劳动力不要白不要，因为超市附近停车很费劲，平时他们都是买了拎回来的。

其实超市也不算远，但东西多还是有点重，如果是他和妈妈一起来，那么多东西肯定就是他拎着了。

出门之后，言易冰吸了吸鼻子，把拉链扯到最上面，遮住下巴，喃道：“坐游轮需要准备什么？”这种事他从来没想过。

寒陌手插着兜，站在离言易冰一米远的位置，淡定道：“按行程，我们有两天是在海滩，海滩项目总要玩的，自己带东西更方便，比如潜水设备、冲浪板、防晒服、手机防水套、日本流量卡、雨伞、沙滩鞋这些都可以带。还有一天在箱根泡温泉，一天在御殿场奥特莱斯购物，购物总要带个大旅行箱，不购物的话可以去爬富士山，那就需要带登山设备和厚衣服，看你自己。”

言易冰古怪地睨了他一眼：“你查得这么清楚？”

寒陌随口道：“这是最基本的消息，你完全不知道才不对劲吧。”

言易冰：？

言易冰只是“哼”了一声，没有继续纠结，再聊下去，可能丢脸的还是他。

两个男生走路很快，没人说话分散精力就更快。

超市人很多，寒陌主动摸出一枚硬币，解锁了一辆手推车。

言易冰诧异：“你居然还随身带着硬币？”

现在大家已经习惯了手机支付，钱包里基本上一毛钱都不揣了。

寒陌淡淡道：“凑巧。”

他上午去了趟超市，因为知道要用到推车，所以提前拿了几枚硬币备着。

来言易冰家吃饭也是偶然。他在小区门口偶遇言母的时候，手里正抱着一堆包装袋出来扔垃圾，他帮言母搬草莓，顺便聊了几句天，也就提了一句，他早上为旅行准备了不少东西，幸好超市的货很全。

言母吐槽道：“言易冰还什么都没准备。”

寒陌：“他应该不知道买什么吧。”

言母点头：“他肯定不知道，说不定他拿着手机就去了，要不你告诉他一声？”

寒陌：“我也记不全了，但是东西有点多，我回头给他写下来吧。”

言母：“他太懒了，这样吧，你来我们家吃饭，到时候直接给他说？”

寒陌同意了。

言易冰跟在寒陌身后，保持着一定距离，一边走一边看。

超市里的饮料正在促销，打折力度大。虽然职业选手不差钱，但谁都想买性价比高的东西，言易冰抱起一箱可乐：“我买一箱吧，特别便宜，才三十。”

寒陌接过来，摇摇头：“游轮上都有，而且不让自己带饮品。”

言易冰悻悻：“行吧。”可惜了这么便宜。

“不过……”寒陌敛眸，指了指他手里的可乐，言易冰挑了挑眉。

“放家里喝也一样，毕竟便宜。”

“你说话别大喘气行不行。”言易冰翘唇，杏核眼弯了弯，兴致高了几分，“是吧，我从来没买过这么便宜的，三十块钱买三十罐和白送有什么区别。”

寒陌：“嗯。”

走了不到两个货架，又有薯片买三赠二的活动。偏巧是言易冰喜欢的牌子，他抱了三袋黄瓜味儿的，又用手指夹了两袋柠檬味儿的，一起扔在了车里。

“超市是什么好地方，东西都这么便宜！”

寒陌沉默着看了看五大包薯片，他知道言易冰买回去必然只吃两三口，然后就放在那里不吃了。言易冰难得从购物里体会到愉悦感，曾经他以为这种愉悦他不会有的。

“你上午都没发现？”

寒陌摇摇头：“没有。”

言易冰真诚建议道：“要不你也买五袋吧，保质期一年呢，可以慢慢吃。”

寒陌推着车，一边看路一边侧着脸来问他：“要不你送我两袋吧？”

言易冰看着货架，随意地点点头："也行啊，你拿两袋呗。"

再然后，他们又拿了买十瓶送玻璃碗的酸奶和史上最低价超大桶的哈根达斯。

一个购物车已经满满登登了，且几乎所有东西都是不能带上游轮的。言易冰像是忘了这回事，对什么感兴趣，他就拿什么，也不在乎是不是用得到。

好不容易逛完了食品区，他们推着车上楼。二楼是生活物品区，卖各种杂物，锅碗瓢盆，洗涮用具，还有便宜的衣服。

在生活区，言易冰买了包湿巾，买了自己惯用的小瓶洗发露，还买了条速干的沙滩浴巾。

路过衣物区，他发现就连运动服也在打折。最便宜的一件黑色运动服，才 99 元。

"寒诗这个牌子的运动服质量不怎么样，之前找我们战队合作推广，被孙天娇给推了，不过人家做下沉市场，打入三四线城市，卖得很火热，赚了不少钱。"

言易冰看到了有印象的品牌，随口念叨一句。

也不怪这玩意儿卖 99 元，其实做工和材质只是 50 块钱的水平，而衣服的原价竟然标到了离谱的 799 元。普通消费者一看，会觉得打折太恐怖，太占便宜了，然后把寒诗的销量冲得很高。

Zero 很少接低端牌子的推广，所以孙天娇跟他们吐槽一番，就没再提了。

言易冰往前走了几步，发现寒陌没跟过来。他觉得奇怪，转回头，见寒陌还停在那排挂着运动服的架子边，目光沉静，一语不发，甚至连他刚才的话都没回。

言易冰皱了下眉，又走回去："你喜欢这个牌子？"

寒陌眼眸一凛，骨节捏得有些发白，半晌，他声音有些发哑："不喜欢。"

几秒后，他又跟了一句："很不喜欢。"

"你以前买过？"言易冰打量寒陌的脸色，好奇道。

寒陌停顿片刻，摇了摇头。

言易冰笑："就是啊，寒队长的工资那么高，总不至于穿这个牌子。"

就连摆在最外面的这件运动上衣，领口都拖着一条长长的线头，可见质量堪忧。

寒陌很快就恢复了正常，也不再看这些打折的运动衣，而是轻声问言易冰："要买潜水装备吗？"

"嗯，行啊。"言易冰只会浮潜，还是以前被父母带着旅游时学的。他有心考个潜水证，但比赛一个接一个，这个计划就被搁浅了。

言易冰在一小片运动器材区买了面镜、呼吸管、脚蹼。这些接触身体的东西还是自己准备比较好，他不喜欢租用公共的。

在挑选面镜牌子的时候，他随口问了一句："你选了什么牌子？"

寒陌："没买这些，我考了潜水证。"

如果只是三五米的浮潜他根本用不着这些装备，穿着潜水服下去就可以。如果深潜，空气筒之类的带上游轮太麻烦了，他宁愿在现场租借。

言易冰拿着面镜，微微诧异："你哪儿来那么多时间？"

寒陌轻描淡写道："少睡就有了。"

言易冰问："怎么算少睡？"

寒陌顿了顿，帮他把面镜塞到车里，轻声道："有段时间不太睡得着觉，就找点事做。"

他没细说，但言易冰又不傻。言易冰神情有点复杂。所以说，寒陌曾经失眠过吗？可即便失眠，他也没有睁着眼睛浪费时间，反而把自己填充得满登登的。这让他觉得有些惭愧。

言易冰扭开头，转移话题："咳，要不要带个 Xbox？游轮房间里有屏幕，到时候可以玩游戏。"

他所说的玩游戏，不是 PUBG 这种需要劳心劳力思考练习的，而是游戏机里单纯为放松心情，不必在乎输赢的单机游戏。其实游轮里肯定有提供游戏机的地方，但大多只适合小孩。他们这种成年人怎么能抢小孩的东西玩。

心里想着，他不由得说出口了："你要是没成年就能进游轮里的游戏室了，小孩儿都爱去那里玩。"

寒陌瞥了他一眼，强调道："我不是小孩儿。"

言易冰轻飘飘道："知道你不是，我就随便说说。"

把一车的东西全部抱上付款台，言易冰利落地刷了卡，两个人拎着大包小包的零食和装备回了小区。两人把购物袋分了，准备往回走。

到了家门口，言易冰放下塑料袋，拍了拍手掌。掌心被勒得有点发红，虚空抓了两下才恢复。他放松完手指，这才想起寒陌。寒陌拎的袋子里有可乐和哈根达斯，估计比他这袋重吧。

言易冰也没多想，低头看了眼寒陌的手掌。寒陌的手掌上有一道深深的印子，被挤压得凹陷了下去。重物放下后，掌心飞快地充血，红痕变得更加突兀。

这是刚拿了 PCL 冠军的顶级职业选手的手，现在被勒成这样。

正因为同职业，言易冰才能感同身受，心里稍微有些愧疚。他冲寒陌道了声谢：“真是麻烦你了，早知道不买这么多了。”

寒陌摇摇头：“没事。”

言易冰抬眸看他：“总的来说，今天很谢谢你。”

寒陌移开头道：“我回家了。”

“哦。”言易冰怔了一下，这才意识到，今天他跟寒陌讲的话有些过多了，快赶上之前几个月的对话总和了。

言易冰找阿姨帮忙，将买的东西搬回了家。等他懒洋洋地躺在床上，才想起来，答应给寒陌的两袋薯片忘记了。

他一骨碌坐起身来，快步走到厨房，透过窗户往寒陌家别墅望去。窗户开着，但看不到人，窗帘一如既往地放飞自我，扑啦啦飘着。

言易冰又慢悠悠地上了楼。他刚才想什么呢，居然在目测两栋别墅的距离，看能不能完成隔空将薯片扔到寒陌窗户里的操作。

薯片太轻了，应该是扔不过去的，除非往里面揣石头。而且虽然他在游戏里狙击很准，但在现实生活中，他连地摊套娃娃都套不中。

言易冰再次躺在床上，摸过手机，随便搜着新闻。看着看着，他鬼使神差地开始搜索寒诗。

这个品牌是两年前成立的，一开始是想做成国内的奢牌，走高端定制路线，但高处不胜寒，有钱人还是根深蒂固地认为国外的品牌更好，他们走了很多弯路，销量一度下滑到每季度仅售出一万件。

后来寒诗的经营理念变了，彻底放弃了高端精品路线，开始大打折扣，用户下沉，衣服由原来的一两万，变成现在的一二百。

由于寒诗之前做了不少高端大气的广告，给部分消费者形成了这家衣服贵、奢侈、买不起的印象。

所以一旦衣服便宜了，他们会觉得自己也能买得起大品牌，开始虚荣性消费。就这一年，寒诗的销量翻了不止一千倍。

言易冰无意中看到了寒诗创始人的名字，他也姓寒，叫寒堂，今年四十三岁，曾经离过婚，几年前和现在的夫人结了婚，但至今还没有孩子。

他夫人出身书香门第，岳父是某书法大家的第 X 代传人，在江北当地很有声望。夫人名叫左韵诗，寒诗这个品牌就是取自两个人的名字。

网上说寒堂出身贫寒，是勤劳节俭白手起家的典范，他今年也被评为江北市荣誉企业家，注册成了魔都商会成员。不过也有传闻说他是凤凰男，但没谱的消息根本没人相信，毕竟他和夫人十分恩爱，经常成双出席活动。

言易冰怎么也想不通，寒陌看到这个牌子的运动衣，为什么会露出那种厌恶的表情。

没看一会儿，他就没兴趣了。

虽然寒诗在江北市算是有名的企业，生意也做得越来越好，但在魔都这个地方，真是一点都不显。魔都的有钱人太多了，知名的企业也太多了，大部分老板都很谦虚，因为碰到一个比自己强的人非常容易，甚至走在大街上，都能遇到一两个非富即贵的。

上船的当天，早就预定好的游轮专车在小区门口等着。言易冰拎着箱子上了车。他的箱子很沉，装了不少衣服和玩乐装备，当然少不了最新款的 Xbox。

所有职业选手的票是由工作人员统一预定的，所以办理登船时，他们也要一起。言易冰抵达港口，一下车，就看到在凉亭处等待的各位熟人。来的人不算少，有十多个，基本是各大职业战队的队长，以及跟陈延关系好的队员。

郁晏看到他，懒洋洋地坐在石板上，向他招了招手。

言易冰没好气：“没看我带了这么大的箱子，也不知道接一把，你好意思坐着吗？”

郁晏轻嗤：“我还要给老婆拎箱子，才懒得管你。”

言易冰嫌弃道："丁洛看上你什么了，还老婆，有异性没人性。"

郁晏勾唇："看我长得好看，管得着吗你。"

陈延无奈道："哥哥们，我都要退役了，你们多少哭一句行吗？"

郁晏："少矫情，你那是功成名就回家享福。"

宋棠跑过来，给言易冰打着太阳伞："队长，你带什么这么多啊，我就背了个包。"

言易冰："衣服、零食、玩的，随便塞塞就这么多了。"

其实是他不会整理，所有东西都胡乱塞，明明很大的空间，轻易就装满了。

陈驰看了看表："还有谁没来呢，咱们也该进去了。"

肖诺笑呵呵道："我们队长还没到呢，马上，他堵车了。"

丁洛靠着郁晏的肩，好奇问道："我听说寒神和冰神住在一个小区，怎么不一起来？"

言易冰："他前两天就回俱乐部了。"

丁洛直起身子，勾着郁晏的肩膀，有点好奇："所以冰神是找了他一起但没成？"

言易冰道："本来也准备自己来的，专车后备厢最多放我一个箱子。"

丁洛乖巧地点点头，一副她的确相信了的表情。但言易冰总觉得她不信。

又等了二十分钟，寒陌终于到了。

他穿了条黑色短袖，外面搭着红白相间的格子衫，下半身一条紧身破洞牛仔裤，头上戴着顶鸭舌帽，耳朵里塞着蓝牙耳机。港口那些不了解电竞、不认识寒陌的客人，也频频侧目看他几眼。

言易冰坐在石板凳上，晃着腿，撇了撇嘴。寒陌的女人缘真是出奇地好，他就没有这么幸运。

陈驰："赶紧，就等你了。"

寒陌点头，把护照交出来："抱歉。"

进入港口大厅，先是检查护照，登记，领取消费卡和船上标识。

他们订的是意大利游轮公司 MSC 的黄金浪漫号，路线就是魔都到日本沿海一带，游轮上意大利面和比萨是一绝，但为了迎合中国人的口味，还加入了火锅店和面店。

排队登记领取了消费卡后，他们又跟随指引，走 VIP 路线，直接上楼。

在进入游轮前，有一个跟游轮合照的环节。照片可以免费送给乘客一张，但如果想要更多，就需要付钱。

零星的几个 VIP 客人正在排队等拍照，十多个职业选手此刻也乖乖地排在队尾。好在等待区还有免费冰橙汁喝，也不觉得排队无聊。

言易冰排在所有选手中的第一位，毕竟他资历最深，地位最高，而寒陌则因为年纪小，排在倒数第二个，只有肖诺执意站在他后面。

言易冰一边看玻璃长廊外的游轮，一边漫不经心地拿起冰橙汁抿了一口。甜是够甜的，可惜滑入胃里有点凉，他皱皱眉，又放下了。正巧前面喊他去拍照，他放下杯子就走了。

拍完照，言易冰拎着箱子登船，也没等后面的人，反正他们的房间都挨着，之后还能遇见。

后面，寒陌和肖诺在有一搭没一搭地聊天。主要是肖诺问，寒陌答。

“冰神说你去俱乐部了？”肖诺问。

“嗯，去拿快递。”

之前买的快递到了，让他去取货，但他出门得七天，家里也没有别的人，所以正在跟快递员沟通。他让快递员送到驿站或者快递柜，但快递员说不能存放那么长时间，必须找熟人代收。可惜小区这边，除了言易冰家，他真的没有什么熟人。

但他又不好意思拜托言母帮忙，只能亲自回去一趟，这才来晚了。

VIP 套间赠送无限畅饮的酒水饮料，到了晚上，他们一人一杯鸡尾酒，在泳池边的桌子上，一边喝一边聊天。

星辰漫天，璀璨而盛大的白色光点高悬在头顶，沉沉云絮穿行，半遮半掩。耳边是风卷海浪拍打船舱的声音，浪花不知疲倦地冲刷着玻璃窗，汹涌而上，再仓皇落下。

和着夜风，陈延抿了一口酒，热辣的液体滚进胃里，爽快又刺激。

他面容微醺，被风吹得睁不开眼，笑笑道：“下次，就不能和你们一起打比赛了。”

这是他第一次喝酒喝得这么畅快，没有一丝负担，不需要担心宿醉对神经末梢的影响，不需要害怕反应力变慢。他已经退出那个熟悉又紧张的事业了，他自由了，却孤独着。

言易冰懒洋洋地靠在沙发一角，右手手肘支撑着小半边身体的重量，他一条腿抬起来，搭着椅子背，轻轻晃荡着。

“瞎说什么呢，随时一起排啊。”

他说罢，情绪不明地猛喝了一口酒，眉头紧蹙了一下。他面前，是被风刮得东倒西歪的泳池水，晶莹剔透的蓝色夜灯照射着，水花像水晶块一样跳跃起来，再没入池中。池中央，是仓皇无措的小小浪花。

陈延笑了笑，朝他举起杯，淡淡说了两个字：“兄弟。”

其实他知道，这是不可能的。他不会再投入到如此废寝忘食的练习中，也不会厚着脸皮要这些朋友陪他打游戏。

这就是自然规律，有人离开，有人进来，所以电竞事业才能繁荣昌盛，永不落幕。退役，总是伴随着唏嘘与伤感。

深夜风大，其他游客都已经回了室内，只有他们还在露天泳池待着，吹着冷风，喝着冷酒。谁都不愿意离开，昏暗的灯光下，寂静的夜色里，更容易隐藏情绪。毕竟这次是庆祝陈延退役，而不是怜悯。

郁晏拍拍陈延的肩膀，跟他碰了下杯：“以后也经常出来玩。”

陈延笑：“嗯，以后我直播间你们也常来，我能当半个主持，采访你们的心路历程。”

郁晏哼笑：“肉麻死了，我才不去。”

在场的选手，很多都年纪不小了，二十三的有几个，今年不退明年也该退了，他们看到陈延，就仿佛看到了自己不远的未来，心中酸涩，实在说不出什么活跃气氛的话，只能一个劲儿地喝闷酒。

言易冰更是个未知数，谁也不知道他到底能打到哪天。

退役这个事，对他来说比任何人听起来都更刺耳，因为他几乎每年都活在外界对他退役时间的讨论里。

他已经在这行七年了，虽然他妈总期盼他退役之后去读书，但读书对他来说已经是七年前的事情，他不知道自己还能不能适应。

陈延站起身来，举着杯，郑重其事地对所有东倒西歪的职业选手说：“能认识你们大家，真好，虽然之前的几年，我们是竞争对手，互相算计，偶尔对骂，但我心里，把你们当成亲哥们儿，不舍得啊。”

陈延说罢，眼圈红了。他努力吸了下鼻子，一仰头，干了整整一杯。眼泪和着酒一起咽进胃里，也说不清是什么滋味。

陈驰直接低下头，抹了把眼睛。

在 AXE 当队长这几年，多亏了陈延对他的无底线信任和扶持，他们走过了最难的时光，是最默契的搭档。本以为还可以并肩作战几年，但陈延却因为伤病，不得不退了。那么突然，根本不给他一点准备的时间。他这段时间一直忍着，憋着，装作一副无事发生的样子，还和陈延打趣退役后的滋润生活。

他憋了太久了，终于憋不住了。他一点也不想陈延离开，但他不是医生，治不好陈延不可逆的伤病，更不是神仙，不能让陈延年轻几岁。

陈驰一哭，气氛顿时消沉下来。高脚杯一杯一杯地还回去，又成沓地送过来。喝了鸡尾酒喝啤酒，喝了啤酒又喝白葡萄酒。

桌面上的比萨已经彻底凉了，凉得发硬，香气被风一卷，消散得无影无踪。方锐的舌头已经有点不利索了，他扯住陈驰的衣服，强迫他抬起头，口齿不清道：“都说好不哭的，你哭什么！”

陈驰却还能听清他的话，一抬手拨开他，骂骂咧咧道：“敢情不是你的副队了，我哭关你什么事！”

明朗扯住他俩的手，晃晃悠悠地掰着：“撒开，耍什么酒疯！”

路江河又端回来一盘水果拼盘，看见已经有人撕扯上了，粗声吼道：“郁晏，管管！”

郁晏掀起眼皮，抬腿踹了踹言易冰的白鞋：“说句话。”

言易冰闭了下眼，待脸上的凉意彻底蒸发，他抬眸向栏杆外望去。

大海如此浩瀚，深沉的、神秘的，巨浪翻滚不迭，仿佛要把人吞噬进去，不见天日。他眯着眼努力远望，只有一片迷蒙的雾气，没有岛屿，没有落脚点，他们就这么孤零零地漂泊着，光是想想就让人恐慌。

言易冰的半只胳膊压麻了，他挣扎着坐起来一些，衣服被压得皱皱巴巴的，露出小半截腰来。

七点半船上有百老汇经典音乐剧片段表演，他为了看这个，没吃多少东西，现在喝多了酒，醉得很快。船在轻轻晃着，他的脑袋也轻轻晃着，眼前发晕。

寒陌没怎么喝酒，一直在帮忙送酒杯，听见郁晏的声音，他也瞄了言易冰一眼，然后又看了看其他的选手。

有抱在一起痛哭的，有一杯杯闷头干着酒的，有醉醺醺撕扯在一起的，还有半身泡在泳池里，冻得瑟瑟发抖也不愿意爬出来的。

简直一片狼藉。

寒陌和陈延关系也不错，虽然他沉默寡言，不怎么参加各种聚餐活动，但朋友有需要，他愿意倾尽全力帮助。

可他还是哭不出来。

他哭不出来，是因为对这种程度的痛苦已经免疫了。他经历过人生的困难模式，已经不太能轻易展现出脆弱的一面了。但他看得出来，大家的心情都不好。

言易冰不说话，脸色凉着，目光望着海面，精致的侧脸一半被光映照着，一般隐没在阴影中。凌乱的发丝在他眼前飘来飘去，和过分卷长的睫毛纠缠在一起。

寒陌恍惚间似乎看到了曾经赶他出 Zero 的那个言易冰。一样的冷峻，抿着唇，杏核眼一眨不眨地望着一个地方，周身包裹着寒气。

刚才郁晏叫他，他也没搭理，像什么都没听到一样，不知道是真的醉了，还是在思索什么。

但寒陌分明看到他流眼泪了。这人，原来也会因为伤心而流泪。

可伤心的时候，偏偏脸色这么吓人。所以当初把他赶走的时候，究竟有没有一星半点的不忍和伤心呢？

夜风转凉，有些选手的衣服穿得太单薄，被海风一吹，也许明天就会感冒，对他们来说，放肆喝酒已经是极为难得的事了，再感冒不知道又会有多大的影响。寒陌找服务员要了几条毯子，给他们发了。

接到毛毯的言易冰还有些愣怔，他移回目光，抬起头，看向寒陌手里的毛毯。一阵海风拂过来，言易冰轻轻打了个寒战。刚刚他还不觉得冷，现在有了毛毯披，反倒冷起来了。

深夜的海面和他想象中的一点都不一样，不是电影里泛着粼粼波光的梦幻场景，而是漫无边际的黑暗，这种黑暗总是能勾起人不好的回忆。

言易冰陷入了那种回忆里，连胳膊酸背痛都懒得动弹。他隐约觉得自己醉了，但思维是迟钝的，大脑皮层也调动不起脊髓和神经。

直到寒陌走过来，才彻底把他从消沉的气氛中拉了出来。寒陌站在他面前看着他，黑色 T 恤和破洞裤融入黑暗，但目光却明锐发亮。言易冰轻轻地道了一声“谢谢”。

声音混在风里，飘飘摇摇落在地板上，像根小羽毛。

寒陌道：“夜里冷，回去睡。”

言易冰重重地摇了摇头，头发随着摆动遮住了他的眼睛。他浑身醉得没力气，也站不起来，他不喜欢正襟危坐，就喜欢那种不正经的姿势，自在方便。

寒陌轻叹，看出来他根本就不能自己回去，低声道：“我带你去吧，你跟在我后面。”

寒陌刚要转身离开，言易冰突然伸出只胳膊，张开手拦住了他。

他听见言易冰说了句——“寒陌，我没能做个好队长。”

寒陌瞬间僵直，浑身的血液直冲向头顶，他感到了一阵尖锐的疼痛。

这不是一个促膝长谈的好时机。他面对的是一个喝了不少酒，歪在沙发上爬不起来的醉鬼。而这个醉鬼，很可能第二天就记不得自己说过的话。但他也想听听看言易冰接下来会说什么。毕竟人喝醉的时候，是最不会说谎的。

言易冰果然对自己的行为毫无约束。酒精放大了情绪，让人变得再也不像他自己。他念念叨叨，语气比平时还温和些：“人年轻的时候都会冲动，我也一样，带你的时候我也还年轻，全联盟都捧着我，我太骄傲了，太悬浮了，眼里容不得沙子。

“我没给你解释的机会，我坚持了我认为的原则，本以为自己能坦坦荡荡，但因为是你，我一直都没有做对了事的踏实感，反而良心不安。

“曾经我以为你还会回来，毕竟你那么……呵，那么舍不得 Zero，其实只要你再求我一次，或许我也就答应了。

“但你最终还是没回来。

“如果是现在这个年纪遇到你，我比原来更有耐心了，也更……懂得人情世故了，我们俩也许就不会闹翻了。

“但你妈妈的事，我跟你说声对不起吧。”

……

他说起话来，条理清晰，空前清醒，仿佛没有一丝醉态。到最后，像是用尽了全部的力气，把“对不起”三个字说了出来。

寒陌背对着言易冰，双眼猩红，身体微微有些颤抖。

他们曾经闹得很僵，很难看，可言易冰从来没说过一句软话。哪怕听说了他家里的事，都未曾想用只言片语安慰他。他以为自己永远等不到言易冰道歉的一天。

寒陌眼角有些发潮。或许，曾经的他也太小，看不懂年轻队长无情背后的酸楚。不过好在，他总算知道，当初并不是只有他一个人在难过。

寒陌转过身，手肘撑在沙发边缘，一言不发地凝视着言易冰。

言易冰已经转过头去，嘴里喃喃哼唱着刚刚看的音乐剧里的台词。他已经醉得分不清自己在干什么了。

寒陌也趁着这个机会开口道歉：“我也不好，仗着你能容忍，总是惹你生气。”

他的手在沙发上撑得发疼，但似乎只有这种疼痛才能稍稍缓解他现在膨胀的情绪。

“请你……千万不要退役，不要离开职业赛场，一直一直和我们打下去，行吗？

“师父……”

言易冰茫然地睁大杏核眼，显然并不能很快理解寒陌在说什么。但在寒陌叫出师父的一瞬间，他不经意地弯了弯眼眸，眸底映着星光璀璨，有些意外地笑了。

泳池边的噪声大，谁也没听清他们在说什么。

夜色渐深，自助餐厅的夜宵快要停了，有游轮工作人员在提醒他们回收酒杯。丁洛看了看时间，已经午夜十二点了。明天就会抵达第一个目的地，早晨七点下船集合跟团，如果不早点休息，这帮人估计第二天都要睡死在沙滩上。

丁洛抱起郁晏的胳膊，用力把他从椅子上拽了起来：“回去睡觉，叫他们也走。”

郁晏喝得有点多，但起码意识还是清醒的，只是双腿有点飘。他撑着丁洛站稳，揉了揉太阳穴，扫了一眼言易冰："言易冰又喝多了。"

他仔细眨了眨眼，发现寒陌在他旁边，两个人不知道在说些什么。郁晏以为自己已经喝恍惚了，不然关系如此差劲的两个人，怎么可能聊得那么欢。

他低声对丁洛说："言易冰喝多了爱闹腾，至少一个小时，叫上宋棠，我们先把他送回去。"

郁晏刚想过去把言易冰拖起来，丁洛一把拉住了他："没看寒神在吗，你不用管了。"

郁晏轻笑，身子有点打晃："开玩笑，就因为他在我才要把言易冰拖走，不然我怕言易冰被他暗杀。"

丁洛默默翻了个白眼，硬拽着郁晏往舱内走，一边走一边嘟囔："寒神比你清醒多了，你先管好你自己吧。"

郁晏喝多了使不上劲儿，被丁洛拽了一个踉跄："宝贝，你慢点儿。"

女朋友在旁边催他，他也顾不上言易冰了，友谊就是这么脆弱。

其他职业选手们见郁晏被丁洛拉走了，也觉得外面过分冷了，于是三三两两地搀扶着，从座位上起来，往亮着灯的舱内走。

言易冰窝在沙发里，挡了一部分风，他肚子上又有毛毯，所以并没感觉特别冷。

其他人都在往里移动，就他悠然自得地躺在沙发上，一根手指都不动。寒陌目送其他人离开，又转回头看着言易冰。言易冰杏核眼半阖，半醒半梦。寒陌抬腿踢了下他的鞋子："他们都走了，你不走？"

言易冰蓦然睁大眼睛，身上酒气浓郁。迟愣半晌，他突然从沙发上坐了起来，把寒陌吓了一跳。

言易冰沉了沉气，拍着自己的脸，冷静道："他们都下水了吧？"

寒陌：？

言易冰开始活动手腕和脚腕，语气里充满藐视："我让他们五秒。"

寒陌：……

言易冰站起身，揉了揉腰，下一秒就要往泳池里冲。寒陌及时地抓住了，没让他冲下去。

言易冰扑了个空，就这么面无表情地看着寒陌。

“做什么？”寒陌按住他，像是发现了什么新大陆，考究地看向言易冰。

“游泳。”言易冰理直气壮地回道。

寒陌额头上的青筋直跳：“大晚上游什么泳？而且你不知道自己喝醉了吗？你是疯了还是主动找死？”他到底为什么要和一个醉鬼说这么多，这个时候就应该直接把人架回去。

寒陌看了眼周围，其他人都已经回去了。

“你过来。”寒陌说。

言易冰一脸茫然。

寒陌叹气。他把言易冰从泳池边扯过来，微微躬身，一用力，就将他给扛了起来。

言易冰本就喝多了，一阵天旋地转，眼前开始发花。小肚子被压在寒陌的肩膀上，他胃里翻江倒海，努力克制才没有当场吐出来。他头冲下，觉得自己像是在飘，面前的木制地板一点点地远离，泳池水也逐渐看不太清。他本能地用手抓住寒陌的黑色衬衫，怕自己不小心掉下去，迷迷糊糊的，殊不知正被人扛着走。

但是他们要去哪儿呢？言易冰已经想不了那么多了，他忍着胃里的难受，下巴有一搭没一搭地磕在寒陌的后背上。全然不知自己已经丢脸丢了个彻底。

游轮里至少有四千名乘客，三千名员工。虽然现在很晚了，但是十七层的赌场正热热闹闹，不少人准备乘电梯上楼试一把手气。从国内出发的游轮，乘客大部分都是中国人。一个男人像扛沙包一样扛走另一个男人的场面，在公共场合是很难见到的。

电梯里，其他游客频频侧目，看看寒陌再看看言易冰。

寒陌脸色很冷，不苟言笑，只是额角稍稍出了些薄汗。言易冰的头发随意地垂着半空中，他的嘴里不知道在说什么，但显然对这个姿势不是很满意。

电梯里有小朋友，偷偷拽拽身边家长的胳膊，小声问道：“妈妈，哥哥怎么了？”

妈妈立刻戳了他脑袋一下，小声回答：“哥哥喝醉了。”

小朋友又问：“那另一个哥哥在做什么呢？”

妈妈继续解释说：“他在帮助另一个哥哥呀，如果让那个喝醉的哥哥一个人走，也许在路上会摔跤的。”

小朋友点点头，趁人不注意，伸出肉乎乎的手指，轻轻碰了一下言易冰的耳朵。

冰凉凉的，但很滑，小朋友兴奋地笑了笑。妈妈嗔怪地瞪了他一眼，把他往后扯了扯，小声说道：“不可以随便碰别人，这样很没礼貌。”

言易冰睁开眼，歪了歪头，看着那个小孩，温和地笑了笑。他现在还不知道自己的形象毁得有多彻底。

电梯很快到了十一层，寒陌扛着言易冰下了电梯，立刻将他放了下来。落地后不久，言易冰胃里的不适感也消失了，毕竟从泳池到电梯的路也不是很长。只是眼前还有些天旋地转。

寒陌问他：“你能找到房间吗？”

言易冰自信地点点头，继而转身就往反方向走。

寒陌：……

言易冰还没有彻底清醒，可以说他对外界的感知已经不太清晰了。他双腿发软，眼前天旋地转，不靠着东西就站不住。

他很少喝得这么厉害，陈延的退役的确让他心理压力很大。

言易冰坚持拒绝再被扛着，所幸他们的房间离电梯不远，寒陌几乎是把言易冰架在了自己的肩上，一点点拖着他走。一小段路，走了五分多钟才到。

站在言易冰房间门口，寒陌问他：“你房卡放哪儿了？”

言易冰的脑袋歪着，眼睛闭着，呼吸很沉，似乎已经睡过去了。寒陌无奈，伸手在他的衣服口袋里摸了摸。没有。估计是躺沙发的时候掉出去了。寒陌抿了下唇，只能再次把言易冰推到自己房门口。

他刷开门，插了卡，把言易冰拖过狭窄的过道，放在房间的沙发上。忙完这一切，寒陌也出了一身汗。不过他们下午去游泳，已经洗过不止一遍澡了，他也不准备再洗。

言易冰接触到柔软的坐垫，本能地一翻身，把脸埋在靠枕上。双腿屈着，缩着躺在沙发上。寒陌见他一时半会儿没什么事，于是又出门帮他找卡。没了卡第二天会很麻烦，毕竟船上很多娱乐项目都是要刷卡的。

再次回到露天泳池，已经彻底没有人了。海风呼啸，海浪翻滚，但漆黑的夜色里，借着星点的月光，依稀能看到远处起伏的阴影。那是山，是陆地，他们快要到达港口了。

寒陌开着手机的小手电筒找了一圈，终于在沙发的夹层中找到了言易冰的卡。他攥着卡，很快回了房间。

刚一进门，就发现言易冰在沙发上扑腾。言易冰用很不规范的蛙泳姿势，在沙发上畅游，把沙发上的靠枕全都掀到了地上。寒陌看着，深吸了一口气。他想着，不能和醉鬼生气，到时候气的都是自己。

他走到沙发边上，见言易冰的脸一直埋在沙发里，努力地游，恨不得下一秒就撞到扶手。寒陌塞了个枕头在他脑袋前面挡着。这人喝多了，真是闹腾。

但隔了好一会儿，也没见言易冰把脸露出来，于是寒陌拍了拍他的背，提醒道："冰神，该换气了。"

言易冰猛地把头扬起来，张开嘴，深吸了一口气，然后鼓着脸，睁大眼睛看着天花板。

言易冰憋得脸有点红，头发乱成一团，发尖被作弄似的翘起来。因为被打断，他神情不悦，终于把嘴里的气咽下去，他伸手推了推寒陌："别占赛道。"

寒陌被他推了一下，没动，故意气他："我占了又怎么样？"

言易冰皱眉，小声嘟囔："没素质，我把你甩开。"于是他又埋头下去自由泳，游得十分卖力，把身下的坐垫拍得直颤。

过了一会儿，他睁开眼，一看，寒陌还是在他身边，占着他的赛道。

言易冰：……

整个过程持续了将近一个小时，言易冰终于累得动不了了，倒在沙发上睡着了。

寒陌也困得要命，试图喊醒言易冰让他回自己房间睡去，但只要靠近一点就会被他哼哼唧唧地推开。他又不方便去言易冰的房间睡，这人洁癖太严重，要是知道他去过了，明天肯定要吵着换房间。他们难得出来旅游一趟，还是不要把气氛弄僵得好。

寒陌晚上没吃什么，于是从小冰柜里拿了一杯巧克力牛奶喝。清醒片刻，他开始慢条斯理地查第二天的海岛攻略。查到凌晨两点，他也困得受不了，把床上的被子盖到言易冰身上后，就随便搭了条浴巾，倒在床上睡过去了。

第二天早晨七点，走廊开始放广播，召集大家下船登岛。

职业选手们大多昼夜颠倒，现在让他们早早起床去玩，实在是痛苦。唯有言易冰这个睡得很沉的人，反倒在早晨清醒得很早。

他被广播吵醒，睁开眼睛，眼底酸得厉害。透过窗帘的缝隙，依稀能看到天光大亮，船已经停了，正在港口驻扎。

言易冰努力揉了揉眼睛，发现四肢都酸酸的，好像被人捆着打了一顿。他按着太阳穴，一点点坐起来，怎么也想不起自己是怎么从露天泳池回来的。他的印象停留在望着海面，听其他选手胡侃的瞬间。

但他之后好像还做了什么事，不过模模糊糊的，只有一星半点的画面留下。后来……他被人送回了房间。言易冰低下头，看了看自己睡着的地方。

乱七八糟，简直不成样子。被子卷成一团，缠在他腰上。他自己的衣服也已经卷成麻花，腿屈着在并不算大的沙发上缩了一晚上，稍微一动就牵连着浑身酸痛。言易冰被自己的姿势逗笑，随即一抬头，看到了床上平躺着的寒陌。

言易冰：……

偌大一张床上，寒陌抱着双臂，身上就搭了一条浴巾，显然是被空调吹了一晚上。被子自然是给他了。言易冰头痛欲裂。看来昨天是寒陌送他回来的，就这架势，他昨天一定没少丢脸。

言易冰从沙发上蹭下来，地上没有他的拖鞋。他光着脚踩在地毯上，蹑手蹑脚地走到寒陌身边。寒陌睡得很沉，呼吸均匀，脸色也没有平常那么冷，反而很柔和。眉头舒展着，眼尾狭长，睫毛根根分明。

言易冰看了看，对抢了他的被子这件事很惭愧，又走回到沙发边上，把被子抱下来，轻轻地搭在寒陌身上。

他动作很小心，弓着腰，尽量不弄出一点声响。但当被子的重量落在寒陌肩头时，寒陌还是一瞬间惊醒了。映入他眼底的第一个画面，是言易冰吓了一跳的模样。

言易冰有些不太自在：“我看你有点冷。”

“嗯。”寒陌坐起来，脖子僵硬得发酸。

他揉了揉肩膀，抬起眼眸，看向言易冰：“几点了？”

“七点多。”言易冰问，“昨天是你送我回来的？”

寒陌微顿，挑了挑眉：“昨天晚上的事你都忘了？”

言易冰蓦地睁大眼睛，心道，昨天他不会真的做了什么事吧？

“喝多了，记不太清了，怎么了吗？”

寒陌垂下眼，摇摇头：“没什么，昨天你卡掉了，我直接把你带我屋来了，后来去泳池找到的卡，给你放桌面上了。”

言易冰清了清嗓子，扯着皱皱巴巴的衣角，低声道：“那什么，谢了，我先回去洗个澡。”

“嗯。”寒陌轻轻应道。

言易冰从桌面上找到自己的卡，揣进兜里，又抓抓乱七八糟的头发，准备出门。他手指搭在门把手上，回头犹疑道：“昨天晚上我丢脸了吗？”

寒陌笑了笑：“你觉得呢？”

言易冰觉得不能再问，只要不知道，尴尬的就不是他。他摇摇头：“算了算了。”随后他拉开门，飞快地出去了。

刚一出门，迎面撞上被丁洛拖起来吃早餐的郁晏。面面相觑，言易冰僵住了，郁晏僵住了，丁洛也僵住了。

郁晏眨眨眼，最后迷惑道：“兄弟，我没记错的话这是寒陌的房间。”

言易冰绷着脸，一脸沉痛地鄙夷道：“还兄弟，我昨天喝断片了，你个没良心的哪儿去了！”

郁晏嫌弃：“谁知道你喝断片了，一大早火气那么大，睡了一晚上沙发？”

虽然他说的确实是对的，但是言易冰觉得一旦告诉他，这件事一定会成为笑柄，于是他不再跟郁晏纠缠：“起开，我回去洗澡了。”

郁晏被他吼得莫名其妙：“搞什么啊！你们两个醉鬼难不成偷偷对着电脑复盘比赛了啊？”

丁洛“嘁”了一声：“出来旅游谁还想着比赛，真的不懂你的脑回路。”

郁晏：？

ZHENGZHI

争执

CHAPTER 17

等这帮职业选手吃完早饭，已经九点多了。游轮上大部分人都下了船，去海滩玩耍拍照了。

言易冰下船之前把网购的流量卡取出来，插在手机里，一夜无信号的手机总算开始活动了。还不等他查询一下此起彼伏弹出来的消息，宋棠叫他了。

“队长，赶紧的吧，大家都等你了！”

言易冰只好把手机塞进防水袋，挂在脖子上，背起浮潜设备跑了出去。

从码头到海滩有将近两百米的玻璃长桥。桥下湛蓝的海面颤动，清澈的水光潋滟，能清晰看到海底细碎的沙粒。

远处就是他一早看到的矮山，山上一片绿意，唯有海浪拍打的地方始终是一片深沉的青黑，日光斜照，温度还不算太高，山峰拖出一道长长且宽阔的遮阳处。

到这片海滩玩的大多是游轮上的乘客，但也不是所有乘客都愿意在海滩待着。

船上有不少当地的一日游项目，可以提前一天刷卡报名，早晨会有专车拉人，进入小镇的腹地。但他们大部分人懒得动，所以谁都没报名。

陈驰拿着钱，去租了六个沙滩躺椅和三个帐篷。丁洛怕晒黑，不愿意下海，郁晏陪她去玩沙滩摩托了。几个早餐没吃饱的去上面餐厅研究海鲜烧烤了，宋棠带着几个人去开快艇，唯一一个准备潜水的，就是言易冰。

肖诺站在沙滩椅边，问寒陌：“队长，你不去玩点什么？”

寒陌抱着平板，躺在沙滩椅上摇摇头：“你去吧，我看会儿新闻。”

他带了一条泳裤，但并没打算下海玩。他虽然考了潜水证，却也不是痴迷潜水这项运动。之所以学那么多东西，只是不想让自己闲下来，清闲下来的空虚，是最难忍耐的。他这辈子真正喜欢的东西没几样，能抓住的更是寥寥。

言易冰已经换好潜水服出来了。他拎着背包，环视一圈，发现大家都去玩了，就剩寒陌一个待着。于是他拎着包到寒陌身边。

“帮我看一下，我去试试潜水。”

寒陌抬眼，打量他几秒，没有回话。

“行不行？”言易冰抬起脚，欠嗖嗖地踹了他两下。

他的脚踢过来时带来了不少细沙，寒陌沉默了片刻，这才曲起小腿，抬手轻轻拍掉腿上的沙子。

他也没生气，低声道：“你会潜吗？”

言易冰大大咧咧说：“差不多吧，反正也不深，我游泳不错，应该没问题。”

寒陌轻“嗯”了一声，把他的包接过来，放在自己身边。言易冰乐颠颠地走了。

他站在海边，用腿试了试水温，随后戴上面镜和呼吸管，慢慢地向水深处走去。浮潜设备最多能下潜两到五米，虽说不深，但已经离海滩足够远了。

其实寒陌对言易冰所说的潜水水平十分存疑。他看着言易冰越走越远，身影越来越小，到最后只能看见一个呼吸管露在水面上，突然也有点想下水试试。

寒陌站起身，先给肖诺打了个电话，让肖诺回来把言易冰的背包一起带走。随后，他换上泳裤，也下了海。

阳光越来越明媚，日光经过水面的反射，晃得人看不清前面的人。

寒陌的身上没背任何装备，模模糊糊看到前面有个人影。

言易冰游泳是不错，但他没怎么用过脚蹼，脚蹼这东西设计得又宽又大，虽然能提供不小的动力，但却不容易操作。

言易冰已经游到了三米深的地方。他闭了气，想去水下走走看，身子使劲用力下沉，拧得腰都快断了，才勉强把脚蹼给带了下去。

他的双腿慢慢移向沙地，眼前是有些浓郁的蓝。水中还没有鱼经过，偶尔漂浮着的也只是断了半截的海带和不知道哪里来的枯枝断叶。

这地方也没有什么珊瑚礁，看不见五彩缤纷的珊瑚。只不过目光所及之处，沙滩有一个巨大的断层，再往前十多米，海水就陡然深了。更深的地方海水呈现深蓝色，似乎有礁石矗立。

言易冰屏着呼吸，打算往前蹭一蹭。但脚蹼不知什么时候被埋在了沙地里，他一迈腿，反倒被巨大的阻力绊了一下，向前踉跄。

一受惊，言易冰本能地张开嘴吸了一口气。海水立刻从呼吸管倒灌，他口中尝到了又咸又涩的味道，差一点就呛到嗓子里了。他赶紧向外吐水，气泡咕嘟咕嘟上浮，把他的视线遮得严严实实，他只能摸着瞎向上游。

但还不等他划到水面，一股大力拖着他的腰，将他拽了上去。

言易冰毕竟是有游泳基础的，知道这个时候不该挣扎，于是赶紧乖乖停下动作，等着人把他拖出水面。好在他穿着脚蹼，浮力本身就大，所以对方也没用太大力气。

一露出水面，言易冰透过面镜，看到了正在擦脸上海水的寒陌。

寒陌浑身都湿透了，海水顺着他的黑发滴滴答答地往下流，他的眼角被海水激得有些发红，为了在海下看清东西，他不得不睁开了眼。寒陌的力气很大，拽得他肚子那块都是疼的。

“寒陌，你怎么来了？”言易冰问。

“胆子真大，刚玩就敢走那么深，要是出点事，谁都来不及救你！”

寒陌语气不善，和言易冰心平气和的温柔相比，寒陌倒像是年纪更长的那个。

言易冰皱了下眉，眼底隐约有些不悦，但他侧目一看，也是微微一惊。不知不觉地，他已经和人群拉开了不小的距离。离他最近的人，也至少在三十米以外了。如果他真出点事，呼救都不一定有人能听到。

也不怪寒陌吼他。言易冰只好把脾气忍了下去，悻悻道：“你松开我，我自己游回去。”

本来想好好玩玩潜水的，但事实总是比想象惨淡一点。而且前面虽然有更好的景色，但因为太深了，他也不敢去了。

寒陌沉默了片刻，才缓缓松开他。言易冰拍打着脚蹼，往岸边游去。

等他们回到岸边已经是中午了，正是阳光最毒、紫外线最强的时刻。早餐吃的那些东西早就消化没了，言易冰揉着肚子，一边走一边咽口水。寒陌并没比他好多少。

刚拽着他从海底上来，对他的手来说也是不小的负担。但寒陌似乎无所谓，只是抬了抬手臂，做了几个舒缓肌肉的动作。

寒陌回过头，对他说：“我上船换件衣服，你去找他们吃烧烤吧。”

言易冰被太阳光刺得晃神：“嗯？哦，我也回去，把潜水服放回去。”

“下午不玩了？”

“嗯，累了，玩不动了。”

于是两个人往船上走。走在栈道上时，言易冰闲着无事，一边走一边看手机。随便点开微信，才发现仅仅一个晚上没看，消息已经爆满了。

大部分是职业选手们在群里分享的照片，拍人的，拍风景的，悉数传了上去，光是打开，流量就在哗哗地溜走。

言易冰赶紧关了群。下一个联系人就是梁和风。几日不见，梁和风又变得热络了一些。

梁和风：“冰，今天上船？”

梁和风：“游轮怎么样啊，我还没去玩过，发两张照片来。”

梁和风：“游轮上应该有网络吧，你们行程很紧吗，有时间来两局游戏不？”

梁和风：“还没网？有网的时候回我一下啊。”

言易冰出去旅游不喜欢照相。他觉得自己在镜头里总是显得有点温柔，一点也不酷帅，久而久之也就懒得拍了。但他今天心情还不错，虽然出了些小状况，但总体来说游泳体验还不错。

言易冰笑笑，拿起手机，调成自拍模式，对着大海和起伏的山丘拍了一张。左右看看还不错，他给梁和风发了过去。

Zero- 言易冰：“游轮上流量价格太高，信号也不好，我刚到岸装上卡，之前没看见。”

Zero- 言易冰：“行程不算紧，但估计每天都得喝酒，看看吧，有时间告诉你。”

寒陌看了他一眼，见他发消息发得认真，也没说什么。

刚走进船舱，梁和风回复了他。

梁和风：“喝酒一般晚上吧，你下午什么行程啊？”

Zero- 言易冰：“一天都在沙滩，下午还没定。”

梁和风：“正好一两点的时候太阳毒，还不如打几盘游戏呢，行吧？”

言易冰没直接答应，还是含糊地回——

Zero- 言易冰：“看看吧，他们叫我吃饭去了。”

坐上电梯，寒陌问道：“谁啊？”

言易冰唇边挂着笑，也没瞒着，随意道：“梁和风，约我打游戏。”

“呵。”寒陌轻嗤一声，“他还真是抱上大腿了。”

言易冰皱了下眉，认真对寒陌道：“上次不是出过气了吗，怎么还对他偏见那么大，我们毕竟十多年的同学了，你这样我不好办。”

寒陌的表情瞬间冷了下来，眼睛微微眯着，潮湿的黑发压着睫毛，额间青筋绷了绷。

“偏见？”

电梯门大开，寒陌率先走了出去，动作很快，带起一阵风。言易冰动了动唇，刚要抬手抓他，显然没抓住。

“什么脾气！”言易冰嘟囔一声，也冷着脸往自己房间走。

还没等他走到，寒陌已经拉门进了房间，关门声不小，炸在言易冰耳边，气得他抬腿虚虚地踹了一下寒陌的门。

不就是当初打游戏磨合得不好吗，至于烦到现在吗？

等言易冰到了自己房门口，伸手摸兜，顿时僵住了。他的房卡放在背包里，背包不在他身上。没有卡自然是进不去房门的，哪怕是补办，也需要带上护照。

言易冰烦躁地揉了揉头发，没办法，只好把目光又移向寒陌的房门。他不情不愿地走过去，敲了敲门。

“寒陌，我卡没带，你让我进去换个衣服。”

游轮给 VIP 房间的游客提供睡袍，一个房间两套，寒陌那里肯定有多余的。

言易冰趴在门上，杏核眼垂着，一边敲门一边把耳朵贴在门边听里面的动静。刚刚高涨的气焰顷刻间荡然无存。

门被骤然拉开。言易冰来不及站稳，直接向里栽了进去。

寒陌并不知道言易冰半个身子的重量都趴在门上。猝不及防的，言易冰一头撞到了他身上，发出了惨痛的一声号叫。言易冰的脑袋嗡的一下炸开了。太尴尬了。

言易冰贴着墙，不自在地揪着头发，垂着脑袋，满地找缝。

如果可以，他就钻进去了。

游轮里的房间都不大，哪怕是顶级的 VIP 房，房间面积也利用得满满当当。

寒陌倒是没有表现出很尴尬，他刚洗完澡，头发还没吹干，他背对着言易冰，弓着腰，伸手去抽屉里摸吹风机。

言易冰一抬眼，看见了他身上有几处暗色的划痕。那是伤疤，消不掉的。或许是跟人打架留下的，或许是小时候不小心摔的。言易冰什么都没问。

“借我一套睡袍。谢谢了。”言易冰站起身，伸出手，管寒陌要东西。

寒陌握着吹风机，停住动作，用余光一扫，伸出手指了指衣柜：“去里面拿吧，两件我都没用过。”

言易冰踌躇了一下。翻别人的衣柜还是挺不礼貌的，但既然寒陌同意了，他大概也不需要再矫情。

他踩着毛绒地毯走过去，打开衣柜，看见孤单的几件初夏衣裤边，挂着两件长长的睡袍。

果然没有什么可尴尬的，寒陌的衣柜太简单了。言易冰拿起睡袍，两三步走到卫生间，推门进去了。

狭窄的卫生间里，还带着挥散不去的水汽。言易冰把潜水服脱了下去，然后用手擦擦镜子上被溅到的水珠，冲着镜子看了一眼。

这个表情真的是可以编入教科书的尴尬典型。他无声哀叹，拍了拍自己的脑门。

言易冰调好水温，让热水冲遍他的全身。其实他不该这时候洗澡的，因为他没有任何可换洗的衣物，但海水黏在身上实在是难受，他也等不了肖诺他们回来。

洗完再说吧。言易冰洗完澡，穿上长度正好合适的睡袍，把腰间的带子紧紧系好。

等他从卫生间出来，寒陌已经吹好了头发换好了衣服，用过的浴巾也扔在了脏衣篓里。

言易冰抿了抿唇，发尖还在滴滴答答地流水。

他抓着潜水服，问寒陌："先放你这儿行吗，等肖诺回来我拿去洗。"

寒陌把吹风机向前推了推，低声道："不用拿走了，一起洗吧。"

扔进脏衣篓的衣服默认需要客房清洗服务，每件五美元，会烘干叠好送回来。言易冰把潜水服扔了进去，五美元对寒陌来说也不算什么。

寒陌目光一垂，看向吹风机，对言易冰道："拿去吧。"

言易冰清了清嗓子，还是对刚刚自己的丢脸行为有些尴尬："嗯。"

他不太自在地走过去，拿起吹风机，低着头，开始吹头发。他的头发偏长，但发丝很细很软，并不难吹。热风嗡鸣一会儿，言易冰吹得差不多了，放下了吹风机。

寒陌举了举手机："肖诺他们在海边吃烧烤呢，叫我们过去。"

言易冰靠在桌边，一只腿伸直，一只腿屈着，拨弄了下头发："我不过去了。"

寒陌了然。毕竟言易冰还穿着睡袍。

"我也不过去了，烟熏火燎的白洗澡了，我们去自助餐厅？"

游轮上的自助餐厅很大，从早晨六点一直开到夜里十二点。亚洲美食和意大利美食是主导，偶尔还有些哥伦比亚风味的红豆饭和德国酸菜配肘子。

言易冰的目光瞥向一边，绷了下唇："自助餐厅我也不去了，等肖诺回来吧。"

寒陌皱了下眉："你不饿？"

言易冰尴尬道："我想回去换件衣服再去吃，穿睡袍出去，太丢人。"

寒陌：……

寒陌站起身：“那我去带吃的回来，你想要什么？”

言易冰快要饿死了，也不客气：“一碗水果酸奶，多放猕猴桃，一份三明治，三片厚切牛肉。”

“嗯。”

寒陌低低应了一声，想了想，看了看言易冰：“一会儿给我开门。”他如果把卡带走了，屋里的所有电器都会断电。

言易冰点头：“谢了。”

寒陌出门，一边走一边低头给肖诺发消息。

“我不来了，你们早点回来。”

肖诺还坐在简易的小马扎上吃烤串，他正准备吩咐老板打包一份鱿鱼和蛤蜊带回去，就收到了寒陌的消息。

郁晏抬眼，问道：“寒陌还不来？”

肖诺：“不知道，可能有事吧，叫我们早点回去。”

郁晏看了看表：“言易冰也没过来，潜水这么好玩？”

陈驰摆摆手：“不用管他，撒开玩吧，咱们出门的机会也不多，等会儿再回去。”

寒陌下楼取了三趟，才把所有的餐取齐。

言易冰看着热腾腾的牛肉直咽口水，也不跟寒陌客气，拿起叉子大口吃了起来。

寒陌递过去一杯柠檬水：“你慢点。”

言易冰拢拢碎发，一扬下巴，喝了口柠檬水：“谢谢。”

寒陌也坐在旁边吃饭，他咬了一颗水牛芝士，水牛芝士表皮油光水亮，秀色可餐，像洁白柔软的小雪球。牙齿咬破后溢出淡淡的鲜奶香，含在嘴里，又弹又绵滑，口感细密。

寒陌似乎有什么心事，心不在焉，吃得很慢。言易冰倒是吃得专心致志，似乎刚刚那种尴尬的场面在洗过澡后也被他短暂遗忘了。

寒陌给他带了很大一碗水果酸奶，言易冰吃完了三明治，就不太吃得下去了。他慢条斯理地舀起酸奶，往嘴里喂，目光始终看着时间。

那帮人吃个烧烤也太慢了。再不回来，他等会儿睡外头吗？正想着，梁和风又发消息过来。

“冰，吃完饭了吗，玩一盘吗？”

言易冰也没避着寒陌，手机就放在桌面上。

“房卡没在我身上，回不了房间，现在玩不了。”

他也懒得解释房卡为什么不在自己身上，虽然梁和风看见这句话可能会觉得莫名其妙。

梁和风果然没问，他提了另一件事。

“微博回复一下我哎，艾特你半天了。”

言易冰挑了下眉，赶紧打开微博。他没对梁和风设置特别关注，也没有发博提醒，所以梁和风的艾特，被隐藏在十多万条消息提醒里。

他直接点开梁和风的微博，才发现梁和风把他的自拍发了出去，配字——

“@电竞梁和风：好兄弟出去潇洒了，什么时候咱俩也约一次啊，好像自从高中辍学就没再一起旅游了。”

因为这条带有言易冰最新照的微博，梁和风的评论瞬间破了万。

有几个电竞大V号转发了，剩下的都是Zero粉丝的留言。

“啊啊啊啊啊我晕了，这是什么清纯小少年啊！”

“谁能相信他二十五了，这才十八吧！是弟弟吧！”

“好乖笑起来好好看，眼睛也好漂亮，皮肤也白，我酸了。”

“他们果然组团去旅游了，我看AXE和CNG的队员也发旅游照了！”

“这些人不直播不训练就是在搞这种事，羡慕了！”

“东亚对抗赛！东亚对抗赛！东亚对抗赛！别歇了！”

……

言易冰看着梁和风的微博，心中冷了几分。这是他的私人照片，根本不打算曝光的，发给梁和风也是出于信任。没想到梁和风没通知他，转手发布出去了。

他不愿意猜测梁和风是为了热度或是其他目的故意为之。他很珍惜当年这段同学情谊，不想给两人曾经的关系抹上一层阴影。

只是现在，他还是有点心累和疲惫，微博发布超过了一个小时，让梁和风删掉也无济于事了。言易冰皱着眉，问梁和风。

“你怎么发出去了，我随便照的，没打算曝光。”

片刻后，梁和风发了条语音。梁和风态度倒是很好，语气也很软，甚至有些慌张和愧疚。

“不能发吗？抱歉啊冰，我没想那么多，就是回想起以前一起出去玩的时候，有些情绪上头，要不我删了吧。”

言易冰叹了口气，回道：“算了吧，没事。”

或许梁和风真不是故意的。他们以前个性都大大咧咧，不然也不能成为朋友。不过说到旅游，他跟梁和风还真不算有什么回忆。明明都是学校组织的统一夏令营，全班一起去的，要回忆也是全班的回忆。私人旅游，他以前只和父母去过。

寒陌站起身，淡声道：“我吃饱了。”

说罢，他推开椅子，往床上一躺，默默玩起了手机。

言易冰扭过头，打量他。

寒陌情绪不佳，好像只要和梁和风接触，寒陌的情绪就不会太好。梁和风他妈妈带来的阴影真就那么大，让寒陌厌恶至极？不过也是，毕竟他还这么年轻，意气用事也说得通。

他作为曾经的师父，多少得开导开导。

言易冰走过去，问他：“你又生什么气呢？”

寒陌静默半晌，轻嗤：“人家发你照片一个多小时了你都没发现，引流的效果的确不错。”

他随便一查，这一个小时，梁和风的粉丝涨了一万。

言易冰刚想让他别这样，但转念一想，估计又会激怒寒陌。

于是他把话咽回去，低声道：“我怎么发现？我微博消息提醒都没点开过，而且也没给他设置特别关注，微博也不会弹出通知。”

寒陌不作声了。

言易冰维护梁和风情有可原，但作为朋友，至少他们现在是朋友，寒陌替他觉得不平，但又没法说出口，干脆也发了条微博，艾特言易冰。

“@Prince-寒陌：你觉得我为什么生气？@Zero-言易冰。”

言易冰刚准备以过来人的心态劝寒陌火气不要这么大。还没说出口，手机响了一声。

他皱眉，伸手捞过手机，看了一眼，微博的界面顿时弹出了无数条消息。

他握着手机，转过脸看向寒陌，莫名其妙问：“出来旅游你还得让粉丝撕一波？”

果不其然。

以寒陌微博为战场的两家粉丝口水战浩浩荡荡地打了起来。言易冰的粉丝也没心情上梁和风那里舔美图了，纷纷来寒陌微博下支援。

这下就连不关心电竞圈的路人都知道，有两个电竞选手关系不太好。

言易冰轻哼一声，大大咧咧往寒陌床上一躺，望着并不算高的天花板：“满意了？”

寒陌没说话。网上骂得沸沸扬扬，把他们俩的关系形容得水火不容，但现在，事件的两个主人公还有空在这里聊天。

梁和风始终注意着自己的微博，他看到粉丝数突然不涨了，评论第一也不再是羡慕他和言易冰的兄弟情，而是一条呼朋引伴的骂战邀请。梁和风顺藤摸瓜，摸到了寒陌的微博。

寒陌大言不惭地艾特言易冰，还一副质问的口气。评论里粉丝骂得声势浩大，也就只有两个顶级职业选手粉丝才能骂成这样，一条条实绩列出来，谁也不服谁。

言易冰还没有回复。寒陌都如此公然挑衅了，言易冰竟然还不出来跟他撕破脸。

梁和风心中苦涩，这个寒陌作为朋友在言易冰心里的分量还是挺重的。

最开始，言易冰电竞圈的朋友只有他。任何比赛上的琐事，训练中跨不过去的坎，遇到的对手，全都会跟他吐槽。

后来言易冰有了郁晏这个朋友，有了更信得过的 Zero 队友，那些事，就渐渐不会跟他说了。而且他们分属两个战队，经常聊训练的事也不方便。

再后来，寒陌出现了。

当时全联盟看好的最佳新人，言易冰最期待的继承人。梁和风从来只看过别人欣赏言易冰的眼神，还没看到过言易冰欣赏别人的眼神。在寒陌这里，他看到了。

可最后，言易冰还不是被寒陌给背叛了。寒陌不愿屈居人下，跑到 Prince 当队长去了。

梁和风心中一动，觉得自己应该在言易冰面前表现一下。于是他赶紧转了寒陌的微博。

“@梁和风：我兄弟是脾气好，但也不是任人欺负的！”

转发完，他立刻给言易冰发微信。

“看到你和寒陌的事了，不管怎么样，兄弟挺你。”

言易冰看得心烦意乱，这次干脆没回梁和风。

他歪过头看向寒陌，用手指撞了撞寒陌的胳膊：“干吗呢，赶紧删掉，都闹大了。”

寒陌抬眼，不咸不淡道：“你怎么不让人把你照片删了？”

言易冰眨眨眼，皱了下眉，斥道：“这是一回事儿吗，快点！”

寒陌眼睑微垂，扫了眼自己的微博。他见梁和风居然转他了，眼底有些不耐，于是顺手将微博设置了仅自己可见，顺便拉黑梁和风。

言易冰见搜不到寒陌这条微博了，才稍微放心。反正骂战的热度上得快消得也快，粉丝没了战场，只能在论坛里多开几个帖子。

寒陌却反问他：“我删了，你让梁和风也删了。”

言易冰不解道：“你到底跟他较什么劲？他年纪比你大，电竞水平不如你，粉丝也没你多，现在都退役了，你就算找对家也找个旗鼓相当的吧。”

寒陌敛眸：“他就是想利用你，你别继续被他纠缠了。”

言易冰深吸了一口气，不耐烦道：“我被不被他利用关你什么事，也不知道寒神什么时候这么路见不平了。”

言易冰说罢坐起来，直接穿好拖鞋，进了卫生间。他没有什么地方去，但也不愿意跟寒陌吵了。

小朋友的脑回路他真是理解不了，就算梁和风别有用心，那也是他倒霉，寒陌少不了一块肉，不知道跟着瞎操心什么。

卫生间始终开着通风器，清凉的风一吹，言易冰冷静了片刻。想了想，他还是低下头，给梁和风发了条微信。

“你还是把微博删了吧。”

过了一会儿，梁和风问：“刚才不是说没事吗，你和寒陌是因为这事儿？”

言易冰苦笑。这件事确实是导火索，但他总不能直说是因为寒陌看你不顺眼吧。不过他也确实不想让这张照片在网上挂着，让梁和风删了也不费事，起码他看着好受点。

“是我不太喜欢曝光照片，不自在，你删了吧。”

“好。”

言易冰都这么说了，梁和风也不好再坚持。

很快，言易冰在梁和风这里刷不出那张照片了，只有梁和风最新的一条宣誓挺他的微博。可因为寒陌那边也没了，后来的人也不知道梁和风在挺什么。

言易冰给肖诺打了个语音电话，问他什么时候能到游轮。

肖诺赶紧道：“在电梯呢，马上到了，给你和队长带了烤鱿鱼。”

言易冰松了一口气。他从卫生间出来，没跟寒陌言语，直接推门出去了。本想在走廊里等一会儿肖诺，没想到刚一出门，言易冰就撞上先一批上楼的郁晏和丁洛。

郁晏再一次迷惑地看着他：“你不会真背着我们在复盘比赛吧？”

言易冰无语地看着他：“没带房卡，在这儿借地方洗了个澡。”

郁晏“哦”了一声，又问他吃了东西没有。

“吃了，寒陌去自助餐厅帮我拿了点吃的。”

郁晏皱皱眉：“哎，早知道我提前点儿回来了，让你俩待一个房间，挺尴尬的。”

言易冰靠着墙，懒懒散散道：“还行吧，一般尴尬。”最尴尬的事情都发生了，其他已经无所畏惧。

正巧，肖诺也上来了。他手里的烧烤飘着香味儿，很快蔓延在狭窄的过道里。肖诺把背上的包取下来，递给言易冰，笑呵呵道：“饿了吧？”

言易冰冷冷地扫过去，轻哼：“回来这么晚，你还记得有我这个人吗？”

肖诺：？

他茫然地看向郁晏，郁晏摊摊手。言易冰早就想换衣服了，赶紧摸出房卡，进屋了。

走廊里，肖诺喃喃道：“我好心给他带吃的，怎么还发这么大火。”

言易冰换好衣服，把用过的睡袍扔进脏衣篓，一身清爽地从房间出来。

陈驰撺掇大家一起去打保龄球。保龄球场地一百美元一小时，不限人数。昨天陈驰就想玩，因为有人要喝酒，被劝住了。反正现在没事，于是十来个人的队伍浩浩荡荡地往十层游戏厅走。

游戏厅占了整整一个平层。有健身房、剪纸屋、Xbox 青少年室、保龄球房、桌游房、跳舞机，VR 射击、临时幼儿园、篮球馆……大部分项目都是需要额外消费的，但也有游轮组织的各种免费竞技活动，每小时一场，第一名会得到游轮官方送出的精美礼品。

言易冰在第一排跟陈驰闲聊。在去保龄球室的路上，游轮组织的竞技比赛正在进行。场地外的玻璃窗上挂着小白板，上面写着各种比赛的报名时间和奖品。现在进行的是飞镖比赛，第一名的奖品是一副 Cleto Reyes 拳击手套。

言易冰眼尖，感叹了一句："哇，奖品不错啊，看得我都想参加了。"

陈驰顺着他的目光望了望，喃道："什么东西？"

丁洛在一边解释："游轮上的比赛活动，赢了给奖品，奖品都不错，之前还送了 iPad 呢。"

郁晏揽着她的肩："现在这是……飞镖？"

言易冰遗憾道："嗯，飞镖这东西还是外国人玩得好，拿第一很难的。"

陈驰随意道："咱们这里也没人会玩吧，飞镖跟压枪还不是一回事儿，喜欢大不了买一个呗，又没多少钱。"

言易冰轻笑："不是钱的事儿，赢的更开心啊。"

但他也只是随口一说，他们很快走过了活动区，也就没人再提飞镖的事了。

跟在后面的寒陌经过时扫了一眼比赛安排。

晚上七点，还有一场飞镖比赛，奖品依旧是 Cleto Reyes 拳击手套。明天的比赛就没有这个奖品了。如果想拿到手套，晚上是唯一的机会。

肖诺疑惑道："队长，你对活动也感兴趣？"

寒陌收回目光，淡淡道："还行。"

肖诺好奇道："你会玩飞镖吗，我看他们距离还是挺远的。"

寒陌："会点儿。"

在没有进入电竞行业前，寒陌什么都做过一些。

那时候，在有些酒吧里，飞镖打得好是可以赚钱的。只不过镖靶上标的不是数字圈和分区网，而是一瓶瓶酒的名字，射中哪瓶，就有人给开哪瓶。如果拿到了酒不想喝，可以转手便宜出给其他人。

晚上七点半，照例是看百老汇剧场音乐剧，今天演的是《悲惨世界》，也是值得一看的经典。

六点半，一帮人约去一家日本餐厅吃铁板烧，准备吃一个小时直接去看音乐剧。等到了餐厅才发现，寒陌没来。

肖诺左看右看："我们队长呢，刚才还在游戏厅啊。"

寒陌有时候的确独来独往，不习惯热闹纷杂的环境。言易冰说："可能累了回去休息了吧。"

肖诺："那也得吃饭啊，我给他打个电话。"

他拨通了寒陌的电话号码，等了一分钟，没人接。肖诺摊了摊手。

六点五十，陈驰已经点完菜了，一道道海鲜和牛羊排在铁板上煎着，吱吱作响。很快就可以吃了，但寒陌还没来。

言易冰推开冰啤酒，从座位上站起来："我回去取点东西，你们先吃。"

肖诺："冰神，那你帮忙去我们队长房间看看，他可能睡着了，叫他出来吃饭。"

言易冰擦擦手："行。"

他拿起手机，手插着兜快步离开餐厅，往十一层走。日本餐厅在九层，他们的房间在十一层，走楼梯比坐电梯快。

他一迈进楼梯，就见一帮十来岁的小孩子急匆匆往十楼跑。

"快点快点，飞镖比赛要开始了！"

"我一定要得到拳击手套！"

"胡说，手套肯定是我的，我下午第二名，第一那个拿了奖就不能再参加了。"

"那也可能出现更厉害的啊。"

"不可能，更厉害的要玩早玩了！"

言易冰轻轻挑了下眉，飞镖比赛。那个拳击手套他也想要的。

只不过他玩飞镖的水平一般，而且也不好意思跟十多岁的小朋友争。不过路过十楼，他还是忍不住朝活动室的方向走过去。

那些小朋友显然是参加比赛的，一溜烟儿跑没了影。言易冰则慢慢悠悠地晃荡，等他到了场地，已经快要七点了。

咚！一声鼓响，比赛正式开始。

言易冰站在玻璃窗外，随意抬眼向里看。只一眼，他就怔住了。

寒陌站在队伍里，比所有其他参赛者个子都高，显得有点过分夺目。他单手插着兜，面色微冷，不苟言笑，头微微低着，碎发遮在眼前。因为他的存在，周围观看比赛的女生都多了起来。

言易冰环抱双臂，静静站在不起眼的角落，微眯着眼，听身边的女生唏嘘。

“那个高个子的男生长得好帅啊。”

“电影学院的吧，你看他的手环，还是 VIP 呢，肯定也挺有钱。”

“你敢去要个联系方式吗？”

“我不敢，他好高冷哦，都不笑的。”

“可是我好喜欢这个调调的男生，怕什么啊，说不定这就是突如其来的桃花运呢。”

“去去去，要去你自己去，我可不好意思。”

言易冰肩膀贴着玻璃窗，莞尔一笑，目光又落到寒陌身上。难道寒陌也喜欢那个拳击手套？居然连饭也不吃，音乐剧也不看，来参加这个。

前面已经有好几个游客脱靶了，他们沮丧地摇摇头，一边回到队尾，一边吐槽飞镖太难。

成绩最好的，是刚才从言易冰面前跑过的一个小朋友，打中了外中心圆，二十五分。

很快，轮到了寒陌。

言易冰微微抬起下巴，让自己看得更清楚一些。他没听说寒陌会玩飞镖，虽然这个游戏，跟他们的职业训练稍微擦了点边。

比赛场地内，工作人员递给寒陌一只镖。飞镖做得十分漂亮，镖翼红黑相间，是半扇枫叶的形状，镖杆带着细小刻度，仿若蝉腹一样的条纹，镖针锋利，在明晃晃的白炽灯下，泛着冷冽的银光。

寒陌将镖捏在手里，用指腹轻擦，飞镖在他指尖转了转，灵活得好像长在了他手指上一样。

工作人员询问他是否要尝试一次。之前的每位选手都选择了一次尝试机会，但尝试是不算成绩的，哪怕射得好也不算。

寒陌摇摇头，没说话，工作人员退开了。

言易冰被周围的氛围带动着，不由得屏住了呼吸。但寒陌却镇定得多。他眼睑轻颤，瞳仁缩了缩，眼尾折起一小道又深又狭长的痕迹。他用三根手指攥住飞镖，小指自然伸展，指甲下的颜色依旧保持着淡红，并未过分用力。

镖针稍许向上，瑟瑟光影集中在针尖的一点，明锐的光亮晃得人眼前繁乱。飞镖只在他耳侧停顿几秒，寒陌嘴唇轻抿，干净利落地出手，一道寒光，快得让人看不清轨迹。

言易冰睁大了眼睛，鼻尖贴在玻璃上，努力看着。

这一镖，不偏不倚，打中内中心圆。工作人员猛地吹了下口哨："五十分！"

寒陌神情放松了些，盯着镖盘看了片刻，很平静地转身，走到队尾，排第二轮。

言易冰惊讶地微张着唇。

重力，距离，镖尖下沉的速度，时间，这和他们平时快速判断各种枪子弹的轨迹类似，经常处在训练状态的选手都有这种敏感度。但只一下就打中靶心，绝不是仅有电竞根基或运气好就能做到的。

寒陌是真的会玩飞镖，而且水平远超普通人。

这家伙，到底什么时候学了那么多花样？身边两个女生低声尖叫起来。

"啊啊啊啊啊好帅我疯了！"

"人长得好飞镖也玩得好，他喜欢拳击手套，说不定还会打拳击哎！"

"我不行了，我一定要要到联系方式，我要追他！"

"姐妹，别跟我抢好吗。"

言易冰摇摇头。寒陌是肯定不会拳击的。他们电竞选手不会拿身体和手开玩笑，拳击很容易受伤。他喜欢那个手套也是觉得酷而已，不会真拿去玩。

第二轮。轮到寒陌，欢呼声明显高了起来。他显得比第一次更轻松，抬手，瞄准，干净利落地甩出。手腕的力量使飞镖几乎是以平行地面的轨迹射出，没有悬念，还是靶心。

那个志在必得的小孩儿明显失落起来，他两次都不如寒陌，寒陌比上午那个第一更强。

三轮比赛，寒陌毫无悬念地拿了第一。拳击手套，落在了他手里。言易冰站在玻璃窗外，眼底含着温和的笑意。接下来是简易的颁奖仪式，言易冰没有继续在这儿待着，毕竟音乐剧已经要开始了。

至于晚饭，他和寒陌就都先饿着吧。

角落的位置空了出来，谁都不知道，他曾经在这里出现过。

寒陌拎着拳击手套，站上领奖台，跟镖盘合了个影。那个没拿到名次的小孩儿走过来，垮着一张脸，快要哭了。

“哥们儿，我真喜欢这个手套，你要不便宜卖给我得了，我第二，跟你名次就差一位。”

他的意思，要是没有寒陌，手套就是他的了。不过愿赌服输，他也不打算白要，准备用低于市场价的价格买回来。反正这手套是白送的，对方肯定不会要高价。

寒陌淡漠地扫了他一眼，把装手套的黑色包挎在肩上：“我不缺钱。”

小孩儿缠着他：“我多给你点行不行，你这个也是白得的。”

寒陌不耐烦地皱了皱眉，抬腿往门外走：“不行。”

小孩儿跟上去：“为什么不行啊，这里又没拳击馆，你戴着手套也玩不了啊，我……”小孩儿灵机一动，哽咽道：“我爸今天过生日，我想把这个手套送给我爸当生日礼物，行吗？”

寒陌微眯眼，脸色冷了冷：“我不玩也不卖，你爸生日关我什么事。”

酝酿许久准备来要电话号码的两个女生：……长得这么帅，怎么这么凶。

当晚，言易冰欣赏完音乐剧，揉着空荡荡的肚子，慢悠悠地乘电梯上楼。他走到房间门口，看见水金色的门把手上，挂着一副拳击手套。

Cleto Reyes。

寒陌赢得的那个。

YOU XI

游戏

CHAPTER 18

言易冰用食指指尖将拳击手套勾下来，摸了摸。手感不错，皮质上还有一股新拆封手套特有的味道。

他把手掌伸进手套里，攥拳挥了两下，手套轻轻打在门上发出咚咚的闷响，手指半点不适感都没有。不愧是他喜欢的品牌。

言易冰把手套摘下来，向寒陌的门口望了一眼。房门紧闭着，但门上的小灯是绿色的，说明里面有人。他干脆抱着手套走到寒陌门口，敲了两下门。

半分钟后，里面有响动，门打开了。寒陌的头发有些乱，房间桌面上的电脑开着，电脑屏幕亮着蓝莹莹的光。打开门看见言易冰，寒陌似乎并不意外。

言易冰懒散地靠在墙边，拇指拂过手里的拳击手套，问寒陌：“你送我的？”

寒陌点了下头：“赔礼。”

言易冰随即想到中午的事。他好像气急败坏地进了卫生间，还让寒陌少管闲事。原来寒陌以为他生气了，所以把拳击手套赢回来是向他道歉的。言易冰有些惊讶，他倒是没想到寒陌会这么较真。言易冰翘了下唇，轻飘飘道：“没真跟你生气。”

他说的是实话。虽然寒陌的情绪有点大，非揪着梁和风不放也很越矩，但为了这点小事就生气，言易冰心里觉得不值得。

“寒神什么时候连飞镖都会玩了？”言易冰问。

寒陌不想提自己以前拿不上台面的过往，所以轻声道：“晚上玩的人都太笨，我运气好。”

“哦。”言易冰若有所思地点点头，也没戳穿他。

运气好，能次次射中内中心圆，这种运气，还不如去买彩票。

寒陌根本不知道他看了全程比赛。言易冰深吸一口气，目光落在手套上：“Cleto Reyes 的手套得二百美元一副，也不算便宜了。”

寒陌皱眉，觉得言易冰是不想要的意思，他刚欲开口，言易冰缓缓道：“所以我收下了，我很喜欢，谢谢。”

寒陌闭上了嘴。

言易冰乐颠颠地把手套送回了自己的房间，塞到皮箱里，然后又关上门，转回寒陌门口。

“你吃饭了吗，我刚看完音乐剧，还没吃。”

寒陌 :“我也没吃，不太饿。”

言易冰抬头，透过寒陌肩膀的缝隙朝他房间里看：“在干什么？”

寒陌让开一条路，低声道：“没什么事做，在看比赛。”

言易冰见他没拦着，直接迈步进去，目光落在寒陌的电脑屏幕上。游戏画面已经暂停，但言易冰扫了一眼，发现是今年韩国区的绝地求生比赛。东亚对抗赛，他们的对手就是这些人了。寒陌是在提前了解对手。

也太刻苦了点，现在还是度假期呢。言易冰没坐在椅子上，而是躬下身，双手撑在桌面，显得很客气，他问：“看得怎么样？”

寒陌淡淡道：“还不错。”片刻后，他换了个形容，“很强。”

“嗯。”言易冰点点头。韩国那边的选手，一直是强劲的对手。

言易冰随手把寒陌的电脑合上，轻声道：“我们能赢。”

寒陌下意识攥紧拳。言易冰刚刚说“我们”，他们两个有一天能成为队友，这在两年敌对的电竞生涯中，几乎是想都不敢想的事情。

但因为东亚对抗赛的举办，这件事即将成为现实。他们都知道，东亚对抗赛选出的四位中国队队员中，一定有他们两个。这种类似并肩作战的话从言易冰口中说出来，对寒陌来说意义非凡。

寒陌胸口些许酸涩，停顿了半晌，才轻轻点了下头。言易冰懒洋洋地站直身子，揉了揉腰：“别用功了，陪我去吃点东西，现在就我们没吃了。”

寒陌早就把分析对手忘到脑后了，言易冰一说，他也觉得有点饿。

他随手抓起外套：“好。”

已经晚上十点，只有自助餐厅还开着。他们到了餐厅，里面只有水果、比萨和一些汉堡了。比萨是现烤的，旁边有装辣椒和番茄酱的盒子。烤比萨的厨师都是意大利籍，做的味道很地道。

寒陌和言易冰一人拿了两块比萨，寒陌挤了番茄酱，言易冰拿了些辣椒末。

水果台边还有无限供应的牛奶。言易冰扬了扬下巴：“去拿两杯牛奶？”

寒陌放下比萨，问：“你要巧克力味儿的还是草莓味儿的？”牛奶只有这两个味道，没有言易冰爱喝的燕麦味儿。

“草莓的。”

“好。”

寒陌给自己拿了杯巧克力的，给言易冰拿了个草莓的。言易冰撕开包装，扬起脖颈，猛地喝了两三口。他是真的渴了。

吃完了两块比萨，肚子里有了东西，言易冰看了看时间。已经十一点了，但按他们的作息，离睡觉还早。明天的目的地有个熊山啤酒节，可以尽情地品尝各类啤酒，所以今天晚上，大家默契地没约酒。

言易冰擦了擦嘴：“小朋友们现在肯定睡觉了，我们去游戏厅玩Xbox？”游轮房间里的电视屏幕太小，玩起来不尽兴，还是游戏室的大屏幕好。

因为游戏室是全天二十四小时开放，白天抢得头破血流，晚上人就少得可怜。他们可以趁这个空隙过去过两把瘾。

寒陌稍许局促：“我没玩过。”

他虽然是电竞选手，但却一次都没碰过PSP、Xboxone、Switch之类的游戏机。他的生活其实很单调，游戏于他是梦想也是工作，他不想分散精力。

言易冰“啧”了一声，意味深长道：“寒队长终于也有不会玩的东西了。”

寒陌点头：“很多。”

言易冰安慰他：“没事啊，很简单的，我教你。”

这句“我教你”说出口，两个人都有点恍惚。

当初，言易冰也是一副懒懒散散的样子，勾着唇，杏核眼微弯，手指搭在寒陌肩膀：“我教你玩 PUBG，我很厉害的。”

寒陌不慎咬到了舌尖，感受到了刺痛。他回道：“好。”

两人沿着楼梯朝十楼走。晚上的人少了很多，窗外依旧是浓郁的黑夜，海浪翻滚，夜色静谧，游轮继续向下一个目的地航行。走到游戏室门口，里面没传来任何打游戏的声音，言易冰眼前一亮。他们刚准备推门进去，从不远处疯狂跑过来四个人。

“快快快，我们刚刚先来的，只是回去拿了个衣服！”跑得最快的一个冲言易冰和寒陌喊道。

言易冰抬眸扫了他们一眼，估计也是逮着空隙来玩游戏的。他淡淡道：“里面两个屏幕，都没人。”

打头的人气喘吁吁：“我们有四个人。”

言易冰轻呵：“所以你们还准备占两个机器？”

那人理直气壮道：“我们带小孩来的。”

他推出来一个蔫儿瘦的小孩，暗示言易冰，他们进去玩天经地义。被推出来的小孩倒是心虚地低着头，眼睛乱瞟，背稍微有点驼。

言易冰一看就知道他是胡说的，于是顺手拍了拍寒陌的肩膀，扬起下巴，坦坦荡荡道：“我带的这位也是小孩。”

寒陌侧目，意味深长地扫了他一眼。言易冰用手指轻轻点了点寒陌的肩膀，示意他别露馅。寒陌到底没戳穿他。

驼背轻轻碰了碰老大，低声道：“我们玩一个就可以了，轮换着玩儿呗。”

老大怒其不争：“等这两个机器等一天了，要是轮换玩早就能玩了，不就是想联网吗！”

驼背闭了嘴，往后缩了缩。

老大挺着松松垮垮的肚子：“要不比一把，你们输了就把游戏机让给我们，够公平吧。”

言易冰和寒陌对视一眼。寒陌皱眉：“我不太会玩。”

言易冰叹息：“我的这位朋友第一次接触游戏机，只会玩切水果，要比切水果吗？”

老大轻嗤一声：“开什么玩笑啊。”

他后面的人也跟着附和：“对啊，谁玩切水果那么幼稚的游戏。”

“你们不会玩干脆别玩了。”

就连那个一直心虚的驼背都挺直了脖子：“你们要是不敢比就让给我们吧，我们正准备联网玩战地呢。”

老大拧开手里的可乐瓶，猛地灌了一口，肚子一绷：“战地双雄比一把，谁先死谁就离开，在游轮这几天，都不许来游戏室，行不行？”

寒陌脸色微冷，问：“战地双雄是什么？”

他完全一窍不通。对方明知道他不会玩，专门挑自己擅长的游戏跟他们比。寒陌本来耐心就有限，说罢，他向前迈了一步，挽了挽外套的袖子。他长得高，肌肉也结实，脸色一沉，的确有点吓人。

最㞞的驼背见状不好，赶紧溜到了老大身后。言易冰却一把拽住寒陌的领子，将他扯了回来。

“别着急，我保证你学得会。”

言易冰眉眼间带着笑，半长的头发微卷着垂在耳侧，显得温文儒雅。

他气定神闲地问：“你确定要跟我们比 FPS 游戏（第一人称射击类游戏）？”

寒陌闻言挑了下眉。FPS，所以是撞到了他们的专业？

老大轻嗤：“废话少说，敢不敢比？不敢比就赶紧走。”

言易冰莞尔一笑，好脾气道：“比啊比啊，你说的哦，谁输了这几天都不能来游戏室。”

说罢，言易冰率先推门进去，寒陌只好跟上他。

言易冰选了左边的机子，Xbox 已经连接好，手柄在桌面上摆着。

寒陌无奈：“没想到出来旅游还是要比赛。”

“你不是早就比过一次了？”

言易冰拉过椅子，坐下，懒散地跷起腿。等寒陌坐在他身边，言易冰拨动手柄，轻声道：“飞镖比赛我看到了，厉害啊寒神。”

寒陌手指停顿片刻，他表现得不错，言易冰看到了，并且也认为他表现得不错。他低低“嗯”了一声，片刻，又补充了一句：“只是之前学过一点。”

言易冰透亮的眼睛专注地盯着屏幕，听了他的话，只是自然地扯了下唇角。寒陌把注意力也放在屏幕上。

“谁上啊咱们？”

“畅哥你上，你比较厉害。”

“对对对，畅哥和随哥虐死他们。”

“行吗？”叫畅哥的老大看了一眼个子最高的随哥。

“行呗，其实谁上都行，虐他们还不是随随便便。”随哥一脸瞧不起人的模样，甩甩胳膊，一拧身坐在了椅子上，双腿一岔，抖着膝盖。

驼背乖乖地站在畅哥身后，俯下身，小声在畅哥耳边说了一句：“哥，选抢劫模式，银行图，他们不熟悉地图不会玩。”

畅哥挑了下眉，吸了吸肚子，刚准备说话，随哥不耐烦道：“无所谓吧，哪个模式我都不惧好吗。”

他说话的声音还挺大，让言易冰听到了。言易冰微不可见地勾了下唇，嗓音清晰缓慢地对寒陌道：“喂新人，LT 键瞄准，LB 扔炸弹，RT 开火，RB 给队友指目标，Y 切枪，B 蹲，X 充弹，长按上车开门，左摇杆移动，右摇杆观望，其他的边玩边告诉你吧，记住了吗？”

寒陌用手指擦了擦游戏手柄，眼睛随着言易冰的介绍一一扫过那些键，几秒后，他淡淡道：“记住了。”

寒陌聪明，记忆力好，言易冰很早就知道。

“噗，连这都不会。”驼背“扑哧”笑出了声。

那位趾高气扬的随哥也抖了抖肩膀：“我醉了啊兄弟，这还玩什么啊！”

畅哥干脆鼓着肚子道：“要不你们走得了，别一会儿太丢脸，游戏机本来就是给熟手玩的，你们要是喜欢切水果电脑也能玩。”

寒陌冷冷地朝他们的方向扫了一眼，言易冰拍了拍他的肩膀，偷偷道：“活的弹幕教练，生什么气。”他们和网络上的弹幕教练还真是异曲同工。

言易冰登入游戏，和寒陌自动进入小房间。

“快点吧，赢了你们我们还得玩切水果呢。”

随哥轻嗤一声：“就让你们选模式，别说我们欺负人。”

言易冰瞥了寒陌一眼，寒陌轻声道：“都有什么模式？”

言易冰轻轻叹了口气，莞尔一笑，冲那位随哥道：“我们新人不知道什么模式，干脆你们选吧。”

驼背顿时喜形于色，赶紧拍畅哥的肩膀：“哥，抢劫模式。”

畅哥当然不会放弃到手的优势，于是心安理得地选了抢劫模式。

他又问了一句：“警匪你们也随便吧？”

言易冰悠然点了下头：“嗯，无所谓。”

畅哥又去跟随哥说：“咱们选警还是匪？”

随哥有点不耐烦：“警察，赶紧三分钟解决他们，别磨蹭了。”

于是畅哥选了警察身份，言易冰和寒陌自动归到匪徒身份。

游戏地图是一所银行，活动范围还包括停车场、地铁口、马路。匪徒需要闯入地下保险库，夺取钱袋，再冲上直升机领取地，开着飞机运走钱袋，在这期间警察必然会阻止。所以前期是匪徒进攻，警察防守，拿到钱袋后，又是警察进攻，匪徒防守。

游戏是五人组队模式，由于人数不足，系统会随机匹配机器人队友。

一进入游戏，言易冰和寒陌落在了车库门口。寒陌快速熟悉了一下手柄，皱眉道：“DPI（分辨率，DPI 过高会剧烈抖动，正常情况下，DPI 越低越好，职业选手会根据情况调整适合自己的 DPI）过于低了。”

言易冰眼底含笑：“忍忍吧，配置肯定不如平时用的。”

寒陌差不多了解了每个键的用处和作战目的，问言易冰：“我们先干什么？”

言易冰还没答，对面幸灾乐祸道：“你们干脆原地投降吧，不是我们吹，这个模式这个图，哥儿几个还没输过。”

言易冰挑了挑眉，云淡风轻道：“有趣。”

他向寒陌道：“我们要炸开大门，你去中西侧大门，我去保险库大门，炸开大门之后不用我说了吧。”

寒陌抬眸，眉头一皱：“跟他们硬打？”

言易冰笑得和颜悦色：“笨，我们是匪徒啊，当然是赶紧入地库抢钱了，取钱是唯一目的，千万别恋战。”

寒陌“哦”了一声，跟着说：“那这游戏还挺一般的。”

随哥撇着嘴，膝盖抖得愈发厉害，瘦杆似的身材在椅子上晃着，晃得椅子咯吱吱作响。

“想多了吧，你们连保险库都进不去就会团灭好吧。”

畅哥腾出手拍了拍随哥的肩：“守好，他们要过来了。”

随哥懒洋洋地扭了扭脖子，俯瞰众生：“我可以让他们一只手。”

畅哥立刻阻拦：“别别，没必要，让他们赶紧输。”

这种话对寒陌和言易冰来说都很新奇。以前 PUBG 的各大赛事上，都允许选手先互呛，但是因为职业选手们知根知底，谁也不会对他们俩说无脑的话，毕竟到了最后，大概率会被打脸。言易冰七年的职业生涯，第一次被人当作菜鸟。

随着炸弹爆开声，银行两个大门卷起滚滚浓烟。言易冰顶着浓烟，迅速切换地图，只看了一眼，地图上的所有信息点就被他记了个七七八八。他并不恋战，提起枪，快速冲向保险库。

与此同时，第三个大门也被 NPC 队友炸开，枪声同时响起。畅哥和随哥是老玩家，对防守点摸得很清。言易冰一露面，就被人拿枪围了起来。但他并不慌张，而是借着银行地图跟警察绕圈。他需要等待所有人集合，毕竟在地图的熟悉程度上，他们还是吃亏的。

言易冰轻声问寒陌：“到了吗？”

寒陌：“嗯。”

下一秒，二层楼的炸弹击穿了保险库的天花板。烟火散去，寒陌直接从二楼跳下了保险库。他的运营太少，所以跳楼时失了部分血，但这也是他提前预估过的。

后方骤然失手，让警察有点慌张。

随哥怒道：“谁没去守二楼？”

畅哥烦躁：“匹配的机器人不听使唤，下面门一炸他们都跑过来了。”

随哥深吸一口气：“堵堵堵，把他们憋死在保险库！”

畅哥：“别急别急，他们肯定废，我杀了他们两个人了。”

言易冰这边的两个机器人被对方打死，他则借助着队友的掩护，成功潜入地库，并从寒陌手里接过了钱袋。拿着钱袋的匪徒才是警察的最终目标，所以言易冰一跑，寒陌终于有时间补血。

此时，他们最后的一个机器人队友也被消灭。言易冰依旧气定神闲：“向楼顶直升机方向跑。”

寒陌补好了血，打掉一个机器人警察，吐槽道：“这是一个跑酷游戏？”

言易冰乐呵呵道：“也算吧。”

他扛着钱袋，一路向上，堪堪躲过守在楼梯口架枪的敌人，又拎着钱袋等待电梯。电梯上，自然有人拦截，好在死去的机器人队友已经重生。言易冰吩咐机器人跟他和寒陌一起上电梯。

电梯开到楼顶，大门刚一打开，密集的子弹就打了过来。多亏了队友做盾牌，言易冰抱起钱袋就冲，寒陌连射打掉了堵门的人。

“啊！”畅哥低叫一声。

随哥一皱眉：“怎么回事儿？”

畅哥扭曲着脸，烦躁道：“我失误了，刚刚按错了键，不小心让他们溜了！”

随哥腿伸直，猛地一踹电视柜，液晶屏幕颤了颤：“这也能失误！真输给两个新人你退游吧！”

畅哥深吸了一口气：“不会的，他们上楼顶就废了。”

畅哥说罢，打掉了一个机器人匪徒狙击手。

言易冰一边走位躲着子弹，一边向直升机的方位跑。还多亏了几位反复复活来送死的机器人，给他争取了不少时间。等终于跑到直升机附近，身后的五位警察已经虎视眈眈，齐齐冲上了房顶。

“有随哥在，他们必输！”驼背拍了下大腿。

畅哥也笑：“那是，随哥枪神啊，先打死那个拿钱袋的。”

言易冰突然不跑了。他躲在障碍物后，慢条斯理地回身，轻飘飘道：“寒陌，打掉他们，碍事。”

“嗯。”寒陌低应一声，不再逃命，而是转身切换步枪，开始反击。砰砰砰！三枪就打掉了那个被称为枪神的随哥。寒陌面无表情地躲进掩体，随手扔出去一颗炸弹。

随哥看到自己屏幕上逐渐暗红起来，不可置信地晃了晃手柄。他死了？对方一扭身就把他给打死了？

畅哥也难以置信，手上动作顿了一下，低声喊：“随哥，你死了？”

随哥怒骂了一声："刚刚眼花了，等我，我马上来！"

驼背赶紧道："随哥稳一点。"

畅哥却没再说话。因为停顿那一刹那，他的屏幕也红了起来。对方这击杀速度和精准度，简直像开了挂一样。

闪着火光的炸弹掀起滚滚烟雾，除了他，另一个机器人也被放倒。这游戏，炸弹的落点是有提示的，只要在脚下红光闪烁时及时躲开，就不会被炸到。可即便如此，他还是死了。

因为对方一共扔了两颗，一颗是虚的，第二颗才是实的，对方甚至预判到了他躲避的方向。

好在随哥很快在他身边重生。只见随哥额上青筋暴起，刚端起枪准备冲锋，又死了。

畅哥还没来得及开心，一口气又泄了下去。看见再次黑红的屏幕，随哥的脸也沉了下来。

他脸上的肌肉直颤，似乎难以相信眼前的画面。他不自信地甩了甩手柄，开始质疑，是游戏出 bug（故障）了，还是他眼睛出 bug 了。怎么能有人的射击效率这么高？只要被打就得死？

驼背吃惊地看看对面，言易冰抱着钱袋在看热闹，寒陌微微躬身，手肘支在膝盖上，脸上依旧没什么表情，哪怕第一次摸游戏机，手指却像加了倍速一样。

按他这种操作速度，DPI 的确是跟不上他的反应，也不怪他一开始就质疑 DPI 太低了。

他们好像一直都是这么从容。而且那个冷脸的，最开始还一副嫌游戏简单的表情。在那个爱笑的轻飘飘放言要杀了他们时，冷脸的终于认真起来。他一认真，简直把匪徒玩成了 bug。

本该在追击里占上风的警察，被打得毫无还手之力，他们这四个人中公认的枪神，连枪都没举起来，就被送走了。

寒陌一对五，击杀了警察全队，吐出一句："垃圾。"

言易冰如沐春风，招招手："过来，上飞机了。"

寒陌收起枪，跑到他身边，在警察来不及读条复活时，乘上飞机把钱袋带走了。

整个过程也就十分钟，如果不是最后言易冰让寒陌刚枪过过瘾，五分钟游戏就可以结束了。

畅哥和随哥看着游戏失败的界面，呆滞了。这真的是新人？

言易冰望着寒陌的眼睛，歪着头问：“好玩吗？”

寒陌迟疑片刻，低声道：“好玩。”

言易冰放下手柄，捏了捏有些发红的指腹，跷着腿，懒洋洋道：“我觉得一般，对手水平不够，游戏体验不好。”

寒陌点头：“嗯。”

这个游戏，警察比匪徒的优势更大。如果对面是和他们一样的职业选手，他们估计赢不了。

寒陌难得多说了一句话：“如果是比切水果的话，我可能会输。”

言易冰“扑哧”一笑，杏核眼弯着，眼睛亮晶晶的。他第一次觉得，寒陌挖苦人还是有点本事。的确，切水果他也没有底气。

言易冰冲对面道：“那个，你们该走了吧？”

随哥扔下手柄，脸色铁青，他动了动唇，不知道该说什么。他们熟悉的游戏，他们有优势的模式，居然还输了。

畅哥皮笑肉不笑：“搞笑吧兄弟，这也叫新人，你们故意的吧。”

言易冰也懒得解释，退出了战地双雄，随手搜到了切水果游戏。

“主机游戏我们俩的确是新人，但是 FPS 端游，我们大概也就是全国冠军的水平吧。”

驼背小声问畅哥：“哥，FPS 端游指的是啥？”

畅哥脸上的肉颤了颤：“兄弟别吹过了吧，你全国冠军是 CS 还是使命召唤啊？”

言易冰把手柄重新塞回寒陌手里，开始了双人切水果小游戏。他一边切一边漫不经心道：“PUBG 啊。”

驼背又低声问：“PUBG 是哪个，我英文不好。”

他身边的人贴着他耳朵说：“随哥落地成盒那个，因为总被人打死，所以不玩了。”

驼背：……

屏幕上，瓜果梨桃起飞，中间还混合着冒着火星的炸弹。言易冰和寒陌手忙脚乱地挥动手柄，还是不慎划到了炸弹。画面炸开，游戏结束——得分 1200。

“哎，切水果好难啊。”言易冰感叹道。

畅哥：……

在游戏室打完了游戏，言易冰伸了个懒腰，眼底泛着困倦。寒陌这时也放下手柄：“回去睡觉吧。”

此时已经凌晨一点了，整个十层都静悄悄的。

“嗯。”言易冰站起身，关了游戏室的灯，手插在兜里，跟寒陌慢悠悠地往外走。

他们走到楼梯口的时候，言易冰突然顿住了脚步：“寒陌，你先回去吧，我去大厅看看。”

寒陌一愣：“我和你一起去？”

言易冰敷衍地摆了摆手：“不用不用，你先去睡吧，我随便看看就回来。”

寒陌沉默了几秒，眼睑一垂，低声道：“我知道了。”

一楼大厅有个音乐吧，二十四小时营业。每天晚上都会有美女演奏钢琴或小提琴，一群年轻人在音乐声中摇曳舞动，纸醉金迷。那里的酒很贵，但如果点了，演奏的美女是很愿意跟你聊聊感情的。听说，美女中还有个俄罗斯的模特，非常热情开放。

言易冰莫名其妙道：“你知道什么了？”

寒陌敛眸轻声道：“我不打扰你了。”

言易冰抬了下手，想跟寒陌拜拜。但寒陌已经转身走了，他只好尴尬地把手缩了回来，蹭了蹭鼻尖。言易冰悻悻地将手插在兜里，也没等电梯，而是从十楼慢悠悠地往楼下走。

每一层都很安静，静谧的船舱有种不真实的舒适。外面的海风透过玻璃门的缝隙吹进来，还隐约有点凉。他搓了搓胳膊，加快了脚步。

走到三楼，他就已经能听到一楼大厅悠扬的小提琴声。等到了二楼，从天井向下看。男男女女正随着音乐，拥在一起跳舞，灯光迷离，酒气袭人。

言易冰的目的地并不是一楼的音乐吧。他只是扫了一眼，就径直走向二层的胶片台。

游轮里，有很多专业的摄影师为游客拍照，游客穿着各式各样漂亮的衣服，在富丽堂皇的邮轮大厅里走动，时不时就会被拦下来拍照。

照片并不会送给游客，而是在几个小时之后，展示在胶片台上。游客可以随时来胶片台找自己的照片，如果觉得拍得好，可以花十美元买下。如果觉得不好，不要也无所谓。

胶片台上的照片每天更新一次，旧的照片会被碎纸机碎掉，绝对不泄露客人的信息。所以一旦今天错过了照片，第二天就再也找不回来了。

言易冰借着微弱的淡蓝色灯光，在胶片台一圈圈地逛着，从上到下慢悠悠地看。他找了四五个台子，终于在第六个台子找到了那张照片。

言易冰眼前一亮，从兜里掏出信用卡，插入一边的机器，然后选定了自己要的那张照片，付了款。

照片大概手掌大小，但是照的水平不错。寒陌站在领奖台上，单肩挎着黑色的网纹包，网纹包里装着那副赢来的手套。他抬着眸，脸色平静，目光漠然地注视着镜头，一只手轻飘飘地搭在包上，手指细长，骨节漂亮。

在镜头中，寒陌是绝对的主角，他那张脸一出现，别人根本无暇关心后面的镖靶。

这是言易冰离开后，寒陌留下的照片。他就知道，肯定有摄影师拍下夺冠的时刻，而寒陌，大概率不稀罕来找。

言易冰轻轻弹了弹照片，然后将它揣在了褐黄色的袋子里。差点就忘了。既然寒陌把手套送给他了，他就把照片还给寒陌做个纪念吧。

音乐吧的伴奏换成了钢琴，原本拉小提琴的红衣女郎也变成了白色长裙的俄罗斯美女。

言易冰随便扫了一眼，哼着歌上了电梯。

路过寒陌的房门，他也想过要不要挂在寒陌门口，但又怕被人当作垃圾带走，所以还是带回了房间。他将照片放在桌面上，换了衣服，一身轻松地睡了过去。

HUANHE

缓和

CHAPTER 19

第二天的日程只有熊山啤酒节。

早晨六点靠港，七点下船，晚上六点才重新起航，所以游客有将近一整天的时间享受美酒和美食。

熊山是座没有缆车只有石头路的野山。平日里大多是当地人来踏青，真正逛景点的游客很少。这里之所以出名，就是因为一年一度的山顶啤酒节。

由于没有缆车，想要上山必须得爬。上山的路有很多条，方向只是简单地用蓝色油漆笔在树干或石头上标记着，有的台阶甚至不算是真正的台阶，只是能搭脚的石头。

虽然大多数线路坡度较缓，危险性不高，但却将路程拉得很长，需要走很长时间，想要快速登上山顶，只能走崎岖一点的陡坡。

这片山特意没有过分开发。想要参加啤酒节，随便喝主办方准备的世界各地的啤酒，必须得凭本事爬上去。也正因为设置了这样的门槛，所以即便活动很出名，来参与的人也不会挤满山头。

像言易冰这样懒散的人，必然是不情愿爬山的。

他大致能想象到从山顶向下观望所能看到的全部美景。无非就是流水、丛林和一栋栋和式建筑的房屋。这些一闪而过的景色，不足以让他气喘吁吁大半天。至于山顶上的各国啤酒，现在喝不到也没什么，大不了回去网购。

于是言易冰索性蒙住被子，重新闭上了眼睛。连他自己都想吐槽，他是个如此没有情调的人。

其他职业选手都是热爱运动的好青年，一大早，一个个背着包拎着登山棒，浩浩荡荡地出发了。

临行前，当然没忘来敲他的门。言易冰在被子里瓮声瓮气地道：“头疼休息会儿，你们去吧。”

等门外安静下来，他又一翻身睡了过去。这一觉睡到了中午，等他踹开被子拿过手机，发现群里已经被风景照刷屏了。手机流量噌噌地掉，掉得言易冰有点肉疼。

但山上的风景的确是美的。今天阳光很好，金灿灿的光点坠落山间树叶，树叶上泛着潮气的露珠闪烁着粼粼的光。每一个角度都是大片。

职业选手们已经到了山顶，一群人举着一升的扎啤，围了一圈干杯。除了啤酒，山顶还有搭着帐篷的美食摊，里面摆满了烧烤、铁板烧、热狗和法棍。

丁洛录了一小段像，画面里是一群黑人大哥，拿着话筒，劲歌热舞，带动着其他游客手舞足蹈，玩得异常地嗨。

言易冰没想到氛围如此带劲儿，他隐隐有点后悔。要是没贪睡，他现在也在山顶喝啤酒了。

Zero- 宋棠：“啊啊啊啊啊啊这种自酿啤酒太好喝了，啤酒配雪碧绝了！”

CNG- 郁晏：“行了，别馋言易冰了，我就没见过他这么懒的人。”

ZLS- 丁洛：“冰神不来好可惜啊，现在上山也不晚，很好爬的，一个半小时就到了。”

Prince- 肖诺：“队长，你不来也很可惜啊，真的好喝，热狗也是特别正宗的纽约风味，可以夹酸菜。”

言易冰挑了挑眉，有些惊讶。寒陌也没去爬山？

Zero- 言易冰：“除了我还有谁没去？”

ZLS- 丁洛：“只有你和寒神。”

Prince- 寒陌：“昨天睡得晚，没起来。”

言易冰放下手机，朝门口的方向看了一眼。凌晨一点，也不算晚吧。

难道寒陌回去也没睡？不会还在研究韩国那边的比赛视频吧。

他鼓着脸，泄气。出来玩遇到这种学神能怎么办？大家都在想着怎么玩好，他却利用大家娱乐的时间学习。行业竞争真是越来越激烈了，现在的年轻人心机也是越来越深了。

言易冰下床，飞快地洗漱一通，抓了抓头发，随便穿了件便于运动的衣服，出了门。

他非常阴暗地想，既然大家都在玩，决不能让寒陌独自进步。于是他敲响了寒陌的房门。

寒陌开了门，抬眸看到言易冰，问道："冰神有事？"

言易冰压压帽檐，手插着兜，有些蛮横道："别学了，出来爬山。"

寒陌：？

言易冰敲门之前，他正打开推拉窗，靠在房间阳台的围栏边抽烟。昨天夜晚的海上格外潮湿，阳台围栏上都挂着一层海水，深吸一口气，肺里都是咸的。烟抽了没两口，烟蒂就发软了。第二天一早，太阳升起来才变得好一点，围栏上的海水结晶成了小盐粒。

他一夜没怎么睡着，避开了要爬山的大部队，浅浅眯了一会儿，准备再抽根烟清醒一下。

烟刚叼在嘴里，言易冰就敲了门。寒陌只好把烟放在一旁，转身打开了门。

"爬山？"寒陌有些困惑。

"人家都去了，就我们俩不在多无聊，而且睡醒了也没事干。"言易冰用鞋尖抵着寒陌的门，没有给寒陌躲避的空隙。

寒陌狭长的眼尾有些疲惫，他并没有睡醒，睡得好的是言易冰。看来昨天言易冰的确玩得很开心，所以才一觉睡到了中午。

"你去吧，我不去了。"寒陌轻轻关了下门，这才发现，言易冰用鞋把门给卡住了。

寒陌：……

"我不认路，自己上不去。"言易冰一脸坦然。他是个生活白痴，寒陌也不是第一天知道。

没办法，寒陌回去换了身衣服，跟言易冰出了门。

为了尽快上到山顶，他们选择了最陡的一条路。大部分时间，这条路都是要弓着腰走的，而且可进不可退，走到了半山腰再想下去就难了。两个人手脚并用，呼哧带喘，竟然用一个小时就爬到了山顶。

刚一到顶，言易冰直接歪倒在了地上望着天空，一个字都吐不匀。寒陌蹲在他身边，拍了拍他的肩膀："体能差还爬那么快。"

他比言易冰好得多，一上来站直身子，气息很快就恢复了平稳。

言易冰冲他摆了摆手："让我歇会儿，我快累死了。"

寒陌拒绝了他的要求："走一走，不然对身体不好。"他扯住言易冰的手腕，扶着他的后脑勺，企图把他拖起来。

言易冰累得血液往上涌，太阳穴也鼓着。他很久没有这么剧烈运动了，所以爬山爬得太狠，身体就受不住了。他只好借着寒陌的力，慢悠悠地站了起来。嗓子割裂般的疼，双腿也止不住地发抖，爬山后带来的不适越发明显。

寒陌问："现在去找他们吗？"

言易冰难受地摇了摇头："我喝不下去酒了。"

他得缓一会儿。至少得缓一个小时，而且估计下山也是个煎熬。早知道他就在游轮的贵宾泥浆浴里潇洒了。

寒陌轻呵："昨晚喝多了吧。"

言易冰闻言问道："什么喝多了？"

寒陌不言语，只是默默撑着他，来回在平地上走。远处的人声鼎沸和欢乐喧腾都跟他们无关。他本来也并不想凑热闹。

"对了。"言易冰想起什么来，将手伸进兜里，摸出一个褐黄色的小纸袋。

他有气无力地将纸袋塞在寒陌的手心里。

"喏，差点忘了。"

寒陌目光下垂，托着极其轻薄的小纸片，问："什么东西？"

"看看不就知道了。"

于是寒陌用指腹轻轻揉开纸封，从里面抽出一张照片来。那是他飞镖比赛颁奖时留下的。但照片为什么会在言易冰那里？

言易冰嘟囔道："我昨天去那个音乐吧，从胶片台找的，你留着吧。"

寒陌一顿："这算拳击手套的谢礼吗？"

"嗯。"

“谢谢……”

言易冰笑了笑：“客气什么！”

“喂，你喜欢那张照片？”言易冰身上的薄汗干了，呼吸也平稳下来，他若有所思地问寒陌。

“嗯。”寒陌想也不想地应了。

言易冰舒了一口气：“那你就应该早点去取啊，这都能忘。”原来寒陌也想留个纪念，怪不得对他感恩戴德。

寒陌刚欲说话，言易冰的手机震了起来。言易冰摸过手机，发现是孙天娇打来的。他接起来。山上信号一般，孙天娇的声音有点失真。

“玩儿得怎么样啊？”孙天娇的热情在失真的电流音中扑面而来，每当这个时候，言易冰就知道他又拉来生意了。

“嗯哼，还行吧。”言易冰懒洋洋地应了一声，顺便看了眼寒陌。这次出来玩，他和寒陌之间的关系倒是修复得不错，说不定以后还能做朋友。

“唉！羡慕你们，只有我这个孤家寡人还在战队辛勤工作，出去玩注意安全，要是你不小心受伤了，我会拿着煤气罐去跟 Prince、CNG、AXE 同归于尽的。”孙天娇像个老妈子似的念念叨叨。

没办法，战队最金贵的宝贝，偏偏是个不拘小节的生活白痴。

“胡扯什么，找我到底有什么事？”言易冰低笑。孙天娇的声音不小，寒陌肯定听到了。

孙天娇美滋滋道：“你不是要参加东亚对抗赛了吗，我给咱接了个季度代言，奇域 peak 系列，这可是高端潮牌，非常有格调，而且代言费还不低呢，反正我挺满意。”

言易冰笑道：“你定了就行，这种事不用问我。”

他很相信孙天娇的专业水平，而且这个牌子的口碑的确不错，但他们家的系列大多是暗色系，所以言易冰没怎么穿过。现在他觉得，暗色系也不是那么难看。

孙天娇见他没意见，放下心：“对了，再跟你说个搞笑的事儿。这不是大家都知道东亚对抗赛是四个顶级选手参加吗，关注的人肯定特别多，所以这几天好多商家来找我谈合作，其中有一个，我都惊了，真就是外行吧，我都不好意思打击他。”

言易冰松开寒陌的手背，换了个手拿手机，问道：“怎么？”

孙天娇：“有个叫寒诗的平价运动品牌，他们可能发现这几年电竞热，然后准备出一个电竞系列的运动服，找顶级电竞选手推广，是推广哦，居然不是代言，他们嫌弃电竞选手配不上他们的代言呢，说代言必须得是明星。”

“呵。”言易冰低笑。那的确是不太了解行情。

寒陌听到这个名字，眼睑微不可见地颤了一下。

孙天娇继续道：“然后你知道吗，他们 CEO 派头特别大，给我出价二百万，要签年度推广，包含十次直播，十条微博广告，还有参与活动的一堆要求。”

言易冰都能想象到孙天娇当时的表情。暴怒的孙天娇收起面见赞助商时客客气气的神情，拍桌子大吼“我是你娇大爷，没钱给我滚出去”。

孙天娇：“都给我整没脾气了，我就笑笑，直接把我们以前签的品牌大致价格、商业地位摆在他面前。你猜怎么着，这 CEO 居然以为我骗他，说电竞选手根本不值这么多钱。”

言易冰听着有趣，把腿从扶手上放下来。

“然后呢，你把他赶出去了？”

孙天娇贼兮兮地笑：“还用我赶？人家说了，参加比赛的又不是只有 Zero 一家，我估计他转身就去气 CNG、Prince、AXE 了，我一想到这三家经理的表情我就开心。

“郁晏是不是刚买学区房？人家丁洛家开连锁饭店的，他压力不大？现在正玩命挣钱呢吧。

“还有陈驰，整个一闷骚的财迷，听到这价还不吐血？

“尤其是寒陌，寒陌那个冷冰冰的表情，啧啧，你想这人要是在 Prince 说电竞选手不值钱，只配推广。哈哈哈哈哈哈哈一出好戏啊！”

被提到名字的寒陌只是侧目扫了言易冰一眼。言易冰愉悦地对孙天娇道：“寒队长就在我身边，你笑得收敛一点。”

孙天娇：……

寒陌：“是说寒诗吗？”

言易冰怔了怔，恍然：“啊，你讨厌这个牌子是吧。”

寒陌垂眸，脸色微凉，半晌后，嗤笑一声：“电竞选手不值钱。”

言易冰觉得寒陌那一瞬间的神情，简直像是被人抛弃的小野狼，又孤独又凶狠。

言易冰安慰他说："上一代人差不多都那么想，电竞这个行业才兴起几年，不了解的都觉得是玩物丧志，你管他们呢。"

寒陌知道言易冰说的是对的，眼底的戾气渐渐褪去了。

言易冰抽空对孙天娇道："不说了，我去喝酒了，郁晏他们等着呢。"

孙天娇点头："那你们好好玩，别喝太多了。"

自酿啤酒的摊子有的是，远远的，言易冰看到郁晏他们坐在草地上，一边喝酒一边玩牌。

装酒的杯子都是一升的，满登登，泛着泡沫，酒香浓郁。

言易冰点了一杯棕啤，兑了三分之一的 ginger ale，然后给了店家十美元的小费。

店家双手合十，亲热地重复"阿里嘎多（谢谢）"。

寒陌要的是德国黑啤，没有兑甜汽水，两人拿着酒，又去隔壁小吃摊买了两个夹火腿和牛油果的法棍。

走到大部队旁边，言易冰一盘腿坐在草地上，把酒放在身边，咬了一口脆脆的法棍。

郁晏侧躺在地上，掀起眼皮看了看寒陌和言易冰："新鲜，世界上最懒的人居然也上来了？"

言易冰嚼着法棍，口齿不清："我是懒得运动，但动起来吓死你。"

郁晏轻哼："我们都快喝完下山了，你现在上来有什么用？"

言易冰扫了他一眼："你以为我辛辛苦苦上来是为了陪你喝酒？"

郁晏："不然呢，你是为了来踏青？"

丁洛这时候突然剧烈地咳嗽两声，咳得满脸通红，赶紧用纸捂住嘴。郁晏担忧地拍拍她的后背："宝贝儿，呛到了？"

丁洛摇头，把纸团了团塞进垃圾袋里，淡定道："没事。"

言易冰：……这家伙的表情转得有够快。

言易冰填饱了肚子，咕嘟咕嘟灌了好几口酒。他加的 ginger ale 有点多，冰辣的啤酒隐隐有点甜丝丝的味道，喝进去之后，胃里涨得再也吃不下东西了。

言易冰仰着头，懒洋洋地看着天空。爬到了山顶，恍惚觉得云朵也变得没那么高了。他抬起手指，在虚空中轻轻点了两下，帽檐在他脸上留下一道阴影的痕迹。

言易冰懒散地问：“郁晏，你是不是有解说圈的朋友？”

郁晏抬眸：“嗯，一般熟，怎么了？”

言易冰：“解说好做吗，我有个同学，以前也是职业选手，退役之后想转行做解说。”

郁晏：“那没问题啊，但具体我也不太懂。”

肖诺看向寒陌，疑惑道：“队长你去哪儿？”

寒陌淡淡道：“随便转转。”

言易冰眨眨眼：……

他一提起梁和风的事，寒陌就走了。

郁晏：“什么情况，寒陌这心情怎么跟我买的股票似的，瞬息万变。”

言易冰耸肩，无奈道：“他对我那个同学有点意见，没事儿。”

丁洛却认真道：“冰神，之前我没打职业的时候，也做过一小段时间解说，但就是在直播平台上，说实话，我当时的成绩不错，粉丝量啦、打赏啦都还可以，还有个 T 大校花的噱头，被不少电竞杂志报道过。”

“但这个行业其实是有点饱和了，每年的大型赛事就这些，知名解说太多了，而且近年来还总是找影视圈明星凑热闹，有资历的人都选不过来，竞争相当激烈，当时好几个邀请我的项目都黄掉了。”

言易冰若有所思，喃喃道：“倒也是。”

任何行业，都是前 10% 的人能获得最大利益。

梁和风的职业生涯混得不太好，也没有特别过人的解说天赋，说不定跨界后还会受挫。

丁洛：“不过试试是没问题的，我听说朵檬的公司还在招新人啊。”

言易冰轻飘飘道：“之前问过了，朵檬委婉地拒绝了，她们公司想签的都是小鲜肉，主打女粉丝市场的，要长得帅的年轻小伙。”

就跟造星差不多，这也是竞技水平不达标还可以靠游戏红的另一个途径。

梁和风显然是不可以，所以言易冰也没好意思跟他说。

郁晏：“你这么上心，是关系特别好的同学？”

言易冰迟疑了一下，如果是几年前，他会毫不犹豫地点头，但现在，他似乎没那么确定了。

于是他只是说：“认识十多年了。”

郁晏：“就是在微博发你照片那个？”

言易冰挑眉：“你看到了？”

郁晏：“感觉他这操作挺迷幻的，我建议，你只需要我一个特别好的朋友好吧？”

言易冰啧啧两声：“头一回听你这么说，别给我说肉麻了。”

郁晏：“呵，男人，你和人家可是十多年的感情呢。”

言易冰忍俊不禁：“你有什么好耿耿于怀的。”

其实郁晏更多的是担心梁和风不怀好意，言易冰心大，容易吃亏。装作闹别扭只不过是跟言易冰开玩笑。

这时候肖诺突然说：“四点了，咱也该下山了，同船的都往下走了。”

言易冰：“哦，你去把寒陌叫回来吧。”

言易冰远远望去，发现寒陌走到了山崖边，那里几乎是山顶的最高点，生长着茂密的紫花苜蓿。夕阳霞光下，紫气习习。他逆着光，微微眯了眯眼。

丁洛拍拍言易冰：“冰神，那里有棵连理树，是个小景点，我们都去过了，可以免费祈福的，而且崖下景色特别好，照相非常美，你也去照张照片吧。”

言易冰压低帽檐，遮住夕阳，仔细看了看。他好不容易爬上来一趟，不留下点纪念是很可惜。

于是言易冰站起身，按住肖诺：“算了，我去叫他吧。”

寒陌一直站在那儿，朝崖下望着，连理树就在他左侧，安静且郁葱地生长着，树枝上挂满了红色的丝带。

言易冰慢悠悠地走到寒陌身后，声音放缓：“喂，别生气了，下山了。”

寒陌听到声音，侧目，手指动了动，朝崖下扔了颗小石子：“你帮他找到工作了？”

言易冰眉头微蹙，无奈道：“没有。”

他已经足够容忍寒陌了，寒陌要是再因为梁和风生气，他也不理他了。

但寒陌果然还是识趣的。

寒陌闻言转过身来，眼睑轻颤了一下："哦。"

言易冰：……还真是会顺杆爬。

言易冰朝左边扬了扬下巴："那边有棵连理树，丁洛说可以免费祈福，你不去迷信一下？"

他好心给寒陌指条明路，其实是想让寒陌一会儿给他照相。平心而论，两年前寒陌的摄影水平就不错。那时候言易冰出去比赛，寒陌是负责队内摄影的，他拍的照片，后来做成宣传照挂在俱乐部官网上。

寒陌问道："那你呢？"

言易冰无辜耸肩："我不用啊，我又没有喜欢的人。"

寒陌迈腿朝连理树的方向走过去："试试呗，万一以后能遇到呢。"

言易冰只好跟了过去。

树边一个鸟笼样的盒子里，装满了红丝带，盒子的边缘，插着几只签字笔。盒子上是一串日文，言易冰看不懂，但大致是歌颂爱情之类的话。寒陌其实也不信这个。但是今天恰好来了，写写也并不会怎样。

他率先抽出支笔，在丝带上写——"我喜欢的人也喜欢我。"

言易冰凑过去看，寒陌飞快地把丝带攥在手心，然后挑了一条最高的树枝，绑了上去。

言易冰悻悻地撇嘴，嫌他小气。寒陌把笔递给言易冰："到你了。"

言易冰实在无话可写，想了想："不知道写什么，要不我再帮你许个愿吧。"

他不像寒陌那么小气，大大方方地让人看。

他写："祝寒陌和他喜欢的人两情相悦，早生贵子。"

寒陌绷紧唇，眼底含着笑意。

言易冰问："够意思吧？"

寒陌点点头。

"很够意思。"

度假的最后一天，是在箱根山上。

虽然还在假期，但大家都陆陆续续接到了俱乐部发来的工作安排。算算时间，距离东亚对抗赛还有两个月，复工的气氛已经越来越浓了。有几个战队的队长直接在宾馆里开起了直播，晚饭都没怎么吃。

言易冰也签了和奇域 peak 的电子合同，等度假回去，就得拍广告了。

寒陌看的那份韩国赛区比赛视频，教练也给他发来一份，让他闲着没事多研究。

言易冰点开第一场看了半小时，忍不住点了根烟。就像寒陌当初说的，很强。这场比赛打起来绝不会轻松。

但一想到自己的队友即将是寒陌、郁晏和陈驰，言易冰又觉得很踏实。起码重担不在他一个人身上，这帮人绝不会允许自己输。

看了一会儿，他关掉电脑，打开电视。

山上的夜生活结束得特别早，晚上六点就已经没有店家营业了。除了酒店的温泉，没有别的去处。他又不好意思去打扰别的人，因为今天晚上大家都在忙正事。

言易冰靠在床上，半开着窗，一边呼吸着清新的空气，一边挑着频道。有几个频道在播动漫，但没有翻译，他看不懂，从头到尾播了一圈，他还是觉得无趣。

山间的风不知道什么时候停了。他披起浴袍，准备去泡个温泉放松一下。

他们入住的这家酒店很豪华，所以游客并不算多。温泉分私汤和公共温泉。私汤是可以男女混泡的，但所有时间段都被预约出去了。公共温泉区分男女，且进去必须是赤裸的。

作为南方人，言易冰其实不太习惯赤身裸体暴露在陌生人面前。但他进去之前询问了前台，前台说，这个时间公共温泉里几乎没有人，而且大家都是这样泡的，没人会盯着别人的身材看，不礼貌。

言易冰点点头，接过前台赠送的面膜、乳液和手巾，心事重重地向温泉里走。酒店的公共温泉区很大，不过是室内的，连接着盥洗室，泡完可以直接洗漱。

言易冰走进更衣室，发现里面的确静悄悄的，没什么人。他安心了一些，将浴袍和小物件锁在柜子里，然后不自在地遮着小腹，推开温泉间的门。里面雾气缭绕，氤氲着一股清淡的鲜花精油的味道。

他迈进一步，微一抬眼，动作稍稍顿住。里面有人，但只有一个。

那人半边身子泡在温泉里，他背对着言易冰，双臂懒散地搭在池边，濡湿的墨色发丝紧紧贴在脖颈上。

听到门口的声音，他微微仰头，向水中藏了藏，却没回头看。言易冰走也不是，不走也不是。既然来都来了，不泡还是有点可惜的。

于是他踩着潮湿的木制地板，轻轻地朝那人对面的池子走去。只要离得远，就无所谓尴不尴尬。

地上很湿，言易冰害怕滑倒，所以他走到池边，先是蹲下身，试探性地将一条腿伸下去，确认深度。确认没有很深后，他快速钻进了温泉水里，像是做了什么错事一样，把自己藏了起来。

果然还是太尴尬了，他就不应该进来。

水温不低，池边的温度表上显示四十二度。言易冰藏了一会儿，皮肤就被烫得发红，呼吸也越来越闷，他不得不将半个身子露出水外。

大喘几口气后，肺部才舒适一些。透过水雾，他瞥见对面那个池子，温度居然才三十八。怪不得那人待得如此惬意，一点也不觉得热。他羡慕地望着对面的池子，可还没看几分钟，那人突然侧目扫了过来。

言易冰不得不缩了缩身，把胸口藏在池边下。他还是觉得这种大澡堂太别扭了，而且水雾缭绕着，他看不清对面是谁。

他一点也不想泡了。池水太热，他觉得自己的皮肤都被烫熟了。

可对面不走，他也不好意思出去。不然岂不是又被看得彻彻底底？言易冰不说话，勉强忍耐着，在热水里躲了十五分钟。

他能感觉自己的头发被汗水打透了，眼前一阵阵发花，四肢也没力气。温泉池的空气不流通，肺里越来越闷，可供呼吸的氧气也很稀薄。他实在不能再待了，他怕自己会晕。

言易冰不得已，准备从池子里上来，但双手一撑池边，小臂一抖，整个人又不受控制地滑了下去。

他很慌，但是又使不出力来，只能眼看着热水重新没过他的身体。

“我……”

他刚吐出一个字，眼前就一阵阵发黑。头脑因为缺氧而眩晕，他几乎快要抓不住池边了。

就在他以为自己要滑入池中时，一阵哗啦啦的水声，紧接着，一股大力抓住了他。那人的手很有力，抓住他的手臂，将他从水中拖了出来。

言易冰感觉自己被人紧紧抓住，接着他就被人拖到了盥洗室里。盥洗室的温度低很多，空气也很通畅，地板微凉潮湿，空气中飘着淡淡的沐浴露香。

言易冰被放在地面上，有人轻轻拍他的脸。

“醒醒，师父。”

言易冰听到声音，眼睑颤了颤，睁开眼睛。眼前还是有些黑，但是身体已经在逐渐恢复力气。清新的空气飘进来，肺里也没有特别难受了。眼前逐渐清明，他看清了寒陌的脸。

寒陌身上都是水，水滴沿着他的发尖滴下来，落在言易冰的身上。水滴也是凉的，让人很舒服。

言易冰含糊地问：“温泉室里的人是你啊？”

寒陌敛眸，默认了。他在一开始就知道进来的是言易冰了。他没敢贸然打招呼，就是不想两个人都觉得尴尬。但当他发现言易冰泡晕了，也再顾不了许多，赶紧过去将言易冰带了出来。

言易冰咳嗽两声，喃喃道：“早知道是你我就不用在里面泡着了，热死我了。”

他抬起手，按了按自己的太阳穴，半长的发丝凌乱地黏在脸侧。

寒陌低声道：“好点没有？”

言易冰皱着眉，躺在地上摇了摇头：“还是有点晕。”

“你在这里待一会儿。”寒陌突然说道。

“干吗？”言易冰问。

“拿浴袍，有点冷。”

寒陌拿完浴袍回来，取过墙上的一只淋浴喷头，调好温度，均匀地淋在言易冰身上。舒缓的水流冲过，缓解了被温泉水泡完后的滚烫皮肤。

他缓缓侧身，用一只手撑住地面，慢悠悠地坐了起来。

“给我吧，你也去洗，别感冒了。”

言易冰垂着脑袋，抬起手，去接寒陌手里的淋浴喷头。

寒陌：“你行吗？”

“没事。”

言易冰把淋浴器要了过来。

盥洗室类似公共澡堂，共有二十个淋浴喷头，每个喷头都配着一面镜子，一张木桌，一个小板凳。桌上洗漱用品应有尽有，小板凳是供人坐的，淋浴喷头也需要用手举着冲。

言易冰从来没在这样的地方洗过澡，也有点新奇。

他默默地坐在板凳上，对着镜子，用水冲掉洗发露。滑溜溜的泡沫顺着皮肤滚下去，他在接连不断的水柱下睁开眼，透过镜面，发现寒陌还穿着浴袍，在不远处站着。

盥洗室雾气大，他身上始终湿漉漉的，穿着浴袍肯定难受。但寒陌却没半点不适的反应，只是偶尔抬起眼，向小窗口望去。

“你不洗？”言易冰疑惑道。

寒陌摇摇头：“回房间再洗。”

言易冰甩甩头发，又挤了点橙子香的沐浴露抹在身上：“我记得你是北方人吧，你们北方人不是不在意大家一起洗吗？”

“不习惯坐着洗。”寒陌回他。

言易冰犹豫道：“那……你先回去吧？”

寒陌瞥他一眼：“等你，怕你晕倒。”

“哦。”

言易冰也不太自在，于是匆匆冲掉了沐浴露，光着脚踩在木制地板上，留下一个个深色的脚印。他去柜子里取了浴袍，紧紧裹在了身上。

寒陌随手带上了盥洗室的门，跟在言易冰身后，两人一起慢腾腾回了房间。

言易冰到了门口，用浴袍擦着头发，轻快道：“刚才谢了啊。”

他现在整个人精神得很。走之前，言易冰还好心提醒道：“早点睡吧，明天还得回国。”

上册完

图书在版编目（CIP）数据

不服 / 消失绿缇 . — 武汉 : 长江出版社 ,2022.1

ISBN 978-7-5492-8029-2

Ⅰ . ①不… Ⅱ . ①消… Ⅲ . ①长篇小说 – 中国 – 当代 Ⅳ . ① I247.5

中国版本图书馆 CIP 数据核字 (2021) 第 212002 号

不服 / 消失绿缇 著

出　　版	长江出版社 （武汉市解放大道1863号　邮政编码：430010）
选题策划	漫娱图书　雷雨薇
市场发行	长江出版社发行部
网　　址	http://www.cjpress.com.cn
责任编辑	陈辉
特约编辑	胡丽云　陈雪琰
总 策 划	嗑学家工作室
装帧设计	殷　悦　刘江南　吴彦
印　　刷	武汉鸿印社科技有限公司
版　　次	2022年1月第1版
印　　次	2022年6月第6次印刷
开　　本	880mm × 1230mm　1 / 32
印　　张	9.5
字　　数	280千字
书　　号	ISBN 978-7-5492-8029-2
定　　价	42.80元

电话：027-82926557(总编室)　027-82926806 (市场营销部)